Mama mag keine Spaghetti

Das Buch

Wie schnell die Kinder erwachsen werden! Hanna kann kaum glauben, dass ihre Tochter Julia bald heiraten wird – noch dazu einen Italiener. Wehmütig denkt sie an die Jahre zurück, als Julia noch klein war. Eigentlich hatte Hanna gehofft, nach Julias Auszug mehr Zeit mit ihrem Mann Michael verbringen zu können. Doch der hat sich in eine Jüngere verguckt und ist aus dem gemeinsamen Haus ausgezogen. Statt silberner Hochzeit mit Michael steht Hanna nun die Trauung ihrer Tochter im toskanischen Massa Marittima bevor. Dort erwarten sie nicht nur Julias Schwiegereltern, sondern auch Michael und seine Neue, Katrin: brünett, hübsch und höchstens Mitte dreißig. Als Hanna ihrerseits mit dem italienischen Weinhändler Franco flirtet, ist Michael jedoch alles andere als begeistert. Und schon nimmt das Gefühlschaos seinen Lauf, denn einen Tag vor der Trauung hat Tochter Julia allen Grund, an der Treue ihres Verlobten zu zweifeln, und auch Schwiegermutter Gina macht eine unliebsame Entdeckung. Die Hochzeit droht zum Desaster zu werden – und plötzlich ist Mamas Rat wieder gefragt. Doch den hat Hanna gerade selbst mehr als nötig …

Die Autorin

Tessa Hennig schreibt seit vielen Jahren erfolgreich große TV-Unterhaltung. Mit *Mutti steigt aus* gelang ihr auf Anhieb ein Bestseller. Wenn sie vom Schreiben und ihrem Wohnort München eine Auszeit benötigt, reist sie auf der Suche nach neuen Stoffen und Abenteuern gern in den Süden.

Von Tessa Hennig sind in unserem Hause bereits erschienen:

Mutti steigt aus
Elli gibt den Löffel ab
Emma verduftet
Lisa geht zum Teufel

Tessa Hennig

Mama mag keine Spaghetti

Roman

List Taschenbuch

Besuchen Sie uns im Internet:
www.list-taschenbuch.de

MIX
Papier aus verantwortungsvollen Quellen
FSC® C083411

Originalausgabe im List Taschenbuch
List ist ein Verlag der Ullstein Buchverlage GmbH, Berlin.
1. Auflage Mai 2014

Umschlaggestaltung: bürosüd° GmbH, München
Titelabbildung: © Gerhard Glück
Satz: LVD GmbH, Berlin
Gesetzt aus der Garamond
Papier: Pamo super von Arctic Paper Mochenwangen GmbH
Druck und Bindearbeiten: CPI books GmbH, Leck
Printed in Germany
ISBN 978-3-548-61149-5

Kapitel 1

»Wenn Sie hier bitte unterzeichnen würden«, sagte Hanna feierlich und deutete routiniert auf ein leeres Feld am Ende des Hypothekenvertrags, den das junge Paar gegenüber in einer Mischung aus Erleichterung, Vorfreude und Stolz fixierte, bevor sich die beiden einen liebevollen Blick à la »Magst du zuerst, oder soll ich?« zuwarfen. Total süß! Junge Eheleute, vor allem, wenn sie noch frisch verliebt waren, nahmen Rücksicht aufeinander und machten sich Gedanken über den anderen. Genau so, wie es in einer guten Ehe sein sollte. Hanna hoffte inständig, dass das Glück der beiden länger halten würde als ihr eigenes, weil sie der junge Mann zunehmend irritierte. Es war die Art, wie er seiner frisch Angetrauten ermutigend zunickte – einen Tick zu selbstgefällig, wie Hanna fand. Die ohnehin auf ihr »Schätzle« stolze junge Schwäbin wuchs gleich noch um ein paar Zentimeter. Sie unterschrieb eifrig und mit Hingabe. Prompt erinnerte Hanna sich daran, wie lange es gedauert hatte, bis sie den Familiennamen ihres Mannes einigermaßen leserlich draufgehabt hatte. Aus einer Schuhmacher eine Behrend zu machen, war unterschriftstechnisch sicherlich anspruchsvoller, als wenn eine gebürtige Specht nun auf Hecht umsteigen musste. Dem Schulschriftcharakter und den lieblichen

Rundungen der zwei »Hs« nach zu urteilen, die der Name Heike Hecht nun mal mit sich brachte, hatte sich das junge Ding bestimmt zur Lebensaufgabe gemacht, ihren frisch Angetrauten zeit ihres Lebens mit Nestwärme und Schupfnudeln zu umsorgen. Es sprach Bände, dass sie jede Menge Platz für *ihn* ließ und es noch nicht einmal wagte, über die Linien des Unterschriftkästchens hinauszuschreiben. Ganz im Gegensatz zu ihrem Mann. Wie locker und lässig er diese Formalie doch erledigte – nahezu heldenhaft. Er wusste sicher ganz genau, wessen Einkommen sie diese Hypothek zu verdanken hatten. Steffens dominantes »S« und sein ziemlich flottes »Doppel-F«, das rücksichtslos bis zur kleingedruckten Rücktrittsklausel emporschoss, machten Hanna nun vollends klar, wer künftig am Herd stehen und die geplanten drei Kinder umsorgen würde. Das Doppel-F jedenfalls nicht. Dass Männer seiner Art immer in die Rücktrittsklausel hineinschrieben, musste eine tiefere Bedeutung haben.

»Herzlichen Glückwunsch«, sagte Hanna in der Hoffnung, sich in Steffen Hecht zu täuschen. Wie will man sonst Kraft aus seinem Beruf schöpfen, der letztlich ja darin bestand, der Zukunft ihrer Kunden ein Zuhause zu geben?

»Ich kann's noch gar nicht glauben«, schmachtete die junge Frau, die ihr Gefieder gegen Schuppen eingetauscht und hoffentlich nicht den Fehler gemacht hatte, mit dem Falschen in den Hafen der Ehe geflattert zu sein.

»Ist das Ihre Tochter?«, fragte Doppel-F mindestens so schwungvoll, wie er unterschrieb.

Ganz schön dreist, aber entschuldbar, wenn einem von der Pinnwand ein frisch verliebtes Pärchen zulächelte, das de facto nicht zu übersehen war: Julia und ihr Italo-Lover Lorenzo.

Mehr als ein Nicken war trotzdem nicht drin.

»Sie ist bildhübsch«, kommentierte Steffen Hecht.

»Ja, das finde ich auch«, sagte seine Frau.

»Meine Julia! Sie wird auch bald heiraten«, sprudelte es ungewollt aus Hanna heraus.

»Wie schön. Sie freuen sich bestimmt riesig«, mutmaßte die junge Schwäbin.

Und wie! Wie konnte man sich nicht freuen, wenn die einzige Tochter sich einen partyfreudigen Spaghetti schnappte, seinetwegen die Zelte zu Hause abbrach – nebst Studium, um fortan in Florenz an der Seite eines windigen Italieners zu leben? Prompt meldete sich Hannas Magen und signalisierte aufsteigende Übelkeit. Die Hechts musste sie so schnell wie möglich loswerden.

»Also, wenn Sie noch Fragen haben«, sagte sie, stand auf und reichte den beiden die Hand. »Sie können mich jederzeit anrufen.« Die übliche Ergänzung: »... oder auf einen Kaffee vorbeikommen, wenn Sie mal in der Nähe sind«, ersparte sie sich in diesem Fall.

Freundliches Nicken, Handtasche vom Stuhl nehmen, noch mal Blicke wechseln ... »Alles Gute!« Kurz und schmerzlos. Moment! Doppel-F sah nicht zu ihr, sondern erneut auf das Bild von Julia. Schwein! Doch so sind sie nun mal, allen voran ihr Mann – womit Hanna gedanklich wieder bei dem Thema war, das ihr seit Wochen nicht nur Mattigkeit und Trübsal bescherte, sondern auch noch dafür sorgte, dass sie in jedem zweiten männlichen Kunden einen potentiellen Ehebrecher sah. Warum nur hatte sie das Schicksal dazu verdonnert, Michael auf dieser italienischen Hochzeit begegnen zu müssen?

Hände schütteln. Erlösung! Hanna schloss die Tür hinter sich und ließ sich kraftlos auf ihren Bürostuhl plumpsen. Passend zu den mittlerweile dumpf in ihrer Magenwand pochenden Depressionskontraktionen fing es auch noch an zu regnen. Im Nu war die Stadt in ein diffus graues Tuch gehüllt, das die regennasse Scheibe konturlos machte. »In Italien scheint jetzt bestimmt die Sonne. Ich gönn es dir ja, mein Kleines«, säuselte sie in Richtung Bild, bevor sie es von der Pinnwand befreite, an sich nahm und mit ihrem Zeigefinger begann, über das lange Haar ihrer Tochter zu streichen.

Auch wenn Julia mittlerweile schon ein halbes Jahr in Florenz lebte, verging kein Tag, an dem sie nicht weitere Unterschiede zu Deutschland entdeckte. Warum nur waren die meisten Fensterläden der vor ihr liegenden steinernen Häuserschlucht geschlossen? In einer belebten Straße wie der Via dei Neri, die sich nur wenige Gehminuten von der Ponte Vecchio befand, gab es doch immer etwas zu sehen. Seien es knutschende Touristenpärchen, die sich in diese Seitenstraße verirrt hatten, oder Einheimische, die vor der Eisdiele unter ihrem Fenster festgewachsen schienen und nicht aufhörten, über die Politik im Land zu lamentieren – von Ehedramen mal ganz abgesehen, die bevorzugt auf dem Gehsteig nach dem Verlassen des Hauses ausgetragen wurden oder kurz bevor man in den Wagen stieg. Das Leben spielte sich draußen ab, mitten auf den schmalen Gehwegen, doch niemand schien sich dafür zu interessieren. Kein einziger notorischer Fenstergucker mit Kissen unterm Arm, wie es sie in jeder deutschen Kleinstadt gab. Sie war der Einzige und somit verdächtig, da sie einer der am Gehsteig festgewachsenen älteren Herren immer wieder neugierig beäugte. Der seit ungefähr fünf Minuten direkt unter ihrem Fenster im totalen Halteverbot parkende Wagen interessierte ihn aber anscheinend mehr: ein alter Fiat 500, aber top in Schuss und untypisch für diese Stadt, so blitzeblank, dass sein roter Lack wie neu glänzte. Gerne hätte Julia mehr von diesem schnuckeligen Oldtimer erspäht, doch ihr Blickwinkel machte das unmöglich. Sie liebte dieses Modell. Italien pur, aber leider nur noch schwer zu bekommen – noch dazu als Cabrio mit Faltdach! Was soll's, dafür hatte sie einen Italiener, der mit Sicherheit noch nicht unter der lackierten Haube eingerostet war. Julia konnte es nicht erwarten, Lorenzo auf seiner Vespa nach Hause tuckern zu sehen. Er wusste noch nicht, dass sie heute die Zusage der italienischen Sprachschule erhalten hatte. Goodbye Lehramt Deutschland. Sie würde hier auch ohne Staatsexamen gut verdienen und wäre bei ihm, ihrem Lorenzo, doch von dem gab es weit und breit immer noch keine Spur. Dafür schossen zwei andere Vespas mit ohrenbetäubendem Lärm vorbei. Julia entschloss sich dazu, nun doch drinnen auf ihn zu warten, ging einen Schritt zurück, um das Fenster zu schließen, und stieß dabei mit dem Rücken gegen etwas Weiches. Da stand jemand hinter ihr. Julia erschrak nur für einen kurzen Moment. Sofort hatte sie den Duft seines Parfüms erkannt. Lorenzo hätte es sich also sparen können, ihr eine Hand über die Augen zu legen. Die andere Hand, die sich um ihre Hüfte schlang und an ihrem Bauch entlangfuhr, hingegen nicht. Julia liebte es, wenn er diese Stelle streichelte.

»Lorenzo ... Tu das nie wieder, wenn ich am Fenster stehe«, log sie. Denn genau dieses Verrückte und Unberechenbare an ihm war einer der Gründe, weshalb sie sich in ihn verliebt hatte.

»Ich halt dich doch. Ganz fest«, hauchte er ihr ins Ohr, bevor er sie nun näher an sich heranzog.

»Wie bist du hergekommen? Ich war die ganze Zeit am Fenster.«

»Ich hab im Büro die Augen geschlossen und mir gewünscht, bei dir zu sein … Und hier bin ich«, erklärte er augenzwinkernd. Jetzt wollte Julia es aber genau wissen, wand sich aus seinen Armen, um ihn direkt anzusehen.

»Jetzt mal im Ernst. Wo ist die Vespa? Die hätte ich doch gehört.«

»Verkauft«, erwiderte er lapidar.

»Was? Warum das denn?«, fragte Julia fassungslos, weil sie wusste, wie sehr er an ihr hing.

»Mit der Vespa von hier zu meinen Eltern … Und dann das ganze Gepäck. Ich hatte keine Lust, mit dem Zug zu fahren.«

Julia musterte ihn. Dieses verschmitzte Lächeln kannte sie. Blitzartig setzte sich das Puzzle in ihrem Kopf zu einem unfassbar romantischen Ganzen zusammen. Es war noch keine zwei Wochen her, als sie in seinem Beisein einem Cinquecento wehmütig am Piazza della Repubblica hinterhergesehen hatte.

»Du hast … nein … das glaub ich nicht«, sagte sie, auch wenn sie sich angesichts seines strahlenden Lächelns immer sicherer wurde.

»Ich konnte nicht widerstehen«, erwiderte er und zog einen Schlüsselbund aus seiner Jackentasche, den er ihr baumelnd vor die Nase hielt. Sie schnappte ihn sich und ging zur Tür.

»Jetzt gleich?«, fragte Lorenzo.

»Nicht, dass die Carabinieri den Kleinen noch abschleppen.«

Auch wenn Lorenzo sich einen leidenschaftlichen Kuss verdient hatte und der Bellini wegen der guten Job-Neuigkeiten bereits kalt gestellt war, für mehr als einen flüchtigen Kuss reichte es nicht. Eine Spritztour mit diesem Wagen ging nun mal vor!

Es gab Momente, in denen wünschte sich Hanna, in Japan zu leben, und das nicht, weil ihr die japanische Mentalität sonderlich nahe war. Großstädte wie Tokio waren zu voll und zu hektisch, Fisch war nicht ihr Ding, und Kirschblüten gab es auch in München. Doch seitdem sie von diesen neuartigen, absolut schalldichten Klokabinen in einer Zeitschrift gelesen hatte, erschien ihr Japan in einem ganz anderen Licht. Sogar Musik lief darin, um sicherzustellen, dass man sich in einer Oase des Friedens entspannen konnte. Wäre sie jetzt dort, hätte ihre Kollegin sicher nicht mitbekommen, dass sie immer noch schluchzte.

»Hanna?« Das war Susannes Stimme.

Wie peinlich. Vermutlich wusste schon die halbe Abteilung, wo sie sich aufhielt, um sich wenigstens für fünf Minuten so richtig auszuheulen. Dabei hatte Susanne sie erst ein Mal dabei auf der Damentoilette erwischt. Der Trick, mit dem sie sich als Erstklässlerin immer erfolgreich vor dem Schulsport hatte drücken können, wollte im Büro einfach nicht klappen.

»Die Winklers sind schon da. Die haben noch einen Termin beim Notar. Kommst du?«, hallte es ohne vorwurfsvollen Unterton in den Raum. Susanne wusste über ihre »schwierige Phase«, wie sie es nannte, Bescheid.

»Zwei Minuten«, rief Hanna – genug Zeit, um sich mit dem seidenweichen und nach Kamille duftenden Toilettenpapier die Nase zu putzen und die Heulschlieren zu beseitigen. Keine Schritte, kein Türknarren. Susanne musste also noch auf sie warten, sogar ziemlich lang, weil aus den »zwei Minuten« mindestens zehn geworden waren. Ihre Kollegin stand tatsächlich bei den Waschbecken. Sie wirkte nun doch etwas ungeduldig.

»Tut mir leid«, sagte Hanna.

Susanne nickte nur mitfühlend und fuhr in einer fürsorglichen Geste über Hannas Arm. »Scheißzeit. Aber du packst das!«

Hanna nahm das Kleenex, das ihr Susanne reichte, dankbar an. »Heute hätten wir unsere silberne Hochzeit gefeiert«, sagte sie bitter, darum bemüht, nicht schon wieder loszuheulen.

»Ach, Silber, die paar Jahre ... Das zählt doch eh nicht ... Ich kenne niemanden, der das groß feiert ... Wenn's jetzt die goldene wäre ...«

»Dann hätte unsere Ehe fünfzig Jahre gehalten!«, begehrte Hanna auf, bevor sie sich tapfer den Rest verlaufener Wimperntusche vor dem Spiegel aus dem Gesicht wischte. »Außerdem hatten wir schon gebucht. Zwei Wochen Gran Canaria. Im besten Hotel ... Und ich hab noch nicht mal eine Reiserücktrittsversicherung.« Sie schluchzte auf.

Susanne hielt ihr das nächste Kleenex hin. »Hanna. Es sind erst zwei Wochen. Glaub mir. Du fühlst dich mit jedem Tag, der vergeht, besser.«

»Ich fühl mich jeden Tag beschissener. Du hast ja wenigstens noch Anja und Tobias ...«

Susannes noch nicht auszugsreife Kinder waren unschlagbare Argumente.

Susanne nickte. »Vielleicht solltest du die Vollzeitstelle doch annehmen. Arbeit lenkt ab«, schlug sie vor.

So ganz unrecht hatte sie damit nicht, vor allem, wenn Hanna daran dachte, dass sich Michael dreißig Jahre lang erfolgreich damit abgelenkt hatte, während es ihre Aufgabe gewesen war, sich um den Haushalt und die Kinder zu kümmern.

»Ich pack das einfach nicht mehr«, gestand Hanna. »Jeden Tag Leute, die eine Familie gründen wollen, die sich verliebt ansehen, Pläne schmieden ...«

»Wir können ja den Job tauschen«, schlug Susanne vor. Sie war für die »Rückabwicklung« des Familienglücks zuständig: geplatzte Hypotheken nach Trennungen, Neuvergabe an einen Partner, der den anderen auszahlte, und natürlich die Zwangsversteigerungen. Sie wäre dann wenigstens unter Gleichgesinnten. »Ich mein das ernst«, betonte Susanne, weil Hanna sie immer noch ungläubig ansah.

»Du bist echt süß, aber … da spielt doch der Vorstand nie im Leben mit.«

»Überleg's dir. Mehr als anbieten kann ich es dir nicht.«

Hanna nickte, holte tief Luft und betrachtete ihr Spiegelbild. Weiß wie die Wand, oder lag das jetzt nur an der zu dunklen Haartönung, die sie sich gestern aus lauter Frust und auf Susannes Anraten, um sich »etwas Gutes zu tun«, auf die Haare geschmiert hatte? Dunkelblond erzeugte ungute Kontraste. Zum Nachschminken war jetzt keine Zeit mehr. Die Winklers! Sie musste das nächste Nest finanzieren, auch wenn nach aktueller Scheidungsstatistik die Laufzeit der Hypothek vermutlich länger war als die gemeinsame Zeit im neuen Heim.

Michael konnte kaum glauben, wie schwierig es war, Fotos von Julia als Kind zu finden, auf denen sie nicht gerade irgendetwas in sich hineinstopfte oder eine Cola in der Hand hielt. Vor allem die Bilder ihrer ersten Italienreise glichen einer Fressorgie. Das war ihm damals gar nicht aufgefallen, auch nicht, als er sich letztes Jahr die Mühe gemacht hatte, alle Familiendias zu digitalisieren und die Fotos in eine Bildverwaltung einzupflegen, die einem die Möglichkeit gab, sich in Chronologie auf Zeitreisen bis in die eigene Kindheit zu begeben. Es war schön, alles nach Jahren geordnet auf dem Rechner zu haben oder das eine oder andere Bild nachzubearbeiten. Das gab ihm das gute Gefühl, sein Leben im Griff zu haben. Schon wieder eines dieser Fressalien-Fotos: die fünfjährige Julia im Kampf mit einer Riesenportion Spaghetti, die sie so gierig ansah, als hätte sie wochenlang nichts zu essen bekommen. Ihr Gesicht war komplett verschmiert. Michael musste herzhaft lachen.

»Was ist? Warum lachst du?«, rief Katrin aus dem Badezimmer, in dem sie sich nach der Arbeit für ein Wellnessbad zurückgezogen hatte. Das konnte Michaels bisheriger Erfahrung nach über eine Stunde dauern. Zeit genug, um die letzten Fotos für die Hochzeits-DVD, eine Diashow mit Musik aus allen Lebensetappen seiner Tochter, als Geschenk zusammenzustellen.

»Ach, die Kinderbilder ...«, rief er.

Michael scrollte weiter durch seinen Bestand. Mit jedem Mausklick flogen die Jahre nur so an ihm vorbei. Auf einem Schnappschuss, den Hanna von ihm gemacht hatte, hielt er einen Reiseführer in der Hand und las darin. Das war das letzte Jahr ohne Lesebrille, die schon bei der nächsten Bilderserie auf seiner Nase saß. Michael lehnte sich zurück und erinnerte sich daran, wie er seine Weitsichtigkeit festgestellt hatte. Schnell bewegte er sich mit der Maus zum entsprechenden Ordner: das Essen bei den Friedmanns. Ausgerechnet deren Wellensittich hatte ihm klargemacht, dass er eine Brille brauchte. Wenn man als Kind selbst so ein Federvieh gehabt hatte und einen gewissen Abstand vom »Landeplatz«, sprich dem eigenen ausgestreckten Zeigefinger, gewohnt war, fiel es auf, wenn diese Distanz auf einmal nicht mehr reichte, um »Hansilein« scharf zu sehen. Herbert Friedmanns lakonische Bemerkung hatte Michael sofort wieder im Ohr. »Also, ich hör schon die Totenglocken läuten«, hatte er gesagt, nachdem Michael sich gar nicht mehr hatte beruhigen wollen. Mittlerweile lag er bei zwei Dioptrien. »Degenerative Alterserscheinungen«, wie der Augenarzt sie ihm als völlig unbedenklich und normal versicherte, quasi eine Art »grauer Star«, wenn man es genau nähme. Toll! »Grauer Star light« also. Michael lehnte sich zurück und erinnerte sich, wie er sich an jenem Tag mit einem Schlag alt gefühlt hatte. Mit fünfundvierzig! Dabei war das doch noch gar nicht »alt«. Michael seufzte, was so laut gewesen sein musste, dass Katrin es wohl gehört hatte.

»Schatz. Was ist?«, rief sie ihm in beunruhigtem Tonfall zu.

»Nichts ... Nur Erinnerungen ... die alten Fotos.«

»Ich weiß, warum ich nie welche mache. Schau lieber nach vorn. Dann hast du mehr Lebensfreude und Energie«, erklärte sie. Das stimmte, aber andererseits ... Machten sie einem nicht zu dem, der man war? Schnell bewegte er sich weiter durch die »Timeline« seines Lebens. Hier der junge Mann, der eben seinen Führerschein bestanden hatte, dann Schulfotos vom Baggersee. Michael stellte anerkennend fest, wie durchtrainiert er einmal gewesen war. Und diese Alexa, die neben ihm auf der Decke lag. Wie hatte sie ihm den Kopf verdreht. Sofort folgte er der Spur dieser wohligen Erinnerung und klickte sich hinein in die Zeit der Unbeschwertheit, in der man noch das Gefühl hatte, die ganze Welt würde nur darauf warten, spielerisch erobert zu werden. Alexas Kleid, das sie auf dem Abschlussball trug, war tief ausgeschnitten. Das Gefühl ihrer Nähe, der Geruch ihrer Haut ... auf einen Schlag so präsent. Der erste Körperkontakt beim Blues nach der Tanzstunde, ihre weichen Brüste an seinem Oberkörper ... Michael gab sich diesem Gedanken so intensiv hin, dass er eine Erektion bekam. Sie rang ihm ein Schmunzeln ab, das jedoch sofort einfror, als er versuchte zu rekonstruieren, wann er das letzte Mal außerhalb der Bettkante spontan eine gehabt hatte. Während der Studienzeit auf jeden Fall, zum Beispiel bei langweiligen Vorlesungen. Er hatte seinen Blick dann viel lieber durch die Reihen bildhübscher Kommilitoninnen schweifen lassen. Vielleicht nach den ersten Berufsjahren in der Steuerkanzlei? Nein. Viel später. Auf alle Fälle aber vor Einsetzen der Weitsichtigkeit. Nur wann genau? Beides, der Wegfall von spontanen Erektionen und schwindende Sehkraft, war eher ein schleichender Prozess gewesen. An einen »Hansi-Effekt«, der ihm nachlassende Vitalität und einen sinkenden Testosteronspiegel vor Augen geführt hätte, konnte er sich jedenfalls nicht erinnern. Die Ehe, schoss ihm durch den Kopf. Eingespielte sexuelle Rituale, die den Lustmotor zum Erliegen brachten? Jein, nicht nur. Die Zeit, in der Hanna mit Julia schwanger gewesen war? Etwa die traumatische Erfahrung im Kreißsaal, in dem er die schwierige Geburt hatte mit ansehen müssen? Das hatte seiner Frau eines Geheimnisses beraubt und ihren Tempel der Lust entweiht – es hatte Monate gedauert, bis er wieder in der Lage gewesen war, sie auch nur anzufassen. Statt Sex zu haben, hatte er nächtelang wach gelegen, weil der kleine Schreihals keine Ruhe geben wollte. In der Zeit hatte er sein erstes graues Haar entdeckt. Vitalitätskiller! Altmacher! Oder lag das eher an seinem Job, der immer mehr Zeit und Energie verschlungen hatte? Stress, Stress und noch mal Stress! Kein Sport mehr! Schlagartig öffneten sich alle möglichen Ventile seines biologischen Speicherchips und spuckten, auch ohne sich durch die »Timeline« zu bewegen, eine wahre Flut an Ereignissen und Bildern aus, die seinen Puls beschleunigten und ein seltsames Unwohlsein in ihm hervorriefen. Warum nur diese Panik? Michael starrte wieder auf den jungen Mann, der er einmal gewesen war, um daran Halt zu finden.

»Bringst du mir ein frisches Handtuch?«, tönte es aus dem Badezimmer, bevor ein gurgelndes Soggeräusch verriet, dass Katrin ihre Wellnessrunde beendet hatte.

»Wo sind die? Im Schlafzimmer oben oder im Schrank im Flur?«

»Das weißt du immer noch nicht?«

»Du hast mir noch keinen Lageplan von deiner Wohnung gegeben«, witzelte er.

»Flur!«, hallte es zurück.

Und dort wurde er fündig. Katrin lugte aus dem Bad und lächelte ihn an, als er sie mit dem kuschelig weichen Badetuch erreichte.

»Wir brauchen eine größere Badewanne«, stellte sie verschmitzt fest, bevor er sie mit dem Badetuch umhüllte und an sich zog. Wie gut sie duftete. Wie gut sich ihr Körper anfühlte, der sich an seinen schmiegte. Und wie schön waren ihre Augen, die ihn so ansahen, als wollten sie ihn jeden Tag ein Stück mehr ergründen. Er sah sie an und genoss das Gefühl, das er aus der Tanzschule kannte. Es war gerade genau wie bei Alexa damals, nur dass Katrin viel hübscher war und ihre Küsse viel besser schmeckten.

Er war ja so süß! Julia kam es so vor, als würde ihr Herz immer noch mit seinem Zwei-Zylinder-Viertakt-Motor im Gleichklang schlagen. Auch die anderen Gäste des Restaurants im Univiertel, in das sie nach der Spritztour eingekehrt waren, warfen immer wieder einen Blick auf den knallroten Wagen.

»Hey, ich bin auch noch da«, beschwerte sich Lorenzo prompt.

Julia nickte eine Spur wehmütig. Am liebsten wäre sie mit dem »Kleinen«, wie Lorenzo ihn inzwischen auch nannte, die ganze Nacht durch Florenz gefahren. Sie konnte es immer noch nicht fassen, diesen Wagen zu haben und darüber hinaus noch einen so tollen Ehemann in spe, der ihr sprichwörtlich jeden Wunsch von den Augen ablas.

»Der Wagen ... Er ist so schön ... Ich ... Du bist ...« Julia war so gerührt, dass es ihr auf der Suche nach einem passenden Superlativ glatt die Sprache verschlug.

Lorenzo half da gerne aus: »Großartig?«

»Und ziemlich verrückt ...«, ergänzte sie wahrheitsgemäß.

Lorenzo zuckte nur mit den Schultern und hob das Glas.

»Können wir jetzt endlich auf deine Stelle anstoßen?«

Der Prosecco hatte schon aufgehört zu perlen.

»Wann fängst du an?«, wollte er wissen.

»Gleich nach den Schulferien.«

»Was hat deine Mutter dazu gesagt? Sie ist sicher sehr stolz auf dich«, sagte Lorenzo.

Dass er ausgerechnet nach Mama fragte, überraschte Julia, klammerte er doch sonst das Thema gerne aus.

»Ich hab sie noch nicht angerufen«, gestand sie.

»Warum? Ihr telefoniert doch sonst so oft.«

»Ich bin noch nicht dazu gekommen«, erklärte sie und hoffte, dass er nicht weiter nachhaken würde.

Doch er tat es, indem er sie eindringlich ansah.

»Wenn ich anrufe, um ihr von dem neuen Job zu erzählen, dann muss ich auch ... die Sache mit Papa ... Du weißt schon ...«

»Porco dio!«, stieß Lorenzo ungläubig aus. »Du hast es ihr noch nicht gesagt?«

Julia schüttelte nur betreten den Kopf.

»Julia. Die Hochzeit ist am Sonntag. Du kannst sie doch

nicht ins offene Messer laufen lassen«, entrüstete er sich. So viel Anteilnahme, wenn es um ihre Mutter ging, kannte Julia ganz und gar nicht an ihm.

»Ich schwöre dir. Wenn sie das weiß ... Sie kommt nicht ...«

»Julia!«

»Mensch. Du weißt doch ... ich musste Papa versprechen, dass ich meinen Mund halte«, rechtfertigte sie sich, wofür sie sich schämte, weil sie gerade versuchte, sich aus der Verantwortung zu stehlen.

Prompt legte Lorenzo seinen Finger in die Wunde. »Wenn ich mich recht daran erinnere, hast du dich gestern deswegen noch ganz schön mies gefühlt.«

»Mein Vater hat nicht ganz unrecht. Sie würde es sich nie verzeihen, wenn sie deswegen unsere Hochzeit verpasst.«

»Das tut sie auch, wenn sie nach ihrer Anreise der Schlag trifft.«

»Du dramatisierst!«

»Meine Mutter würde der Schlag treffen.«

»Die ist ja auch Italienerin.«

»Seit wann stört dich das?«

»Seit wann interessierst du dich dafür, ob meine Mutter der Schlag trifft?«, gab sie ihm Kontra.

Lorenzo schnaubte eingeschnappt. Na bravo! Der erste Streit in der Öffentlichkeit, und sofort hatte man dankbares Publikum, das mit gespitzten Ohren und fiesen Seitenblicken nur darauf wartete, dass es zum temperamentvollen Eklat kam. Und der stand kurz bevor, als Lorenzo ihr auch noch demonstrativ das Handy hinhielt.

»Bitte ruf sie an. Jetzt gleich.«

»Vom Handy? Das ist doch viel zu teuer«, hielt sie ihm entgegen.

»Das ist mein Firmenhandy. Wir haben eine Europa-Flatrate. Jetzt mach schon!«

»Ich denke überhaupt nicht daran …«

»Wenn du es nicht tust, dann tu ich es.«

»Das wagst du nicht.«

Und ob! Julia musste mit ansehen, wie er resolut im Adressbuch nach der Nummer ihrer Mutter suchte. Am meisten ärgerte sie sich darüber, dass Lorenzo auch noch recht hatte. Sie konnte ihre Mutter nicht auflaufen lassen.

»Nun gib schon her!«, sagte Julia und nahm ihm das Handy aus der Hand.

»Es ist richtig so, mi amor«, sagte er so sanft und überzeugend, dass es sich auf einmal richtig anfühlte, ihre Mutter anzurufen. Der Krampf in ihren Eingeweiden in Gedanken an das bevorstehende Telefonat eher weniger.

Normalerweise ging Hanna nach der Arbeit das kurze Stück von ihrer Garage zum Haus, ohne auf den Weg zu achten. Zu voll war der Kopf mit Überlegungen, was sie für ihren Mann oder Julia kochen würde, ob sie noch Lust hatte, den Wäscheberg wegzubügeln oder zu putzen. Das alles fehlte. Es gab auch keinen Grund mehr, nach Hause zu hetzen. Dort war sie allein … Also warum sich beeilen? Die Schritte wurden prompt langsamer, bis sie ganz stehen blieb und auf ihren Traum starrte, der in zwei Jahren abbezahlt sein würde. Genau dafür hatten sie jahrelang gearbeitet. Wenigstens der sündhaft teure weiße Aluzaun hatte die letzten Jahre schadlos überdauert. Er strahlte im Gegensatz zu ihrem Eheglück noch genauso weiß wie am ersten Tag. Hanna fragte sich nicht zum ersten Mal, ob sie das Haus verkaufen sollten. Michael hatte ihr bereits angeboten, sie auszubezahlen – ein Fall für Susanne also. Aber das alles aufgeben?

Ihren schönen Garten, dessen Duft sie so intensiv wahrnahm? Die neben dem Haus gepflanzten Blumenbeete, deren Farbenspiel ihr jeden Tag Freude bereitete? Die Grillecke mit dem gemauerten Backsteinofen, an dem sie so oft an lauen Sommerabenden mit Freunden zusammengesessen hatten? Ihre Broschüren sahen so aus wie das, was vor ihr lag. Daraus waren Träume gemacht – die sie verkaufte. Geplatzt! Also doch ausziehen? Wenn nur nicht so viele Erinnerungen an jedem Strauch kleben würden, an jedem Stück Erde, den ihr Blick streifte. Wer würde sich künftig um die Blumen auf dem »Massengrab« an ihrem Zaun kümmern, wie Julia es immer genannt hatte? Ihre zehn verstorbenen Goldhamster hatten dort die letzte Ruhestätte gefunden. Lucky, der Kater des Nachbarn, hatte diese Stelle als seinen Lieblingsplatz in der Sonne auserkoren, obwohl er oder vielleicht gerade weil er einen der Hamster auf dem Gewissen hatte. Trotzdem hing sie an dem schwarzweißen Kater, den sie ab und an mit frischer Milch versorgte. Das Telefon riss Hanna abrupt aus ihren Gedanken. Vermutlich Susanne, die ihr wie jeden Abend Mut zusprechen oder sie überreden wollte, etwas mit ihr zu unternehmen. Nach dem Spurt in Straßenschuhen über das empfindliche Ahornparkett – ein weiteres Indiz dafür, dass sich ihr Leben im Moment im absoluten Ausnahmezustand befand – war es aber Julia, die sie überschwänglich begrüßte.

»Hallo, Mama!«

»Wie geht's? Was machst du gerade?«, fragte Hanna ihre Tochter.

»Stell dir vor, Lorenzo hat uns einen Cinquecento gekauft. Der Wagen ist traumhaft.«

»Ist der nicht ein bisschen klein?«, überlegte Hanna laut, weil sie dabei sofort an das Thema ›Familienplanung‹ dachte.

»Nein! Der ist richtig, richtig klein. Baujahr siebenundachtzig. Wir passen gerade so rein.«

Hanna erinnerte sich daran, dass Julia schon nach ihrem Führerschein damit geliebäugelt hatte, sich so ein Gefährt anzuschaffen. Lorenzo musste das mitbekommen haben. Der Junge war mit allen Wassern gewaschen.

»Und den Job hab ich auch«, fuhr Julia fort. »Die Schule ist ganz in der Nähe unserer neuen Wohnung.«

»Großartig. Ich freu mich sehr für dich«, sagte Hanna, auch wenn es im Moment weniger Freude, sondern eher die Erleichterung darüber war, dass Julias »Abenteuer Italien« zumindest beruflich nicht im Fiasko enden würde wie ursprünglich erwartet.

»Wann kommst du?«, wollte Julia wissen.

»Morgen. Mit dem ersten Zug.«

»Schon morgen?« Hanna hörte eindeutig Widerwillen, wenn nicht sogar Panik aus Julias Tonlage heraus.

»Wenn dir das nicht recht ist ... Ich dachte, lieber etwas früher, damit ich Lorenzos Eltern in Ruhe kennenlernen kann.«

»Mama. Wir sind morgen den ganzen Tag in Siena unterwegs. Die Einkäufe für die Hochzeit ...« Julia klang zunehmend gestresst.

Was hatte das nun zu bedeuten? Frühe Anreise unerwünscht?

»Dann komm ich eben abends. Wenn euch das lieber ist«, schlug Hanna vor.

»Aber ich kann dich doch nicht am Bahnhof stehen lassen«, wandte Julia ein. Hielt sie ihre Mutter neuerdings für ein Kleinkind, das nicht allein in der Welt zurechtkam? Irgendetwas stimmte da nicht.

»Ich nehm ein Taxi«, schlug Hanna resolut vor.

»Na gut ... Übrigens, du kannst auch bei Lorenzos Eltern schlafen. Das ist doch sowieso viel besser als ein Hotel«, schlug Julia vor.

»Auf keinen Fall. Ich möchte ihnen nicht zur Last fallen«, erwiderte Hanna, was nicht ganz der Wahrheit entsprach, denn nie im Leben würde sie bei wildfremden Leuten übernachten, noch dazu bei einer italienischen Familie, die mit Sicherheit total chaotisch war. Da musste man sich ja nur die Wegstrecke, die der Apfel vom Baum gefallen war, zurück zum Ast ausrechnen. »Außerdem kann ich die Buchung nicht mehr rückgängig machen.«

»Mama ... Ich glaub, Papa ist im gleichen Hotel«, gestand Julia nun kleinlaut.

Daher wehte also der Wind. Hatte Michael ihr etwa gesteckt, dass sie ihrer Mutter den Hotelaufenthalt ausreden sollte? Stornieren kam nicht in Frage, schließlich konnte sie nichts dafür, dass es in diesem Kaff nur ein vernünftiges Hotel gab, das so kurzfristig noch etwas frei hatte.

»Wir haben fünfundzwanzig Jahre unter einem Dach gelebt. Ich glaub, die Nacht wird er überstehen«, sagte sie mit Nachdruck.

»Lorenzos Eltern würden sich aber auch freuen«, drängte Julia weiter.

»Wir sollten uns erst mal kennenlernen, bevor ich gleich dort übernachte.«

Funkstille! So schlimm konnte es doch nicht sein, wenn sie Lorenzos Eltern peu à peu kennenlernen wollte. Immer noch Funkstille! Das kannte sie schon von Julia. Zuletzt hatte sie es erlebt, als sie versucht hatte, ihrer Mutter klarzumachen, dass sie zu Lorenzo nach Florenz ziehen würde, um fortan in einer Einzimmerwohnung mit ihm zu hausen.

»Julia. Was ist los? Was soll das ganze Theater?«

»Mama …«, setzte Julia an.

»Jetzt mach schon«, hörte sie Lorenzo aus dem Hintergrund sagen, und wenn sie ihre Italienischkenntnisse nicht täuschten, sogar mit Nachdruck.

»Mama. Papa ist nicht allein …«, brach es schließlich aus Julia heraus.

»Stell dir vor. Das weiß ich …«, erwiderte Hanna, doch noch bevor sie den Satz zu Ende brachte, fiel ihr wie Schuppen von den Augen, dass Julia mit »allein« etwas anderes meinte. Funkstille! Nur diesmal auf der anderen Seite der Leitung.

»Mama?«

Noch nicht einmal die Hochzeit seiner Tochter war ihm heilig. Michael brachte tatsächlich seine neue Flamme mit. Respektlos. Schamlos. Unwürdig! Hanna hatte für einen Moment an diese Möglichkeit gedacht, sie aber angesichts ihrer langjährigen Ehe an der Seite eines Mannes, der sie immer fair behandelt hatte, sofort als Unmöglichkeit verworfen.

»Ich hab versucht, Papa das auszureden, aber … Mama. Bist du noch dran?«

»Ja.« Mehr brachte Hanna nicht mehr heraus. Und dann wurde ihr klar, warum Julia vorhin versucht hatte, sie möglichst lange von der Hochzeit fernzuhalten.

»Julia … ich weiß nicht, ob ich das kann«, sagte sie schließlich mehr zu sich.

»Ich find das ja auch nicht toll, aber Papa ist vermutlich so ein Feigling, dass er sich nicht traut, alleine zu kommen«, sagte Julia wenig überzeugend.

»Das glaubst du doch selbst nicht. Prahlen will er, weiter nichts … mit dieser Galionsfigur.«

»Katrin ist, glaub ich, ganz nett …«, deutete Julia an.

»Ach, ihr kennt euch schon.« Das wurde ja immer besser. Gemeinsame Sache also.

»Wir haben nur kurz gechattet ... per Video ... Katrin möchte mich auch kennenlernen, und Papa ist das, glaub ich, sehr wichtig.«

Auch noch einleuchtende Argumente, selbst wenn sie gestottert waren. Hanna wurde augenblicklich schlecht.

»Jetzt mach es mir doch nicht so schwer«, sagte Julia.

Hanna brachte kein Wort heraus.

»Du kommst doch?«, fragte ihre Tochter zaghaft.

Im Bruchteil einer Sekunde schlug Hannas Niedergeschlagenheit in pure Wut um. Die Hochzeit ihrer Tochter sausen lassen, nur weil Michael anscheinend völlig den Verstand verloren hatte? Mit Sicherheit nicht.

»Natürlich, mein Schatz«, sagte sie, obwohl sie sich für einen kurzen Moment überlegt hatte, die Hochzeit tatsächlich sausen zu lassen. Diesen Triumph würde sie Michael aber nicht gönnen.

»Dann bis morgen. Es wird bestimmt schön«, versprach sie, bevor sie sich verabschiedete. Und nach dem Klick kamen die Schockwellen, eine Mischung aus Wut und Verzweiflung über die Zwangslage, in die sie diese Hochzeit brachte. Die Wut überwog.

Kapitel 2

Zu Hannas großem Erstaunen war der Zug ab München so gut wie leer. Ein Abteil für sich allein zu haben, war Luxus pur. Wer fuhr schon zwischen den Pfingst- und den Sommerferien nach Italien? Auch die Autobahn und die Landstraßen, die teilweise von der Zugstrecke aus zu sehen waren, schienen wie ausgestorben. Hanna genoss es, für eine Weile entspannt aus dem Fenster zu blicken, auf das saftige Grün der vorbeiziehenden Wiesen und auf die Bergwelt Südtirols. Die Landschaft hatte etwas Beruhigendes. Schönes lenkte einen ab, soweit man von Ablenkung sprechen konnte, wenn sich die Gedanken gerade mal eine Minute lang nicht um die bevorstehende Hochzeit drehten. Um das endlich abzustellen, kramte Hanna ihren E-Book-Reader aus der Handtasche. Beim Lesen musste man sich konzentrieren, und endlich hatte sie mal Zeit dazu. So gesehen hatte es auch seine Vorteile, wenn man allein verreiste und kein Ehemann mehr mit dabei war. Das war ein äußerst schwacher Trost, aber ausreichend Motivation, um sich mit dem Bücherbestand auf ihrem Lesegerät zu beschäftigen. Über die Hälfte aller im Laufe der Zeit erworbenen Bücher hatte sie noch nicht einmal geöffnet. Die anderen waren bis auf wenige Ausnahmen nur angelesen. Hanna überlegte, wann sie sich das letzte Mal in Ruhe und ohne Zeitdruck hatte auf ein Buch einlassen können, ohne dass ihr irgendein Termin oder private Verpflichtungen im Nacken gesessen hatten. Da Hanna sich nur noch vage an den Inhalt der bereits angelesenen Bücher erinnern konnte, schloss sie die Augen und tippte auf irgendeines der Buchcover auf dem Display. Der Zufall sollte entscheiden. Ihr Finger erwischte dabei ausgerechnet Alessandro Manzonis Meisterwerk *Die Verlobten* – passende Lektüre im Vorfeld von Julias Hochzeit. Glücklicherweise war das Buch auf Italienisch. Es würde sie fordern und war die ideale Gelegenheit, sich wieder in die Sprache einzufinden. Das Unterfangen stellte sich aber schnell als äußerst ermüdend heraus. Es sorgte für Tiefschlaf bis Verona. Geweckt wurde sie, als die Abteiltür mit einem ratternden Geräusch geöffnet wurde. Ein älteres Ehepaar stand vor ihr.

»Entschuldigung. Ist hier noch frei?«, fragte der graumelierte Deutsche, der bereits über siebzig sein durfte.

Hanna fiel sofort auf, wie adrett er gekleidet war. Das Halstuch statt einer Krawatte passte gut zu seinem Leinenanzug. Das Hemd war perfekt gebügelt. Nun lugte seine Frau herein, ebenfalls eine gepflegte Erscheinung.

»Ja, natürlich. Kommen Sie herein«, sagte Hanna mit einladendem Lächeln. Erst jetzt realisierte sie, dass weitere Passagiere durch den Gang drängten. Natürlich. In Verona stieg man um, entweder in Richtung Venedig oder gen Westen. Hanna hoffte, sich keine Labertäschchen eingefangen zu haben. Nichts war schlimmer, als sich »Lebensgeschichten« anhören zu müssen, die einen gar nicht interessierten. Doch genau das Gegenteil war der Fall. Das Einzige, was er noch herausbrachte, war: »Schatz, magst du lieber ans Fenster?«, woraufhin sie nickte, Platz nahm und ihre Beine geflissentlich an sich zog, um ja nicht in Hannas Gehege zu kommen.

»Ach, das geht schon«, sagte Hanna und setzte sich nun auch aufrecht hin.

»Lassen Sie nur. Ich sitze bequem«, versicherte ihr die sympathische Frau. Ihr Lächeln war warm und herzlich. Ab diesem Moment herrschte Funkstille. Die Frau sah aus dem Fenster. Er tat es ihr gleich. Wie Wachsfiguren. Na gut, dann eben weiter mit Manzoni, überlegte Hanna, bis der Alte etwas tat, was ihr die Luft zum Atmen abschnürte. Seine Hand tastete zärtlich nach der seiner Frau. Wie von Magneten angezogen schienen ihre Handflächen derart passgenau ineinanderzuschnappen, dass man das Gefühl hatte, sie wären füreinander gemacht. Hanna war unfähig, eine weitere Zeile zu lesen. Sie starrte nur noch auf diese Hände, an deren Ringfingern zwei goldene Siegel der Verbundenheit bis in den Tod funkelten. Das Lächeln des Mannes signalisierte innigste Zufriedenheit und Glück. Sie kannte dieses Gefühl. Der Gedanke, es nie wieder selbst empfinden zu dürfen, tat weh. Hannas Augen füllten sich unwillkürlich mit Tränen. Sie ließ es geschehen, ohne Scham und ungeachtet der Fremden in ihrem Abteil. Warum nur musste der Alte ausgerechnet jetzt seinen Blick vom Fenster abwenden und sie in diesem desolaten Zustand sehen?

»Ist alles in Ordnung?«, fragte er besorgt, was auch noch seine Frau dazu brachte, Hanna ihre Aufmerksamkeit zu schenken. Sofort kramte sie ein Papiertaschentuch aus ihrer Handtasche und reichte es Hanna wortlos, aber mit viel Mitgefühl.

»Entschuldigung … Ich weiß gar nicht, was …«, stammelte Hanna und trocknete sich die Augen. »Meine Nerven sind im Moment nicht die besten … Mein Mann hat sich von mir getrennt, und ich … Entschuldigen Sie bitte«, erklärte sie mit belegter Stimme. »Und jetzt fahr ich zur Hochzeit meiner Tochter … Und er ist auch dort … Mit seiner Neuen«, fuhr sie fort. Nun war aus ihr ein Labertäschchen geworden, überlegte sie kopfschüttelnd.

»Das tut mir leid«, sagte der Mann mitfühlend. »Die vielen Trennungen. Das ist wohl ein Phänomen unserer Zeit«, sinnierte er.

»Wie lange sind Sie denn schon verheiratet?« Hanna konnte sich diese Frage nicht verkneifen.

»Wir haben letztes Jahr unsere goldene Hochzeit gefeiert«, sagte die Frau. »In Florenz. Dort haben wir uns auch kennengelernt. Und jetzt fahren wir wieder hin. Wir lieben die Toskana, müssen Sie wissen.«

»Das ist großartig«, erwiderte Hanna. Sie freute sich aufrichtig mit den beiden. »Wahrscheinlich fragt Sie das jeder, aber …«, setzte sie an, doch der Mann nickte nur wissend und fiel ihr ins Wort.

»Die meisten verstehen nicht, wie man es so lange miteinander aushalten kann«, kam er gleich zum Punkt.

»War nicht immer einfach«, warf seine Frau augenzwinkernd mit ein. »Aber das gehört doch mit dazu.«

»Ich weiß nicht, ob es ein Erfolgsrezept gibt. Das Merkwürdige ist, dass ich umgekehrt nicht verstehe, warum sich so viele Paare trennen, vor allem heutzutage«, fuhr der Mann fort.

»Da haben Sie recht. Eine gute Ehe ist eher die Ausnahme. Um ganz ehrlich zu sein: Ich kenne keine einzige«, sagte Hanna.

»Vielleicht sind die Menschen einfach nur unzufrieden mit ihrem Leben«, überlegte er.

»Das glaub ich nicht. Sie haben doch alles, was sie brauchen. Die wenigsten trennen sich aus materiellen Gründen oder weil ihnen etwas fehlt«, führte Hanna aus.

»Die äußeren Dinge meinte ich gar nicht. Eher Zufriedenheit mit sich selbst. Von innen ...«

Thesen dieser Art wirkten zwangsläufig in einem nach, wenn man die letzten Wochen damit verbracht hatte, unentwegt nach dem »Warum« zu suchen. Michael musste unzufrieden gewesen sein, sonst hätte er sich ja wohl kaum in eine andere Frau verliebt. Und sie selbst? War sie etwa auch unzufrieden mit ihrem Leben gewesen? Nein! Doch bei näherer Betrachtung fiel ihr abgesehen vom aktuellen Trennungsdesaster kein Grund dafür ein, was sie immer mehr aufwühlte.

»Ich glaube, dass sich die wenigsten voneinander trennen, weil sie sich nicht mehr lieben«, fuhr der Mann fort.

»Aber wenn man jemanden liebt, dann trennt man sich doch nicht«, entgegnete Hanna wie aus der Pistole geschossen, doch zwei Atemzüge später verlor sich der Absolutheitsanspruch ihrer Aussage: »Na ja, eventuell gibt sie ihm ja etwas, was ich ihm nicht geben kann. Sie ist jünger ...«

Ihr Gegenüber überlegte. Seine Frau musterte Hanna für eine Weile schweigend, bevor sie ihre Gedanken zu einer Frage formulierte: »Würden Sie sagen, dass Ihr Mann Sie geliebt hat, von ganzem Herzen?«

Hanna musste nicht lange überlegen, bevor sie nickte. »Aber Menschen verändern sich ... Er hat sich jedenfalls verändert«, sagte sie mehr zu sich selbst.

»Das ist doch kein Grund, sich zu trennen«, erwiderte die Frau. Ihr Mann nickte zustimmend.

»Aber natürlich ist das einfacher, als sich zu fragen, warum man selbst unzufrieden ist. Wir sind auch nicht mehr die, die wir mal waren, aber wir sind den Weg der Veränderung gemeinsam gegangen. Mal ich mit ihr. Mal sie mit mir. Vielleicht ist das das Geheimnis, nach dem uns alle fragen.« Er blickte zu seiner Frau, als ob er sich rückversichern wollte. Sie nickte. Auch Hanna leuchtete diese These unmittelbar ein. Fest stand jedoch, dass sich Michael dazu entschieden hatte, seinen Weg nicht mehr mit ihr zu gehen. Offenbar hatte er damit zumindest seine Probleme gelöst.

»Lovehandle« klang zwar wesentlich besser als Hüftgold oder, um die Sache mal beim Namen zu nennen, »Hüftspeck«, war aber nicht minder unangenehm. Da half es auch nichts, dass Liebe durch den Magen ging. Zu viel davon an der falschen Stelle war nicht nur ein gesundheitlicher Risikofaktor, sondern auch ein ordentlicher Vitalitätshemmer, wie Fred ihm unmissverständlich klargemacht hatte. Im Prinzip hatten sie sich beide Diäten verordnet. Michael verhalf Fred beim Abspecken seines Unternehmens und der Steuerlast. Im Gegenzug hatte sich der studierte Ernährungsberater, dessen Lifestyle-Unternehmen er seit einem Jahr zu seinen Klienten zählen durfte, Michaels überflüssiger Pfunde angenommen. Auf Zucker, Leberkäse und den üblichen Fast-Food-Kram zu verzichten, den sich das halbe Büro in den Mittagspausen zwischen den Terminen beim Metzger ums Eck reingestopft hatte, um fortan auf grüne Smoothies und überwiegend vegetarische Ernährung umzusteigen, hatte sehr viel Kraft und eisernen Willen erfordert. Katrin machte das schon seit Jahren. Dementsprechend schlank und straff war ihr Körper. Sie zu sehen, war Motivation pur, zumal es leichter war, sich ernährungstechnisch umzustellen, wenn es zu Hause niemanden mehr gab, der verführerisch Reichhaltiges auftischte. Jetzt zum ersten Mal wieder sagen zu dürfen: »Ich glaub, die Achtundvierziger ist mir zu weit«, erschien Michael im Hinblick auf die jahrelange häusliche Mast wie ein Traum.

»Vielleicht haben die noch eine Sechsundvierziger.« Er reichte Katrin die eben anprobierte Hose aus der Umkleidekabine eines gutsortierten Klamottenladens, den sie in der Via Banchi di Sopra, einer der schönsten Shopping-Meilen Sienas, gefunden hatten. Der Zwischenstopp auf ihrer Anreise nach Massa Marittima hatte sich schon allein deshalb gelohnt. Durch den halbgeöffneten Vorhang sah er Katrin zum Kleiderständer eilen. Sie war auf Zack. Alles, was sie anpackte, wurde zügig erledigt, ohne herumzulamentieren. Einen hellen Leinenanzug hatte er sich schon vor zwei Jahren in London kaufen wollen, aber Hanna war er zu jugendlich erschienen. Sollte sie doch denken, was sie wollte. Sofort überlegte Michael, ob er möglicherweise nur deshalb an diesem Anzug im Schaufenster hängengeblieben war, um jetzt erst recht das zu tragen, was sie ihm damals erfolgreich ausgeredet hatte.

Katrin reichte ihm die Nummer kleiner. Und sie passte. Wie angegossen, ohne den Bauch einziehen zu müssen oder zu fürchten, dass es den Knopf wegsprengte, was ihm nicht nur einmal passiert war, als er sich mit Gewalt in eine seiner alten Hosen hatte pressen wollen, nur um sich nicht eingestehen zu müssen, dass er zu fett geworden war. Auch das Jackett saß wie angegossen. Das Ensemble machte einen anderen Menschen aus ihm. Viel legerer. Der Dreitagebart gab ihm etwas Verwegenes. Michael gefiel sich gleich noch viel besser, als Katrin ihm einen anerkennenden Blick zuwarf.

Auch die Verkäuferin, ein junges Ding, die an seiner

Schulterpartie herumzupfte, war begeistert. »Com' è bello!«, schwärmte sie.

»Dass dir das mal nicht zu Kopf steigt«, sagte Katrin. Dann reichte sie ihm ein zitronenfarbenes Hemd aus leichtem Leinen sowie ein rötliches. So etwas hätte er vor Jahren nicht einmal beachtet, geschweige denn anprobiert.

»Fällt das nicht ein bisschen zu sehr auf?«, fragte Michael verunsichert.

»Jetzt sag mir bloß nicht, dass dir das nicht recht wäre«, erwiderte Katrin trocken.

»Ich möchte nur was Passendes für die Hochzeit meiner Tochter finden.«

Katrin sah so aus, als würde sie ihm das nicht abkaufen.

»Ich kann doch nicht in einem biederen dunklen Anzug auf einer toskanischen Hochzeit aufschlagen«, setzte er daher nach.

Katrin sah ihn immer noch fragend an. Einem psychologisch geschulten Coach konnte man nichts vormachen. Auch einer der Vorzüge dieser tollen Frau.

»Du willst Hanna zeigen, was du noch draufhast. Gib's zu.«

»Katrin. Jetzt sei nicht albern«, versuchte er, sie zu beschwichtigen, während er in das erste Hemd schlüpfte. Dass sie ihn durchschaute, bewies ja schon allein die Tatsache, dass sie diese Hemden ausgesucht hatte.

»Ich beschwer mich ja gar nicht, aber hab wenigstens den Mut, ehrlich zu sein.«

Michael begutachtete das rote Leinenhemd. Es passte gut zum Anzug.

»Na gut, ein bisschen schon …«, räumte er nun doch ein.

»Aber das ist jetzt nicht der Grund, weshalb ich mitkommen sollte«, setzte Katrin nach.

»Du wolltest Julia doch auch kennenlernen«, erwiderte er und nahm Katrin das zweite Hemd aus der Hand, um es ebenfalls anzuprobieren.

»Weil es dir wichtig war«, merkte Katrin an.

»Es ist mir auch wichtig. Wir sind ein Paar. Julia kann damit leben, also warum soll ich dich vor ihr verstecken, nur um auf Hanna Rücksicht zu nehmen?«

An Katrins Mimik konnte er ablesen, dass sie sich mit dieser Erklärung zufriedengab, doch irgendetwas beschäftigte sie noch.

»Ich bin nicht mitgefahren, um dein Schmuckstück zu sein«, stellte sie nun unmissverständlich klar.

Allein schon, dass sie über diese Möglichkeit nachgedacht hatte, machte ihm zu schaffen, denn letztlich steckte darin ein Fünkchen Wahrheit. Ja, verdammt. Hanna sollte ruhig sehen, wie man aussah, wenn man in einer glücklichen Beziehung war. Und mit Katrin war er glücklich, sogar sehr.

Julia wusste vom Hörensagen, dass Hochzeiten so ziemlich das Stressigste waren, was man sich im Leben antun konnte. Für eine italienische Hochzeit galt das in besonderem Maße. In Anbetracht der jüngsten Trennung ihrer Eltern und um zu vermeiden, dass sie sich begegneten, hatte Julia bereits überlegt, mit Lorenzo nach Las Vegas durchzubrennen. Das war eine echte Option und ging dort ja kurz und schmerzlos. Die Heiratsurkunde konnte man sich in Europa anerkennen lassen, wie Julia bereits recherchiert hatte. Für Lorenzo jedoch ein No-Go. Italienische Gene waren nun mal auf Romantik und Tradition geeicht. Das war auch der Grund, weshalb sie jetzt bereits seit fünf Stunden auf der Suche nach einem grünen Kleid waren.

»Und was, wenn das Kleid blau ist?«, fragte sie Lorenzo,

nachdem sie die Via Tornabuoni, eine der beliebtesten Einkaufsstraßen in Florenz, bereits abgelaufen waren, ohne fündig zu werden.

»Nichts. Es ist dann halt nur blau«, erwiderte Lorenzo.

»Na, dann bringt es doch auch kein Unglück«, schlussfolgerte Julia und hoffte, dass sie sich damit nicht täuschte, denn es gab in Italien anscheinend nichts, was nicht in irgendeiner Form Unglück brachte. So gesehen war es kein Wunder, dass sich das Land in einer Dauerwirtschaftskrise befand. »Und warum bringt ausgerechnet Grün Glück?«, wollte Julia wissen.

»Halt Glück für die Ehe ...«, sagte Lorenzo. Dünne Erklärung. Seine Miene hellte sich auf, als sie das nächste Schaufenster erreichten und ihnen gleich zwei grüne Kleider ins Auge sprangen.

»Glück allgemein oder irgendetwas Spezielles?«, fragte Julia nach, weil sie sich erinnerte, dass Glück oder Pech in Italien oft mit etwas Spezifischem verknüpft waren. Nur zu gut erinnerte sie sich daran, als Lorenzo wie von der Tarantel gestochen von der Couch aufgesprungen war, als sie es gewagt hatte, einen nassen Regenschirm nur mal kurz auf dem Tisch abzulegen, um aus den Schuhen zu schlüpfen, bevor sie ihn im Bad deponieren wollte. Angeblich würde dann ein Familienmitglied sterben.

»Man sagt, das bringt Fruchtbarkeit und reichen Kindersegen«, konkretisierte er nun doch.

Julia schluckte. Über Kinderplanung hatten sie bisher nur ganz vage gesprochen.

»Na ja, wir haben doch jetzt beide einen Job und können uns Kinder leisten«, erklärte er.

»Und in dem möchte ich vielleicht noch ein paar Jahre lang arbeiten, bevor ich so ende wie Mama«, versuchte Julia, ihm unmissverständlich klarzumachen, bevor sie den Laden betraten.

»Nur weil man früh Kinder hat, heißt das doch nicht, dass man sich später trennt.«

»Ich möchte aber auch noch ein bisschen leben. Und die Kinder abzuschieben, nur damit man ein paar Freiräume hat … Ohne mich.«

»Meine Eltern sind auch noch zusammen. Und glücklich.«

»Die sind ja auch Italiener, die daran glauben, dass sie in die Hölle kommen, wenn sie sich scheiden lassen«, erwiderte Julia und stellte fest, dass sie schon wieder dabei waren, in aller Öffentlichkeit herumzudebattieren. Aus ihr war anscheinend eine waschechte Italienerin geworden. So etwas nannte man erfolgreiche kulturelle Integration.

»Mir ist das nicht so wichtig, aber du machst meinen Eltern damit eine Freude. Außerdem ist das nun mal eine italienische Hochzeit.« Lorenzo konnte ganz schön trotzig sein.

»Du weißt genau, dass mir Grün nicht steht. Blond und Grün. Lorenzo. Grün macht mich leichenblass. Die Leute werden denken, dass ich krank bin.« Julia war froh, dass ihr dieses Argument noch einfiel, bevor sie den Kleiderständer erreichten, denn »die Leute« und »was sie denken oder reden« zog in Italien so gut wie immer.

Doch Lorenzo ließ sich auch davon nicht beeindrucken. »Bei Lindgrün würde ich dir recht geben, aber es gibt doch andere, kräftige Grüntöne. Das da, zum Beispiel, ist doch schön«, sagte er und deutete auf ein Kleid, das sie von jetzt auf gleich in einen Laubfrosch verwandeln würde, noch dazu in einen kränklichen. »Ein kleines Opfer für die Liebe«, säuselte er, und wenn ein Italiener »Amore« in den Mund nahm, wünschte man sich tatsächlich, ein Frosch zu sein.

Julia hatte den Kuss schon vor Augen, aber so leicht würde sie es ihm trotzdem nicht machen. »Gut. Ich probier's an, aber nur, wenn du den ganzen Tag ein Stück Eisen mit dir herumschleppst. Das bringt nämlich auch Glück«, erinnerte sie sich.

Lorenzo sah sie nur an, zuckte mit den Schultern und zupfte dann ganz unschuldig an seiner Hosentasche herum.

»Jetzt sag mir bitte nicht …«

Er nickte etwas beschämt.

Julia fackelte nicht lange und griff beherzt in seine Hosentasche, was ihr sofort den verstörten Blick einer Kundin einhandelte, die neben ihnen stand. Tatsächlich. Ihre Hand stieß auf etwas Hartes und Kaltes.

»Das ist die alte Tabakdose von meinem Großvater … aus Eisen«, erklärte er. »Das fühlt sich gut an. Deine Hand …«, sagte er dann genießerisch.

Wie gut es sich anfühlte, wurde Julia klar, als sie nun noch etwas anderes von festerer Konsistenz ertastete. Dazu kamen sein Schmachtblick und ein leicht wohliges Grummeln.

»Es ist doch nur für einen Tag«, bettelte er weiter.

Julia blieb gar keine andere Wahl mehr, als dieses Kleid anzuprobieren, und sie hoffte, dass es passte. Sie mussten ja auch noch etwas Blaues besorgen, denn in Italien galt wie überall auf der Welt: »Etwas Altes, etwas Neues, etwas Geliehenes, etwas Blaues.« Natürlich, wie Lorenzo ihr versichert hatte, kam diese Tradition angeblich aus Italien. Dass sich »Something old, something new, something borrowed, something blue and a six-pence in your shoe«, reimte und daher todsicher aus dem englischsprachigen Raum auf das europäische Festland herübergeschwappt war, hatte Lorenzo jeglichen Widerspruchs beraubt; was bei ihm selten war. Von ihrer Mutter würde sie eine Brosche bekommen, von Gina, Lorenzos Mutter, eine silberne Kette, die formell natürlich nur »geliehen« war. Das Brautkleid war neu, und eine blaue Blume, die sie sich ins Haar stecken würde, sollte schnell aufzutreiben sein. Allerdings musste, und auch das hatte ihr Lorenzo klargemacht, noch ein Geschenk von einem Freund mit dazukommen – sozusagen die italienische Variante, in der einem wenigstens das Geldstück im Schuh erspart blieb. Nur woher nehmen und nicht stehlen? Nachdem sie keine abergläubische Italienerin war und sich letzte Woche einen Armreif gekauft hatte, war der dann offiziell eben von einer »guten Freundin«. Lorenzo würde es nicht merken, und diese kleine Notlüge würde ihrem Glück mit Sicherheit nicht im Wege stehen.

Hanna genoss die etwa zwanzigminütige Taxifahrt von Follonica nach Massa Marittima, obwohl sie insgeheim darauf gehofft hatte, dass Julia und Lorenzo sie doch noch vom Bahnhof abholen würden. Julia steckte aber immer noch in Florenz und war mit den letzten Hochzeitsvorbereitungen beschäftigt. Immerhin hatte die Zeit für eine SMS gereicht. Es spielte letztlich auch keine Rolle, ob sie sich am Bahnhof oder später bei Lorenzos Eltern trafen. Bestimmt war es gut, Gina und Antonio erst einmal ohne die Kinder zu beschnuppern. Auf ein Paar, das es mitten in der Pampa ein Leben lang aushielt, war Hanna gespannt, aber auch auf die Gegend, in der sie lebten. Die Toskana hatte ja so viele Gesichter. Sie kannte bisher nur Pisa, Florenz und Siena. Maremma hieß dieser Abschnitt, auf den sie durch das Fenster des Taxis blickte – laut ihrem Reiseführer eine Ecke mit der geringsten Bevölkerungsdichte Westeuropas. Einlullende Idylle, saftiges Grün, Schäfchen hier, Schäfchen da. Högelige Weiten, auf denen Zypressen gen Himmel ragten. Einsame Steinhäuschen, die aussahen, als hätte man sie als liebevolles Accessoire in die Landschaft gesetzt. Und dann noch dieses magisch anmutende Licht, das jedem noch so vertrockneten Grashalm eine besondere Färbung verlieh und alle paar Kilometer weiter ein neues Kunstwerk schuf. Drei Landschaftsgemälde weiter erhob sich Massa Marittima vor ihr auf einem Hügel, den eine grüne Ebene aus Weinbergen und Olivenhainen umgab. Kaum zu glauben, dass hier laut ihrem Reiseführer achttausend Einwohner ansässig sein sollten. Die Stadt lebte überwiegend vom Tourismus und Weinbau, wie ihr der Taxifahrer erklärte, bevor eine Irrfahrt durch schmale Gassen begann. Dabei erzählte er ihr, dass der Ort ursprünglich eine ehemalige römische Siedlung gewesen sei, die früher von Sümpfen umgeben war und lange Zeit, was man in dieser Gegend gar nicht vermuten würde, vom Bergbau gelebt hatte. Sein Urgroßvater hätte sogar noch unter Tage Kupfer abgebaut. Das erste Berggesetzbuch der Welt sei hier entstanden. Hanna war platt. Das hätte sie dem unscheinbaren Ort, der in ihrem Reiseführer als romantischer Geheimtipp beworben wurde und gottlob keine touristischen Massenströme wie Florenz oder Pisa anzog, gar nicht zugetraut.

»Warum heißt der Ort eigentlich Marittima? Er liegt doch gar nicht am Meer«, fragte sie. Das »Mare« war kilometerweit entfernt. Auch das konnte der Taxifahrer ihr beantworten. »Sumpfiges Küstenland« hieß es übersetzt. Daher würden viele Orte in dieser Gegend den Zusatz tragen.

»Da vorn ist es«, sagte der Fahrer und deutete in Richtung einer Straße, die vom zentralen Platz, der Piazza Garibaldi, ins Zentrum der Altstadt führte. »Gleich neben dem Ristorante.« Genau, wie Julia es ihr beschrieben hatte.

»Halten Sie bitte hier«, entschied Hanna spontan. Das quirlige Leben dieses Platzes mitten in der Altstadt, der »Città Vecchia«, zog sie an wie ein Magnet. Cafés und Restaurants, deren Gäste hinter ausladenden Torbogen Schatten fanden, luden zu einer Pause ein. Der Platz war so weitläufig, dass selbst eine Gruppe Touristen, die ein Reisebus ausgespuckt hatte, sich darauf verlor. Junge Leute belagerten die Treppen, die zum Duomo, der prächtigen Kathedrale, führten. Später blieb noch genug Zeit für die Lombardos. Erst einmal das Terrain erkunden, dachte Hanna. Außerdem war sie neugierig auf das Innenleben der Kathedrale, in der Julia heiraten würde. So ein pompöses Gebäude, so wunderschön mit seiner weißen Fassade und den längs angebrachten Säulen, auf denen Löwenstatuen saßen. Die Lombardos mussten sehr einflussreich sein, wenn eine Hochzeit in so einem Prunkbau möglich war, überlegte Hanna, bevor sie die massive Eingangstür des Gebäudes öffnete und das Kirchenschiff mit Rollkoffer im Schlepptau in Augenschein nahm.

Hanna überraschten die einladende Kühle und wohltuende Stille, als sie das Gotteshaus betrat. Ein heller Säulengang, der eine lange Reihe dunkler Holzbänke umschloss, führte sie zu einem relativ unspektakulären Altar. Schlicht und freundlich. Sofort hatte Hanna ihre Tochter in weißem Brautkleid vor Augen, wie sie vor den Altar trat. In einem Nebentrakt stand eine Kerzenreihe. Hanna überlegte, eine Kerze für Julia anzuzünden und ihr viel Glück für das Abenteuer Ehe zu wünschen, entschied sich aber dagegen, weil ihr der gleiche Akt kurz vor der eigenen Hochzeit auch kein Glück gebracht hatte. Abgesehen von einem alten Mütterchen, das zusammengekauert in der vordersten Reihe saß, ein Gebet vor sich hin murmelte und dabei einen Rosenkranz hielt, schien sie die einzige Besucherin zu sein. Hanna beschloss, die Fresken an den Wänden näher zu betrachten. Ein großer Teil der Wandmalereien war verblichen. Im hinteren Bereich der Kathedrale stand ein Gerüst, über dem ein großes Leinentuch hing. Hanna musste unbedingt wissen, was sich dahinter verbarg, und zupfte vorsichtig daran, bevor sie es anhob. Hanna erschrak und stieß einen dumpfen Schrei aus, als ein lebloser Arm herabfiel und wie ein Pendel unkontrolliert vor sich hin baumelte. Ein zweiter Aufschrei folgte. Der eines Mannes. Die bis eben noch leblose Hand ruderte nun herum und suchte erfolglos nach Halt, bevor der dazugehörige Körper aus der Leinenumhüllung rutschte, diese gleich halb mit herunterriss und dann zu Boden platschte.

»Porco miseria«, fluchte ein graumelierter Mann in Arbeitskittel. Vermutlich der Hausmeister, der ein kleines Nickerchen auf dem Gerüst gemacht hatte.

»Scusi«, stammelte sie.

Der Mann sah sie nur verstört an. »Tedesca?«, fragte er.

Sah sie wirklich so deutsch aus?

»Sì«, erwiderte Hanna, bevor sie ihm die Hand reichte, um ihm aufzuhelfen. »Es ist mir furchtbar unangenehm. Ich war neugierig auf das Fresko …«, erklärte sie in überraschend flüssigem Italienisch. Die paar Seiten Manzoni hatten sich offenbar gelohnt, um wieder in die Sprache reinzukommen.

»Hoffentlich denken Sie jetzt nicht, dass alle Italiener bei der Arbeit schlafen«, meinte er und rieb sich sein Steißbein, auf dem er gelandet war.

Hanna musterte erst ihn, seine farbbeschmierten Finger und dann einige Pinsel sowie eine Farbpalette nebst Lumpen, die auf dem Gestell lagen.

»Sind Sie Restaurator?«, fragte sie.

Der Mann nickte und setzte dazu an, den verbleibenden Rest des Leinentuchs zur Seite zu ziehen. »Es wird noch eine Weile dauern, bis es fertig ist.«

Das Tuch gab ein Marienbild frei, das an einigen Stellen bereits nachgebessert war.

»Sie ist wunderschön«, sagte Hanna ergriffen.

Er nickte und sah nun auch andächtig nach oben. »Sie haben ihre Augen«, schmeichelte er Hanna, und schon suchte er Blickkontakt. »So sanft und klar ... ausdrucksstark«, schwärmte er.

Wenn einem das ein Italiener sagte, klang das sogar überzeugend, jedenfalls für einen Moment, bis Hanna sich klarmachte, dass sie gerade auf äußerst plumpe Art angemacht wurde.

»Finden Sie wirklich?«, fragte sie lasziv, nachdem sie sich dazu entschieden hatte, das Spiel dieses kleinen Casanovas mitzuspielen.

»Sie könnten für jeden Maler der Welt Modell stehen. Interessieren Sie sich für Kunst?«

Aha. Etappe zwei. Wenn sie sich darauf einließ, wäre ihr eine Einladung zum Essen sicher.

Hanna nickte eifrig. »Es ist nur so schade, dass man sich mit den meisten Männern darüber nicht unterhalten kann«, sagte sie und versuchte dabei, das arme unverstandene Frauchen zu mimen, das nur darauf wartete, dass er sich ihrer annahm. Und es funktionierte.

»Wenn Sie möchten ... Hier in der Nähe gibt es ein sehr schönes Restaurant. Ein Treffpunkt für Künstler. Ich lege Ihnen die Welt der Kunst zu Füßen«, bot er an, und zwar so charmant, dass Hanna für einen Augenblick lang tatsächlich über die Möglichkeit nachdachte. Kein Wunder, dass

Julia ihrem Lorenzo hörig war. Vermutlich hatte sie das Gen, bei Italienern schwach zu werden, von ihr geerbt. Gut, dass sie selbst mittlerweile gegen italienische Machos immun war.

»Vielleicht ein andermal«, stellte sie ihm mit unverbindlichem Lächeln in Aussicht.

»Sie wissen ja, wo Sie mich finden«, erwiderte er, nahm ihre Hand und deutete einen tiefergebenen Handkuss an. Unfassbar, diese Italiener! Schamloses Flirten im Antlitz des Herrn. Und das Schlimmste war, dass sie mit dieser Masche immer wieder durchkamen.

Kapitel 3

Hanna hatte bereits eine feste Vorstellung von den Lombardos, obwohl sie von ihnen gerade mal wusste, wo sie wohnten und dass sie dort ein Restaurant führten. Hier musste sie richtig sein: dreistöckiges Wohnhaus mit Innenhof und schräg gegenüber ein Restaurant namens »Sale e Pepe«. Die Umgebung und die Einwohner, denen sie begegnete, entsprachen ganz ihren Erwartungen. Zu ihrer Linken schraubte ein mittelalter Italiener im ärmellosen Feinrippunterhemd, dessen Haar von literweise Pomade nach hinten gegelt war, am Motor eines verrosteten Fiats herum, während seine Frau, in einem Kittel mit Blumenmuster, hinter dem Steuer saß und versuchte, den Wagen zu starten. Als dies nicht klappte, zwängte sie ihren Birnenleib aus dem Auto und musterte die »Touristin« skeptisch. Hanna hoffte inständig, dass die beiden nicht die Lombardos waren. Der Wagen stand nämlich unmittelbar vor der Einfahrt, durch die sie Julias Anweisungen nach in den Innenhof gelangen sollte. Sie ging hinein und erwartete kreuz und quer gespannte Wäscheleinen, herumstehende Plastikmöbel und allerlei Unordnung. Was vor ihr lag, sah aber eher aus wie ein Wellnesshotel – vom esoterischen Touch ganz abgesehen. War das Italien? Gut, der steinerne Springbrunnen sah nach Toskana aus, doch auf ihm standen Statuen, die aus der ganzen Welt zu stammen schienen, überwiegend das Inventar eines Asia-Ladens. Erst jetzt fiel Hanna auf, dass es hier auch noch wie in einem indischen Tempel roch. Die Räucherstäbchen steckten in einer Shiva-Statue, deren Hände zum Aschefänger umfunktioniert waren. Meinte Julia etwa das, wenn sie die Lombardos als etwas »abgefahren« beschrieb? Gebimmel von gewobenen Traumfängern, an deren Ende neben Federn auch noch Glöckchen hingen, und eine moderne Lounge-Ecke unter den Fenstern rundeten das leicht stilbrüchige Sammelsurium ab. Sogleich zog Hanna ihren handschriftlichen Zettel mit der Adresse hervor.

»Hanna?«, rief jemand von oben aus einem der Fenster, an dem ein rothaariges Sophia-Loren-Double mit einer Gießkanne in der Hand stand und nach unten sah.

Hanna nickte und war baff, denn nach einer italienischen »Mamma« sah diese Frau nicht gerade aus.

»Ich bin Gina. Lorenzos Mutter. Kommen Sie rein!«, rief sie herunter.

Also doch. So jung, wie sie von weitem aussah, hätte sie locker Mitte dreißig sein können. Der Eindruck hielt sich auch noch, als sie ihr im Halbdunkel des Eingangs ohne Vorwarnung in die Arme fiel.

»Hanna. Ich hab schon so viel von Ihnen gehört. Endlich!«, freute sich das anscheinend halbitalienische und halbindische Sondermodell.

»Ich hoffe, nur Gutes«, erwiderte Hanna, woraufhin Gina lachte.

»Einen Kaffee?«, fragte Lorenzos Mutter auf dem Weg zur Küche. Dort begegnete Hanna einer Fruchtbarkeitsgöttin, zwei Drachen und jeder Menge Steinelefanten, die auf einem Regal standen. Der süßlich aromatische Geruch von Sandelholz hing in der Luft.

Falscher Film! Wo waren die Kruzifixe an der Wand, die Marienbildnisse? Wo die Knoblauchzehen und die toskanischen Kräuter in der Küche? Hanna musste sich setzen. Den Kaffee brauchte sie jetzt.

»Alles Mitbringsel von meinen Reisen«, kommentierte Gina Hannas verstörten Blick.

»Lorenzo hat mir gar nicht erzählt …«, fing Hanna an.

»Ich glaube, Sie haben sich auch nicht so oft mit ihm unterhalten«, fiel ihr Gina ins Wort und sah ihren Gast dabei fragend, jedoch nicht unbedingt vorwurfsvoll an.

»Nun ja …«, erwiderte Hanna verlegen. Lorenzo musste seiner Mutter also von ihren Auseinandersetzungen aus seiner Zeit in München erzählt haben. Am besten, Hanna ging gar nicht weiter darauf ein. Wie Gina nahezu blind ihre knopf- und hebelbespickte Kaffeemaschine bedienen konnte, weil sie Hanna nicht mehr aus den Augen ließ, war sowieso viel interessanter.

»Ich weiß schon. Lorenzo hat Ihnen ziemlich viel Kummer bereitet«, fuhr Gina fort, bevor sie auf einen der vielen Knöpfe drückte. Mist! Der Trick, das inzwischen ratternde Kaffeemonster fasziniert anzustarren, hatte nicht funktioniert. Wenigstens konnte man sich bei dem Lärm nicht mehr unterhalten. Sofort hatte Hanna die Gründe für den »Kummer« vor ihrem geistigen Auge. Seinetwegen hatte sie eine Ausnüchterungszelle von innen gesehen, als sie ihn und Julia von der Polizei hatte abholen müssen. Seinetwegen hatte sie kaum noch geschlafen, weil er mit Julia phasenweise keine Nacht vor zwei nach Hause gekommen war. Hanna mochte gar nicht mehr daran denken.

»So schlimm war es nun auch wieder nicht«, sagte sie,

nachdem die Maschine nur noch sprudelnde Zischlaute von sich gab – aus purer Höflichkeit, und darüber ärgerte Hanna sich. »Hat er denn hier auch schon so viel getrunken?«, konnte sie sich nun trotzdem nicht mehr verkneifen.

Gina lachte. »Lorenzo ist ein guter Junge. Wir waren doch auch mal jung«, sagte sie. Den Rest hörte Hanna nicht mehr, weil die Monsterkaffeemaschine für die zweite Tasse erneut anfing zu rattern.

Hanna nutzte die kurze Verschnaufpause, um sich die Unordnung in der Küche näher anzusehen. Überall standen Tüten herum.

»Ich bin erst seit vorgestern wieder hier. Um ganz ehrlich zu sein, bin ich noch nicht einmal dazu gekommen, den Koffer auszupacken«, erklärte Gina ihr prompt.

»Wo waren Sie denn?«

»Nordindien. Ich war zwei Wochen mit dem Rucksack unterwegs.«

Allein die Gewürzpackungen, die noch in Beuteln auf der Anrichte der Küche standen, mussten Ginas halben Rucksack gefüllt haben.

»Reisen Sie gerne allein? Und Ihr Mann? Was sagt der dazu?«, musste Hanna fragen, weil sie nie auf den Gedanken gekommen wäre, ohne Michael zu verreisen. Dazu war die gemeinsame Zeit viel zu kostbar und der Urlaub viel zu knapp gewesen.

»Was soll er schon sagen?«, erwiderte Gina überraschend lapidar und reichte ihr den Espresso. »Auf der Terrasse ist es viel gemütlicher.«

Hanna nickte.

»Und wer kümmert sich dann um das Restaurant?«, fragte sie beim Hinausgehen.

»Es findet sich immer jemand aus der Familie, der einspringt«, erläuterte Gina.

Hanna paralysierte Ginas umwerfende Leichtigkeit. Die Freiheiten, die sie genoss, waren beneidenswert. Dementsprechend gedankenverloren trottete sie ihr auf dem Weg nach draußen hinterher.

»Vielleicht hätte ich das auch machen sollen. Einfach mal raus aus dem Familientrott. Da denkt man immer, Familienleben ist das Beste, was einem passieren kann …«, sagte sie mit einem Hauch Selbstmitleid, nachdem sie es sich in der Lounge-Ecke des Hofs bequem gemacht hatten.

»Familie ist doch toll. Ich hab die Zeit so was von genossen. Selbst den langweiligsten Strandurlaub, jedes Jahr im gleichen Kaff«, erstaunte sie Gina. »Aber alles zu seiner Zeit.«

»Und ab wann hat sich das geändert?«, fragte Hanna.

»Als Lorenzo anfing zu studieren … Mein Mann war berufstätig. Ich hab mich um den Haushalt gekümmert, jahrein, jahraus. Das war mir auf Dauer zu wenig. Der Eigentümer des Restaurants gegenüber suchte vor fünf Jahren einen neuen Pächter. Ich hab's übernommen. Das hat mich lange ausgefüllt, aber als Lorenzo ausgezogen war, hab ich es hier nicht mehr ausgehalten. Ich musste raus, in die Welt. Das war so ein großartiges Gefühl, endlich wieder etwas Neues zu erleben, fremde Kulturen, so viel Inspiration … Verstehen Sie?«

Hanna nickte, auch wenn sie es nicht so recht verstand, wie man Spaß daran haben konnte, allein in der Welt umherzugondeln.

»Ich könnte das gar nicht … Es ist doch viel schöner, wenn man die Eindrücke mit jemandem teilen kann«, erläuterte Hanna.

»Antonio hat sich nie viel aus Reisen gemacht. Außerdem hat er Flugangst.«

»Vermissen Sie ihn nicht, wenn Sie unterwegs sind?«

»Wir telefonieren … chatten … Antonio ist Gott sei Dank niemand, der ständig jemanden um sich haben muss.«

Wieder nickte Hanna etwas unentschieden.

»Na, leben Sie mal in diesem Kaff. Das ist wie eingesperrt sein. Ich hatte unentwegt das Gefühl, etwas im Leben zu verpassen.«

Das war allerdings nachvollziehbar.

»Michael hätte mir das, glaub ich, übelgenommen«, überlegte Hanna laut. »Eine Reise nach Indien hatten wir uns auch vorgenommen … Aber es kam ja anders …«, sagte sie bitter.

Gina nickte verständnisvoll. »Julia hat mir erzählt, dass Sie getrennt leben.«

Die Karten lagen jetzt also auf dem Tisch.

»Gut möglich, dass Antonio und ich uns auch getrennt hätten, wenn ich nicht eigene Wege gegangen wäre. Vielleicht hätte er meine Unzufriedenheit nicht mehr ertragen«, spekulierte Gina.

»Ich könnte jetzt nicht sagen, dass ich unzufrieden war«, sagte Hanna, doch spätestens seit der Zugfahrt und ihrem Gespräch mit dem älteren Ehepaar war sie sich dessen gar nicht mehr so sicher. Aber war eine räumliche Trennung tatsächlich eine Lösung, ein Allheilmittel? Auf und davon? Für Michael und Gina war es das, auch wenn Gina ihren Mann nicht verlassen hatte.

»Sie haben großes Glück mit Ihrem Mann«, merkte Hanna an.

»Ihm bleibt ja nichts anderes übrig …«, erwiderte Gina

augenzwinkernd. »Nein, im Ernst: Ich glaube, unsere Ehe ist dadurch sogar noch besser geworden.«

»Sie meinen, weil es Ihnen wieder gutging, hat das die Ehe belebt?«

Gina nickte, und ihr Blick schweifte hinüber zum Eingang. »Sie können ja meinen Mann fragen«, sagte sie und schmunzelte.

Hanna schaute in dieselbe Richtung und sah Ginas Theoriegebilde über die Ehe von jetzt auf gleich wie ein Kartenhaus in sich zusammenbrechen. Vor ihr stand der Restaurator aus dem Dom. Und jemand, der so unverschämt flirtete und Touristinnen anbaggerte, sah nicht nach einem selbstgenügsamen Mann aus, eher wie ein stilles Wässerchen, dessen Tiefe sie noch nicht einmal ansatzweise ergründen wollte.

»Antonio. Schau, wer da ist! Hanna«, rief Gina ihm zu.

Antonio wurde etwas bleich, als Hanna aufstand und ihm die Hand reichte. »Es freut mich sehr«, stammelte er.

Hanna lag schon auf der Zunge, dass er ihr ja jetzt wie versprochen etwas über Kunst erzählen könnte, doch sie schluckte die Bemerkung lieber herunter.

Was für ein schöner Tag. Michael freute sich darauf, ihn zusammen mit Katrin kulinarisch abzurunden. Sie waren abgesehen von einem jungen Touristenpärchen auf der Terrasse ihres Hotels allein mit sich, dem unwiderstehlichen Geruch italienischer Küche, der nach draußen zog, und einem gutgekühlten Hauswein, der sie erfrischte und die Müdigkeit des anstrengenden Tages mit fruchtiger Note vertrieb. Leichter Wind zog auf, der sich durch die engen Gassen zwängte und für einen kühlen Luftstrom sorgte. Katrins Füße lagen auf seinem Schoß. Und wie sie es genoss, dass er sie massierte, knetete und seine Hand an ihrem Spann entlangfahren ließ.

»Hör nicht auf«, säuselte sie mit geschlossenen Augen.

Ansporn genug, um diese großartige Frau, die sich ausgerechnet ihn ausgesucht hatte, weiter zu verwöhnen. Michael erinnerte sich an Freds Seminar über gesunden Lifestyle, bei dem sie zufällig neben ihm gesessen und sich unentwegt über seine Notizen amüsiert hatte.

»Warst du in der Schule auch schon so ein Streber?«, hatte sie ihn gefragt und sich lautstark amüsiert, als er ihr offen gestanden hatte, dass er sich altersbedingt nicht mehr so viel merken konnte und deshalb um die Notizen nicht umhinkam.

»Alles nur eine Frage des Gedächtnistrainings«, hatte Katrin erwidert und ihm in der Pause erklärt, wie sie ihre Klienten auf Vordermann brachte. »Coaching« nannte sie das. Warum sie Single war, hatte er sie gleich am ersten Abend beim Umtrunk mit den anderen Teilnehmern fragen müssen. Männer würden sie im Allgemeinen langweilen, zumindest privat. Zu machtversessen seien sie, zu sehr auf Sex fixiert und auf Themen, die sie nicht interessierten. Was hatte er nur an sich, dass er sie offensichtlich nicht langweilte? Ganz im Gegenteil. Sie schnurrte wie ein Kätzchen, bei jeder Berührung. Auch wenn ihre Fußsohlen sehr empfindlich waren und sie dort kitzlig war, konnte er sanft daran entlangstreichen, ohne sie aus ihrem tranceähnlichen Zustand zu wecken.

»Hast du das bei deiner Frau auch gemacht?«, fragte sie aus heiterem Himmel, ohne dabei ihre entspannte Sitzhaltung zu verändern oder ihn anzusehen. Warum kam ausgerechnet jetzt seine Frau ins Spiel? Den ganzen Nachmittag hatte er den Gedanken an ihre morgige Begegnung erfolgreich verdrängt.

»Früher mal … gut möglich«, versuchte er, sich zu erinnern, und erschrak darüber, dass sich das »Früher« bereits wie eine halbe Ewigkeit anfühlte. »Warum fragst du das?«, bohrte er nach.

»Weil du den ganzen Tag nicht von ihr gesprochen hast.«

»Wäre es dir lieber, wenn ich Tag und Nacht nur an sie und nicht an dich denken würde?«

Katrins Fuß verspannte sich merklich in seinen Händen.

»Aber ihr seht euch morgen. Macht dir das denn gar nichts aus?«

»Doch«, gab Michael notgedrungen zu.

»Warum sprichst du dann nicht darüber?« Nun setzte Katrin sich auf.

»Weil ich dich damit nicht belasten möchte.«

»Du belastest mich damit nicht.«

Katrin sah ihn wieder mit dem Blick eines Coaches an. Ihr konnte man nichts vormachen. Und Katrin kannte keine Tabus. Sie propagierte bedingungslose Offenheit, doch die konnte manchmal ziemlich anstrengend sein.

»Jetzt zum Beispiel denke ich daran«, sagte Michael.

»Und, wie fühlt sich das an?« Katrins Coaching-Motor lief anscheinend gerade warm.

»Sie ist so weit weg, aber vieles ist vertraut. Ich schäme mich, weil ich ihr weh getan habe. Zufrieden?«

»Es geht nicht um mich, Michael. Ich möchte, dass du glücklich bist«, sagte sie wieder entspannt. Das passierte immer, wenn er es fertigbrachte, sich zu öffnen und über seine Gefühle zu sprechen. Michael war sich mittlerweile sicher, dass sie sich dann noch ein Stück näherkamen. Es schaffte Vertrauen. Vertraute er ihr etwa mehr als Hanna? Michael konnte diese Frage nicht beantworten. Mit Hanna hatte er in den letzten Jahren nicht über seine Gefühle sprechen können. Mit Katrin dagegen schon, wahrscheinlich weil sie sich auf einer ganz anderen Ebene begegnet waren und Katrin von Anfang an klar zum Ausdruck gebracht hatte, dass sie darauf großen Wert legte.

»Wenn ich dich doch nur früher kennengelernt hätte«, musste er ihr jetzt einfach sagen.

Katrin freute sich, weil sie sicher spürte, dass dies aus vollem Herzen kam, doch einen kurzen Moment später verschwand ihr Lächeln wieder. »Dann wären wir vielleicht auch nicht mehr zusammen«, legte sie ihm ziemlich überzeugend nahe. Katrin hatte ihm immer wieder gesagt, dass sie die Ehe für überholt hielt. Sie glaubte an Lebensphasen. Hatte sie ihn nicht sogar mal als ihren Lebensabschnittsgefährten bezeichnet? Na und? In dieser Rolle fühlte er sich schließlich pudelwohl.

Was tun? Sich bei den Lombardos einquartieren, wie Julia vorgeschlagen hatte, und weiterhin so tun, als ob sie Antonio erst vorhin kennengelernt hatte? Oder auf stur schalten und unter einem Dach mit Michael und seiner neuen Flamme residieren, am Ende noch gemeinsam mit den beiden im Speisesaal frühstücken? Eine Wahl wie zwischen Pest und Cholera. Ein anderes Hotel suchen? Das hieße klein beigeben. Niemals! Von Michael würde sie sich nicht vertreiben lassen, und das Frühstück konnte sie sich auch aufs Zimmer bringen lassen. Also doch ins gebuchte Hotel gehen.

»Das kommt gar nicht in Frage!«, war Ginas klare Ansage auf Hannas Bitte, ein Taxi zu rufen.

Hanna überlegte, wie sie gegen Ginas Entschlossenheit und Inbrunst ankam. Im Hotel zu übernachten würde Gina und Antonio sicher kränken. In puncto Familienehre unterschieden sich die Lombardos wahrscheinlich kaum von anderen italienischen Familien, auch wenn Gina sie tendenziell an eine ausgeflippte Münchner Esoterikerin erinnerte.

»Aber das Hotelzimmer ist schon bezahlt, und wenn ich es jetzt absage … Man kann Reservierungen nicht so kurzfristig stornieren«, sagte sie und hoffte, dass dieses nicht von der Hand zu weisende Argument griff.

»Ich kenne den Hotelier. Er ist ein guter Freund der Familie. Ich rufe ihn an«, sagte Antonio und erstickte damit den letzten Protestversuch. Gefolgt von Gina trug er daraufhin ihren Koffer nach oben, in sein Reich, wie sich nach wenigen Treppenstufen herausstellte. Endlich Italien! Selbst der Duft der Räucherstäbchen ließ deutlich nach. Der Geruch von alten Holzmöbeln, fast einen Tick modrig, lag in der Luft. Das erste Kruzifix hing bereits am Ende der Treppe. Ein Blick, den sie beim Vorbeigehen in einen der Nebenräume erhaschen konnte, verriet, dass der Raum links Antonios Arbeitszimmer sein musste – die Wände waren voll mit der Heiligen Mutter in allen Variationen: Bilder, Ikonen und mindestens drei Statuen – eine weitere lag auf der Werkbank. Gleich neben dem Bad, ein wahres Prunkstück mit Specksteinboden und alten Fliesen, die sehr kostbar aussahen, lag ihr Reich – jedenfalls für die nächsten Nächte.

»Ich hoffe, es gefällt Ihnen«, sagte Gina.

Und wie es ihr gefiel. Richtig heimelig. Duftende Blumen auf der Anrichte, frische Handtücher über der Lehne eines Holzstuhls, der vor einem Sekretär stand. Das Bett war frisch bezogen. Fast sah es so aus, als hätten sich die Lombardos fest darauf eingestellt, sie als Gast zu haben.

»Es ist großartig«, schwärmte Hanna, was Gina und Antonio sichtlich entspannte.

»In einer Stunde gibt's Essen. Und nach meinen Spaghetti sind alle Sorgen vergessen«, versicherte Gina mit einem Blick, der keine Widerrede duldete. Der Glaube, dass Nudeln glücklich machten, war anscheinend tief in der italienischen Seele verwurzelt. Wenn es nur so einfach wäre.

»Spaghetti Pollo. Niemand macht sie so gut wie meine Gina«, fügte Antonio genießerisch hinzu und legte vertraut, wohl um auch den Flirt in der Kirche wieder wettzumachen, seinen Arm um Ginas Hüfte.

»Ich fürchte, da kann ich leider nicht mitessen«, merkte Hanna an.

»Sie mögen keine Spaghetti?«, fragte Gina entgeistert.

»Ich vertrag sie nicht«, desillusionierte sie die Köchin des Hauses. Eine kleine Notlüge, denn an sich waren nicht die Nudeln, sondern die Beilage das Problem. Ihnen zu erklären, warum sie Hühnchen verabscheute, dazu hatte Hanna im Moment keinen Nerv, zumal sie den Grund dafür erfahrungsgemäß nur verdrängen konnte, solange sie nicht auch noch darüber sprach. Lieber kürzte sie das Ganze ab. »Glutenunverträglichkeit«, erläuterte sie, um Gina wieder etwas versöhnlicher zu stimmen, was auch gelang.

»Wir finden etwas anderes. Aber Wein trinken Sie?«

Hannas wohlwollendes Nicken zeigte Wirkung. Ginas Laune hellte sich im Nu auf.

»Fühlen Sie sich wie zu Hause«, sagte Gina, bevor sie ihren Mann aus dem Zimmer drängte, worüber Hanna froh war, denn dieser Typ hatte ihr vorhin schon wieder verstohlen in den Ausschnitt gesehen. Täuschte sie sich, oder hatte sie gerade ein »Grazie a Dio!« aus Ginas Mund vor der Tür vernommen? Ihre angebliche Glutenunverträglichkeit schien sie damit auf alle Fälle nicht gemeint zu haben.

Julia war dank Ginas SMS bestens informiert und froh darüber, dass Lorenzos Eltern ihre Mutter bei sich zwangseinquartiert hatten. Trotzdem rechnete sie mit mieser Stimmung, weil ihre Mutter Unpünktlichkeit ganz und gar nicht schätzte.

»Sag ihr doch, wir hätten im Stau gestanden«, schlug Lorenzo vor, kurz bevor sie mit ihrem Cinquecento sein Elternhaus erreichten. Diese Ausrede zog immer. Sie konnten ihr ja schlecht sagen, dass sie sich mit den Hochzeitsvorbereitungen so viel Zeit gelassen hatten und wieder einmal alles »in letzter Minute« erledigt werden musste. Diesen Vorwurf hatte sie von ihrer Mutter nämlich schon oft genug gehört. Doch von Verstimmung war keine Spur, obgleich sie bereits alle am Tisch saßen und auf sie warteten. Kaum hatte ihre Mutter sie erspäht, überwog die Wiedersehensfreude. Sie strahlte sie verzückt an, sprang auf und fiel ihr erst einmal in die Arme.

»Julia ... Lass dich ansehen ...«, sagte Hanna im Glückstaumel, der sich aber rasch legte, als sie Lorenzo ins Visier nahm. »Lorenzo, hier hast du also deine Kindheit verbracht.«

Lorenzo nickte betreten. Wie Julia ihre Mutter einschätzte, versuchte sie gerade, einen Zusammenhang zwischen Lorenzos Art und Ginas Hang zur Esoterik herzustellen.

»Das Gepäck ...«, sagte er, sah dabei aber ihre Mutter an. Diesen verschreckten Blick kannte sie an ihm. Lorenzos Fluchtinstinkt war geweckt.

»Das kann warten«, ergriff Gina nun die Initiative. »Jetzt wird erst einmal gegessen!«

»Komm, setz dich zu mir«, bestimmte Hanna und hakte sich gleich bei Julia ein, um sie auf den freien Stuhl neben sich zu plazieren. »Meine Julia«, seufzte sie und sah sie dabei etwas wehmütig an.

»Aus ihr wird bald eine Frau«, fügte Gina an, bevor sie drei Schalen mit Hähnchen, Spaghetti und Rosmarinkartoffeln servierte. »Ich hoffe, die Kartoffeln sind Ihnen recht«, sagte Gina, als sie den Beilagenteller vor Hanna abstellte.

»Ich liebe Rosmarinkartoffeln ... Der Duft von Rosmarin ... einfach traumhaft«, schwärmte diese wie von Sinnen. Dass ihre Mutter eine Vorliebe dafür hatte, war Julia neu. Dass Gina offenbar auf Wunsch ihrer Mutter etwas anderes als Spaghetti gekocht hatte, wertete Julia jedoch als gutes Zeichen.

»Unser Lorenzo ist ein richtiger Glückspilz, nicht wahr Gina?«, warf Antonio ein, während er die Weingläser füllte.

Das würde ihre Mutter sicher unterschreiben, wenngleich sie sich bestimmt dachte, dass er ihre Tochter gar nicht verdient hatte. Ihr Blick war immer noch auf Lorenzo gerichtet, der ihr gegenübersaß. Sie musterte ihn wie am Tag ihrer ersten Begegnung in München.

Antonios und Ginas Anspannung deutete darauf hin, dass sie irgendetwas fühlbar Unausgesprochenes zwischen Lorenzo und Julias Mutter wahrnahmen. Die einsetzende Stille sorgte für Unbehagen. Genau vor diesem Moment hatte sich Julia gefürchtet. Hoffentlich stand ihr nicht ein Abend mit Zwangskonversation bevor.

Antonio hob sein Glas unvermittelt zu einem Trinkspruch: »Brindisi a la famiglia.« Dann bot er allen das Du an. »Antonio.« Gina und ihre Mutter schlossen sich dem an.

Julia hob ihr Glas ebenfalls, doch Lorenzos Zögern sprach Bände. Das Lächeln, das sich ihre Mutter eben abrang, auch. Das konnte ja ein heiterer Abend werden.

Antonios Lobgesang auf seinen Sohn wollte gar nicht mehr aufhören. Hanna wusste jetzt so ziemlich alles über ihren Schwiegersohn in spe – alles Gute. Dem Exklassensprecher, Schulsprecher, Drittbesten im Fechtverein und Torschützenkönig bis zur zehnten Klasse war das fast ein wenig unangenehm, hatte er doch gelegentlich versucht, seine überragenden Leistungen etwas zu relativieren, und sogar einmal eingeworfen, dass sein Vater seinen Gast nicht mit den alten Geschichten langweilen sollte. Ein schöner Zug, den sie an Lorenzo noch gar nicht kannte.

»Lorenzo arbeitet jetzt in einer der größten Kanzleien Italiens«, musste aber noch gesagt werden.

»Auf welches Fachgebiet hast du dich denn spezialisiert?«, fragte Hanna interessiert nach.

Lorenzo schien diese Frage gar nicht zu gefallen. Warum der bedeutsame Blickwechsel mit Julia?

»Scheidungsrecht«, sagte er schließlich etwas betreten, womit die bis jetzt erfolgreich verdrängten Gedanken an ihre eigene Scheidung, die ihr sicher bald bevorstand, wieder präsent wurden. Die Runde Mitleid, die nun aus der Mimik der Lombardos abzulesen war, drückte die Stimmung. Um das bis eben in Gang gekommene Gespräch über Italien, den hervorragenden Wein dieser Gegend und Ginas Einblicke in gute italienische Küche nicht wieder versiegen zu lassen, beschloss Hanna, das Heft selbst in die Hand zu nehmen.

»Na, dann hab ich ja bald einen Anwalt in der Familie«, sagte sie offensiv, aber schmunzelnd und leichthin, was eher dem Chianti als ihrer Gemütsverfassung geschuldet war. »Du könntest mir ein paar Tipps geben«, fuhr sie fort.

»Das mach ich … Klar«, rang Lorenzo sich perplex ab.

»Aber dann wäre Lorenzo doch parteiisch«, protestierte Julia und sah dabei ihren Künftigen vorwurfsvoll an.

»Ja, und?«, fragte Hanna.

»Also Mama. Wirklich«, protestierte Julia kopfschüttelnd. Der Hauch von Empörung, der nicht zu überhören war, regte Hanna auf.

»Und selbst wenn. Was ist denn so schlimm daran, wenn Lorenzo für mich Partei ergreift? Ich hab jedenfalls niemanden verlassen, weil mein Hormonspiegel mit mir durchging.«

»Soll ich mich jetzt etwa auch von Papa scheiden lassen?«, fragte Julia und erzeugte damit Totenstille. »Ich möchte mich da raushalten ... neutral bleiben ...«, setzte Julia nach.

»Ach ja?« Hanna konnte sich die Bemerkung angesichts der »Neutralität« ihrer Tochter gegenüber ihrem Vater nicht verbeißen.

»Katrin ...?«, fragte Julia, Ahnungslosigkeit und Verunsicherung mimend.

»Ich hab sie nicht eingeladen«, sagte Hanna in aller Deutlichkeit.

»Ich auch nicht«, erwiderte Julia.

»Dann hat dein Vater ja wieder einmal seinen Willen durchgesetzt. Und ich geb auch noch mein Hotelzimmer auf, damit er ja nicht gestört wird«, erwiderte Hanna.

»Wir haben Sie wirklich gern bei uns«, untermauerte Gina mit warmherzigem Lächeln. Antonio tat es ihr gleich. Alle steckten sie also unter einer Decke, um sie aus der »Schusslinie« zwischen ihr und ihrem Mann zu nehmen. An sich ja ein schöner Zug, doch Hanna verabscheute jede Form von Manipulation, noch dazu, wenn es um ihre Gefühle ging. So viel zum Thema »Gastfreundschaft«. Darüber konnten auch die Rosmarinkartoffeln nicht hinwegtäuschen, auch wenn sie zugegebenermaßen verdammt gut geschmeckt hatten.

Vermutlich gewöhnte man sich an alles. Aus Michael, dem notorischen Langschläfer, der es an Wochenenden nie vor zehn aus dem Bett geschafft hatte, war Michael der Frühaufsteher geworden – zwangsweise, wobei man bei so einer hübschen Frau an seiner Seite praktisch gar nicht von Zwang reden konnte. Das war eher die sanfte Gewalt guter Argumente. Man musste Katrin ja nur ansehen, um zu kapieren, dass sie von ihrem gesunden Lebensstil profitierte. Dazu gehörte es auch, zwischen sechs und sieben Uhr aufzustehen und deutlich vor Mitternacht zu Bett zu gehen. »Early to bed and early to rise makes you healthy, wealthy and wise.« Nach dieser Devise lebte sie. Man hatte dann auch mehr vom Tag, allerdings waren langjährige Gewohnheiten nicht so leicht abzustellen. Man musste das Beste daraus machen, und was konnte besser sein, als Katrin beim Schlafen zuzusehen, wenn man vor Mitternacht einfach noch nicht genug Bettschwere verspürte. Michael liebte es, ihr entspanntes Gesicht, das sie ihm zuwandte, zu beobachten, ihren regelmäßigen Atem zu hören, sie zu riechen. Das war sein neues Ritual, um dann doch noch zu christlicher Zeit glücklich und zufrieden einzuschlafen. Heute Nacht ging der Schuss aber nach hinten los, denn eines war gewiss: Diese Momente konnte man nicht festhalten, und sie vergingen viel zu schnell. Wo waren nur die letzten Jahre geblieben? Die Zeit war verflogen, und sie tat es im Moment. Wie viele Jahre würden ihm noch bleiben? Zwei seiner Kollegen hatten sich bereits mit Mitte fünfzig aus dem Leben verabschiedet. Dann blieben ihm rein rechnerisch noch gerade mal zwei, drei Jahre. Es fühlte sich fast so an, als würde in der Lebensmitte Gevatter Tod geboren. Seine Bedrohung wurde spürbar. Man sah ihn in der Ferne, aber die Distanz schien rasant zu schrumpfen. In jungen Jahren war der Tod viel zu diffus und abstrakt, als würde man selbst davon gar nicht betroffen sein. Nun hatte er ihn immer öfter klar vor Augen. Das machte ihm Angst. Das nervöse Flimmern in der linken Brust setzte ein, die Unruhe, genährt von der Angst, dass bald alles vorbei sein könnte. Ticktack! Ticktack! Wann hatte das angefangen? Ab wann hatte sich die Lebensuhr schneller gedreht? Ab wann waren aus Jahren gefühlte Monate, aus Monaten Wochen und aus Wochen Tage geworden? Die Jahre schienen keine dreihundertfünfundsechzig Tage mehr zu haben. Sie bestanden nur noch aus Kernereignissen: Silvester, Julias Geburtstag im Mai, der von Hanna und sein eigener im Juni, dem Pfingsturlaub, dem Ende der Bundesligasaison, Oktoberfest, Weihnachten. Alles hatte mit Julias Geburt angefangen. Ein Kind schien das Leben zu beschleunigen – sogar dramatisch. Unzählige berufliche Verpflichtungen waren mit dazugekommen. Der Gedanke, vielleicht nur noch zwanzig Jahre vor sich zu haben, hieß in aller Konsequenz, nur noch zwanzigmal Weihnachten feiern zu dürfen, zwanzigmal Julias Geburtstag – alles nur noch zwanzigmal. Zwanzig! Das war doch gar nichts. Aber waren zwanzig Jahre nicht doch relativ lang? Michael stand mitten in der Nacht auf und ging zum Tisch, um sein Smartphone zu holen. Er musste nachsehen, wo die Zeit geblieben war, suchte wieder Halt an seinem digitalen Bildbestand. Und in welchen Abschnitt der letzten Jahre er auch hineinschaute, es fühlte sich an wie gestern. Allerdings fiel ihm auf, dass immer dann alles weiter zurückzuliegen schien, wenn er sich verändert hatte, sei es beruflich oder privat. Die Hochzeit, Julias Geburt, der Einzug ins Haus, seine Seniorpartnerschaft in der Steuerkanzlei. Diese Einsicht spendete ihm Ruhe. So gesehen, waren zwanzig Jahre doch eine lange Zeit. Aber warum fühlte sich das manchmal trotzdem so kurz an, wenn man nach vorn sah? Michael ging weiter zurück, bis in die Schulzeit. Dreizehn Jahre bis zum Abi. Sie waren extrem langsam vergangen. Das Bild mit Alexa am Baggersee erinnerte ihn daran, wie lange sechs Wochen sein konnten. Die Sommerferien. Sie wollten damals einfach nicht vergehen. Und was waren sechs Wochen heute? Ein Wimpernschlag. Nun fiel ihm ein, was Katrin in einem ihrer letzten Vorträge gesagt hatte. »Neue Ziele halten jung!« Man musste sie sich nur setzen. Michael erinnerte sich an seine damaligen Ziele. Achtzehn werden! Man konnte es nicht erwarten, und die Zeit verging unendlich langsam. Führerschein! Das gleiche Gefühl. War die Zeit in den letzten Jahren womöglich nur deshalb so schnell vergangen, weil er keine Ziele mehr hatte? Der Gedanke beschäftigte ihn. Er war aber auch beruhigend, denn nun hatte er ja wieder welche. Sie würden sein Leben erneut drastisch ändern. Damit konnte er die Vergänglichkeit überlisten, den Fluss des Lebens wieder verlangsamen, wenn auch nur subjektiv. Balsam für die Seele, die jetzt hoffentlich an Katrins Seite endlich zur Ruhe kommen würde.

Im Grunde hatte Hanna sich fest vorgenommen, noch heute Nacht mit ihrer Tochter in aller Ruhe über ihre »Neutralität« zu reden, doch Julia, die Müdigkeit vorgetäuscht hatte, war mit Lorenzo nach oben entschwunden. »Oben« war ein Nebenraum von Antonios Heimwerkstatt, das ehemalige Kinderzimmer, wie Gina ihr erklärt hatte. Antonio selbst hatte sich verzogen. Ginas Ansicht nach entweder in seine Stammkneipe oder in die Kirche, um dort an seinen Fresken weiterzuarbeiten, was er oft spätnachts tat. Kein Wunder, dass er tagsüber auf Baugerüsten schlief.

»Mach dir keine Sorgen. Julia geht's gut«, sagte Gina, die ihr auf der Couch im Innenhof gegenübersaß. Ab und an hörte man Kichern von oben und ein seltsames Fiepen, das Hanna nur allzu gut kannte. Julia gab immer dann solche Geräusche von sich, wenn man sie an bestimmten Körperstellen berührte. Das war schon als Baby so gewesen, wenn sie gewickelt werden musste. Hanna schmunzelte bei dem Gedanken an diese schöne Zeit, aber nur kurz, denn diese Körperstellen erkundete Lorenzo offenbar gerade – und sie waren fast alle in der Nähe des Intimbereichs. Gina kommentierte dies mit einem amüsierten Blick nach oben. Die laue Nacht und das frisch verliebte Paar erinnerten Hanna an die Zeit, als sie selbst ein Jahr in Italien gelebt hatte. Die Zeit der großen Träume. Aus einem Studium der Kunstgeschichte war dann doch eine lausige Banklehre geworden, obwohl damals alles möglich schien. Und jetzt, im Nachhinein? War es richtig gewesen? Hanna wusste es nicht. Sie war hineingewachsen in einen Beruf, der sie nicht ausfüllte, in eine Ehe, die in die Brüche ging. War Julia gerade dabei, die gleichen Fehler zu machen?

Gina sah ihr dieses Wechselbad der Gefühle zweifelsohne an. Sie griff wortlos nach ihrer Hand und schenkte ihr ein aufmunterndes Lächeln. »Alles wird gut. Lorenzo wird sie glücklich machen«, sagte sie.

»Du bist ja wenigstens näher dran an den beiden. Florenz ist nicht weit«, seufzte Hanna. »Du hast Antonio … lebst in dieser Idylle …« Doch da war etwas, worum Hanna Gina noch ein bisschen mehr beneidete. »Und du bist trotzdem frei … verreist viel … Ich könnte nicht einmal das.«

»Das ist einfach. Buchen, Koffer packen, und los geht's.«

Gina hatte recht, nur gab es für Hanna im Moment nichts Schlimmeres, als allein zu sein.

»Ich hab's womöglich verlernt, irgendetwas auf eigene Faust zu machen«, räumte sie ein.

»Wie kann man das verlernen?«, fragte Gina.

Hanna zuckte ratlos mit den Schultern. »Dabei wollte ich das doch immer. Mal raus aus dem Trott ... und jetzt, wo ich es könnte ...«

»Was hält dich davon ab?«

»Gewohnheit?«, überlegte Hanna laut. »Das fing schon an, als Julia auszog. Ich war nur noch traurig. Das Haus ... es fühlte sich so leer an ... Und diese Leere, die hat mich regelrecht gelähmt.«

»Ich hab auch zwei Tage lang geheult, als Lorenzo nach Florenz ging. Allein schon das Packen. Entscheiden, was man wegwirft, was man behält. Die ganze Kindheit verschwindet in Mülltüten, im Keller oder in Umzugskisten. Aber dann war es gut, auf einen Schlag«, meinte Gina.

»Antonio hat dir sicher Halt gegeben«, mutmaßte Hanna, woraufhin Gina eine Weile überlegte, bevor sie antwortete.

»Nein. Das ging alles von mir aus. Ich kann dir das nicht erklären, aber es fühlte sich so an, als ob ich von heute auf morgen jemand anderer wurde. Keine Mama mehr zu sein ... Das war auf einmal so befreiend ...«

»Immerhin hat Antonio deine Veränderung akzeptiert.«

Nun nickte Gina.

»Ich glaub, Michael hat nicht einmal mitbekommen, was mit mir in der Zeit los war.«

»Hast du denn mit ihm darüber gesprochen?«

»Dafür hatte er schon lange kein Ohr mehr ... Nein ... Er hat sich immer mehr zurückgezogen ... und er hat sich irgendwie verändert. Michael war mir manchmal richtig fremd ... und jetzt ...«

»Vielleicht hat er genau wie du unter der Situation gelitten. Julia war aus dem Haus, und ihr beide wart allein mit euch und euren Problemen, über die ihr noch nicht mal reden konntet. Hanna. Das ist ein ganz normaler Beziehungsklassiker.«

Auch wenn Gina damit unter Umständen recht hatte, erklärte das aber noch lange nicht, warum Michael sie verlassen hatte.

»Wie war das bei Antonio, als Lorenzo auszog?«, wollte Hanna nun ganz konkret wissen.

»Er hing ein bisschen durch, genau wie ich, aber ... Weißt du, er zieht Kraft aus seinem Beruf. Die Kunst ist sein Leben. Für ihn hat sich ja nicht so viel geändert.«

»Michael ging auch in seinem Job auf. Er hat nie geklagt, hat viel verdient ...«

»Wenn er so zufrieden war mit sich und seinem Leben, dann hätte er jetzt keine neue Frau«, schlussfolgerte Gina resolut. Sofort musste Hanna an das Gespräch im Zug denken. Gina blies doch glatt ins gleiche Horn wie das ältere Ehepaar.

»Man verlässt den anderen doch nicht, weil man mit seinem Leben unzufrieden ist. – Und was ist mit Liebe?«, stemmte sie sich dagegen, bevor sie nach kurzer Überlegung fortfuhr: »Ich sehe das ganz anders. Antonio ist immer noch mit dir zusammen, weil er dich liebt. Michael liebt eine andere. So einfach ist das«, entschied Hanna, wobei sie sich zugleich fragte, ob man es sich wirklich so einfach machen konnte.

Ginas Blick war dementsprechend skeptisch. »Und du? Liebst du Michael noch?«, fragte sie und sah ihr dabei direkt in die Augen.

»Lieben? Wofür? Dass er jetzt eine Jüngere hat? Dass er unsere gemeinsamen Pläne über den Haufen schmeißt? Wie kann man jemanden lieben, der einen noch eine Reise zur silbernen Hochzeit buchen lässt und dann … Lieben? Ich hasse ihn!«, sagte sie.

»Also liebst du ihn doch noch«, resümierte Gina keck.

Das Dumme daran war, dass Hanna dem weder zustimmen noch widersprechen konnte. Sie wusste es nicht, und das war noch viel schlimmer.

Kapitel 4

Hanna war froh darüber, dass sich die familiäre Verstimmung des vergangenen Abends mit den ersten Sonnenstrahlen, die den Innenhof der Lombardos in weiches Licht tauchten und Ginas glitzerndes Asia-Sammelsurium zum Leuchten brachten, gelegt hatte. Das Thema »Papa« galt von nun an als ausgeklammert. Heute war »Mutter-Tochter-Tag«. Hanna war mit Julia schon beim Frühstück übereingekommen, dass er dabei nichts zu suchen hatte. Gleiches galt für Lorenzo, aber als Chauffeur, der sie zum »Aussteuer-Shopping« nach Siena fahren durfte, war er geduldet. Dass sich Julia noch gar keine Gedanken über all das gemacht hatte, was man in einem gemeinsamen Haushalt benötigte, fand Hanna schockierend.

»Kind, du brauchst anständiges Geschirr«, hatte sie ihr mit Nachdruck ans Herz gelegt. Jeder Protest war zwecklos. Schönes Porzellan musste her, und davon gab es in Siena ein schier überwältigendes Angebot. Allerdings hatte ihre Tochter eine ganz andere Vorstellung von »schön«.

»Stell dir vor, ihr habt mal Gäste. Jetzt, wo Lorenzo in einer Kanzlei arbeitet. Da kannst du den Leuten doch kein IKEA-Geschirr hinstellen«, sagte Hanna, bevor sie mittlerweile den dritten Porzellanladen betraten, der neben traditionellen Blumenmustern und toskanischen Motiven, die auch für Hanna nicht in Frage gekommen wären, eine große Auswahl an originellen Formen und Schlichtem mit Pep zu bieten hatte. Besonders hatte es ihr ein modernes und vergleichsweise mondänes weißes Service angetan. Eine Soßenschale aus mattem Porzellan, die auf einem Absatz aus Holz stand, gehörte ebenfalls dazu. Holz mit Porzellan zu kombinieren war originell. Ein Set aus Dänemark, dem Land der verrückten Designideen. Vermutlich konnte sich Julia deshalb dafür erwärmen. Ihr Wohlwollen hielt jedoch nicht lange an, weil sie sich die Preisetiketten genauer ansah.

»Mama, das ist viel zu teuer. Achtzig Euro allein für dieses Teil«, wandte Julia ein.

»Gefällt es dir, oder gefällt es dir nicht?«

»Schon ... aber ...«

»Jetzt mach dir mal um das Geld keine Sorgen.«

Immerhin zog Julia es nun wieder in Erwägung, stellte es dann aber zurück ins Regal und sagte: »Du kennst Lorenzos Geschmack doch gar nicht. Ich glaub nicht, dass ihm das gefällt.«

»Na gut. Also, was würde ihm denn gefallen?«, fragte Hanna.

»Wenn du uns einmal in Florenz besucht hättest, dann wüsstest du das«, sagte Julia mit unverkennbar vorwurfsvollem Unterton.

»Mensch, Julia. Du weißt doch ... Papa und ich, wir hatten einfach keine Zeit ... und seit der Trennung konnte ich mich nicht dazu aufraffen«, erwiderte Hanna schweren Herzens.

»Sei ehrlich. Du magst Lorenzo nicht. Das war der Grund.«

Das war mit ein Grund gewesen, aber Hanna beschloss,

kein weiteres Öl mehr in dieses Feuer zu gießen. »Er ist schon in Ordnung. Sieht toll aus. Du liebst ihn … Seine Familie ist nett … Vermutlich hab ich ihn völlig falsch eingeschätzt«, lenkte Hanna ein, bevor sie das nächste Ensemble aus Tellern, Schalen und Accessoires in Augenschein nahm.

»Und wie hast du ihn eingeschätzt?«, fragte Julia.

»Ich sage nur Oktoberfest und Grillfeier an der Isar«, präzisierte Hanna ihren guten Vorsätzen zum Trotz.

»Mein Gott. Er war betrunken.«

»Und ich war die alte Schnecke, der Spaßverderber«, ergänzte Hanna. Das Öl floss wieder, und dementsprechend loderte das Feuer.

»Das hat er nicht so gemeint, und das weißt du auch.«

»Mir kam Lorenzo irgendwie nicht solide vor. Und jetzt ist er Scheidungsanwalt. Unglaublich«, sagte Hanna mehr zu sich.

»Nicht solide?«

»Na, dich hat er jedenfalls von jetzt auf gleich zur Partymaus gemacht, und zweimal Komasaufen reicht, um sich als Mutter ernsthafte Gedanken zu machen, Julia. Du hast, bis ihr euch kennengelernt habt, keinen einzigen Tropfen Alkohol getrunken, noch nicht mal an Silvester!«

»Ist man deshalb gleich unsolide?«, fragte Julia verwundert.

»Er hat mir auch zu viel mit anderen herumgeflirtet … Selbst auf dem Polizeirevier.«

»Wie … in der Nacht … etwa mit der blonden Polizistin?«

»Ach, das hast du mitbekommen?«

Julia schmollte für einen Augenblick, bevor sie antwortete: »So sind sie halt …«

Weil ihre Tochter jetzt doch wieder lächelte und ihren Blick interessiert über die Regale wandern ließ, wollte Hanna es nun mit einem Nicken gut sein lassen. Wie italienische Männer waren, das wusste sie aus ihrer eigenen Studienzeit nur allzu gut.

»Freust du dich denn wenigstens ein bisschen auf die Feier?«, fragte Julia auf dem Weg zum nächsten Regal, das knallrotes Geschirr zu bieten hatte.

»Natürlich freu ich mich … Vielleicht hat es mich auch nur überrascht, dass du so früh heiraten willst.«

»Ihr habt doch auch relativ früh geheiratet«, hielt Julia ihr gleich unter die Nase.

»Eben«, erwiderte Hanna. Mehr gab es dazu auch nicht zu sagen.

Julia nickte brav, bevor sie mit dem Zeigefinger pfeilartig auf das ausgestellte Service deutete. »Das hier, das ist es!«

Rot. Die Farbe der Liebe. Vermutlich war Julia im Moment komplett verblendet, aber immerhin war das Service schick, bei genauerer Betrachtung sogar recht elegant.

»Gut. Wir nehmen es! Die liefern das doch, oder?«

In diesem Augenblick fuhr Lorenzos Wagen vor.

»Pünktlich auf die Minute«, stellte Hanna anerkennend fest. »Aber irgendwie hab ich noch gar keine Lust heimzufahren«, meinte sie und beschloss in dem Moment, sich Ginas Spontaneität zu eigen zu machen, sprich, mal etwas allein zu unternehmen. Sie wusste zwar noch nicht, was, aber den Segen ihrer Tochter hatte sie.

»Na dann viel Spaß, Mama! Bis heute Abend«, sagte sie und verabschiedete sich mit einem Kuss auf die mütterliche Wange. Den zweiten gab sie Lorenzo, als sie in den Cinquecento stieg.

Jung und verliebt waren sie. Hoffentlich reichte das. Bei ihr hatte es das ja nicht, sinnierte Hanna.

Noch nie zuvor hatte sich für Michael die asiatische Lebensweisheit, dass der Weg das Ziel war, derart stimmig und zugleich belebend angefühlt, zumal er wusste, nun auf dem richtigen Weg zu sein. Einem Etappenziel, dem Weinberg auf halber Strecke zwischen Massa Marittima und Grossetto, kamen sie mit jedem gefahrenen Kilometer näher. Michael mochte die Weite und luftige Gliederung der Rebstockreihen, die an ihnen vorbeizogen. Sie passte zu seinem neuen Leben. Da war Raum zum Durchatmen, Raum, um sich zu bewegen, vogelfrei und in alle Richtungen. Und es war höchste Zeit, sein Leben in neue Bahnen zu lenken. Wenn man alles erreicht hatte, was im Beruf möglich war, trat lähmender Stillstand ein. Es gab kaum noch etwas, was einen forderte, kaum noch einen Grund, sich auf etwas zu freuen, weil man schon alles erreicht hatte, auch in materieller Hinsicht. Man verlor den Lebenshunger, war regelrecht lebenssatt. Ein ermüdender und erschöpfender Dauerzustand. Der Anfang vom Ende. Es blieb einem nichts mehr anderes übrig, als alt zu werden, als »Seniorpartner« – allein schon das Wort war furchtbar. Kein Wunder, dass er sich am Abend, als seine Kollegen mit ihm feiern wollten, abgeseilt hatte. Doch Titel konnte man ablegen, Gedanken abstellen, indem man sich neue Gedanken machte – Katrins Worte. Und genau das tat er. Im Hier und Jetzt leben, den Moment genießen: den azurblauen Himmel, den Fahrtwind und das satte Grün der Rebstöcke, das mal blau, mal violett getupft war.

»Ich hab mich schon als Kind gefragt, wie man aus blauen Weintrauben Rotwein machen kann«, sagte Katrin, während sie aus dem Fenster ihres Cabrios blickte.

»Keine Ahnung. Aber sei froh, dass das so ist. Oder würdest du lieber irgend so eine blaue Brühe trinken?«, erwiderte Michael amüsiert.

Katrin lachte. »Was ist an diesen Trauben denn so besonders?«, wollte sie wissen.

»Der Boden und das Klima. Die Nähe zum Meer. Daraus zieht der Sangiovese seine ganze Kraft.«

»Und das schmeckst du?«

»Man riecht und schmeckt es.«

»Na ja, vermutlich nur ein Weinkenner. Ich kann dir nur sagen, ob ein Wein trocken, herb oder lieblich ist. Manchmal ist er fruchtig, oder erdig. Ich hab mir sogar mal den Geschmack von Holz eingebildet.«

»Das ist doch schon mal sehr gut für den Anfang«, stellte Michael anerkennend fest und erinnerte sich daran, dass er vor Jahren auch nicht viel mehr über Wein gewusst hatte. Man musste sich mit ihm beschäftigen, um wirklich etwas darüber sagen zu können. Fortbildungen und kulinarische Entdeckerfahrten waren dabei sehr hilfreich. Er dachte augenblicklich an die Kurse der Volkshochschule, Seminare in Weinkellereien im In- und Ausland – mit Hanna. Vermutlich war die Liebe zum Wein die einzige Gemeinsamkeit, die sie noch hatten. Nach vorn schauen! Katrins Worte. Ganz spontan hatte er das Bedürfnis, nach ihrer Hand zu greifen. Das Gut des ersten Weinbauern, der sein Lieferant werden sollte, lag vor ihnen – seine Eintrittskarte in ein erfülltes Leben, mit Katrin an seiner Seite.

Auf dem Weg zum historischen Zentrum Sienas überlegte Hanna, wann sie sich das letzte Mal allein durch eine fremde Stadt hatte treiben lassen. Das musste doch tatsächlich während ihrer Studienzeit gewesen sein. Alle Reisen danach waren mit Michael gewesen, später dann als Familie, gemeinsam mit Julia. Auch in Siena hatten sie schon einen Kurzurlaub verbracht, kurz vor Julias Einschulung. Von der Stadt selbst hatte Hanna damals allerdings kaum etwas mitbekommen – kein Wunder, wenn man unentwegt auf der Suche nach dem nächsten Klo war. »Mama, ich muss mal«, fehlte ihr nun regelrecht. Es gehörte zu Siena wie die engen Straßen.

Jetzt hätte sie endlich die Zeit, um sich ganz der Stadt und ihrer Architektur zu widmen. Aber auf einmal fühlte sich Siena weniger lebendig an. Die Gebäude wirkten trister, die Steinmauern renovierungsbedürftiger, auf alle Fälle aber grauer und fahler als noch vor einer halben Stunde in Julias Beisein. Dabei schien die Sonne weiterhin genauso intensiv vom blauen Himmel. Allein sein entzog dem Leben anscheinend Farbe. Und sie schien irgendwie auch die Einzige zu sein, die nicht so recht wusste, was sie mit dem angebrochenen Tag anfangen sollte. Noch einen Porzellanladen anschauen? Shoppen? Nein! Schon wieder setzte jene altbekannte Antriebslosigkeit ein, die bis zur Lähmung führen konnte, doch zum ersten Mal ärgerte sie sich darüber. Gegen diese Durchhänger gab es Abhilfe. Hanna erinnerte sich daran, dass am Piazza del Campo immer etwas los war. Man musste sich nur irgendwo auf dem weiten, muschelförmig angelegten Platz niederlassen, der sich am Dom mit dem hohen Stadtturm anschloss. Dort konnte man Menschen beobachten, hier und da ein Lächeln ernten oder sogar mit Passanten ins Gespräch kommen. In der Theorie. Ein Lächeln erntete man offenbar nur dann, wenn man Unbeschwertheit ausstrahlte. Nur woher nehmen und nicht stehlen? Wenn um einen herum jeder mit jedem sprach, ob studentische Grüppchen oder Paare, Leute, die am Kiosk standen, und man selbst völlig isoliert auf den Stufen einer Anwaltskanzlei hockte, kam einem die Welt so richtig ungerecht vor. Versuch gescheitert. Abhaken. Hanna fiel ein, dass Gina ihr gestern den Tipp gegeben hatte, eine Weinhandlung ganz in der Nähe aufzusuchen. Den besten Wein sollte es dort geben. Plan B also, der sich nach einem kurzen Spazierweg über das nahegelegene Unigelände schnell realisieren ließ. Allerdings zu einem hohen Preis – der Erinnerung an ihre Studienzeit in Florenz. Die Zeit vor Michael. Und schon saß sie wieder auf einer Treppe. Diesmal vor dem Eingang zur Universität. Ein Fehler! Zu viele verliebte Pärchen flirteten oder tauschten Zärtlichkeiten aus. Ich bin zweiundfünfzig. Mein Mann hat mich verlassen. Ich werde nie wieder glücklich sein, so wie damals, schoss es ihr durch den Kopf. Selbstmitleid kann so schön sein, so süß. Es erreichte jede Körperzelle und drang immer tiefer in einen ein. Der junge Kerl auf dem Motorrad, die junge Blonde, die er abknutschte – das alles hatte sie selbst einmal erlebt. Die bloße Erinnerung an diese Lebendigkeit, die ihr in den letzten Jahren abhandengekommen war, ohne dass sie es überhaupt bemerkt hatte, machte ihr nun bewusst, wie komplett anders sie früher einmal gewesen war: eine Frau, die einfach nur in den Tag hineinleben konnte, ohne Sorgen. Nur den Moment zu genießen, hatte sie über die Jahre tatsächlich verlernt.

Dieser Rossi war eine verdammt harte Nuss. Michael wusste aufgrund erster Recherchen, dass der Italiener bereits einige potente Abnehmer für seinen Wein hatte, und dass es ihm nicht schlecht dabei ging, ließ sich leicht ersehen. Sein Haus aus sandfarbenen Natursteinen war riesig. Mit den zwei Türmen und zwölf Zimmern, wie Rossi ihnen auf Nachfrage mitgeteilt hatte, sah es aus wie eine Burg, mitten auf einem Hügel, der von Weinstöcken eingekesselt war. Wer so ein Anwesen sein Eigen nennen durfte, der konnte es sich leisten, direkt zu sein.

»Ich zweifle nicht an Ihrem Konzept einer Weinhandlung mit italienischem Flair, aber wir haben bereits Abnehmer auf der ganzen Welt«, hatte ihnen der etwa gleichaltrige Weinbauer direkt nach Beendigung der Small-Talk-Phase eingeschenkt. Wenn Katrins Charme und Interesse an der Herstellung von Spitzenweinen ihn nicht irgendwie verzaubert hätten, wäre es zu gar keinem Rundgang mehr gekommen, der im Grunde eher eine Führung für Katrin war. Vielleicht lag es aber auch nur daran, dass Rossi lange in der Nähe von Heidelberg gelebt hatte und Katrin aus dieser Ecke Deutschlands kam.

»Mitte September wird geerntet. Nach dem Abbeeren wird der Wein gekeltert«, führte Rossi fast akzentfrei aus und deutete auf einen großen Zylinder.

»Abbeeren?«, fragte Katrin bei ihm nach, doch Michael antwortete an Rossis Stelle. Er sollte ruhig mitbekommen, dass er Ahnung vom Weinbau hatte.

»Die Maschine rüttelt die Trauben so durch, dass keine Reste der Rebstöcke oder vom Traubenstil verbleiben. Er bekommt sonst eine bittere Note. Man nennt das auch Rebeln oder Entrappen«, erklärte er.

»Rebeln und Entrappen – klingt ja ganz schön brutal«, merkte Katrin amüsiert an.

»Ist es auch. Die armen Trauben werden durch eine Walze mit Lochgitter gequetscht. Den Rest übernimmt eine Stachelwalze. Ach ja, die Quetschwalze hab ich fast vergessen. Die Beeren werden zu Maische verarbeitet«, fuhr Michael fort und schmunzelte.

»Das klingt ja nach Folter. Und aus den Tränen der Trauben wird dann Wein. Tragisch und romantisch zugleich.«

Nun musste Rossi herzhaft lachen. »Sie kennen sich gut aus«, sagte er dann mit anerkennendem Blick. »Ich glaube, Sie haben sich ein gutes Glas Wein verdient.« Und schon ging er zu einem seiner Fässer und füllte etwas Wein in zwei Gläser ab, die er seinen Gästen reichte.

Michael genoss das Aroma, die Blume des Weins. »Beeindruckend vielfältiges Bukett. Sehr blumig und gut strukturiert. Mir gefällt die Textur«, sagte Michael, bevor er das Glas gegen das von außen in die Kellerei einfallende Licht hielt. »Satte Farbe … und doch frisch.«

Wieder nickte Rossi anerkennend.

Katrin schloss nach dem ersten Schluck genießerisch die Augen. Offensichtlich war sie sehr angetan von diesem Wein.

Nun war Michaels Gaumen gefragt, und den ersten Schluck ließ er sich auf der Zunge zergehen. »Kräftiges Tanningerüst und doch vollmundig. Harmonischer Gaumen. Im Abgang dezent nussig, fast wie bei einem burgundischen Chardonnay. Mein Kompliment«, sagte Michael, der die Rolle des Sommeliers mindestens so genoss wie den Wein.

»Wir mischen nur sehr wenig von anderen Trauben bei«, führte Rossi aus.

»Beimischen? Darf man das überhaupt bei Weinen?«, wollte Katrin prompt wissen. Hoffentlich brachte sie Rossi, der eben erst etwas aufgetaut war, damit nicht in Verlegenheit.

»Bis zu zwanzig Prozent sind erlaubt. Aber die roten Rebsorten müssen aus der hiesigen Gegend kommen«, erklärte Michael, um den Weinbauern formell zu entlasten.

Rossi sah sie für einen Augenblick nur schweigend an,

trank einen Schluck von seinem Wein, bevor er sich zu einer Entscheidung durchgerungen hatte.

»Ich glaube, mein Wein ist bei Ihnen in guten Händen. Machen Sie mir ein Angebot«, sagte er und lächelte.

Michael atmete auf. Die erste Etappe hatte er mit Bravour gemeistert.

Auf dem Weg zur Weinhandlung hatte Hanna auf einmal das Gefühl, Dinge in Siena zu entdecken, an denen sie vor Jahren auf der Suche nach der nächsten Pipi-Box, wie Michael es treffend genannt hatte, achtlos vorbeigelaufen war. Das Farbspiel der Geometrie an den Fassaden faszinierte sie – helles Blaugrau, abgesetzt mit sandfarbenen Quadern, war genau ihr Geschmack. Hier ein Terrakotta-Gelb im schönen Kontrast zu den Türen aus dunklem Holz und den Eisenbeschlägen vor den Fenstern im Erdgeschoss. Dort ein Haus mit grünen Fensterläden, die sich kontrastreich vom hellen Gelb der Hausmauern abhoben. Auch die kunterbunte Auslage eines Antiquitätengeschäfts lud dazu ein, etwas vor dem Schaufenster zu verweilen. Die Via di Pantaneto hatte alles, was das Toskana-liebende Herz begehrte. Sie war eine für Siena typische Musterstraße, die von touristischem Kitsch bis hin zu exquisiter Mode und antiken Möbeln so gut wie alles unter einen Hut brachte, was einen inspirierte und gute Laune machte. Dazu gehörte auch der Weinladen, den Gina ihr empfohlen hatte. Zwei Weinfässer mit Deko aus Weinstöcken standen in der Auslage, und natürlich waren dort auch die erlesensten Sorten toskanischer Weine drapiert. Ein riesiger Bestand lagerte in weitläufigen Regalen, wie Hanna durch das Schaufenster sehen konnte. Ein Tenuta Tignanello Jahrgang 2008, ein Castellare di Castellina, zugegebenermaßen nur ein Chianti Classico, aber einer der besten aus 2011. Sie konnte sich nicht sattsehen und spürte förmlich den Geschmack der Weine, die sie von Weinproben her kannte. Hanna geriet ins Träumen, jedenfalls so lange, bis sie eine sonore Autohupe brutal herausriss. Ein Lieferwagen fuhr vor und hielt direkt vor dem Laden. Dass sie vor Schreck zusammengezuckt war, schien den Fahrer auch noch zu amüsieren.

»Scusi, Signora«, rief er aus dem Beifahrerfenster.

Wenigstens entschuldigte er sich mit charmantem Lächeln. Da konnte sie nicht wirklich böse sein. Bei genauerer Betrachtung war das sogar ein sehr attraktiver Mann. Blaue Augen, Dreitagebart, unwiderstehliche Grübchen, schwarzes, graumeliertes Haar, markantes Gesicht, das dennoch weiche Züge hatte. Er grinste noch immer. Hanna trat zur Seite, nicht nur, damit er in den Laden konnte, sondern um sich seinem Blick zu entziehen, der sie etwas verunsicherte. Er stieg aus. Und schon wieder sah er sie an. Noch so ein Grübchenlächeln, bevor er die Tür der Weinhandlung erreichte. Der Typ musste so um die Mitte vierzig sein. Sportliche Erscheinung. Knackiger Po. Hanna musste unwillkürlich schmunzeln. Erotische Fantasien dieser Art waren ihr fremd geworden. Trotzdem konnte sie sich ihnen nicht entziehen. Doch auch diese Träumereien platzten. Lautes Knattern kam abrupt von links. Eine Vespa mit angebohrtem Auspuff näherte sich. Hanna drückte sich gegen die Hausmauer, da die Durchfahrt vom Lieferwagen blockiert war. Sie riskierte noch einen Blick in den Laden, den die dunkelhaarige Ausgabe von Franco Nero erwiderte. Ein Blick zu viel, denn blitzartig riss ihr der Vespafahrer die Handtasche von der Schulter. Mehr als ein erstauntes »Hey!« brachte Hanna nicht mehr hervor. Der Dunkelhaarige hatte die Aktion offenbar mitbekommen und stürmte aus dem Laden, um dem Dieb nachzueilen. Die Aktion hatte Aussicht auf Erfolg, da eine Touristengruppe direkt auf die Vespa zulief und dafür sorgte, dass der Dieb seine Fahrt verlangsamen musste. Auch Hanna lief ihm nun hinterher. An der nächsten Straßenkreuzung versperrten zwei Möbelpacker, die eine Couch aus einem Gebäude trugen, der Vespa den Weg. Nach links gab es dank eines mobilen Eisstandes kein Durchkommen mehr. Hanna erreichte den Mann aus dem Laden. Die Vespa war zum Greifen nah. Der Fahrer drehte sich nach seinen Verfolgern um – ein Fehler. Dabei verriss er das Lenkrad, prallte gegen den Eiswagen und stürzte. Die Vespa ging zu Boden und schlitterte genau vor ihre Füße. Der Dieb entkam, jedoch ohne ihre Handtasche, wie Hanna noch sehen konnte, bevor sie auf die Pflastersteine zusegelte. Siena von unten. Völlig neue Perspektive. Ihre Handgelenke, die den Sturz abgefangen hatten, waren aufgeschürft. Auch der Fahrer des Lieferwagens war zu Boden gegangen. Er rappelte sich gerade wieder auf, wie sie aus dem Augenwinkel erkennen konnte. Toller Ausflug! So viel zum Thema: »Mal was allein unternehmen!« Gleich mehrere hilfreiche Hände streckten sich ihr entgegen. Man musste also erst bestohlen werden und auf die Schnauze fallen, bevor sich irgendjemand für einen interessierte. Eine Hand war ihr besonders willkommen. Sie griff gezielt danach. Das lag an den Grübchen des dazugehörigen Gesichts und weil er ihre Handtasche in der anderen Hand hielt, die wie ihre beiden ebenfalls aufgeschürft war. »Mille grazie«, sagte sie und ließ sich gern nach oben ziehen.

Er nickte und reichte ihr die Handtasche. »Sind Sie in Ordnung?«, fragte er knapp.

Hanna nickte erst, als sie sicher war, all ihre Körperteile zu spüren. Fingen in Liebesfilmen so nicht immer Romanzen an? Sicher würde er sie jetzt auf einen Drink einladen ... Oder sollte sie das tun? Immerhin hatte sie es ihm zu verdanken, dass sie ihre Handtasche wiederhatte.

»Ich steh im Halteverbot und möchte keinen Strafzettel«, klang aber alles andere als nach Romanze, zumal er ihr auch noch etwas gehetzt die Tasche in die Hand gedrückt hatte. »Wirklich alles okay?«, fragte er noch mal.

Hatte sie ihn eben einen Tick zu verträumt angesehen?

Hanna nickte und verkniff sich die Einladung zum Kaffee. Wie peinlich wäre das denn!

»Passen Sie auf sich auf. Hier gibt's neuerdings jede Menge Taschendiebe«, legte er ihr noch nahe, bevor er sich umdrehte und zurück zu seinem Wagen lief, neben dem sich bereits eine Politesse mit Block und Stift in der Hand postiert hatte. Auch die anderen Helfer trollten sich. Vermutlich war sie wieder dabei, unsichtbar zu werden. Das Thema »allein unterwegs« war somit ad acta gelegt.

Julia musste nur an ihr grünes Kleid denken, um zu dem Schluss zu kommen, dass einem eine Heirat in Italien eine gewisse Leidensbereitschaft abverlangte. So viel Rouge wie heute Abend hatte sie sich noch nie ins Gesicht getupft. Wenigstens sah sie jetzt einigermaßen gesund aus. Und alles nur, um der lieben Tradition willen. Wie sich die Italiener aus dem gleichen Grund für eine Hochzeit ins Zeug legten, machte das aber wieder wett. Es fing ja schon damit an, dass Gina ihr Restaurant am Abend für den Junggesellinnenabschied geschlossen hatte. Geladen wurde alles, was irgendwie zur »Famiglia« gehörte. Mit ihren drei Kommilitoninnen, die Julia während ihres Florenzstudiums kennengelernt hatte, war sie mit ihren Gästen eindeutig in der Unterzahl. Ihre Mutter kam allerdings noch mit dazu. Normalerweise war sie ja die Pünktlichkeit in Person. An diesem Abend jedoch nicht. Da Gina bereits ein gutes Dutzend kichernde Italienerinnen, die hautenge Kleider mit Glitzerpailletten trugen, mit Wein und Cocktails reichlich versorgt hatte, schloss sich Julia der Truppe mit »Pegel« gleich an. Weil Lorenzo jetzt vermutlich das Gleiche mit seinen Jungs machte und Small Talk nur im Suff zu ertragen war, ließ sie sich an der Theke gleich noch mal nachschenken.

»Du bist sicher schon ganz aufgeregt«, mutmaßte eine von Ginas Freundinnen.

»Geht so«, sagte Julia, bevor sie wieder am Strohhalm ihres Glases zog.

»Ganz schön mutig, schon so früh zu heiraten«, sagte Sylvie, die Französin aus ihrem Kurs.

»Wann ist denn der richtige Zeitpunkt?«, fragte Julia.

»Keine Ahnung«, erwiderte die hübsche Sylvie, die sowieso nie heiraten würde, weil sie schon im Studium einen Italiener nach dem anderen vernascht und heiraten stets verpönt hatte. Auch eine Italienerin in ihrem Alter, die ihr Gina als »Sophia« vorgestellt hatte, machte unangenehme Bemerkungen.

»Männer! Soll man sie wirklich heiraten? Heute so, morgen so«, drückte sie ihr rein, bevor sie Julia eine Zeitlang musterte.

»Man muss nur den Richtigen finden«, warf Gina ein, die sich zu ihnen gesellt hatte. Es wurde auch höchste Zeit, dass mal jemand für die Ehe als solche eintrat.

Sophia verzog sich augenblicklich. Gehörte so ein Gerede etwa zum »Ritual« eines italienischen Junggesellinnenabschiedsabends? Am Ende brachte es hierzulande Glück, wenn man am Vorabend schlecht über die Ehe redete.

Endlich! Mama! Aber Moment? Wusste sie nicht, dass

das ein Junggesellinnenabschied war, oder hatte sie keine passende Garderobe dabei? Ihr Kleid war hübsch, aber viel zu brav. Egal! Hauptsache, sie war da!

»Hast du nicht hergefunden?«, musste Julia hinsichtlich Mamas gewohnter Überpünktlichkeit einfach vom Stapel lassen.

Als Antwort hielt sie ihr nur ihre ramponierten Handflächen hin, auf denen zwei Pflaster angebracht waren.

»Was ist denn passiert?«

»Frag besser nicht«, erwiderte Hanna knapp, bevor Gina sie in Beschlag nahm: »Bella. Schön, dass du da bist.«

Jetzt übertrieb ihre zukünftige Schwiegermutter aber. Anscheinend redete heute jeder nur Blödsinn.

»Das ist Julias Mutter«, posaunte Gina aus, woraufhin beide eine Runde Begeisterung ernteten.

»Geht's dir gut?«, fragte Hanna ihre Tochter mit besorgtem Blick.

»Warum?«

»Du siehst so blass aus …«

Bravo! Das grüne Kleid. Kein Wunder, dass sie sich Fragen anhören durfte wie: »Warum heiratest du überhaupt? Du siehst ja jetzt schon fix und fertig aus.«

»Mir geht's gut. Mama«, war glaubwürdig genug, denn jetzt ließ sich ihre Mutter von Gina zur Theke ziehen, an der die etwa gleichaltrige Fraktion saß und schon nach dem Neuling Ausschau hielt. Dort stand komischerweise auch Sophia, die einzig Jüngere der Runde, die wohl irgendwie mit dem Lombardo-Clan zusammenhing. Hatte Lorenzo am Ende noch eine Halbschwester oder Cousine, von der sie noch nichts wusste? Gut, dass Adriana, Ginas Schwester aus Rom, gerade vom Klo kam und an ihr vorbeiwankte. Julia nahm sich vor, sie abzufangen und diese Frage zu klären.

»Wer ist denn Sophia? Eine Nichte von Gina?«, fragte sie ohne Umschweife und blickte in Richtung der prallbusigen Brünetten, die locker für *Penthouse* posieren konnte.

»Ja, sie ist eine, aber nicht von Gina oder Antonio«, sagte Adriana amüsiert. Mit zwei Cocktails intus waren insbesondere familiäre Verknüpfungsaktionen etwas schwierig zu erklären. Eine Nichte, die keine war? Wie ging das denn? Adriana lachte.

»Sie ist die Nichte des Bischofs«, präzisierte sie.

Das wurde ja immer komplizierter. Dementsprechend belämmert musste Julia geschaut haben.

»Die Tozzis sind mit Gina und Antonio befreundet.«

»Und Tozzi ist der Bischof«, schlussfolgerte Julia, und Adriana nickte erleichtert.

Julia nahm sich vor, keine weiteren Überlegungen darüber anzustellen, warum Sophia dann die einzige Tozzi hier war, doch im gleichen Moment fiel ihr ein, dass Sünde wohl kaum zu einer Bischofsfamilie passte. Und Sündiges stand auf dem Programm. So viel war schon durchgesickert.

Gina hatte sich einiges einfallen lassen. Ein gelungener Abend, feuchtfröhlich und nett. Dank ihres heutigen Siena-Abenteuers und zweier für jederfrau ersichtlichen Pflaster an ihren Handwurzeln, war es für Hanna ein Leichtes gewesen, mit der Verwandtschaft und engen Freunden der Lombardos schnell ins Gespräch zu kommen. Jeder wollte wissen, was passiert war. Doch um ihr Siena-Abenteuer ausführlich zu erzählen, blieb keine Zeit. Eine Fanfare, die aus rustikalen Lautsprechern dröhnte, und eine wild flackernde Lichtorgel, wie Hanna sie noch aus ihrer Schulzeit kannte, waren der Startschuss für eine phänomenale Show. Ein verdammt gutaussehender Typ in schwarzem Anzug und bestimmt noch weit diesseits der dreißig schoss aus der Küche und tänzelte wie auf einem Catwalk hinüber zur Theke, wo er einen sagenhaften Auftritt hinlegte. Eine Fashion-Show? Aber warum dann Mode für Männer? Die Fanfare klang aus. Stocksteif und mit laszivem Blick stand er vor ihnen, aber nur so lange, bis Michael Jacksons »Bad« einsetzte. Der Typ konnte vielleicht tanzen. Natürlich durfte der berühmt-berüchtigte Griff in den Schritt nicht fehlen. Rundum Begeisterung und klatschende Hände. Mitten in der Bewegung, also mit der Hand zwischen den Beinen, hielt er inne, bis ein sphärischer Remix von Kylie Minogues »Slow« ertönte. Weil Julia sich bis vor Jahren als Kylie-Minogue-Klon gesehen hatte, die Frau nur noch super fand und alle verfügbaren Videos der Australierin Tag und Nacht zu Hause gelaufen waren, hatte Hanna sofort Kylies damaliges hocherotisches Video vor ihrem geistigen Auge, die knackigen Typen in Speedos, die sich kreisförmig auf bunten Handtüchern um die Queen of Pop rekelten. Ihr wurde augenblicklich heiß, als sich der Typ sein Sakko vom Leib streifte und damit anfing, sein weißes Hemd aufzuknöpfen. Gaaaaanz langsam. Provokant langsam. Slow! Sein Oberkörper war makellos und geölt. Hoffentlich war das keine von diesen interaktiven Auftritten, bei denen jemand aus dem Publikum mitwirken musste. Wenn es bei solchen Gelegenheiten jemanden traf, dann sie. Kaum zu Ende gedacht, tänzelte Mr Bad auch schon auf sie zu. Hanna wurde gleich noch heißer. Hoffentlich packte er sie jetzt nicht am Arm, um sie auf die gedachte Bühne zu zerren. Am Ende musste sie noch mit ihm tanzen, oder noch schlimmer, seinen Körper rhythmisch an ihrem spüren. Wobei … Der Gedanke erregte sie. Aber nichts dergleichen geschah. Er stand nur da und lächelte sie an, bevor er seinen Blick eindeutig auf seinen Hosenknopf richtete. Jeder verstand, was jetzt zu tun war. Sofort wurde sie angefeuert, sogar von Julia.

»Los, Mama. Wir wollen was sehen!«, rief sie in die johlende Menge.

Gruppendruck! Furchtbar. Aber es blieb Hanna gar nichts anderes mehr übrig, als ihre Hand an seinen Hosenbund wandern zu lassen. Dabei schloss er die Augen. Hannas Hände wurden feucht und zittrig. Der Knopf war endlich auf. Hoffentlich blieb es dabei. Natürlich nicht! Kaum hatte sie ihre Hände wieder bei sich, blickte er sie fragend an. Er musste gar nichts sagen. Das enttäuschte Raunen der Anwesenden sagte alles. Hanna holte tief Luft.

Gina, die inzwischen neben ihr stand, vermutlich um ihn besser sehen zu können, sagte nur: »Jetzt mach schon!« Phase zwei: Der Reißverschluss. Ratsch! Gott sei Dank lag das jetzt auch hinter ihr. Der Tänzer blinzelte ihr zu, kickte seine Schuhe weg. Die Hose fiel. Was blieb, war eine enganliegende glitzernde Boxershorts, und damit tänzelte er zurück in die Mitte. Lange trug er sie nicht. Er öffnete den Klettverschluss, und mit nur einer Handbewegung war sie weg, doch darunter lag noch etwas. Kleiner, noch enger. Mein Gott, war der Mann aber auch gut ausgestattet. Hanna blickte sich um und musste unwillkürlich schmunzeln, weil alle Frauen nur noch auf einen Punkt starrten, und dieser Punkt bewegte sich hypnotisch und passend zur Musik: Slow! Dann drehte er sich in Richtung »Catwalk«, und mit dieser Bewegung rutschte das Höschen unaufhaltsam tiefer. Knackige Tatsachen bekamen sie noch zu sehen. Was auf der anderen Seite lag, hielt er in seinen großen Händen. Perfektes Timing. Der Song war aus. Den Applaus hatte er sich verdient. Und schon war er wieder weg, zurück in der Küche, aus der das Appetithäppchen gekommen war.

»Antonio hat auch mal so ausgesehen ...« Gina seufzte und zog sich gleich ein Drittel ihres Cocktails durch den Strohhalm rein.

Hanna beschloss daraufhin, ihr Glas gleich ganz zu leeren. Michael hatte nämlich früher nie so ausgesehen. Es blieb beim Versuch. Ohne Lesebrille war der Strohhalm im diffusen Licht kaum noch auffindbar. Leichte Motorikausfälle waren angesichts des inzwischen gestiegenen Pegels wohl auch normal. Der Halm rutschte glatt ab und fuhr ihr von der Lippe quer über die Wange.

Gina deutete sofort darauf. »Rot!«, krächzte sie nur.

Einer der silbernen Pfosten an der Bar, in dem sich Hannas Gesicht spiegelte, gab darüber Auskunft, dass der verschmierte Lippenstift vom Mund quer über das Gesicht lief. Nachschminken! Auch die Blase funkte SOS. Wo die Toiletten waren, wusste sie ja.

Schon wieder dachte Hanna angesichts der engen Toiletten an Japan. Ginas Klos waren noch übler als die im Büro. Hier traute man sich ja nicht einmal mehr zu atmen, geschweige denn sich zu entspannen, um der Natur freien Lauf zu lassen. Neben ihr plätscherte es wie ein Gebirgsbach. Dann hörte sie die erlösende Spülung aus der Nachbarkabine. Die Tür nebenan ging auf. Schritte folgten. Entwarnung. Hanna wartete darauf, dass jetzt der Wasserhahn angehen würde, auf das Geräusch von Händen, die Papiertücher aus dem Spender rupften. Und es geschah. Endlich quietschte die Toilettentür! Doch zu früh gefreut. Es quietschte erneut. Und wieder Schritte. Also besser doch noch einen Moment warten.

»Ich möchte nicht in ihrer Haut stecken«, war eine junge Stimme zu vernehmen.

»Ach was, Lorenzo liebt sie«, tönte eine zweite, die einen Tick älter klang.

Zum ersten Mal dankte Hanna dem Herrn, dass es schalldichte Klos nur in Japan gab.

»Das hat er mir auch gesagt. Und das ist noch gar nicht so lange her«, echauffierte sich die Jüngere.

»Du musst dich damit abfinden. Solche Dinge passieren nun mal … Du findest einen anderen.«

Ein abfälliger Laut gesellte sich zum Geräusch von laufendem Wasser. Hanna nutzte die Gunst dieses Moments, um aufzustehen, ohne dass man es hörte. Sie lugte hinaus. Die Ältere von beiden puderte ihre Wangen, die Jüngere zog knallroten Lippenstift nach. Im Spiegel konnte sie ihr Gesicht nun erkennen. Sophia? Sie war mit Lorenzo zusammen gewesen? Wieso hatte Julia ihr nichts davon erzählt? Und wie taktlos war es, sie auch noch auf Julias Junggesellinnenabschied einzuladen? Und was sie mit anhören durfte, wurde immer heikler.

»Dieses Schwein. Wusstest du, dass er die Verlobung erst offiziell gelöst hat, nachdem er schon ein halbes Jahr in Deutschland war?«, fuhr Sophia fort.

»Aber da war er doch schon mit Julia zusammen«, sagte die andere und drehte sich dabei zu Sophia um, so dass Hanna sie nun als eine der Freundinnen aus dem Lombardo-Clan identifizieren konnte.

»Eben. Er hat mich hingehalten. Und ein Mann, der so was macht … Ich hätte auf Alice hören sollen.«

»Alice ist eine Schlampe.«

»Die hat er aber vor mir gerne mitgenommen. Von Elena mal ganz abgesehen.«

»Was, Elena? Die Tochter vom Bäcker?«, fragte die Ältere erstaunt.

»Du willst gar nicht wissen, mit wem er noch alles rumgevögelt hat. Das hab ich alles erst erfahren, als Schluss war.«

Hanna hatte abrupt das dringende Bedürfnis, sich zu setzen, doch das ging nicht. Lieber mit verrenktem Kreuz still stehen, als dass der Lauschangriff noch aufflog. Diese verdammten Italiener! Sie waren doch alle gleich, und trotzdem verfällt man ihnen, überlegte Hanna.

Zum Glück wollten sich die beiden nur nachschminken. Und auch ihre Blase forderte nun ihr Recht.

»Seh ich wieder einigermaßen aus?«, fragte die Ältere der beiden.

Hanna registrierte Sophias erlösendes Nicken durch den Türspalt und atmete auf, als sie endlich den Raum verließen. Zurück zur Natur. Schnell! Doch schon wieder ging die Tür auf. Egal! Im Moment interessierte sie sowieso nur noch eines: War Lorenzo wirklich der richtige Mann für ihre Tochter?

Es lag sicher nicht am Vollmond, dass Hanna immer noch wach im Bett lag. Sich den halben Abend zu verstellen, konnte einem die letzten Energiereserven rauben, insbesondere der Small Talk mit der eigenen Tochter, anstatt sie zur Seite zu nehmen und offen auf das »Toilettengeflüster« anzusprechen. Tausend unverfängliche Fragen hatte sie sich im weiteren Verlauf des Abends einfallen lassen, um das Gespräch auf ihren Zukünftigen zu lenken, aber am Vorabend der Hochzeit rein »zufällig« nachzufragen, ob die Tochter etwas über das Vorleben ihres Lorenzo wusste, war keine Option. Jede noch so vage Formulierung, und sei es nur ein Witzchen, das in diese Richtung gehen würde, wäre Julia verdächtig vorgekommen. Außerdem sollte man mit zu viel

Alkohol im Blut nicht auf den Gedanken kommen, heikle Themen diplomatisch ansprechen zu wollen. Das ging meistens in die Hose. Der Pegel war inzwischen nicht mehr so spürbar, dafür umso mehr ihr schlechtes Gewissen. Julia war sicher schon eingeschlafen. Um halb drei Uhr nachts und nach so einem feuchtfröhlichen Abend wäre das ja auch kein Wunder. Oder sollte sie doch mit ihr reden? Sie wollte Julia nicht aus dem Schlaf reißen, aber es könnte ja sein, dass Julia doch noch wach war. Was, wenn sie morgen den größten Fehler ihres Lebens machte? Eine gescheiterte Ehe in der Familie reichte. Julia konnte nichts von Lorenzos Verlobung wissen. Davon hätte sie ihr erzählt. Sie erzählte ihr doch sonst immer alles. Und von seiner Heimtücke, die andere hinzuhalten, obwohl er doch schon mit Julia zusammen gewesen war, sollte sie erfahren. Oder lieber nicht? Noch ein paar tiefe Atemzüge. Sie könnte eine Münze werfen. Hanna stand auf und lugte aus dem Fenster. In Julias Zimmer brannte noch Licht. Also los, und es schnell hinter sich bringen. Hanna hatte schon die Türklinke in der Hand, als Geschepper und Gekicher von draußen sie von ihrem Vorhaben abbrachten. Nun setzte auch noch Gitarrengeklimper ein – und nicht mal übel. Das war eindeutig die Musik aus einem ihrer Lieblingsfilme mit Cher. Das Titellied von *Mondsüchtig*, nur mit italienischem Text. War das nicht Lorenzos Stimme? Hanna ging zurück ins Zimmer, um aus dem Fenster zu sehen.

»Quando la luna brilla, Il cielo scintilla. Di amore. Quando vedo il mondo. Sincero giocondo. E Amore …«

Tatsächlich. Lorenzo stand doch glatt mit Gitarre unter Julias Fenster und sang. Gute Stimme.

Julias Kopf erschien, und sie spähte nach unten. Sie war offenkundig verzückt, obwohl Lorenzo bereits ziemlich schwankte und von einem seiner zwei Kumpels, die ebenfalls nicht mehr gerade stehen konnten, gestützt wurde. Er sah nach durchzechter Nacht aus. Das Hemd hing ihm aus der Hose, die ihm unter die Hüfte gerutscht war und einen Blick auf das Zugband seiner Unterhose von Armani freigab.

Trotzdem. War das nicht hoffnungslos romantisch? Nun lugte auch noch Gina von unten hervor. Sie war bereits im Nachthemd.

»Una serenata!«, rief sie ganz aufgeregt. »Andiamo, Antonio. Una serenata di Lorenzo.« Schon war Antonio zur Stelle.

Der Vollmond, die laue nächtliche Brise, der junge Mann, der sich die Seele aus dem Leib sang – das war nicht mehr zu toppen. Hanna gab sich dem hin, und als Lorenzo seiner Julia dann noch »Ti amo« entgegenrief, und zwar so inbrünstig, dass es die halbe Welt hören musste, waren sämtliche Zweifel, dass dieser Mann der Richtige für ihre Tochter war, im Fluss einer Träne, die sich vor Rührung aus ihrem Augenwinkel gelöst hatte, Vergangenheit.

Kapitel 5

Es funktionierte! Lorenzos Idee, ein opulentes Frühstück zuzubereiten und sich somit als perfekter Ehemann in spe zu präsentieren, zauberte im Nu ein Lächeln ins Gesicht ihrer Mutter, an dem die gestrige Nacht anscheinend spurlos vorübergegangen war. Julia überlegte aufgrund ihrer immer noch geschwollenen Augen glatt, ob sie Mama nach ihrer Gesichtscreme fragen sollte. Möglicherweise war es aber auch nur Lorenzos liebevoll arrangiertes Blumengesteck aus Feldblumen und Gräsern, die herrlich dufteten und denen nur das Aroma des Cappuccinos Konkurrenz machte. Wenn man gut gelaunt war und so verwöhnt wurde, konnte man gar nicht mies aussehen. Ob er das auch noch macht, wenn wir mal verheiratet sind?, überlegte Julia. Lorenzo musste ihre Gedanken gelesen haben, so verliebt, wie er sie nun ansah. Auch ihre Mutter schien neuerdings über telepathische Fähigkeiten zu verfügen.

»Ich hoffe, ihr habt das in euren Ehevertrag mit aufgenommen«, sagte sie schmunzelnd und ließ ihren Blick dabei bedeutsam über den Frühstückstisch schweifen. »Am besten jeden Tag … an den Wochenenden sowieso …«

»Wir haben keinen«, erwiderte Lorenzo, »aber meine Julia verwöhne ich bis …«

»Das lass mal besser den Priester sagen«, unterbrach Julia ihn.

»Schade. So was hört eine Frau viel zu selten aus dem Munde eines Mannes«, hakte ihre Mutter nach. »Und singen kann er auch noch!«

»Ich hoffe, ich habe Sie ... äh ... ich meine ... dich nicht geweckt«, sagte Lorenzo, der sich an das Du, zu dem sie Antonio vorgestern Abend verdonnert hatte, offensichtlich noch gewöhnen musste.

»Heute Nacht nicht ... Es gab jedoch Zeiten ...«, erwiderte ihre Mutter trocken und sah ihn dabei bedeutsam, aber alles andere als vorwurfsvoll an.

»In München steht ein Hofbräuhaus ...«, sang Lorenzo. Dann nickte er sowohl wissend als auch schuldbewusst.

»Das Image werd ich wohl nie wieder los«, sagte er und blickte erwartungsvoll zum »Drachen«, wie er ihre Mutter oft genug genannt hatte. Der Drache zeigte sich gefällig und zahm.

»Ich werde diese Nacht ab heute verdrängen, aber nur, wenn du dich endlich daran gewöhnst, mich zu duzen. So schrecklich bin ich doch nun auch wieder nicht.«

Lorenzo schüttelte lächelnd den Kopf. »Fangt schon mal an. Wer mag noch ein Spiegelei?«, fragte er dann, bevor er sich in Richtung Küche in Bewegung setzte.

»Charmeur!«, rief Hanna ihm hinterher.

»Mama ... Er ist wirklich ganz lieb und fürsorglich ...« Julia beschränkte sich auf zwei positive Attribute, weil ihr als drittes sofort seine unschlagbaren Qualitäten als Liebhaber eingefallen waren und sie es für keine gute Idee hielt, ihre Mutter damit ausgerechnet jetzt zu brüskieren.

Mama nickte und nippte in Gedanken an ihrem Kaffee.

»Schlafen Gina und Antonio eigentlich immer so lang?«, wollte sie unvermittelt wissen.

»Antonio ist gestern erst nach uns heimgekommen. Ich hab ihn vom Fenster aus gesehen.«

»War er mit Lorenzo auf dem Junggesellenabschied?«

»Nein. Lorenzo hat sich noch gewundert ... Wahrscheinlich hat er bis tief in die Nacht gearbeitet.«

Damit gab sich ihre Mutter zufrieden.

»War Papa früher auch mal so?« Diese Frage beschäftigte Julia weit mehr, als wo Ginas Mann gestern abgeblieben war.

»Du meinst, ob er mir Frühstück gemacht hat?«

»Nein, allgemein ... ob er so verliebt und aufmerksam war.«

»Anfangs schon. Aber das hat sich dann schnell gelegt«, sagte ihre Mutter und wirkte nun etwas nachdenklicher. Ihre eben noch so fröhlichen Augen trübte ein Schleier aus Melancholie. Julia tat es sofort leid, das Thema angesprochen zu haben.

»Ewige Liebe und Treue ...«, sagte ihre Mutter eher zu sich. »Wie wenig doch so ein Schwur wert ist ...«

Jetzt, da das Thema schon mal auf dem Tisch war, beschloss Julia nachzuhaken.

»Ist das denn einfach so passiert? Das mit Katrin ...?«, wagte sie endlich zu fragen. »Ihr wart doch so wie immer ... Gut, ihr habt euch ab und zu gestritten, aber sonst ...« Diese Frage hatte Julia schon auf dem Herzen, seitdem sie von der Trennung ihrer Eltern erfahren hatte, doch am Telefon hatte sich bisher nie eine günstige Gelegenheit ergeben.

Die Miene ihrer Mutter verfinsterte sich augenblicklich. Sie zuckte nur mit den Achseln und stellte den Kaffee ab. »Aus heiterem Himmel ...«, sagte sie.

»Einfach so?«

»Zewa wisch und weg. Ab in den Müll«, stellte Hanna bitter fest.

»Du machst mir Angst. Der Gedanke, dass Lorenzo …«

»Das macht mir auch Angst, Julia«, gestand ihre Mutter und legte ihre Hand auf Julias.

»Ich wünsch dir wirklich viel Glück«, klang ja schon so, als sei Mama felsenfest davon überzeugt, dass ihre Tochter eines Tages auch allein dasitzen würde.

»Du würdest nicht mehr heiraten. Hab ich recht?«, fragte Julia daraufhin und hoffte auf ein »Vielleicht« oder zumindest, dass Lorenzo ein anderer Typ sei als Papa, es keine Regel gäbe, dass Ehen zerbrachen, oder ihre Mutter Paare kenne, die heute noch glücklich verheiratet waren. Das Kopfschütteln ihrer Mutter war aber eindeutig.

»Na toll«, sagte Julia und ärgerte sich darüber, eine rhetorische Frage gestellt zu haben.

»Ist es dir lieber, wenn ich dich anlüge?«, fragte ihre Mutter.

Julia schüttelte den Kopf. Sie war erleichtert, dass Lorenzo endlich mit den Spiegeleiern aus der Küche kam. Seine Nähe, seine Grübchen, sein lockiges Haar und der Blick in seine Augen wischten alle trüben Gedanken weg. Na und? Mama hatte eben Pech gehabt. Lorenzo war nicht Papa. Punkt.

So sieht ein alter Knacker aus, der mit Gewalt auf jung machen wollte, befand Michael, als er sich im Spiegel des Hotelzimmers musterte. Verdammt! Hatte Hanna nicht mal so etwas Ähnliches vom Stapel gelassen? Der Anzug saß perfekt, aber war die bunte Krawatte zum roten Hemd, die Katrin gerade zurechtzupfte, nicht eine Spur zu gewagt?

»So ein hübscher Mann«, hauchte sie und biss ihm verspielt ins Ohrläppchen. Michael freute sich über das sicher ernst gemeinte Kompliment, doch zugleich war ihm der Gedanke, dass es ja seine Absicht gewesen war, als »hübscher Mann« auf Julias vorhochzeitlichem Empfang aufzuschlagen, nun unangenehm. Aber wenn Katrin sein Outfit mochte, dann konnte er sich nicht vergriffen haben. Spontan nahm er sie in die Arme. Sie sah ihn tief an. Dabei lächelte sie verwegen, was sie immer tat, wenn sie geküsst werden wollte. Dieser Kuss schmeckte besonders gut. Ihre Lippen waren geschmeidig, sanft und voll. Mit so einer attraktiven Frau in Italien, auf der Hochzeit seiner Tochter zu sein: Was konnte es Schöneres geben? Und wenn mit dem Weinladen alles klappte, würde er in Zukunft öfter hier sein können – mit Katrin. Sein Hobby würde endlich zum Beruf – einfach alles wäre dann perfekt! Diese Gedanken gaben ihm auf einmal so viel Schwung, dass der zweite Blick in den Spiegel bereits viel versöhnlicher war. Nur immer weiter nach vorn denken. Katrins Worte. Warum nur musterte sie ihn nun so lange? Ihr Blick verunsicherte ihn augenblicklich. Sie dachte sicher über ihn nach. Gleich würde wieder irgendeine Bemerkung kommen, eine Frage oder Analyse seines Verhaltens. Nicht jetzt! Am besten, er brachte schnell ein neues griffiges Thema auf. Er kannte Katrin mittlerweile gut genug, um zu wissen, wie man sie davon abbringen konnte, »Coach« zu spielen.

»Lorenzos Firma wird die Verträge machen. Natürlich günstiger als die Honorare, die hiesige Anwälte sonst verlangen. Ein Anwalt in der Familie … gerade jetzt … Total praktisch«, sagte er.

Katrin ging gar nicht darauf ein. Sie griff stattdessen nach seiner Hand. Seine Handflächen waren feucht. Schon beim Frühstück hatte ihm diese Nervosität zu schaffen gemacht. Ihr war sicher nicht entgangen, dass er sich mit zittrigen Händen den Kaffee eingeschenkt hatte.

»Julia … Die Hochzeit …«, erklärte er.

Katrin nickte verständnisvoll, doch ihre Augen ließen immer noch nicht von ihm ab. Ein weiteres Ablenkungsmanöver würde nichts mehr bringen.

»Es kommt mir vor wie gestern. Wie sie auf meinem Schoß saß … die Sandburgen, die wir gemeinsam gebaut haben. Wie Julia gestrahlt hat, wenn ich mal Zeit hatte, sie von der Schule abzuholen …«

Michael musste sich augenblicklich setzen. Katrin gesellte sich zu ihm aufs Bett.

»Erzähl weiter. Das tut dir gut«, forderte sie ihn auf.

Es tat aber alles andere als gut. Sein Blick richtete sich wieder in die Vergangenheit, zurück auf sein Leben, und immer wenn er das tat, setzten eine bleierne Müdigkeit und lähmende Melancholie ein. Trotzdem kam er ihrem Wunsch nach und ließ die Erinnerungen zu.

»Das sind die vielen Kleinigkeiten. Ihre gelbe Strumpfhose … Sie sah aus wie ein Clown, und ihre Beine, so zerbrechlich … Ich hab letzte Nacht von unserem Urlaub in Las Vegas geträumt. Wir waren in einem dieser Einkaufszentren, und Julia hatte ihr Hasi verloren. Das war so ein süßes Tierchen mit karogemustertem Anzug. Nur der Kopf und die Pfötchen ragten heraus. Ihr erstes Plüschtier, sie hatte es schon als Baby, in der Wiege. Es roch nach ihr. Julia hatte es verloren und war total verzweifelt. Sie hat so bitterlich geweint … Ich hab ihr an einer Tankstelle mitten in der Nacht einen Plüschhund gekauft und ihr erzählt, dass wir ihn auf der Straße aufgelesen hätten und er kein Zuhause mehr hatte … und dass das Hasi bestimmt ein anderes Kind gefunden hätte und es ihm bestimmt gutginge. Doch es half alles nichts. Julia hat bis in die Morgenstunden geheult. Hanna auch und …«

»Du auch, oder?«

Michael nickte, von der Intensität der Erinnerung überwältigt. »Das Stoffding war ja ein Teil der Familie. Wir hatten es immer dabei.«

Katrin nahm ihn tröstend in den Arm, doch er fand keinen Halt darin.

»Am nächsten Morgen sind wir noch mal hingefahren. Ich hab alle Mülltonnen abgeklappert. Du wirst es nicht glauben. Der Müllmann hatte es in seiner Nachtschicht herausgefischt. Wir waren alle so glücklich … Das kommt dir jetzt sicher ziemlich albern vor.«

»Nein, ganz und gar nicht …«, versicherte Katrin.

Trotzdem kam er sich albern vor, die alten Geschichten vor ihr auszubreiten. Sie taten weh, weil sie ihm klarmachten, dass diese schönen Momente mit seiner Tochter nur noch in seiner Erinnerung lebendig waren. Bald würde Julia ihr eigenes Leben führen. Erst jetzt bemerkte Michael, dass er in sich zusammengesunken war.

»Ich wünschte, ich hätte mehr Zeit mit ihr verbracht«, sagte er, auch wenn er wusste, dass es ihr an nichts gefehlt hatte und es nicht möglich gewesen war, auf Geschäftsessen zu verzichten, ohne seine Karriere dabei aufs Spiel zu setzen. Von seinem Einkommen hatten schließlich alle profitiert. Obwohl das ein sehr gewichtiges Argument war, überwog die wehmütige Sehnsucht nach just jener Zeit, als Julia klein war. Die Erinnerung an jene Glücksmomente wog aus heutiger Sicht mehr als ein gelungener Geschäftsabschluss oder ein Schulterklopfen seiner Kollegen und Vorgesetzten.

»Du liebst sie sehr, deine Julia.«

»Ja …«, sagte er traurig und tröstete sich mit dem Gedanken, dass seine Tochter das wusste, auch wenn er oft nicht die Zeit und Kraft aufgebracht hatte, es ihr zu sagen.

»Du solltest vorgehen«, schlug Katrin vor.

»Allein?«

»Vielleicht brauchst du etwas Zeit für Julia und … für dein altes Leben.«

Sie hatte recht, doch sie war die Stütze, die Krücke, die er brauchte, gestand Michael sich ein.

»Hanna ist da … Du hast sie seit Wochen nicht mehr gesehen. Ich komme nach …«, versprach sie ihm.

Michael nickte. Er spürte, wie seine Handflächen wieder feucht wurden, doch Katrins aufmunterndes Lächeln gab ihm Kraft, zog ihn ein Stück aus dem Sumpf der Erinnerung, die verlockend süß, aber auch schmerzhaft und lähmend sein konnte.

Hanna hatte angesichts des bevorstehenden Empfangs das dringende Bedürfnis, sich abzulenken. Der weitläufige Platz vor der Kathedrale, auf dem man Touristen und Einheimische beobachten konnte, kam ihr zu diesem Zweck als Erstes in den Sinn. Es war sicher besser, wenn sie wartete, bis die meisten geladenen Gäste schon eingetrudelt waren. Dann war es einfacher, Michael und Katrin erst einmal zu ignorieren und sie etwas später im Schutz von Ginas Familienclan en passant zu begrüßen. Während sie durch die engen Gassen schlenderte, die von Ginas Haus zum großen Domplatz führten, meldete sich ihr schlechtes Gewissen, weil sie ihrer Tochter ausgerechnet am Tag ihrer Hochzeit quasi davon abgeraten hatte, den heiligen Bund der Ehe einzugehen. War es richtig gewesen, so etwas zu sagen, auch wenn sie mittlerweile davon überzeugt war, dass jede Ehe zwangsläufig nach

Jahren ins Desaster führte? Michael hatte ihr auch mal Frühstück gemacht und sich um sie bemüht, bis sich spätestens nach Julias Geburt eine Rollenverteilung eingeschlichen hatte, die jeden Hauch von Romantik und Verliebtheit zugunsten eines funktionalen Miteinanders verblassen ließ. Wie konnte man sich so sicher sein, dass es nur diesen einen Mann für einen gab? Beim Anblick des Duomo, auf dessen Stufen sie zusteuerte, erinnerte sie sich an die damalige Euphorie, das Gefühl der absoluten und unerschütterlichen Gewissheit, das Richtige zu tun. Was war das für ein schöner Gedanke gewesen. Bis in alle Ewigkeit sollte ihre Liebe währen. Sie hatte daran geglaubt. Dieser Glaube konnte so stark sein, dass er einem das Gefühl gab, unbezwingbar und allen Herausforderungen des Lebens gewachsen zu sein. Hanna ließ sich auf den Treppenstufen nieder, die zum Portal des Doms führten. Gemeinsam alt werden? Ja, das hatten sie sich geschworen, aber mit einer, zumindest im Nachhinein betrachtet, unerträglichen Leichtigkeit, weil die Tragweite des gemeinsamen Altwerdens in jungen Jahren noch nicht einmal ansatzweise greifbar war. Machte man sich also etwas vor? War es nicht leichtsinnig oder naiv, sich im Hafen der Ehe in Sicherheit zu wiegen, nur um auf offener und oft genug rauer See Schiffbruch zu erleiden? Auch das stimmte nicht. Je höher der Wellengang war, desto mehr hatten sie zusammengehalten. An jeder Herausforderung waren sie gewachsen, doch irgendwann hatten sie den Ozeanriesen gegen ein Ausflugsschiff eingetauscht, das auf brachliegenden Binnengewässern und entlang eintöniger Landschaften müde vor sich hin tuckerte. Aber machten nicht gerade ältere Pärchen gerne Kreuzfahrten um die halbe Welt? Was hatte dagegen gesprochen, sich wieder ein anderes Ticket zu kaufen? Vielleicht, weil sie die Abfahrt verpasst und die

Fahrpläne nicht mehr im Auge behalten hatten?, überlegte Hanna.

Die Stimme eines Kindes, das kreischend auf eine Schar Tauben zulief, riss sie abrupt aus ihren Gedanken. Das Geflatter der aufgeschreckten Tiere hallte auf der Piazza wider. Sie flatterten nach oben zur Domkuppel. Ihr Flügelschlag verursachte spürbaren Wind, der für einen Moment kühlte. Hanna sah hinauf, um ihren Flug zu beobachten, bis sie ein dumpfer Schlag von oben traf. Hanna zuckte zusammen. Ein Rinnsal lief von ihrer Stirn zu den Augenbrauen. Hanna fasste in ihr Haar. Feucht. O nein! Taubenscheiße! In die frisch gerichteten Haare.

»Die Italiener sagen, das bringt Glück«, ertönte eine unbekannte Stimme neben ihr.

Hanna drehte sich um und bemerkte erst jetzt die jüngere Frau neben sich. Eine sympathische Erscheinung, die sofort in ihrer Umhängetasche nach einem Taschentuch kramte und es ihr hinhielt, ohne den Blick von ihr zu wenden.

»Danke«, sagte Hanna, bevor sie versuchte, die Portion »italienischen Glücks«, das der Himmel geschickt hatte, von der Stirn zu tupfen.

»Warten Sie …«, sagte die Frau und zog ein zweites Tuch hervor. »Darf ich? Da vorn ist noch etwas.«

Richtig nett. Fast mütterlich tupfte die Frau ihr den letzten Rest von der Stirn.

»Ihre Wimperntusche …«, sagte sie. Schon kramte sie einen wunderschönen Taschenspiegel hervor, der mit Glasornamenten verziert war. Hanna kannte diese Machart. Glas aus Murano, für das diese venezianische Insel berühmt war. Zwar konnte man Brieföffner oder Verschlüsse für Weinflaschen, die damit geschmückt waren, nahezu überall in Italien kaufen, so ein kunstvolles Schminkutensil jedoch nur auf Murano selbst oder in der Stadt am Canal Grande.

»Sie waren in Venedig?«, schlussfolgerte Hanna.

»Ah … das Döschen. Ja, ich hab es dort gekauft. Ich fahre jedes Jahr hin. Ist ja nicht weit von München«, sagte die Frau.

»Da sitzt man mitten in der Pampa … München ist überall«, sagte Hanna.

»Sind Sie auf der Durchreise oder eine Weinliebhaberin?«, fragte die Frau naheliegenderweise. Wer machte schon Urlaub in Massa Marittima?

»Nein, privat«, erwiderte Hanna.

Die Frau nickte, und schon wieder musterte sie sie neugierig, während Hanna die Wimperntusche mit etwas Spucke aus dem Gesicht wischte.

»Und Sie?«, fragte Hanna.

»Auch privat«, erwiderte die Frau knapp.

»Man unterschätzt diese kleinen Städte. Alle fahren nach Florenz oder Pisa … dabei ist es hier auf dem Land so schön«, sagte Hanna, weil ihr gerade nach etwas Small Talk war.

»Ich weiß, was Sie meinen. Die Maremma … Toskana pur, aber mir wäre es hier ein bisschen zu eintönig. Jedenfalls auf Dauer. Hier ist nichts los«, sagte die Frau.

Just in dem Moment geriet ein Ehepaar, das um die fünfzig sein durfte, in einem der gegenüberliegenden Cafés in Streit – ziemlich lautstark. Schon hatte der Mann den Inhalt eines Weinglases auf seinem Hemd, woraufhin er wütend aufstand, dabei den halben Tisch umriss und gaffende Blicke der Gäste erntete, die sich an diesem Schauspiel ergötzten.

»Na ja … nichts ist vielleicht übertrieben«, kommentierte Hanna amüsiert.

Im Nu hallten ein Dutzend Flüche, gegenseitige Vorwürfe, bei denen es um familiäre Verpflichtungen wie Einkäufe ging, und das magische Wort »Divorcia« über den Platz.

»Dass das immer so enden muss«, sagte Hanna mehr zu sich.

»Eine Scheidung? Nie im Leben. Das sind Italiener. Das gehört dazu«, widersprach die Frau.

»Wenn die beiden jung wären, sähe die Sache anders aus«, stellte Hanna fest.

»So wie seine Frau gekläfft hat. Sie kennen doch den Spruch: Hunde, die bellen ...«

»Aber braucht man so was? Also, ich bräuchte es nicht«, sagte Hanna resolut.

»Das ist so was wie eine Katharsis. Die Griechen glaubten an die reinigende Wirkung einer Krise. Wahrscheinlich haben die beiden heute Abend den besten Sex seit langem«, spekulierte die Jüngere und lächelte dabei verschmitzt. Hanna sah sie nur ungläubig an.

»Solange Unausgesprochenes auf den Tisch kommt ... Reden ist das A und O. Paare, die viel miteinander streiten und den anderen mit konkreten Inhalten konfrontieren, lassen sich nicht scheiden, weil sie sich ihre Probleme bewusst machen«, referierte die Frau ziemlich überzeugend.

»Sind Sie Eheberaterin oder so was?«, wollte Hanna wissen.

»Mediatorin und Coach ... Wussten Sie, dass die meisten innerbetrieblichen Probleme ihren Ursprung in beziehungstechnischem Geplänkel haben? Und generell ist ein Arbeitsvertrag ja auch nichts weiter als eine Beziehung, die man eingeht«, fuhr sie fort.

»Auf Zeit ... und mit Kündigungsfristen«, präzisierte Hanna.

»Da haben Sie auch wieder recht.«

»Sind Sie verheiratet?«, wollte Hanna wissen.

»Die Ehe ist nichts für mich. Ich finde, die Liebe reicht, um sich zu binden. Ein Papier ist nur ein Papier«, erläuterte sie.

Hanna dachte augenblicklich an ihr eigenes Papier, das nicht einmal mehr die Tinte wert war, und an den Wisch, den ihre Tochter unterschreiben würde. Zeit aufzubrechen. Julia würde es ihr übelnehmen, wenn sie als Letzte kam.

»Ich muss ... War schön, Sie kennenzulernen. Vielleicht sieht man sich ja wieder«, sagte sie beiläufig.

Erneut musterte die Frau sie mit einer Mischung aus Neugier und Nachdenklichkeit, was vermutlich von ihrem Beruf herrührte. »Bestimmt«, sagte sie, stand auf und lächelte ihr noch einmal zu, bevor sie ging.

Der Hinterhof von Ginas »Sale e Pepe« war festlich mit Blumen geschmückt. Auf jedem der direkt am Mauerwerk anschließenden Tische, denen Efeu und wilder Wein Schatten spendeten, standen andere Gestecke – ein Symbol für die Vielfalt der Ehe, wie Gina Julia erklärt hatte. Lorenzos Studienfreunde waren da, der Lombardo-Clan und zwei ihrer Freundinnen aus der Studienzeit in Florenz. Ein bunter, gutgelaunter Haufen, der sich am üppigen Brunchbuffet gütlich tat. Papa war auch schon da und sah in seinem Leinenanzug umwerfend aus.

»Du hast aber einen jungen Vater«, aus dem Munde von Lorenzos bestem Kumpel Francesco war ihm runtergegangen wie Öl. Dass er locker für Mitte vierzig durchgehen würde, hörte ein Mann seines Alters sicher gern. So einen jugendlichen Leinenanzug hätte er vor Jahren nicht getragen, überlegte Julia während des Vorstellungsreigens aus Umarmungen, Händeschütteln und obligatorischen Küsschen, der sich in Italien hinziehen konnte, weil es nicht ungewöhnlich war, sich gleich dreimal die Wangen zu küssen. Katrin tat ihm sichtlich gut. Nur wo war sie? Und wo war ihre Mutter? Solange ihre Eltern nicht aufeinandergetroffen waren, wollte sich keine Ruhe in ihrem immer nervöser werdenden Magen einstellen.

»Katrin wollte, dass wir ein bisschen Zeit füreinander haben«, sagte ihr Vater, als er sich für einen Moment der Begrüßungs- und Small-Talk-Zeremonie entziehen konnte. Doch schon stand weitere Verwandtschaft Spalier, um den Brautvater kennenzulernen.

»Wo ist eigentlich deine Mutter? Sie müsste doch schon längst da sein«, überlegte ihr Vater, bevor er das nächste Händepaar schüttelte.

»Frag mich was Leichteres.«

Immerhin war Katrin jetzt eingetrudelt, und wieder berührten sich Münder und Wangen. Francescos Augen klebten augenblicklich an ihren langen Beinen, die ihr kurzes Kleid besonders zur Geltung brachte.

»Soll ich mal nach deiner Mutter sehen?«, fragte Lorenzo fürsorglich, nachdem er sich in Begleitung seiner Mutter und mit einem Tablett in der Hand erfolgreich zu ihr durchgekämpft hatte. Gina sah sie ebenfalls fragend an. Es fiel also schon unangenehm auf, dass Mama noch nicht da war, und mit jeder Minute, die verrann, zog sich Julias Magen immer weiter zusammen.

»Sie wird schon kommen«, tröstete Julia sich selbst in der Hoffnung auf den Effekt einer selbsterfüllenden Prophezeiung.

»Probier mal, selbstgemacht«, sagte Lorenzo mit vollem Mund und hielt ihr eine von Ginas Blätterteigleckereien hin, bevor er mit seiner Mutter weiterzog, um die anderen

Gäste damit zu versorgen. Ihr Vater hatte sich bereits eines geangelt. Julia nicht, weil sie sowieso nichts runtergebracht hätte.

»Ich kann's gar nicht erwarten, dein Brautkleid zu sehen. Aber es ist nicht rosa, oder?«, nahm ihr Vater das Gespräch wieder auf.

Julia war überrascht. Ein rosa Brautkleid? Das musste an der gleichfarbigen Brille liegen, die ihm Katrin vermutlich aufgesetzt hatte. Ihr Vater lachte nur, weil sie ihn fragend ansah.

»Weißt du noch? Deine Lieblingsbarbie? Du hast ihr Brautkleid mit Mamas Acrylfarben rosa eingefärbt und geschworen, dass du mal in Rosa heiraten würdest.«

Julia erinnerte sich nur noch vage daran, dafür aber umso mehr an den versauten Teppichboden und den Anschiss, den sie dafür geerntet hatte. Schon hielt er ihr sein Smartphone mit dem entsprechenden Bild hin, doch sie hatte gerade keinen Nerv dazu, es gebührend zu würdigen. Jeder schien sich hier zu amüsieren, nur sie nicht.

»Katrin fühlt sich hier offenbar sehr wohl hier«, sagte ihr Vater und blickte in Katrins Richtung. Sie schien gut beim Lombardo-Clan anzukommen, obwohl sie sich mehr schlecht als recht auf Englisch und mit Händen und Füßen verständigte. Auf alle Fälle hörten ihr einige der Gäste andächtig zu.

»Eine tolle Frau«, kommentierte Lorenzo, der nun mit Sektgläsern kam und sie ihnen anbot.

Und wie ihr Vater im Zuge dieses Kompliments strahlte.

»Mir wäre lieber, Mama wäre jetzt hier«, sagte Julia freiheraus.

»Bist du mir böse, dass ich sie mitgebracht habe?«, fragte ihr Vater prompt.

Julia hatte nicht den Mut, ihm die Wahrheit zu sagen, aber ihr halbherziges Kopfschütteln war verräterisch.

»Wenn es deiner Mutter so schwer fällt herzukommen ... Vielleicht sollte ich erst mal mit ihr allein reden. Ist sie denn noch im Haus?«

»Du und mit Mama reden? Einen Streit brauche ich jetzt nicht auch noch«, erwiderte Julia resolut.

»Du tust ja so, als ob wir nur noch miteinander gestritten hätten.«

»Die letzten Jahre ziemlich häufig und nur wegen Kleinscheiß.«

»Das ist normal in einer Ehe«, rechtfertigte er sich.

»Tolle Aussichten.«

»Muss ja nicht so sein. Lorenzo und du, ihr macht das bestimmt besser. Er ist echt ein toller Kerl.«

»Das warst du doch auch mal«, entgegnete Julia dreist.

»Was soll das jetzt heißen?«

»Vergiss es ...«, sagte sie, doch damit gab sich ihr Vater nun nicht mehr zufrieden.

»Was? Nun sag schon!«, insistierte er.

»Sei ehrlich. Bereust du es, dass du Mama geheiratet hast?«

Er überlegte ungewöhnlich lang. Zu lang.

»Mama würde dich ja nicht noch einmal heiraten«, sagte sie, um ihren Vater aus der Reserve zu locken.

»Dito«, erwiderte er nun trotzig, was sicherlich auch daran lag, dass ihre Mutter gerade auf dem Empfang erschien und Katrin fixierte, ohne Julia oder ihren Vater auch nur eines Blickes zu würdigen. Wenn der Empfang nur schon vorbei wäre!

Jemanden sympathisch zu finden und gleichzeitig Wut in sich aufsteigen zu spüren, die von Eifersucht entfacht und von Demütigung angefeuert wurde, war Hanna neu. Die wenigen Meter, die sie von Michaels mutmaßlicher Neuer trennten, fühlten sich an wie ein Spießrutenlauf. Hannas Blickfeld war auf Katrin eingeschränkt. Ohne die anderen Gäste bewusst wahrzunehmen, schüttelte sie mechanisch Hände, nickte in die eine oder andere Richtung und kürzte die italienische Kussorgie ab, bis Katrin endlich vor ihr stand.

»Sie müssen Hanna sein«, sagte Katrin und reichte ihr offiziell die Hand.

»Und das wussten Sie vorhin noch nicht, auf der Piazza«, fauchte Hanna sie ungewollt angriffslustig an.

»Ich war mir nicht ganz sicher«, erwiderte Katrin ruhig.

Hanna überlegte, ob Michael ihr tatsächlich nie ein Bild von seiner Frau gezeigt hatte. Immerhin möglich! Alles, was sie an Katrin noch vor wenigen Minuten sympathisch gefunden hatte, wandte sich nun ins Gegenteil. Ihr Lächeln – aufgesetzt; ihre angenehme Stimme – die einer Versicherungstussi in einem Callcenter; das geschmackvolle Kleid – viel zu freizügig, und überhaupt hatte sie viel zu kleine Brüste für so einen gewagten Fetzen ... und dennoch würde Michael daran herumspielen. Wieder ein Stich! Katrin war jung, sah gut aus. Hanna war abgetakelt und das Auslaufmodell, das er gegen einen flotten Jahreswagen eingetauscht hatte.

»Mama!«, ertönte es von hinten. Dazu gesellte sich Michaels sonore Stimme, der nach ihr rief, bevor er sie Sekunden später erreichte.

»Schön, dass du da bist«, heuchelte er und suchte sofort Deckung bei seiner Katrin. Die Art, wie er sie musterte, war schwer einzuschätzen. Hanna glaubte, in seinen Augen so etwas wie Genugtuung zu lesen, ein: »Gott sei Dank bin ich die los!« Sein Lächeln suggerierte zudem Überlegenheit.

Klar, er hatte im Moment ja die besseren Karten, auch wenn die Dame im Spiel eine normalerweise für seinen Geschmack viel zu kleine Oberweite hatte.

»Ihr habt euch schon bekannt gemacht?«, fragte er.

Katrin nickte.

»Mama, du siehst toll aus«, stieß Julia unbekümmert aus, als sie sie erreichte und ihr Kleid begutachtete, das sie sich eigens für diesen Anlass in München gekauft hatte.

»Das finde ich auch«, sagte Katrin und meinte es vermutlich sogar ehrlich.

»Was hast du denn mit deinen Händen gemacht?«, fragte Michael und deutete besorgt auf ihre Pflaster.

Erst jetzt machte Hanna sich bewusst, auf welch makabre Gedanken jemand kommen konnte, wenn er Pflaster an der Innenseite ihrer Handgelenke sah. Es schien im Kopf ihres Mannes zu arbeiten. Diese Denkarbeit nahm sie ihm ab. »Nein. Ich habe mir nicht die Pulsadern aufgeschnitten. Nur ein kleiner Unfall …«

Michael wirkte tatsächlich erleichtert, was sie schon wieder aufregte. Was bildete er sich eigentlich ein? Seinetwegen schnitt sie sich doch nicht die Pulsadern auf.

»Tja«, sagte er und stand dann da wie bestellt und nicht abgeholt.

Auch Julia schien mit der Situation etwas überfordert zu sein. Ihr Blick wanderte von Katrin zu ihrem Vater, dann hielt sie nach Lorenzo Ausschau. Unerträgliches Schweigen. Betretene Blicke.

Nur Katrin fand einen Ausweg. Kurzerhand hakte sie sich bei Julia ein. »Du musst mir unbedingt noch Lorenzo vorstellen«, sagte sie resolut.

Immerhin zwei betretene Augenpaare weniger. Dafür sahen bereits die ersten Gäste, die über ihre Trennung Bescheid wussten, verstohlen zu ihnen her. Jetzt nur nichts Falsches sagen, nahm Hanna sich vor, doch ihr Blick sprach Bände. Die Millisekunde, in der sie seinen Leinenanzug gescannt hatte, reichte, um den ersten Ball in sein Feld zu schlagen.

»Ich weiß. Er gefällt dir nicht«, sagte er nur.

»Er passt zu ihrem Kleid«, erwiderte sie ungewollt trocken und stellte dabei fest, dass sich ihr Gefühlscocktail mittlerweile auf schlichte Wut reduzierte. Selbst ihre wackligen Knie waren dabei, sich zu stabilisieren.

»Hanna. Lass das bitte …«

»Was?«

»Versuch einfach, alles zur Seite zu schieben. Denk an Julia. Es ist ihr Tag, nicht unserer.«

Das ausgerechnet aus seinem Munde!

»Das fällt dir aber früh ein. Ich nenne so was Showtime«, erwiderte sie und blickte dabei Katrin und Julia nach.

»Julia hat ein Recht darauf, Katrin kennenzulernen. Sie gehört zum neuen Leben ihres Vaters.«

»Neues Leben? Der Anzug ist vielleicht neu …«, erwiderte sie lakonisch.

»Du irrst dich. Ich fang noch mal von vorn an, auch beruflich.«

»Du willst deinen Job hinwerfen? In deinem Alter? Und was hast du jetzt vor? Coaching? Damit sich noch mehr Männer in deinem Alter einbilden, dass ein bisschen frischer Sex sie um Jahre verjüngt?«

Hanna sah, wie sich Michaels Miene verhärmte.

»Ich werde Wein importieren. Exklusive Weine!«

Wusch! Das war die Ohrfeige, mit der Hanna nicht gerechnet hatte. Er lebte ihren gemeinsamen Traum. Das hatten sie sich gemeinsam vorgenommen, auf die alten Tage.

Und jetzt zog er es allein durch. Hanna fing wieder an, innerlich zu beben.

»Ich bin jetzt glücklich«, sagte Michael. Die Ruhe, mit der er es sagte, klang entwaffnend überzeugend. Das unruhige Flackern in seinen Augen und seine Hände, die unentwegt in Bewegung waren und an den Knöpfen seines Leinenanzugs herumfriemelten, passten aber nicht dazu.

»Und vorher warst du es nicht … glücklich, meine ich?« Das interessierte sie brennend.

Michael schluckte. Es traf ihn. Er versteifte in seinem neuen Anzug, der nun nicht mehr nach einer zweiten Haut aussah, sondern eher nach einer Hülle. »Das kann man nicht vergleichen«, ruderte er zurück.

Eine gute Gelegenheit nachzusetzen. Auch wenn der Ort unpassender nicht sein konnte.

»Verstehe, eine andere ›Art von Liebe‹ also«, erwiderte sie.

»Vielleicht …«, antwortete er mit sichtlich wachsendem Unbehagen.

»Ich hab mich die letzten Tage gefragt, ob du mich jemals geliebt hast«, wagte sie zu sagen, weil jetzt sowieso schon alles egal war.

»Spielt das jetzt noch eine Rolle?«

»Für mich schon.«

»Ich hab mir angewöhnt, nach vorn zu sehen. Das solltest du auch tun«, sagte er. Dann wandte er sich von ihr ab, um das Gesagte zu zementieren. Ende der Diskussion. Er hatte sich doch glatt um die Beantwortung ihrer Frage gedrückt.

Nach vorn sehen! In seinem Blickfeld lag Katrin. In Hannas Ginas Bar.

Kapitel 6

Langsam, aber sicher fragte sich Julia, ob Massa Marittima sich als Austragungsort ihrer Hochzeit überhaupt eignete. War es nur die Hitze, oder lag irgendetwas in der Luft, das alle Menschen, mit denen sie sich unterhielt, dazu veranlasste, ihr vom Heiraten abzuraten? Auch Katrin hatte ihr am Buffet unmissverständlich klargemacht, dass eine eheliche Bindung für sie keine Option sei. So wie sie gerade mit Papa turtelte, hätte Julia schwören können, dass Katrin nach dem Brautstrauß hechten würde, den sie nachher werfen musste. Gut, dass Mama das nicht mit ansehen musste. Sie war wieder einmal wie vom Erdboden verschluckt.

»Weißt du, wo meine Mutter ist?«, fragte sie Aushilfskellner Lorenzo, der mit Francesco vorbeikam, um ihr Prosecco-Glas nachzufüllen.

»Vor 'ner Minute war sie noch an der Bar«, sagte er. Dann drückte er ihr einen Kuss auf den Mund. Kurz, aber mit Schmackes. »Ich muss ... Die vielen Gäste«, entschuldigte er sich, und weg war er.

Sie gab sich also die Kante. Verständlich.

»Dass Lorenzo mal heiraten würde ...«, sinnierte Francesco kopfschüttelnd, während er seinem besten Freund hinterherblickte.

Das irritierte Julia. »Warum?«, fragte sie geradeheraus.

»War nur so dahergesagt«, versuchte er, sie zu beschwichtigen.

Julia glaubte ihm nicht. Einer italienischen Mimik sah man an, wenn etwas nicht stimmte.

»Na ja, früher hat er immer getönt, dass er nie im Leben heiraten würde. Er hat nichts anbrennen lassen …, verstehst du? Aber das war, bevor er dich kennengelernt hat. Du hast ihm ganz schön den Kopf verdreht.«

»Na, dann ist es doch okay, wenn wir heiraten, oder?«

»Klar. Das meinte ich nicht … aber so generell … also für mich persönlich. Das bringt's nicht.«

»Warum soll das nichts bringen?«, fragte Julia.

Francesco holte tief Luft – die hiesige Luft.

Julia ahnte, was auf sie zukommen würde. Die Erklärung hingegen verblüffte sie.

»Schau, das ist wie im Musikbusiness. Früher gab's die großen Bands: die Beatles, Queen oder Abba. Die haben sich jahrelang gehalten. Das Leben ist aber schnelllebiger geworden. Irgend so eine Casting-Show spuckt jemanden aus, der landet einen Hit, du lädst das MP3 runter, und nach einem Jahr erinnerst du dich nicht einmal mehr an seinen Namen.«

»Eine Ehe ist doch kein Download«, wandte Julia ein.

»Das sagst du!«

»Man passt sich dem irgendwie an. Der Lebenszyklus von einfach allem wird immer kürzer.«

»Francesco hat recht«, mischte sich jetzt Sophia, die sich vom Buffet zu ihnen gesellt hatte, mit in die Diskussion ein.

»Manche Ehen halten ein Leben lang«, protestierte Julia schwachbrüstig. Ein Blick in Richtung ihres turtelnden Vaters genügte, um zu wissen, dass dies ein Eigentor war.

»Männer …«, bemerkte Sophia dazu abfällig, bevor sie

ziemlich fies lächelnd in Richtung Bar sah, an der ihre Mutter saß. »Vielleicht gehen ja einige Ehen wirklich nicht kaputt, dafür aber die Eheleute«, sagte sie. Das ließ sie erst einmal genussvoll sacken, bevor sie fortfuhr: »Vor allem, wenn man nicht den Richtigen erwischt.« Sophia hatte dabei eindeutig Lorenzo im Blick.

Warum tauschten Francesco und Sophia wissende Blicke aus, bevor sie sich mit einem aufgesetzten Lächeln davonmachte? Was ging hier vor? Es genügte, Francesco penetrant anzusehen, damit er gesprächiger wurde.

»Das darfst du nicht so ernst nehmen. Die beiden waren mal verlobt. Sie ist halt eifersüchtig.«

»Was? Verlobt? Mit der?«, entfuhr es ihr. Augenblicklich sah sie ihr hinterher. Auf den zweiten Blick eine bildhübsche Frau. Auf den dritten richtig sexy, wobei das bei der abschließenden Musterung, der von ihren Beinen hoch zu ihrem Kleid, das luftige Einblicke in ihr Dekolleté gewährte, noch untertrieben war. Diese Frau würde kein Mann von der Bettkante stoßen.

»Ich hol mir noch was zum Essen«, sagte Francesco kleinlaut.

Nichts da!

Julia packte ihn fest am Ärmel. »Wann war das?«

»Was?«

»Wann genau waren sie verlobt?«

Francesco begann zu schwitzen und sich wie ein Wurm zu winden.

»Letztes Jahr!«, meinte er.

»Das kann nicht sein. Da waren wir doch schon zusammen.«

Nun wirkte Francesco etwas verstört. »Ich dachte, ihr kennt euch erst seit einem Dreivierteljahr …«

»Eineinhalb!«, präzisierte sie. Sofort setzte sich der Taschenrechner in ihrem Kopf in Bewegung. Lorenzo musste demnach noch mit Sophia verlobt gewesen sein, als sie bereits in München zusammen waren. Kein Wort hatte er darüber verloren.

»Julia. Er liebt dich. Jetzt mach kein Drama draus. Er hatte bestimmt nur keine Gelegenheit, es Sophia in Ruhe zu sagen. Lorenzo war in Deutschland ... So was macht man nicht am Telefon ...«

Julia bekam gar nicht mehr mit, was Francesco ihr noch alles zu Lorenzos Rechtfertigung sagte. Mit ihren Augen scannte sie bereits das Terrain nach ihrem künftigen Ehemann. Als sie ihn bei Ginas Schwester entdeckte, holte sie tief Luft – die hiesige Luft –, und plötzlich stellte sie sich die Frage, ob sie sich künftig nicht auch lieber MP3s herunterladen sollte.

Wie weh das immer noch tat. Mehr denn je. Genau so hatte Michael noch bei ihrem letzten gemeinsamen Urlaub den Arm um sie gelegt. Schlagartig erinnerte Hanna sich an die wenigen Momente, in denen sie selbst in jüngerer Zeit noch eine gewisse Verliebtheit und Nähe bei ihm gespürt hatte. Mal war es ein Funkeln in seinen Augen gewesen, mal eine nette Geste oder einfach nur ein entspanntes Lächeln, wenn sie abends zusammen auf der Terrasse gesessen hatten. Und jetzt gab er all das Katrin. Wie vertraut seine Gesten bereits waren. Wie sie sich an ihn schmiegte. Zwei weitere Messerstiche in die verletzte Seele. Hanna nippte bereits am zweiten Weißwein, der ihre Sinne wohltuend benebelte und diesen Schmerz betäubte. Der Vorsatz, ihrer Tochter den Tag nicht mit schlechter Stimmung zu vermiesen, holte das Letzte an Kraftreserven aus ihr heraus. Hanna leerte das Glas und überlegte, es sich nachfüllen zu lassen.

»Für mich auch«, vernahm sie eine männliche Stimme, die ihr bekannt vorkam.

Hanna drehte sich um. Das Erste, was sie sah, waren zwei Pflaster an ungefähr der gleichen Stelle, an der auch sie welche hatte. Partnerlook. Was machte der Typ aus Siena auf Julias Hochzeit? Ihm erging es offenbar nicht anders.

»Sie?«, fragte er und setzte sich verdutzt auf den Barhocker neben ihr. Einen Atemzug später schien er zu kombinieren, wer sie war.

»Sie sind Julias Mutter ...«, schlussfolgerte er. »Hanna?«

Sie nickte. »Und Sie?«

»Franco«, sagte er und reichte ihr die Hand. »Ich bin Ginas Bruder.«

Nahezu synchron griffen sie nach zwei frischgefüllten Weingläsern, die Ginas Kellner auf den Tresen gestellt hatte. Der Wein schwappte über, weil ihre Hände kollidierten.

»Immer wenn wir uns begegnen, passiert ein Malheur. Das gibt mir zu denken«, sagte er trocken, aber mit Schalk in den Augen.

»Darauf sollten wir anstoßen. Finden Sie nicht?«, fragte Hanna.

Was für ein skurriler Anblick. Zwei Hände, an deren Gelenken Pflaster klebten, hielten Weingläser in die Luft. Er hatte wohl den gleichen Gedanken und musste unwillkürlich lachen. Das war ansteckend.

»Na also, geht doch«, sagte er.

Was meinte er damit?

»So schlimm ist es jetzt auch wieder nicht. Ich hab mir die Hand ja nicht gebrochen«, sagte sie.

»Das meinte ich nicht ... Sie haben eben gelacht.«

Franco musste sie also schon eine Zeitlang beobachtet haben.

»Ist das Ihr Mann? Gina hat mir erzählt, dass Sie sich getrennt haben.«

Hanna nickte nur.

»Das geht vorbei ... Ein paar Monate vielleicht ... und dann bleibt nur noch die Erinnerung. Die Zeit ist zu schade, um sie mit düsteren Gedanken zu vergeuden. Glauben Sie mir. Ich spreche aus Erfahrung.«

»Leben Sie auch getrennt ... geschieden?«, fragte Hanna sogleich.

»Dreimal«, sagte er bedeutungsschwanger. Er konnte also mitreden, wenngleich Hanna bezweifelte, dass sie »in ein paar Monaten« bereits besser mit der Situation umgehen würde. Waren Trennungen für Männer nicht sowieso viel einfacher? Die meisten taten es, weil sie eine Neue in petto hatten – zumindest hatte Susanne, die Trennungsexpertin in ihrer Bank, dafür unwiderlegbare Beweise. Ob Franco auch dieser Regel entsprach, interessierte sie.

»Es ist immer leichter für denjenigen, der den anderen verlässt«, sagte sie und hoffte, dass Franco diesen Ball aufgreifen würde. Er tat es, was auf sehr viel Feingefühl hindeutete.

»Alice wollte in Rom Karriere beim Fernsehen machen. Sie war mit Berlusconi im Bett, bevor sie sich unsterblich in die Dachterrasse eines Filmfuzzis der RAI verliebte. Bei Felipa hätte ich einen Ehevertrag machen sollen. Sie wollte Geld, und bei Carla hab ich einen gemacht. Ich höre sporadisch immer noch von ihrem Anwalt.«

Hanna beeindruckte Francos Offenheit, die er mit einem ordentlichen Schluck Wein nachspülte.

»Ungewöhnlich ...«, kommentierte sie.

»Warum? Heutzutage drehen Frauen den Spieß doch um.«

»Ich bin dann eher der Klassiker.« Sie seufzte.

»Ihr Mann ist ganz schön bescheuert ... Ich meine, wenn ich jetzt so eine wie Ginas Cousine an meiner Seite hätte ...«, sagte er und blickte in Richtung eines anderen Klassikers, der einem umso häufiger begegnete, je weiter man in den Süden Italiens vorstieß: ein Pasta-Bomber mit einem Po, der nicht in die Economyclass einer Charter-Airline passen würde. Ihr Mann hatte trotzdem just in dem Moment seinen Arm um ihre Hüfte gelegt, auch wenn er zu kurz war, um diese komplett zu umschließen.

»Bestimmt ist sie mit ihrem Mann glücklich. Das Äußere, was bedeutet das schon«, merkte Hanna aus vollem Herzen an, auch wenn sie sich über Francos unverhofftes Kompliment freute.

»Ich bin gespannt, wie er so ist ... Ihr Mann«, sagte er.

»Sie wollen ihn kennenlernen?«

»Eher er mich.«

»Michael?« Hanna verstand die Welt nicht mehr.

»Er hat mitbekommen, dass ich ein Weingut habe, und rief mich gestern an.«

Nun wurde Hanna klar, dass sie Franco in Siena nicht zufällig begegnet war. Er belieferte die Weinhandlung, die ihr Gina empfohlen hatte. Klar war jetzt aber auch, dass Michael mit seinen Plänen für »ein neues Leben« Ernst machte.

»Ist Ihr Mann schon lange im Weinhandel tätig?«, fragte er.

»Nein. Er ist Steuerberater und will noch mal neu anfangen ...«

»Das wird er nicht schaffen. Der Markt ist schon aufgeteilt, und ohne entsprechende Beziehungen geht in dieser Gegend so gut wie gar nichts.«

»Sagen Sie ihm das?«

»Hab ich schon, aber soweit ich das einschätzen kann, ist er ein Typ, der nicht so schnell aufgibt.« Das war zu hundert Prozent Michael. Er konnte ziemlich hartnäckig darin sein, seine Ziele zu verfolgen.

»Also, meinen Wein bekommt er jedenfalls nicht«, sagte Franco augenzwinkernd.

»Nehmen Sie keine Rücksicht auf mich«, sagte sie heroisch.

»Es würde sich wie Verrat anfühlen.«

»Verrat?«

»Am Klub der verlassenen Herzen«, sagte er charmant, bevor er ihr in einer auffordernden Geste galant den Arm hinhielt. »Es ist die Hochzeit Ihrer Tochter. Wollen Sie sich hier in der Bar verkriechen?«, fragte er.

Hanna zögerte, obgleich ihr der Gedanke gefiel, sich in Begleitung dieses attraktiven Mannes wieder unter die Gäste zu mischen.

»Ich hasse Hochzeiten. Deshalb gilt das Klubangebot nicht unbegrenzt. Greifen Sie zu.«

Francos verschmitztes Lächeln war unwiderstehlich, und sein kräftiger Arm, in den sie sich einhakte, fühlte sich überraschend gut an.

Zu dumm, wenn man selbst im Mittelpunkt eines Empfangs stand und daher keine zwei Meter gehen konnte, ohne unentwegt angesprochen zu werden. Immer die gleichen Fragen! Sie hielten Julia davon ab, mit Lorenzo über Sophia zu sprechen. Zudem lief er ihr ständig in seiner Funktion als Aushilfskellner davon, sobald sie sich zu ihm vorgearbeitet hatte. Das Thema »Sophia« musste auf alle Fälle noch auf den Tisch, bevor die Stunde null schlug. Die Zeit wurde knapp. Nun war es Gina, die sie abfing und ihrer Cousine Carmen vorstellen wollte.

»Lorenzo hat so ein Glück«, schwärmte Carmen und bat um ein Foto der künftigen Braut, das Julia ihr unmöglich abschlagen konnte. Nur wollte es ihr nicht so recht gelingen, in Carmens Smartphone zu lächeln. Sie musste es sich abringen und riss in dem Moment, in dem es klickte, auch noch weit die Augen auf. Der Grund dafür war in Sichtweite: Mama in Begleitung eines attraktiven Mannes! Was ging hier vor?

»Das ist Franco … mein Bruder«, erklärte Gina, die ihrer Blickrichtung gefolgt war.

Julia war mindestens so überrascht wie ihr Vater, der den Mann an der Seite ihrer Mutter ebenfalls ausgiebig musterte. Noch viel irritierender war jedoch der Umstand, dass ihre Mutter lächelte und sich am Buffet angeregt mit diesem Franco unterhielt. Machte sie das etwa, um ihren Vater eifersüchtig zu machen? Wie albern war das denn? Nun winkte sie auch noch vergnügt zu ihnen her. Gina irritierte das auch.

»Franco flirtet gern. Das tut deiner Mutter sicher gut«, erklärte sie.

Einleuchtend und erleichternd zugleich, was Julias Kopf im Nu frei machte für das Wesentliche: ihre eigene Hochzeit, vor der es jedoch noch etwas Entscheidendes zu klären gab. Lorenzo war Gott sei Dank wieder im Anmarsch, aber mit einem frischbeladenen Tablett. Julia setzte sich trotzdem sofort in Bewegung. Die kleine Lücke, die sich in der Wand aus Gästen vor ihr auftat, musste sie nutzen, doch nach einem unüberhörbaren »Bing« gab es kein Durchkommen mehr. Dann gleich noch ein »Bing«. Das Empfangsgebrummel ebbte ab und kam ganz zum Erliegen. Nun war Lorenzo es, der das Tablett kurzerhand seinem Kumpel Francesco in die Hand drückte und sich zu ihr durchschlängelte.

»Papa hält seine Rede«, sagte er und nahm sie in den Arm, was sich so gut anfühlte wie immer. Selbst der Kuss, den er ihr ohne Vorwarnung gab, schmeckte, auch wenn der bittere Nachgeschmack des noch Ungeklärten an ihm haftete.

Auch wenn Michaels Italienisch keineswegs sattelfest war, hatte ihn Antonios Rede berührt. Selbst Katrin, die kein Italienisch sprach, wischte sich im Minutentakt Tränen aus den Augen, wie die meisten anderen weiblichen Gäste, die weiße Papiertaschentücher wie kollektive Erkennungszeichen in der Hand hielten und sich damit im Rhythmus von Antonios pathetischen Pausen um die Augen tupften. So oft wie er sich das Wort »Amore« inbrünstig auf der Zunge hatte zergehen lassen, konnte ja auch kein Auge trocken bleiben. Antonios Rede war kaum noch zu toppen, weil er bereits alle Register gezogen hatte, die man in einem erzkatholischen Land nur ziehen konnte. Er hatte die Heilige Jungfrau bemüht, den Heiligen Geist und jede Menge Schutzpatrone, die Michael noch nicht einmal vom Namen her kannte. Es fehlte nur noch, dass über dem Brautpaar ein Heiligenschein erschien und eine weiße Taube in den Innenhof von Ginas Restaurant geflattert kam.

Nur Julia wirkte etwas steif.

»Sie ist weiß wie die Wand«, sagte ihr Vater leise zu Katrin.

»Vermutlich die Aufregung und der ganze Stress«, flüsterte sie ihm ins Ohr, um Antonios ausklingende Rede nicht zu stören. Auch Hanna verhielt sich merkwürdig. Sie hörte wie in Trance zu und gehörte als eine der wenigen Frauen nicht zur Taschentuchfraktion. Ihr Begleiter hingegen, der sich auf Michaels Nachfrage bei einem der Gäste als Ginas Bruder Franco entpuppt hatte, blickte gelangweilt auf seine Armbanduhr, dann in den Himmel, mal auf die Deko, mal in die Runde der Schniefenden, und erweckte den Anschein, als ob ihm das Ganze zuwider sei. Moment! Nun nahm er Hanna ins Visier, und zwar mit dem Blick eines Mannes, der sich für eine Frau interessierte. Wieso hatte Hanna sich vorhin bei ihm eingehakt? Soll sie doch, sagte er sich. Wie wohl tat es, ihr ein Abenteuer, einen Flirt oder nur etwas Aufmerksamkeit zu gönnen. Sie war eine hübsche Frau, hatte Ausstrahlung. Mit ihr konnte man heute immer noch glänzen. Am Ende wurde ja mehr aus den beiden. Vielleicht würde sie ihm dann ganz anders begegnen, und sie könnten wieder normal miteinander umgehen. Schon wieder tauschten Hanna und Franco flirtende Blicke. Da war was im Busch. Schlagartig verflogen die heroische Gelassenheit, das Gönnerhafte und das bis eben empfundene Gefühl von Größe. Die plötzliche Vorstellung, dass dieser Mann Hanna küssen könnte, machte ihn immer nervöser. Gönn ihr das. Klar. Du bist glücklich. Du hast Katrin, beruhigte er sich – bis die nächste Bilderflut einsetzte und gar in der Vorstellung mündete, Hanna würde mit diesem Typen schlafen. Es würde anders sein als mit ihm, vielleicht sogar leidenschaftlicher. Er war Italiener. Das ist doch schön, wenn sie wieder glücklich wird. Sie hat auch ein bisschen Glück verdient! Wieder meldete sich seine innere Stimme, die beruhigend auf ihn einredete, doch mittlerweile war sein Kopfkino nicht mehr zu stoppen. Aus Pilcher wurde Porno. Francos

Hand lag auf ihrem Dekolleté, fuhr hinein. Michael wusste, wie sich das anfühlte. Sie würde sich ihm hingeben. Kopfporno in Endlosschleife. Abstellen ging nicht!

»Michael?«, fragte Katrin und zupfte an seinem Ärmel. »Du bist dran …«

Michael sah sie verdutzt an und nahm erst jetzt den Applaus wahr, den Antonio erntete, als er das Brautpaar tränenüberströmt in die Arme nahm und dann seinem Sohn väterlich die Schulter tätschelte.

»Die Rede!«, schoss es ihm durch den Kopf. Wo war sie? Katrin hatte sie geschrieben, weil er es hasste, Reden zu halten, ob beruflich oder privat. Nun richteten sich die ersten Augenpaare gespannt auf ihn. Antonios einladende Geste war eindeutig. Wo war nur der Zettel? Schon wurden seine Handflächen feucht, und die Hände begannen erneut zu zittern, als er den Zettel mit der Rede aus seiner Jacketttasche zog.

Nun bemühte der Verräter auch noch Gibran, den libanesischen Philosophen, und sprach von Kindern als Pfeile, die man in die Welt hinausschoss, zum Guten versteht sich. Hanna konnte nicht umhin, sich einzugestehen, dass Michaels Rede, die Gina vom Deutschen ins Italienische übersetzte, sie ziemlich beeindruckte. Immer wenn Gina einen Satz übertrug, erntete er Nicken, zustimmendes Raunen bis hin zu verzückten Ausrufen. Antonio stimmte anscheinend jedem einzelnen Wort zu, weil er wie ein Rabbiner vor der Klagemauer rhythmisch mit dem Kopf wippte, als hätte er einen Alterstick. Gut, Michael las ab. Die Worte passten auch nicht so recht zu ihm, aber sie erzielten Wirkung. Erst jetzt fiel Hanna auf, dass er mehrfach Blicke mit Katrin austauschte, die seine Brautvaterrede wohlwollend verfolgte.

Klar. Sie war der psychologisch geschulte Coach und hatte ihm die Worte bestimmt in den Mund gelegt.

»Umso schöner, wenn sich zwei liebende Menschen gefunden haben, um ihren Lebensweg gemeinsam zu gehen. Durch Höhen und Tiefen …«, setzte Michael seine Rede fort.

Hanna war klar, dass er dabei bedeutungsvoll in Richtung des Brautpaars blicken würde. Lorenzo schmachtete Julia an. Sie starrte mit gesenktem Haupt ins Leere. Hanna kannte diesen Blick. Irgendetwas ratterte gerade durch den Kopf ihrer Tochter, und wie schon in frühester Kindheit glaubte sie, die Antwort auf dem Boden zu finden. Wann kam Michael endlich zum Ende? Allein schon das Übersetzen von Gina nervte. Auf Italienisch klangen Michaels Worte nämlich gleich noch besser. Julia musste sich noch umziehen. Die Zeremonie würde in einer Stunde beginnen. Michael las aber weiter ab.

»Gemeinsam ist man der schlimmsten Sturmflut gewachsen, bewältigt alle Probleme«, fuhr er fort, bevor er ins Stocken geriet und noch mal einen Blick mit Katrin tauschte – diesmal einen vorwurfsvollen, denn dieser Satz war eine Unverschämtheit aus dem Munde des Mannes, der kürzlich seine Frau verlassen hatte, weil das Meer aufgrund seines tobenden Hormonspiegels anscheinend doch einen Tick zu stürmisch gewesen war. Probleme bewältigen? Ist doch alles Quatsch! Es ist viel einfacher, die Frau zu ersetzen. Dafür könnte sie diesen Heuchler ohrfeigen.

Michael fing sich, seine Stimme blieb aber angeschlagen: »Lasst uns das Glas heben. Auf die Liebe, die ewig halten soll.«

Wahre Begeisterungsstürme brachen aus. Er ließ aber die Schultern hängen. Hanna suchte bewusst Blickkontakt, doch als sich ihre Augen trafen, wandte er sich ab. Wenigstens hatte er noch die Spur eines Gewissens, und das litt jetzt sichtlich. Den Applaus konnte er nicht so recht genießen, was Hanna wiederum umso mehr genoss. Liebe, die ewig halten soll. Eine Farce! Schon löste sich die Menge auf. Antonio nahm seinen Sohn beiseite. Gina schnappte sich Julia. »Andiamo!«, ertönte es von allen Seiten.

»Das erinnert mich irgendwie an eine Verhaftung«, warf Franco nun ein. Es sah tatsächlich so aus. Lorenzo wurde von seiner Geliebten getrennt und litt sichtlich. Noch einen Luftkuss warf er ihr zu, aber er verfehlte das Ziel, weil Julia wie ein Lamm, das auf dem Boden nach Essbarem suchte, Gina hinterhertrottete. Irgendetwas stimmte nicht, das sagte Hanna ihr Mutterinstinkt.

»Ich werd mal nach Julia sehen ... Das Brautkleid«, sagte sie.

»Wir sehen uns später. Die Klubkarte haben Sie ja jetzt«, sagte Franco.

Klubkarte? Ach ja, der Klub der verlassenen Herzen. Hanna nickte und fragte sich auf dem Weg nach draußen, ob ihr Herz überhaupt noch stark genug war, Julia in Sachen Hochzeit beizustehen.

Das Erste, was Hanna sah, als sie das »Umkleidezimmer« mit all den Hochzeitsutensilien betrat, war das weiße Kleid – nur nicht an ihrer Tochter. Es hing lose in Ginas Händen.

»Rede mit ihr. Wie nennt man das? Premariale Depression?«, fragte Gina.

Nun sah Hanna das Häufchen Elend: Julia, die in Unterwäsche starr dasaß und vor sich hin schluchzte. Die Friseurin stand an der Kommode mit Spiegel und blickte gestresst auf ihre Armbanduhr.

»Julia. Das Kleid ist schwer. Mir fallen gleich die Arme ab«, sagte Gina, doch Julia reagierte nicht. Erst als sie ihre Mutter wahrnahm, regte sie sich.

»Mama«, wimmerte sie.

Hanna setzte sich sofort zu ihr. Erst einmal in den Arm nehmen – für alle Anwesenden ein Signal, dass sich die Prozedur noch etwas hinziehen würde. Die Friseurin setzte sich. Gina ließ das Kleid sinken und legte es vorsichtig auf die Couch. Der Friseurin gab Hanna mit einem deutlichen Blick zu verstehen, dass sie besser draußen warten sollte. Auch Gina ging schweren Herzens. Julia atmete auf und seufzte, als die beiden das Zimmer verlassen hatten.

»Mama. Ich weiß einfach nicht mehr, ob es richtig ist«, platzte es aus ihr heraus.

Da war guter Rat teuer. Hanna wusste es nämlich auch nicht. Sie war selbst hin- und hergerissen zwischen Lorenzo, dem Womanizer, und Lorenzo, dem Minnesänger.

»Julia. Die Entscheidung kann dir niemand abnehmen.«

Julia nickte schwach.

»Du liebst ihn doch, oder nicht?«

»Er war mit dieser Sophia verlobt, als er schon mit mir zusammen war ... und ... in seiner Clique ist er so was wie ein Aufreißer ... So jemanden kann ich doch unmöglich heiraten.«

Sie hatte es also doch erfahren. Das war nicht überraschend, weil Sophia es auf dem Klo ja einem Familienmitglied gesteckt hatte. Hanna blieb nichts anderes übrig, als so zu tun, als hörte sie das zum ersten Mal. Julia hätte ihr sonst übelgenommen, es gewusst und geschwiegen zu haben.

»Bist du dir sicher?«, fragte sie, auch wenn sie sich schlecht dabei fühlte, so unwissend zu tun.

»Ich weiß es von Francesco.«

Das überraschte Hanna nun doch. Wenn Lorenzos bester Freund so etwas sagte, dann musste Lorenzo wirklich ein fragwürdiges Vorleben haben.

»Hast du schon mit ihm darüber gesprochen?«

»Wann denn?«, erwiderte Julia bockig.

»Du hast diese Sophia doch gesehen ... Das ist 'ne Schlampe ...«, sagte Hanna in der Hoffnung, ihre Tochter damit etwas beruhigen zu können.

»Danke. Ich fühl mich jetzt viel besser, Mama.«

»Du bist keine. Er liebt dich ... Also, wo ist das Problem?« Hanna wusste, wo »das Problem« liegen könnte, doch komischerweise überwogen die Wirkung seines Gesangs und der Eindruck, den sie hier von Lorenzo gewonnen hatte.

»Ja, er liebt mich. Aber für wie lange?«, fragte Julia verzweifelt.

»Ich hatte zumindest ein paar schöne Jahre ...«, musste Hanna einräumen, auch wenn sie wusste, dass Julia jetzt sicher etwas anderes hören wollte. »Es gibt doch auch gute Ehen. Und jetzt nimm dir bloß nicht Papa und mich als Beispiel.« Krampfhaft suchte Hanna nach einer positiven Referenz. Das Gute lag oft so nah. Sie waren ja sozusagen mitten in einem harmonischen Heim. Natürlich! »Gina und Antonio zum Beispiel. Die beiden sind immer noch zusammen. Die gehen so liebevoll miteinander um.«

»Jetzt übertreib mal nicht. Gina ist die meiste Zeit allein unterwegs, und Antonio hockt bei seinen Schnitzereien ... Aber ... Ja, eigentlich ...«, meinte Julia.

Gottlob! Es wirkte. Die Miene ihrer Tochter hellte sich auf.

»Es stimmt schon. Sie sind immer noch verheiratet, und ... na ja, sie haben sich die ganze Zeit, in der ich hier war, kein einziges Mal geküsst … aber gestritten haben sie auch nicht. So gesehen …«, überlegte ihre Tochter laut.

»Lorenzo hat bestimmt Antonios Gene. Schau, Gina hat mir erzählt, dass ihr Mann in sich ruht. Er hat ein erfülltes Leben. Da rasten Männer nicht so einfach aus wie Papa … Lorenzo wollte doch auch immer Jurist werden. Das hast du mir selbst gesagt.« Hoffentlich zog ihre Tochter bald dieses Kleid an. Hanna drohten die Argumente für eine Eheschließung auszugehen.

Julia richtete sich auf. Dem Himmel sei Dank!

»Stimmt … Antonio und Papa … Ja, die sind ganz verschieden. Antonio ist so … liebenswert.«

Da klopfte es an der Tür, und Ginas Stimme ertönte: »Soll ich die Hochzeit jetzt abblasen, oder dürfen wir wieder reinkommen?«

Hanna sah ihrer Tochter in die Augen. Nur dort ließ sich ablesen, was sie wirklich fühlte.

»Na, was ist?«, fragte sie trotzdem.

Julia nickte.

»Reinkommen!«, rief Hanna nach draußen.

Mit Katrin im Rücken und inmitten des gutlaunigen Hochzeitsgetümmels – der belebende, exzellente Weißwein, den Ginas Bruder gestiftet hatte, kam noch mit dazu – fühlte sich Michael viel zu gut, um noch weiter über Hannas Reaktion beim Lesen der Rede nachzudenken. Sicher, »ewige Liebe« hätte sich Katrin in ihrem Entwurf besser erspart. Wenn er ihn nur hätte in Ruhe lesen können. Was musste auch ausgerechnet heute Morgen der Drucker ihres Hotels den Geist aufgeben. Sie hatten die Rede hastig im Nachbarhotel ausdrucken müssen. Ein Vorwurf war Katrin trotzdem nicht zu machen, zumal er seiner Tochter tatsächlich ewige Liebe wünschte, auch wenn er selbst nicht mehr so recht an sie glaubte. Zumindest für die nächsten zwei Stunden wollte er diese Skepsis ablegen. Ein Brautvater, der seine Tochter zum Altar führte, musste die Sache mit einer positiven Grundhaltung angehen – seiner Tochter zuliebe. Beflügelt vom frischen Schwung dieser Einsicht, machte er sich auf den Weg zu Julia, doch kaum hatte er das Restaurant verlassen, merkte Michael, wie er mit jedem Schritt, der ihn näher zum Haus der Lombardos auf der anderen Straßenseite brachte, nervöser wurde. Die Hitze staute sich in der schmalen Straße. Er zog sein Jackett aus und krempelte die Ärmel hoch, doch das nützte nichts, weil die Hitze von innen kam. Als er das Haus der Lombardos erreichte, fragte er sich, ob er noch mal mit Hanna reden sollte. Was sollte das bringen? Mit Julia am Arm zum Altar zu schreiten und dabei Hannas wütenden Blick im Nacken zu spüren, würde er so oder so über sich ergehen lassen müssen.

»Michael. Da bist du ja«, rief Gina, als sie ihn vom Fenster aus bemerkte.

Hanna blickte nur kurz zu ihm hinunter, zog sich aber sofort kommentarlos zurück.

Übelnehmen konnte er ihr das nicht. Am besten, er wartete, bis die Braut fertig war. Die gemütliche Lounge-Ecke im Innenhof lud zum Etspannen ein. Michael nahm Platz. Das esoterische Sammelsurium gefiel ihm. Die Shiva-Statue, in deren Händen duftende Räucherstäbchen lagen, hatte eine ebenso beruhigende Wirkung wie das Geplätscher des Brunnens, auf dem sie stand. Die Ruhe hielt aber nicht lange an, denn Gina und Hanna kamen keine fünf Minuten später laut debattierend die Treppe herunter.

»Antonio ist zuverlässig. Er wird nur vergessen haben anzurufen«, hörte er Gina sagen.

»Und wenn dann doch etwas schiefgeht?«, vernahm er von Hanna. Typisch. Hanna und ihr nerviger Kontrollwahn, wenn es um die Organisation wichtiger Dinge ging – Michael kannte das schon.

»Gibt es Probleme? Kann ich helfen?«, fragte Michael galant, als die beiden ihn erreichten.

»Antonio wollte sich telefonisch melden ... grünes Licht aus der Kirche geben. Die Musiker waren bis vor einer Stunde noch nicht da«, erklärte Gina.

»Es wird schon alles klappen«, sagte er in der Hoffnung, die beiden zu beruhigen.

»Julia ist fertig. Es kann doch nichts schaden, wenn ich schnell zur Kirche rübergehe.« Hanna ließ nicht locker. Sie konnte einen regelrecht verrückt machen.

»Ich kann ja nachsehen«, schlug Michael vor, um das Ganze abzukürzen.

»Ich lauf schnell rüber, und fertig«, beschloss Hanna. Ihre Hysterie zeigte bei Gina nun Wirkung: »Ich komm mit.«

»Aber die Hochzeit ist doch erst in einer halben Stunde«, sagte Michael, nachdem er einen Blick auf seine Armbanduhr geworfen hatte.

»Eben!«, sagte Hanna vorwurfsvoll.

»Noch nicht mal in Italien kannst du dich wenigstens ein bisschen entspannen«, platzte es aus ihm heraus.

»Wundert dich das? Ich möchte nur, dass Julia eine perfekte Hochzeit hat.«

»Nein, das wundert mich nicht. Es muss ja immer alles perfekt sein.«

Hanna schluckte eine Erwiderung wohl deshalb herunter, weil Gina die Streitereien sichtlich unangenehm waren.

»Ich geh zu Julia. Oder bringt das Unglück, wenn der

Brautvater seine Tochter zu früh ...?«, fragte er Gina und blickte noch zu Hanna, die von diesem Gedanken alles andere als begeistert schien.

»Papa soll hochkommen«, rief Julia von oben.

»Na, das hätten wir dann ja geklärt«, sagte er in Hannas Richtung. »Hoffentlich bessert sich deine Laune«, konnte er sich nicht verkneifen, wofür er von Hanna einen giftigen Blick erntete.

Gina litt immer mehr unter den Spannungen. Sie seufzte und warf ihnen einen vorwurfsvollen Blick zu. »Ja, bei einer Hochzeit liegen die Nerven blank«, resümierte sie überraschend wohlwollend, bevor sie mit Hanna loszog.

Gina hatte recht, jedenfalls was seine nervliche Verfassung betraf.

Julias offenbar auch, weil sie den Streit vom Fenster aus sicher mitbekommen hatte und von oben rief: »Jetzt reißt euch doch wenigstens mal für zwei Stunden zusammen!«

Ihre Worte in Gottes Ohr!

Kapitel 7

Hanna fiel ein Stein vom Herzen, dass wenigstens vor der Kirche schon mal alles nach einer Hochzeit aussah. Bunte Blumengestecke standen links und rechts vom Eingangsportal, das ein kleiner roter Teppich zierte. Nun zur Musik. Dabei standen sich zwei Interessengruppen gegenüber. Zu einer italienischen Hochzeit gehörten nach Ansicht der Lombardos nun mal eine Orgel und ein Ave-Maria, was das Engagement einer ausgebildeten Sängerin und die Präsenz der Organistin erforderte. Eine kräftige Stimme hallte durch den Säulengang des Gotteshauses. Sie gehörte einer bildhübschen Mittdreißigerin, die ein langes rotes Kleid trug und sich gerade warm sang. Die Band aus Florenz, die für modernere Klänge sorgen sollte, ging Hannas Wissens nach auf das Konto von Julia und Lorenzo. Auch das hatte offenbar geklappt. Zwei junge Leute bauten rechts vom Altar Mikrophonständer und ein Schlagzeug auf. Auch der Pfarrer war bereits anwesend. Er tauschte sich vor der Kanzel mit vier Ministranten aus, die schwarze Kittel mit weißem Überwurf trugen. Namensschilder standen auf den Kirchenbänken.

Gina war sichtlich zufrieden. »Mein Antonio«, sagte sie stolz. Ein wenig beneidete Hanna Gina um diesen Mann, der so pflegeleicht und zuverlässig zugleich war.

»Ich sollte mich bei ihm bedanken. Wo steckt er?«, überlegte Hanna laut.

»Er wird bei Myriam sein«, sagte Gina und deutete nach oben in Richtung der wuchtigen Orgel.

»Noch ein Familienmitglied?«, fragte Hanna auf dem Weg nach oben.

»Nein, die Organistin. Gelegentlich hilft sie ihm beim Restaurieren, dafür hilft er ihr beim Ausbau ihres Hauses«, erklärte Gina auf den letzten Stufen, die zum Orgelstuhl führten.

Eine Hand wusch also die andere. Antonios Hand war jedoch an einer Stelle, an der sie nichts zu suchen hatte: in Myriams Dekolleté.

Gina erstarrte, als sie ebenfalls hinüber zur Orgel blickte. Myriam saß auf Antonios Schoß, rekelte sich und stöhnte wohlig, während sie ihren Kopf mit geschlossenen Augen nach hinten sinken ließ. Antonios Hand fuhr nun an ihrem Hals entlang. »Bella«, hauchte er ihr ins Ohr. Da öffnete Myriam die Augen und erschrak, was sicherlich nicht daran lag, dass sie Gina und Hanna auf dem Kopf stehend sehen musste. Antonio tat es ihr gleich, nur ersparte er sich den spitzen Laut, den Myriam von sich gegeben hatte, bevor sie blitzartig aufgesprungen war, um ihre Bluse zuzuknöpfen.

»Gina«, wimmerte Antonio hilflos.

»Figlio di puttana!«, keifte Gina. Aus dem pflegeleichten Ehemann war ein Hurensohn geworden. Zu Recht.

Wie eine Furie ging Gina auf ihn los und verpasste ihm erst einmal eine Ohrfeige, bevor sie lauthals fluchend auf ihn einprügelte. Antonio ließ es ohne Gegenwehr über sich ergehen, hielt nur die Arme schützend vor sich. Myriam hingegen ergriff blitzartig die Flucht, zwängte sich an Hanna vorbei, den Blick dabei verschämt auf den Boden gerichtet.

Noch eine Ohrfeige handelte sich Antonio ein. Ginas Hände schienen überall zu sein.

»Gina …«, krächzte er, bevor er sich erneut duckte.

Ginas nächster Hieb verfehlte sein Ziel. Schon flatterte die Hochzeitspartitur teilweise auf den Boden, teilweise über das Gebälk. Die Blätter, die nach unten segelten, sorgten für erstauntes Raunen aus dem Bauch des Kirchenschiffs.

»Ein Missverständnis … So hör doch auf«, flehte er sie an.

Doch Gina dachte überhaupt nicht daran. Ihr Arsenal an Schimpfwörtern schien grenzenlos. Antonios Repertoire an Ausreden eher begrenzt. Wer kaufte seinem Ehemann schon ab, dass es »halt so passiert sei«, weil er sich ein auffälliges Muttermal unter ihrem Brustbein hatte näher ansehen wollen. Peinlich. Auch der Strategiewechsel, dass es in seinem sizilianischen Geburtsort vor einer Hochzeit Glück bringen würde, die linke Brust der Organistin zu berühren, war alles andere als glaubwürdig. Kein Wunder, dass Gina vor Wut kochte und Antonio schließlich Reißaus nahm. Da die Wendeltreppe vom Gestühl nach unten sehr eng war und Gina ihrem Ehemann in blinder Wut hinterherlief, war nicht auszuschließen, dass das Gerangel auf der Treppe weiterging und am Ende noch einer hinunterstürzte. Hanna stellte sich ihr daher tapfer in den Weg.

»Lass mich durch!«, verlangte Gina.

»Beruhig dich. Bitte … Denk an Lorenzo und Julia … die Hochzeit.«

Ginas Atem ging schnell. Gehetzt sah sie Antonio nach. Erst als sie sich zu mehreren tiefen Atemzügen gezwungen hatte, beruhigte sie sich etwas. »Ich bring ihn um!« Ihr ruhigerer Tonfall klang nun umso bedrohlicher.

»Das wirst du nicht«, sagte Hanna ruhig.

Gina schüttelte nur ungläubig den Kopf.

»Vielleicht war es ja wirklich nur ein Ausrutscher. Eine Dummheit«, wagte Hanna zu sagen, auch wenn dies wenig tröstlich war und sie selbst nicht so recht daran glaubte.

Gina ging zur Orgel, um nach unten zu sehen. Hanna folgte ihr. Die Augenpaare aller Anwesenden waren nach oben gerichtet. Totenstille in der Kirche. Antonio stand beim Ausgang und blickte noch einmal zu ihnen nach oben, bevor er sich umdrehte und mit hängenden Schultern die Kirche verließ.

Gina sank kraftlos auf den Stuhl der Organistin. »Dieses Schwein! Von wegen Nachtarbeit ... Jetzt weiß ich wenigstens, was er getrieben hat und vor allem, mit wem«, sagte sie kopfschüttelnd.

»Du glaubst, das geht schon länger mit den beiden?«, fragte Hanna.

Gina nickte traurig. Dabei fiel ihr Blick auf eine offenstehende Schublade, aus der etwas im Schein einer Klemmleuchte aufblitzte, die am Notenhalter befestigt war. Gina zog die Schublade ganz heraus. Das Thema »Ausrutscher« war nun endgültig vom Tisch. Wozu brauchte eine Organistin fünf Kondome im Kirchengebälk? Sicherlich nicht, um sie zu Luftballons aufzublasen oder Wasserbomben auf den Pfarrer zu werfen.

Gina hielt ihr nur das Päckchen hin.

Hanna schluckte.

»Dabei hasst er Erdbeeren«, sagte Gina und fing unvermittelt an zu schluchzen. Erdbeeren? Sagte man das zu Kondomen in Italien? Ein Kosewort? Das musste der Schock sein. Doch Hanna täuschte sich. Es waren Kondome mit Erdbeergeschmack!

Papa hatte es tatsächlich geschafft, mal eine gute Viertelstunde am Stück nicht über ihre Mutter zu sprechen. Weil er sein Leben im Moment gerade auf den Kopf stellte, war es auch nicht verwunderlich, dass er sich im Gegensatz zu ihrer Mutter keine Sorgen darüber machte, dass sie das Lehramt an einer deutschen Schule hingeschmissen hatte. »Je früher man weiß, was man will und was einem guttut, desto besser«, beglückwünschte er sie, nachdem sie ihm von der Stelle in Florenz erzählt hatte.

»Und du willst wirklich eine Weinhandlung aufmachen? Dir hat der ganze Steuerkram doch immer Spaß gemacht«, wollte sich Julia vergewissern.

»Ich hab alles erreicht … Noch zehn Jahre absitzen? Dein Großvater ist mit achtundsechzig gestorben. Ich möchte noch ein bisschen was vom Leben haben, verstehst du?«

Das konnte sie ihrem Vater nicht verübeln, auch wenn es sich merkwürdig anfühlte, dass er sich Gedanken über den Tod machte. Dafür sah er noch viel zu jung aus. Julia hatte bisher noch nie ernsthaft darüber nachgedacht, dass ihre Eltern eines Tages nicht mehr da sein könnten. Das Thema war jedenfalls für einen Hochzeitstag ungeeignet.

Das spürte wohl auch ihr Vater, der es wechselte, als sie sich vor dem Spiegel der Kommode noch einmal vergewissern wollte, dass ihr Brautschleier richtig saß. »Du bist so schön … Das Kleid … so verspielt. Wie eine Elfe«, sagte er.

Dann brach Chaos aus. Eine Tür knallte. Eilige Schritte stampften die Treppen nach oben. Noch eine Tür knallte. Dann klopfte jemand an einer der Türen im ersten Stock, und zwar wie irre. Dazwischen rief ihre Mutter nach Gina. Dann klopfte es an ihrer Tür, bevor ihre Mutter sie aufriss, einmal tief durchatmete und ohne Vorwarnung drauflosplapperte: »Ich mach's kurz. Antonio hat die Organistin begrapscht. In der Kirche! Die beiden haben wohl schon länger eine Affäre. Jetzt will Gina sich von ihm scheiden lassen … Tut mir leid, Kleines.«

Schweigen! Julia setzte sich augenblicklich. Ihre Knie fühlten sich puddingweich an.

»Und jetzt?«, fragte ihr Vater.

»Du bist doch der Experte«, konnte Mama sich nicht verkneifen zu sagen.

Ihr Vater schwieg.

»Ich werd so lange an ihre Tür klopfen, bis sie aufmacht«, sagte ihre Mutter. Dann sah Julia ihren Vater, der immer noch geschockt wirkte, eindringlich an: »Und du könntest Lorenzo holen.«

Julia wurde heiß. Die Hochzeit konnte ohne Lorenzos Eltern nicht stattfinden. Selbst die Umarmung ihrer Mutter konnte sie jetzt nicht mehr beruhigen.

»Es wird alles gut. Wir haben ja noch zehn Minuten«, sagte ihr Vater, bevor er aufstand.

»Soll ich mit Gina reden?«, presste Julia mit angeschlagener Stimme hervor.

»Bleib einfach hier. Wir regeln das«, versicherte ihre Mutter, bevor sie zur Tür ging, an der ihr Vater bereits auf sie wartete.

Julia hätte sowieso nichts mehr »regeln« können. Der Stuhl, auf dem sie saß, schien plötzlich über magnetische Kräfte zu verfügen, die sie nach unten zogen. Ein Wunder, dass sie noch atmen konnte. Kaum war die Tür zu, gerieten ihre Eltern so lautstark aneinander, dass Julia jedes Wort davon hören konnte.

»Du hättest das vorhin auch anders sagen können«, tönte die Stimme ihres Vaters vom Gang.

»Wie denn? Etwa ausschweifend? Ich hätte ja noch von Antonios Vorliebe für Erdbeerkondome erzählen können. Dafür war aber keine Zeit. Die ersten Gäste gehen schon zur Kirche.«

»Du musstest ja unbedingt ›nach dem Rechten‹ sehen«, gab ihr Vater zurück.

Die beiden gaben einfach keine Ruhe. Am liebsten hätte Julia sich die Ohren zugehalten, was aber nicht ging, weil sie sonst ihre Frisur ruiniert hätte.

»Ach, jetzt bin ich schuld?«, ereiferte sich ihre Mutter.

»Du nicht, aber dein Kontrollwahn.«

»Was kann ich dafür, wenn Antonio ...«, setzte Mama an.

»Manchmal ist es besser, wenn man gewisse Dinge nicht weiß«, fiel Papa ihr ins Wort.

»Verstehe. Wenn ich also nicht zufällig Katrins SMS auf deinem Handy gelesen hätte, dann hättest du mich noch ein paar Wochen länger hingehalten. Sehe ich das richtig?«

»Ich hole jetzt Lorenzo«, entschied ihr Vater, bevor Julia stampfende Schritte nach unten vernahm und das Geklopfe gegen Ginas Tür weiterging.

»Gina, mach doch bitte auf!«, kam es in nervtötender Dauerschleife. Sämtliche Klopfvarianten ihrer Mutter schlugen fehl. Auch der Hinweis, dass die Kirche bestimmt schon halb gefüllt sei. Keine fünf Minuten später wieder eilige Schritte.

»Ist Mama oben?«, hörte sie Lorenzo von draußen rufen.

Das nächste Trommelfeuer gegen Ginas Tür setzte ein. Dazu Lorenzos Singsang, der sämtliche Heilige und natürlich die Muttergottes bemühte.

Julia blickte auf die Uhr. Die Zeit lief davon. Blinde Wut festigte auf wundersame Weise den Pudding in ihren Knien und schaltete den magnetischen Sitz ab. Sie sprang auf, ging zur Tür und öffnete sie einen Spaltbreit. Dann lugte sie hinaus auf den Gang. Auf dieses Affentheater hatte sie keine Lust mehr. »Gina. Verdammt! Du hättest es früher oder später sowieso herausgefunden. Du kommst jetzt mit. Auf unsere Hochzeit!«, schrie sie, bevor sie die Tür wieder zuschlug, damit Lorenzo sie vor der offiziellen Übergabe durch den Brautvater nicht sehen konnte. Das brachte schließlich Unglück, und zwar auch in Deutschland, insofern war es besser, kein Risiko einzugehen.

Keine Reaktion!

Noch einmal riss sie die Tür auf, aber wieder nur einen Spaltbreit. »Wenn du jetzt nicht gleich rauskommt, komme ich raus«, schrie Julia. »Und dann müsste Lorenzo mich sehen. Du weißt, was das heißt. Ich könnte die Hochzeit dann auch gleich abblasen.«

Aus dem Zimmer, hinter dessen Tür sich Gina verbarrikadiert hatte, drang Schluchzen. Dann Stille. Es wirkte! Ein Klick.

Julia lugte erneut hinaus, sah ihre Mutter, ihren Vater, Lorenzos linke Schulter und dazwischen ein Häufchen Elend mit verschwollenen Augen und verschmierter Schminke. Weitere Schritte eilten nach oben. Alle wichen zur Seite. Die Friseurin! In Windeseile war Gina von der verschmierten Schminke befreit. Eine Puderquaste huschte im Zeitraffer über Ginas Gesicht. Rouge. Einmal auf die Wange tätscheln.

»Wie neu!«, stellte die Friseurin fest.

»Können wir jetzt?«, rief Lorenzo inzwischen von unten.

»Ja«, krächzte Gina, die in den letzten Minuten um ein Jahrzehnt gealtert zu sein schien.

»Tut mir leid, Gina!«, sagte Julia, als sich ihre Blicke kreuzten.

Dann trampelte eine ganze Horde das Treppenhaus hinunter. Nur ihr Vater blieb zurück, um seine Tochter zum Altar zu begleiten.

»So, und jetzt wird geheiratet!«, sagte er schon fast im Befehlston und ergriff mit einem zuversichtlichen Lächeln Julias Hand.

Hanna war sich sicher, dass sich mittlerweile alle geladenen Gäste in der Kirche versammelt hatten und auf den Beginn der Zeremonie warteten. Die Braut und die Mutter des Bräutigams konnten mobilisiert werden, doch einer fehlte noch: Antonio. Zwar hatte Gina darauf bestanden, ihn nie wiederzusehen, schon gar nicht auf der Hochzeit des einzigen Sohns, doch darum scherte sich Hanna nicht. Wenn Julia sich schon auf das Abenteuer Ehe einließ, dann im Beisein aller. Basta! Persönliche Gründe mussten jetzt hintenanstehen. Das sah Antonio offenbar anders. Er war dort, wo sie ihn vermutet hatte – in seiner Werkstatt. Doch anstatt jammernd vor einer der Marienstatuen zu kauern und sie mit Tränen in den Augen um Verzeihung zu bitten, wie Hanna sich das auf dem Weg zu seinem Atelier in einer der Altstadtgassen unweit des Doms ausgemalt hatte, bearbeitete er einen riesigen Holzklotz – vielmehr stach er auf ihn ein. Komischerweise sah das bisherige Ergebnis nicht einmal so schlecht aus, sofern man es mit dem Label »abstrakte Kunst« etikettierte.

»Was wird das, Antonio?«, fragte Hanna ohne Vorwarnung.

Er erschrak, warf ihr aber nur einen kurzen Blick zu, bevor er unbeirrt damit fortfuhr, aus einem Holzklotz ein Fabelwesen zu zaubern, das irgendwie grimmig dreinblickte.

»Dein Sohn heiratet in wenigen Minuten. Willst du nicht dabei sein?«

Erst jetzt hörte er auf. Bedächtig legte er das Schnitzzeug zur Seite, doch ohne sich nach ihr umzudrehen. Er schien nun selbst zu einer Skulptur erstarrt zu sein.

Bestimmt geht er jetzt in sich, überlegte Hanna, doch da täuschte sie sich erneut.

»Nach der Show, die Gina abgezogen hat, kann ich mich in der Kirche nicht mehr blicken lassen«, sagte er.

Hanna suchte vergeblich nach den richtigen Worten: »Aber warum? Ihr liebt euch doch ... und ...«

Nun drehte sich Antonio ruckartig zu ihr um. »Lieben? Gina ist irgendwann aus meinem Leben verschwunden«, beschwerte er sich.

»Wie verschwunden? Sie ist doch da, kümmert sich um alles und ...«

»Wenn sie da ist«, fiel er ihr ziemlich abgeklärt ins Wort.

»Du meinst die Reisen?«

»Auch.«

Nun war Hanna diejenige, die das erst einmal sacken lassen musste. Der pflegeleichte Ehemann, um den sie Gina beneidet hatte, muckte auf.

»Du hast sie ja nur im Kreis der Familie erlebt. Ausnahmezustand. Sie ist im Tierschutzverein, geht dreimal pro Woche ins Fitnessstudio, trifft sich laufend mit irgendwelchen Freundinnen in Florenz oder Siena, mal ganz abgesehen von tausend anderen Klubs, Vereinen und Bürgerinitiativen, deren Namen ich mir gar nicht alle merken kann«, führte er ziemlich angefressen aus.

»Seitdem Lorenzo aus dem Haus ist, oder?« Hanna erinnerte sich an Ginas Schilderungen.

Antonio nickte nur. Dass er an seinen Lippen herumknabberte, war ein untrügliches Zeichen dafür, dass es in ihm arbeitete.

»Es war trotzdem nicht richtig«, lenkte er dann doch noch ein und nickte stumm vor sich hin.

»Liebst du Gina denn überhaupt noch?«

Antonio zuckte ratlos mit den Schultern. »Ich hab verlernt, wie sich das anfühlt«, sagte er traurig.

Wieder brauchte Hanna eine kleine Verschnaufpause. Sie verstand ihn nur zu gut.

»Komm. Dein Sohn wartet«, sagte sie dann und reichte ihm die Hand.

Antonio nickte zögerlich.

Hanna fiel ein Stein vom Herzen. Jetzt stand der Hochzeit ja nichts mehr im Wege.

Julia hatte auf dem Weg zur Kathedrale das zwiespältige Gefühl, dass gegenläufige Kräfte auf sie einwirkten. Einmal die Schwerkraft, die sie zu Boden drückte und ihre Beine bleischwer werden ließ, dann noch der kräftige Zug ihres Vaters, bei dem sie sich eingehängt hatte. Die Kraft eines gedachten Seiles, das von der versammelten Menge ausging, die sie vom Kirchenportal aus erwartungsfroh anstrahlte, gab schließlich den Ausschlag, sich etwas unbeschwerter nach vorn zu bewegen. Ein Juchzen hier, ein bereits feuchtes Taschentuch da – vor allem beim Lombardo-Clan. Und dann stand da noch Lorenzo, der nach einem Schulterklopfen von Francesco aus der Menge heraustrat und zu ihr ging. Er war zweifelsohne überglücklich. Das ließ ihre Schritte im Nu schneller werden. Lorenzos strahlende Augen, in die sie sich in München verliebt hatte, vertrieben augenblicklich alle dunklen Gedanken. Er blickte sie nur an, stolz, verliebt, zuversichtlich.

»Du bist so schön«, sagte er dann.

Nun fühlte sie sich so leicht, als könnte sie fliegen.

»Behandle sie gut«, hörte sie ihren Vater mit sonorer Stimme sagen. Dann reichte er Lorenzo ihre Hand. So hatte Julia sich ihre Hochzeit vorgestellt. Den Moment kostete sie aus, bis sie das Raunen der Menge abrupt aus ihrer Träumerei riss. Julia folgte dem Blick der Wartenden und sah Antonio, der sich in Begleitung ihrer Mutter langsam näherte. Das hatte etwas von einem Western. High Noon. Er sah jämmerlich aus. Seine Schultern hingen, und immer wenn er Blickkontakt zu den Anwesenden suchte, die von Gina vermutlich bereits geimpft waren, wandten sie sich von ihm ab. Auch Lorenzos Strahlen erlosch, als er hinüber zu seiner Mutter am Kirchenportal sah.

»Hoffentlich erleben wir so was nicht auch mal«, platzte es aus Julia heraus.

»Niemals«, sagte Lorenzo voller Zuversicht.

Es klang glaubwürdig, jedenfalls so lange, bis sie Sophia entdeckte, die nur ihn ansah. Heiraten, ohne ihn vorher darauf angesprochen zu haben? Ja, besser darüber hinwegsehen, dachte Julia, doch mit jedem Schritt, den sie dem Portal näher kamen, brannte die Frage immer heißer auf ihrer Zunge. Sie waren nun auf Höhe von Sophia. Wenn sie Julia nicht ein abfälliges Lächeln zugeworfen hätte, das zu sagen schien: »Viel Spaß noch mit diesem Mann!«, hätte sie es womöglich geschafft, die Frage hinunterzuschlucken. Zu spät!

»Wann hast du dich eigentlich von Sophia getrennt?«, fragte sie leise, so dass nur Lorenzo es hören konnte. Dabei setzte sie ein Lächeln auf, dass alle denken mussten, sie hätte ihrem Mann in spe gerade irgendetwas Charmantes ins Ohr geflüstert.

Lorenzos beschwingter Gang geriet augenblicklich ins Stocken, doch auch er lächelte sofort wieder.

»Ist das jetzt der richtige Zeitpunkt, um mich danach zu fragen?«, wisperte er zurück.

Julia merkte, dass ihre Gesichtsmuskeln anfingen, sich zu verspannen, denn nach Lächeln war ihr nun gar nicht mehr zumute. »Ich wollte vorher mit dir darüber reden, aber du hast ja die ganze Zeit Wein serviert«, sagte sie, darum bemüht, möglichst wenig vorwurfsvoll zu klingen.

»Ich war mit ihr offiziell noch zusammen, als ich dich kennengelernt habe, weil ich keine Zeit hatte, mit ihr persönlich zu reden. Ist das so schlimm?« Lorenzo war also geständig, aber nicht vollumfänglich.

»Verlobt«, präzisierte Julia daher.

»Ja, auch das.«

Ende der Konversation, weil sie das Portal durchschritten hatten und ohrenbetäubende Orgelmusik einsetzte. Vermutlich wollte die Organistin alle taub machen, damit niemand mehr über sie redete. Der Hochzeitsmarsch diktierte von nun an das Schritttempo.

Immerhin hat er es zugegeben, sagte sich Julia. Und es ist doch auch gar nichts dabei. Sicher hätte sie auch keine Verlobung am Telefon aufgelöst, sondern auf ein persönliches Gespräch gehofft. Ja, das war der Grund. Er ist bestimmt ein guter Ehemann. Das beruhigte sie, Schritt für Schritt im Takt zur Musik. Der Altar war nur noch wenige Schritte entfernt. Sie warf einen kurzen Blick auf die Bankreihen. Die Gäste hatten ihre Plätze eingenommen. Ihre Mutter saß links. Ihr Vater und Katrin am anderen Ende der Reihe. Wie schade, ihre Eltern an unterschiedlichen Plätzen sehen zu müssen und zu wissen, dass sie sich nicht vertragen konnten. Warum nur müssen Menschen, die sich einmal geliebt hatten, so bescheuert miteinander umgehen? Ihre Mutter und ihr Vater beachteten sich nicht einmal. Wie Fremde saßen sie da. Das tat weh, und zwar viel mehr als gedacht. Der Priester empfing sie mit offenen Armen, herzlich und verzückt. Die Orgelmusik kam zu einem Ende. Endlich Stille. Wieder blickte sich Julia um. Antonio stand wie ein Aussätziger neben der letzten Säule. Wie jemand, den die Dorfgemeinschaft verbannt hatte. Und Gina warf ihm auch noch einen bösen Blick zu.

»Schatz ...«, sagte Lorenzo besorgt.

Julia drehte sich nach vorn, um dem Priester ihre ganze Aufmerksamkeit zu schenken, doch das wollte nicht gelingen. Sie hörte zwar seine Worte, doch nahm sie die meisten gar nicht auf. Was sagte er? Was Gott in Liebe vereint, sollte der Mensch nicht trennen? Hatten sich Mama und Papa denn nicht auch in Liebe vereint? Gina würde sich scheiden lassen. Am Ende würde es ihnen genauso gehen. Lorenzo hatte doch schon mal einem Mädchen ewige Liebe versprochen. Erst jetzt wurde Julia die Tragweite einer Verlobung bewusst. Sie beide waren ja noch nicht einmal verlobt, jedenfalls nicht offiziell. Wenn er sich schon von einer Verlobten trennen konnte, dann auch von seiner Frau. Vielleicht in ein paar Jahren – wie bei Papa und Mama. Liebe schien zu vergehen, sich zu verflüchtigen. Er musste Sophia doch auch geliebt haben. Und Sophia hatte er sicher auch so angesehen wie sie vorhin vor dem Portal. Jemand schluchzte. Julia konnte gar nicht anders, als sich umzudrehen. Sophia bekam einen Heulkrampf und lief aus der Kirche. Die Gäste sahen ihr nach. Das darauffolgende Gebrummel aus Empörung und verstörten Kommentaren verebbte, weil die Stimme des Priesters, der nun mit der Zeremonie fortfuhr, über die Lautsprecher alles andere übertönte.

»Ja«, sagte Lorenzo auf die Frage, ob er Julia zur Frau nehmen wollte.

Nun wandte der Priester sich ihr zu. Julia sah durch ihn hindurch.

»So frage ich auch dich, Julia Behrend, hier vor Gottes Angesicht, ob du mit diesem deinem Ehemanne …«, fing er an, doch Julia bekam wieder nur Teile davon mit, was er sagte. Sie sollte Lorenzo ehren, Beistand leisten, neben vielem anderen, die Treue halten, bis dass der Tod sie scheide.

Julia holte tief Luft, um ihre Gedanken wieder auf das zu fokussieren, was der Priester sagte.

»Ist dieses dein fester Entschluss und Wille, so bekräftige dies hier vor allen Anwesenden und dem allwissenden Gott durch ein vernehmliches ›Ja‹.«

Der Priester sah sie erwartungsvoll an, ebenso wie Lorenzo, und selbst die vielen Augenpaare, die hinter ihrem Rücken auf sie gerichtet waren, konnte Julia spüren. Sie musste sich unbedingt noch einmal umdrehen. Antonio lehnte kraftlos an der Säule. Gina heulte, aber anscheinend nicht vor Glück. Genau in dem Moment warfen sich ihre Eltern einen vorwurfsvollen Blick zu. Er schien eine Ewigkeit zu dauern. Er war kalt. Julia fröstelte. Der Pfarrer räusperte sich. Ihr Herzschlag beschleunigte. Julia wurde nun heiß. Ich muss weg! Nichts wie raus hier! Julia raffte das Brautkleid nach oben und rannte los. Den geraden Weg zum Ausgang mit geschlossenen Augen, um sich den Blicken der Anwesenden zu entziehen. Es genügte schon, das Raunen zu hören, das im Gemäuer hallte. Nur noch weg!

»Julia!«, rief ihr Lorenzo nach, und damit setzten die Tränen ein. Hinein ins gleißende Licht der Piazza. Ein Schwarm Tauben flatterte vor ihr gen Himmel. Julia wünschte, die Vögel würden sie einfach mitnehmen.

Die Bombe war geplatzt. Die Braut war weg. Der Schock saß nicht nur Hanna in den Knochen. In der Kirche war es für einen Moment mucksmäuschenstill, nachdem Lorenzos Ruf nach der Braut verhallt war. Einige der Gäste bekreuzigten sich und blickten hinauf zur restaurierten Marienfigur.

»Che miseria«, rief eine von Ginas Cousinen. Wer weiß, vielleicht glaubten die Italiener, dass eine geplatzte Hochzeit Unglück über das ganze Dorf bringen würde. Das darauf einsetzende Stimmengewirr war der Startschuss. Lorenzo, Michael und Gina setzten sich gleichzeitig in Bewegung, um Julia nachzueilen. Was erhofften sie sich davon?

Hanna kannte ihre Tochter und war sich sicher, dass sie jetzt bestimmt nicht dazu überredet werden wollte, noch mal am Altar anzutreten. Sie stand auf und lief zum Kirchenportal, um die anderen zurückzupfeifen. Julia sollte ihre Ruhe haben.

»Lorenzo. Lass sie …«, rief sie ihm hinterher, als er schon das Ende der Treppenstufen erreicht hatte.

Lorenzo blieb stehen und sah Julia hinterher, die den Platz überquerte.

»Ich rede mit ihr«, sagte Gina.

»Nein. Lasst sie in Ruhe«, insistierte Hanna, als sie die anderen erreichte.

Gina überlegte für einen Moment, bevor sie einsichtig nickte. Auch Michael sah nun davon ab, seiner Tochter hinterherzulaufen.

Julia erreichte das Ende der Piazza und verschwand in einer Seitenstraße, die zum Haus der Lombardos führte.

Wahrscheinlich stand der Vorfall morgen in der Zeitung und war Ortsgespräch.

»Es ist alles meine Schuld«, sagte nun Antonio, der sich zu ihnen gesellt hatte.

»Geh mir aus den Augen«, erwiderte Gina, bevor sie sich von ihm abwandte.

Antonio verließ das Grüppchen wortlos.

»Was musstest du auch nachsehen, ob alles in Ordnung ist. Kein Wunder, dass Julia das alles zu viel wurde. Die ganze Aufregung …«, warf Michael ausgerechnet jetzt ein.

»Jetzt bin ich schuld?«, fragte Hanna außer sich.

Michael winkte nur ab.

Gina wollte offenbar nichts mehr zu diesem Thema hören und ging zu Lorenzo, der auf den Treppenstufen in sich zusammengesunken war. Sie setzte sich zu ihm, um ihn tröstend in die Arme zu nehmen.

»Das hast du wirklich prima hingekriegt«, ließ Michael nicht locker.

Jetzt reichte es aber.

»Du hättest dich ja auch nach ihrer Hochzeit von mir trennen können. Oder glaubst du etwa, das alles ging spurlos an Julia vorbei?«, warf Hanna ihm nun im Gegenzug vor.

»Ach, ich bin also schuld.«

»Ja, wer denn sonst? Aber Hauptsache, du hast jetzt dein neues Leben!«

»Ja, und das ist gut so. Du kannst ja so weitermachen wie bisher«, platzte es aus ihm heraus.

»Was soll das heißen? Wie bisher?« Hanna wollte es jetzt genau wissen.

»Stillstand, wenn du es schon so genau wissen willst«, sagte er.

Hanna spürte, wie der blanke Zorn in ihr hochstieg. Stillstand! Er war all die Jahre ins Büro gegangen, während sie sich um Julia und den Haushalt gekümmert hatte – neben der Halbtagsstelle. Sie hatte ihm ein gemütliches Zuhause bereitet. Das war also »Stillstand«.

»Verstehe. Na, dann noch viel Spaß in deinem neuen Leben …, aber beweg dich ja nicht zu viel. Du bist nicht mehr der Jüngste«, erwiderte sie und ließ ihn mit der Gewissheit stehen, ihn damit ins Mark getroffen zu haben.

Das war sie also, die Hochzeit, für die sie nach Italien gefahren war. Stillstand! Zumindest im Moment schien die Welt sich tatsächlich nicht mehr zu drehen.

Julia hoffte, dass nicht einmal mehr die Friseurin im Haus war. Sie wollte nur noch allein sein. Am besten, sie sperrte sich in Antonios Arbeitszimmer ein, das zum Umkleideraum umfunktioniert worden war. Kaum hatte sie den Innenhof der Lombardos erreicht, verhedderte sich ihr Brautschleier auch noch am Rosenstock, der am Eingang stand. Der Stoff riss ein. Julia zupfte ihn von den Dornen, nur um dann zwei Hälften in der Hand zu halten. Selbst die hier wachsenden Rosen hatten sich gegen sie verschworen. Wütend riss Julia sich den Schleier vom Kopf und warf ihn achtlos auf den Boden. Sie wurde immer wütender, auf Lorenzo, ihre Eltern, auf Antonio, auf Sophia und überhaupt auf dieses gottverdammte Massa Scheißdorf, das mit seinen Anti-Hochzeitsschwingungen ihre gesamte Lebensplanung demontiert hatte. Julia spürte, wie ihre Beine nachgaben. Sie ging zu einem der Baststühle neben dem Brunnen und ließ sich darauf plumpsen. Der Innenhof, den sie noch bis gestern als eine Art Wellnessoase mit sehr viel Geschmack angesehen hatte, sah plötzlich nur noch skurril aus und schien repräsentativ für dieses Narrenhaus zu sein. Julia überlegte, nach oben zu gehen, doch viel lieber hörte sie dem Geplätscher des Brunnens zu. Ein zweites Geräusch gesellte sich dazu. Täuschte sie sich, oder schnarchte da jemand? Wahrscheinlich eine der Katzen, die hier immer wieder herumstreunten. Julia erinnerte sich an Lucky, die Katze der Nachbarn. Er schnarchte ähnlich. Doch wo war die Katze? Julia stand auf und versuchte, das Geräusch zu lokalisieren. Die Katze lag auf dem großen Lounge-Sofa hinter einem blumenbewachsenen Spalier. Es war ein Kater, allerdings ein zweibeiniger, der sich bei genauerem Hinsehen als Ginas Bruder entpuppte. Wieso war der eigentlich nicht auf ihrer Hochzeit? Unverschämt! Sich auf dem Empfang an der Bar abfüllen, ihre Mutter anbaggern und dann den Rausch ausschlafen, während sie vor dem Traualtar stand. Beim Stichwort »Traualtar« drohten die nächsten Tränen, bis ein Aufschrei des »Katers« ertönte, der vor ihr lag. Franco schrak hoch, setzte sich ruckartig auf und starrte sie so an, als hätte er einen Geist vor sich stehen. Dann sah er sich um und schien zu begreifen, dass eine verheulte Braut, die allein in diesem Innenhof stand, nicht normal sein konnte. Er rieb sich dennoch die Augen und sah sie noch mal an.

»Was ist passiert?«, fragte er konsterniert.

»Was interessiert Sie das? Sie waren ja eh nicht auf meiner Hochzeit«, sagte sie und schniefte.

»Ich mache mir nichts aus Hochzeiten. Ich hasse Hochzeiten«, erwiderte er.

»Warum?«, fragte Julia entgeistert. Ein Italiener, der Hochzeiten fernblieb? Ja, dieses Kaff machte alle Menschen verrückt.

»Drei Scheidungen reichen«, sagte er trocken, nachdem sie sich zu ihm gesetzt hatte.

Julia konnte gar nicht anders, als hysterisch loszukichern.

»Ich finde das ehrlich gesagt nicht besonders komisch«, wandte Franco ein und fragte: »Was ist passiert?«

»Ich konnte ihn nicht mehr heiraten«, erklärte Julia.

»Du hast die Hochzeit platzen lassen?«

Dass sich seine Miene dabei amüsiert aufhellte, war im Grunde unverzeihlich, doch je mehr sie darüber nachdachte, hatte das Absurde dieser Situation auch etwas Komisches, jedenfalls für jemanden, der schon drei Scheidungen hinter sich hatte.

»Glaub mir. In ein paar Jahren wirst du froh darüber sein«, meinte er, und das klang richtig überzeugend. »Was machst du jetzt?«, wollte Franco wissen.

»Ich möchte nur noch weg.«

»Nach Hause?«

»Zu meiner Mutter? Zurück in mein Münchner Kinderzimmer?«

Franco verstand und nickte verständnisvoll.

»Ich hab ein kleines Weingut ganz in der Nähe. Bleib ein paar Tage. Du fühlst dich dann sicher besser«, schlug er vor.

Nun musterte sie ihn genauer. Der Typ war Italiener. Er hatte ihre eigene Mutter angemacht, und nun lud er sie auf sein Weingut ein, nachdem er sie dazu beglückwünscht hatte, dass sie die Hochzeit hatte platzen lassen. In seinem Blick lag aber nichts Anzügliches.

»Na, was ist?«

Sein Angebot war eine Alternative. Im Prinzip die einzige, die sich von jetzt auf gleich realisieren ließ.

»Ich pack meinen Koffer«, sagte sie und stand entschlossen auf.

»Jetzt gleich?«

Julia nickte.

Franco lächelte sie an. Ganz spontan fuhr seine Hand an ihr Kinn. »Kopf hoch. Es wird alles gut!«, sagte er, und sie glaubte ihm, bis sie die Stimme ihrer Mutter vernahm. Das

»Julia« hatte gefühlte drei Fragezeichen. Was musste sie jetzt denken?

»Mama. Ich fahr mit Franco auf sein Weingut. Versuch erst gar nicht, mir das auszureden«, sagte sie, um ihrer Mutter gleich den Wind aus den Segeln zu nehmen. Und wie der Wind weg war. Ihre Mutter war die Fassungslosigkeit in Person.

»Und was mach ich jetzt?«, fragte Hanna nicht ganz unberechtigt.

Hierbleiben konnte sie nicht, wegen Papa, aber auch wegen den Lombardos. Ungute Stimmung. Am besten, sie nahmen sie mit, überlegte Julia.

»Fahr mit uns«, sagte Franco, als ob er ihre Gedanken gelesen hätte.

Julia wusste aber, dass dies nicht der Fall war, weil er mit Sicherheit eigene Gedanken hatte, und wie die aussahen, davon hatte Julia eine ungefähre Vorstellung.

Kapitel 8

Einfach alles war plötzlich anders geworden. Hals über Kopf aufzubrechen und Gina gerade mal einen Zettel zu hinterlassen, war an sich nicht Hannas Art, aber Julia war nicht mehr auszureden gewesen, sofort von hier abzuhauen. Das war ziemlich verrückt, und gerade deshalb gefiel es Hanna mit jedem Kilometer, den sie in Francos klapprigem Jeep durch die toskanische Idylle fuhren, immer besser. Mal wieder spontan zu sein tat richtig gut, auch wenn sich dieses Gefühl fremd anfühlte. Hanna erinnerte sich aber daran, dass sie sich früher häufiger in kleine Abenteuer gestürzt hatte, ohne großartig zu planen. Ungeachtet der Umstände war sie überraschend gut drauf, auch wenn während der Fahrt weder Franco noch Julia besonders gesprächig waren. Mehr als Ortsangaben und Informationen darüber, welcher Wein hier angebaut wurde, waren aus ihm nicht herauszuholen. Julia starrte nur auf die Landschaft. Sie hatte jetzt weiß Gott genug zu verarbeiten. Hanna an sich ja auch, aber sie tauchte viel lieber ein in die malerische Harmonie ockergelb leuchtender Felder, aus denen vereinzelt Zypressen gen Himmel ragten. Der Fahrtwind war angenehm erfrischend. Hanna schloss die Augen und lehnte ihren Kopf an die Wagentür, um den Wind im Haar zu spüren, wie sie es früher immer getan hatte, wenn sie einen Sommerausflug im alten Cabrio gemacht hatten. Michael, Katrin, Gina und Antonio, die geplatzte Hochzeit – das alles fühlte sich nun merkwürdig weit weg an, bis Julias Handy zum wiederholten Mal klingelte und ihre Tochter sich ein genervtes »Lorenzo« abrang. Sie ging abermals nicht ran, woraufhin deutlich vernehmbar eine SMS nach der anderen eintraf. Ein nerviges »Bing« nach dem anderen.

Julia las sie alle nicht. »Am besten, ich stelle es ab«, rief sie ihnen von der Rückbank aus zu.

»Dort, wo ich wohne, gibt es keinen Handyempfang. Er kann also anrufen, soviel er will«, stellte Franco fest und blickte sich dabei kurz zu Julia um.

»Ist besser so. Ich glaube, wir brauchen alle ein bisschen Abstand«, sagte Hanna.

»Ich hätte auf dich hören sollen, schon in München«, bemerkte Julia, die sich zu ihr nach vorn beugte, weil man Geständnisse dieser Art nicht gegen den Fahrtwind in die Landschaft hinausschrie. Obwohl nur an Hanna gerichtet, bekam Franco es mit und sah Hanna fragend an.

»Ich mochte ihn nicht, anfangs zumindest«, erklärte sie prompt.

»Das ist untertrieben. Mama hat ihn einmal sogar aus dem Haus geworfen.«

»Nachdem er mir das Gästeklo nach der Wiesn vollgekotzt hat«, stellte Hanna klar.

»Echt, deswegen haben Sie ihn rausgeworfen?«, fragte Franco nach.

»Ja«, rechtfertigte Hanna sich, was Franco augenscheinlich amüsierte.

»Mit dem Kommentar, dass ihr ›dieser Italiener‹ nicht mehr ins Haus kommt«, präzisierte Julia bissig.

»Oh, Sie haben wohl etwas gegen italienische Männer«, stellte Franco eher provokativ fest.

»Von nichts kommt nichts«, rutschte es Hanna heraus.

»Du kannst doch gar nicht mitreden«, rief Julia.

»Ach ja?«

Nun taxierte Julia sie, bevor sie die richtigen Schlüsse zog.

»Du warst mal mit einem Italiener zusammen?«

Hanna überlegte für einen Moment, ob das jetzt der richtige Zeitpunkt war, dies einzugestehen, nickte dann aber doch.

»Du hast mir nie etwas davon erzählt. In deiner Studienzeit?«

»Es gibt Dinge im Leben, die man besser verdrängt.«

»Deine Mutter hat recht. Italiener leben dafür, deutsche Frauen abzuschleppen und dann schlecht zu behandeln. Das ist hier sozusagen Nationalsport.«

Julia stand das blanke Entsetzen ins Gesicht geschrieben. Hanna war geschockt.

Da lachte Franco lauthals los, doch Julia wollte sich daraufhin trotzdem nicht so recht entspannen.

»Das war ein Witz«, sagte er.

»Aha«, kommentierte Julia.

Franco musterte seine Mitfahrerinnen. »Italienerinnen sind auch nicht viel besser. Amore, amore … Nichts als Ärger.«

In diesem Punkt erntete er auch bei Julia Zustimmung.

Die Entführung der Braut hatte Michael sich anders vorgestellt. Julia war weg und die Brautmutter mit dazu. Ginas Bruder hatte sich gleich alle beide gekrallt. Auf kollektives Wundenlecken in Ginas Restaurant hatte er keine Lust, doch Gina hatte ihn darum gebeten, nicht auch noch abzuhauen.

Statt einer Hochzeitsfeier war nun Trauer angesagt. Ein Leichenschmaus sah nicht anders aus. Gina war in der Rolle der Hinterbliebenen, erntete Trost, Umarmungen und aufmunternde Worte. Der harte Kern saß zusammen und diskutierte sich die Lippen wund. Es hatte sich längst herumgesprochen, dass Antonio seine Frau betrog. Darin sah der Lombardo-Clan den Hauptgrund, warum Julia die Nerven verloren hatte. Niemand brachte Katrins Anwesenheit ins Spiel, was ihn erleichterte und darin bestärkte, dass Hanna sich täuschte. Katrin sah das jedoch anders.

»Ich hätte nicht mitkommen sollen«, resümierte sie.

»Jetzt fang du nicht auch noch damit an«, erwiderte Michael genervt.

»Ist doch so.«

»Du glaubst doch nicht im Ernst, dass Julia deshalb …«, sagte er.

»Na, versetz dich doch mal in ihre Lage. Werbung für die Ehe ist das nicht. Außerdem hättest du auch einen Tick souveräner mit der Situation umgehen können«, warf sie ihm vor.

»Souveräner?«

»Du bist ja völlig ausgetickt. So wie du Hanna in der Kirche angegangen bist und auch noch so laut, dass man jedes Wort hören konnte … So kenn ich dich gar nicht.«

»Dann versetz dich mal in *meine* Lage«, erwiderte er.

»Das tue ich … Und das, was du gesagt hast, war nicht fair. Ihr die Schuld daran zu geben, dass Antonio aufflog, weil sie nach dem Rechten sehen wollte, und ihr dann noch reinzudrücken, dass ihr Leben stillsteht …«

Michael schluckte, und zwar nicht nur, weil sie recht hatte, sondern vielmehr, weil Katrin zum ersten Mal, seitdem sie zusammen waren, richtig sauer auf ihn war.

»Der Zeitpunkt war sicher falsch …«, versuchte Michael, sie zu beschwichtigen.

»Es war nicht nur der Zeitpunkt. Du hast kein Recht, über ihr Leben zu urteilen.«

Michael wusste, dass es keinen Sinn hatte, dagegen zu argumentieren, und beschränkte sich auf ein einsichtiges Nicken, des lieben Friedens willen.

Katrin reichte das aber nicht. »Frag dich mal, warum du so emotional reagierst«, setzte sie nach.

»Weil Hanna mich provoziert hat.«

»Eben. Es gibt noch zu viele Knöpfe, auf die sie drücken kann«, stellte sie fest.

Michael verstand, worauf sie hinauswollte, und versuchte sogleich, ihr den Wind aus den Segeln zu nehmen. »Nein … Ich liebe *dich*!«

»Das eine schließt das andere nicht aus«, erwiderte sie zunächst noch etwas nachdenklich, doch dann stellte Michael erleichtert fest, dass sie sich zusehends entspannte und sich ein zuversichtliches Lächeln auf ihr Gesicht stahl.

Dass es hier keinen Handyempfang gab, wunderte Hanna ganz und gar nicht. Francos Hof war die perfekte Idylle inmitten von Weinstöcken und Hügeln, die das Grundstück umfassten. Sein Steinhaus, das sich über zwei Etagen erstreckte, sah irgendwie verwunschen aus. Das lag am alten Mauerwerk, das hier und da abgebröckelt war, aber auch an den Weinreben, die es wild umwucherten. Im Schuppen daneben befanden sich allerlei Gerätschaft und eine ganze Reihe Weinfässer. Davor herrschte das Chaos eines Wertstoffhofs. Mitten im Weg standen zwei mit Gartengeräten beladene rostige Schubkarren, die mit Erde verdreckt waren. Zwei Müllsäcke und mit Unrat befüllte Plastiktüten gesellten sich zu Gerümpel und alten Autoreifen. Einen ausgeprägten Sinn für Ordnung schien Franco nicht gerade zu haben.

»Drinnen sieht es etwas gemütlicher aus. Ich hab nur meistens keine Zeit aufzuräumen«, erklärte er in Anbetracht ihrer nachdenklichen Miene.

»Hast du Festnetz?«, fragte Julia aus heiterem Himmel.

»Und Internet«, erklärte er.

Julia nickte mit immer noch hängenden Schultern und glasigem Blick, der immer wieder ins Leere driftete.

»Morgen geht es dir besser. Die Welt sieht dann ganz anders aus«, versuchte Hanna, ihre Tochter zu trösten, und ärgerte sich darüber, dass ihr ad hoc kein weniger doofer Spruch eingefallen war. Dementsprechend genervt sah Julia aus, die in ihrem Brautkleid wie ein Fremdkörper inmitten einer Müllhalde wirkte.

»Die Welt mag vielleicht anders aussehen, aber sie ist es nicht«, sagte Franco trocken.

Was mischte er sich da auch noch mit ein? Trost sah anders aus, doch überraschenderweise schien Julia nun nicht mehr durch alles hindurchzusehen. Es arbeitete offenkundig in ihr, als sie zu Franco sah. Auch Hannas Blick lag nun auf ihm, allerdings einen Tick vorwurfsvoller, so dass er sich einer Stellungnahme nicht mehr entziehen konnte.

»Jeder tut so, als sei eine Hochzeit der Höhepunkt im Leben. Es ist eine Inszenierung, sonst nichts. Dann heiratet halt später oder gar nicht.«

Die Leichtigkeit, mit der Franco darüber sprach, war verblüffend.

»Er war es, der heiraten wollte«, sagte Julia schroff, was Hanna überraschte.

»Jetzt hör aber auf …«

»Nein. Ernsthaft. Ich wollte nicht unbedingt heiraten, und schon gar nicht so schnell. Überhaupt, der ganze Zirkus hier in Italien ...«, fuhr Julia fort.

»Ja, ist doch nur eine Show ... für die Verwandtschaft«, sagte Franco kopfschüttelnd, was bei Julia gut ankam.

»Du hast immer davon geträumt, in Weiß zu heiraten«, wandte Hanna ein.

»Nein! Nur in Rosa«, erwiderte Julia, die jetzt anscheinend dabei war, ihren Verstand zu verlieren.

»Papa weiß das. Frag ihn!«

Auch Franco schien nun etwas verwirrt zu sein.

Und in diesem Moment fiel es Hanna wieder ein. Rosa! Die Barbiepuppe. Und daran konnte sich Michael erinnern?

»Ich möchte mich jetzt gern frisch machen und vor allem mich umziehen ...«, sagte Julia und griff demonstrativ nach ihrem Koffer, der neben Francos Jeep stand.

Franco nickte, deutete mit einladender Geste in Richtung Haus und nahm Julia den Koffer ab.

Sie folgte ihm.

»Links ist die Küche. Daneben das Gäste-WC. Wohnzimmer mit Terrasse ums Eck. Oben sind die Schlaf- und Gästezimmer«, sagte er auf dem kurzen Weg zur Treppe. Eine Blitzführung. »Hier hängen die Schlüssel. Der große ist fürs Tor«, erklärte er beim Öffnen eines Holzkästchens, in dem mehrere Schlüsselbunde hingen.

»Und die hier?«, fragte Julia neugierig und deutete auf Schlüssel, die sich von den anderen in Größe und Form unterschieden. Sie spielte mit einem schweren Anhänger aus buntem Glas, der an ihnen hing.

»Der ist für meine Wohnung in Venedig. Sie steht fast das ganze Jahr über leer. Wir können ja mal hinfahren«, schlug er vor.

»Also ich muss nicht nach Venedig«, sagte Hanna. »Zu voll, stinkende Kanäle, überteuert«, schob sie vor. Allein der Gedanke daran kostete schon wieder Kraft, um alle Erinnerungen, die an Venedig klebten, in Schach zu halten.

Franco und Julia gingen nach oben.

Hanna wollte allein sein. »Ich bleib noch ein bisschen im Garten«, rief sie ihnen nach und ging hinaus, um sich an einen Tisch auf der Terrasse vor Francos Haus zu setzen. Von dort aus hatte man einen guten Blick auf die Weite der Rebstöcke. Die untergehende Sonne tauchte sie in warmes Licht und färbte die Erde rötlich. Hanna dachte zurück an ihre Studienzeit, die Zeit in Venedig, obwohl sie das doch gar nicht wollte. Sie hatte so viel unternommen. Und jetzt? Wer hinderte sie daran, die Zeit für sich zu nutzen, ein paar Tage hierzubleiben? Für den Rest des Urlaubs? Warum eigentlich nicht? Einfach nur dasitzen und den Moment genießen. Abschalten! Das Rascheln der Blätter, die sich in der leichten Abendbrise wiegten, half dabei. Es hatte hypnotische Wirkung. Ein Greifvogel schrie auf. Er ließ sich vom Aufwind treiben. Entspannung pur.

»Ich hoffe, Sie haben Hunger«, hörte sie Franco keine zehn Minuten später vom Haus aus rufen. Er kam mit einem Tablett heraus, auf dem Käse, Brot und Schinken drapiert waren.

»Sie haben es schön hier«, stellte Hanna fest.

»Manchmal wird es mir hier zu einsam.«

»Und was machen Sie dann? Venedig?«, fragte Hanna, weil sie wusste, dass in dieser Stadt immer etwas los war.

Franco nickte. »Hab noch ein paar Freunde dort«, erklärte er und schenkte etwas Wein ein.

»Mir wäre es hier auch etwas zu einsam. Sie sind also nicht gern allein?«, fragte sie.

»Das hab ich nicht gesagt.«

»Hätten Sie sonst so oft geheiratet?«

»Vermutlich haben Sie recht, aber man gewöhnt sich daran.«

»Ich muss mich erst noch daran gewöhnen.«

»Das geht schnell. Ein Jahr oder zwei ... Man muss versuchen, das Beste aus jedem Tag zu machen, und wenn man das eine Zeitlang tut, dann ist man komischerweise irgendwann wieder glücklich.«

Das klang zu einfach, um wahr zu sein, aber weil er sie so ansah, als sei er felsenfest davon überzeugt, glaubte sie ihm.

»Trinken Sie einen Schluck. Ein guter Chianti weitet die Seele«, sagte er und hielt ihr das Glas hin. Die Sonne spiegelte sich darin und färbte die Flüssigkeit rotgolden. Das passte zu Francos Anflug von Poesie, den er jedoch gleich wieder abwürgte: »Mein Großvater hat das immer gesagt. Ich halte nichts davon, aber er schmeckt.«

Hanna beschloss, den Wein auch ohne Seelenerweiterung zu genießen, spürte aber mit jedem weiteren Schluck, dass sein Großvater am Ende doch recht hatte.

Michael streunte im schummrigen Licht der Straßenlaternen durch die Altstadt und war auf der Suche nach einer Kneipe, um mal für sich zu sein. Er war froh, dass Katrin der heutige Tag so erschöpft hatte, dass sie sich im Hotelzimmer bei einem Wellnessbad erholen wollte. Ihm war jetzt nach einem Glas Wein, und er brauchte Zeit zum Nachdenken, über die Hochzeit, darüber, ob Katrin ihn angesichts des Geschehenen überhaupt noch aus vollem Herzen liebte, und, was ihn noch viel mehr beschäftigte, ob er tatsächlich noch etwas für seine Frau empfand, wie Katrin ihm ja unterstellt hatte.

Die Kneipe, für die er sich entschied, war klein und wirkte etwas heruntergekommen. Sie lag in einer Seitenstraße unweit vom Haus der Lombardos. Eine Theke, ein paar Stühle um abgewetzte Tische und italienische Oldies – mehr bedurfte es an diesem Abend nicht, um sich dafür begeistern zu können. Adriano Celentanos rauchige Stimme passte zu diesem Ort. Michael setzte sich an die schummrige Theke und lauschte dem Song. Celentanos »Gelosia«, was auf Deutsch so viel wie Eifersucht bedeutete, warf sofort die Frage auf, ob Hanna sich möglicherweise nur deshalb so aggressiv verhielt, weil sie ihm sein neues Leben nicht gönnte. Warum sollte sie auch? Er hatte sie verlassen, jedoch nicht in böser Absicht, eher aus Unvermögen, stellte er fest, als er dem Ober signalisierte, eine Bestellung aufgeben zu wollen.

»Vorrei assaggiare il vino di casa, per favore.« Michael freute sich auf den Hauswein, der gerade in dieser Gegend für so manche Überraschung gut war.

»Michael«, tönte es von hinten.

Er drehte sich um und entdeckte Antonio im Halbdunkel des Kerzenlichts. Er hatte anscheinend schon einige »Vinos di casa« intus. Ganz geknickt saß er mit glasigem Blick da.

»Komm, setz dich zu mir«, sagte er mit einladender Geste. Warum das Schicksal die beiden zusammengeführt hatte, fragte Michael sich. Dann nahm er neben Antonio Platz. Klar, zwei Ehebrecher unter sich – mehr oder weniger. Der Gedanke zog ihn sofort runter. Katrins Sermon von wegen »unsichtbarer Faden«, der dich vom Sternum stets nach oben zieht, damit du aufrecht durchs Leben gehst, war gerissen. Heraus kamen die krumme Haltung und vor allem der verhasste Bauch. Bei Antonio war das nicht anders. Zwei alte Knacker unter sich, dachte Michael wehleidig.

»Ich hab Mist gebaut«, fing Antonio ungefragt an, bevor er sein Glas leerte.

Michael wusste nicht, was er darauf sagen sollte. Willkommen im Klub, dachte er. Er war schließlich auch schon eine Zeitlang mit Katrin zusammen gewesen, bevor er den Mut aufgebracht hatte, daheim reinen Tisch zu machen. Hanna hatte es ihm zu Recht vorgeworfen.

»Hast du dich in diese Organistin verliebt?«, fragte er.

»Nein.«

»Nur Sex?«

Antonio nickte und sackte noch tiefer in sich zusammen.

»Aber du liebst Gina«, sagte Michael. Er rechnete fest damit, dass Antonio ihm dies bestätigen würde. Stattdessen hatte er aber nur ein Schulterzucken für ihn übrig.

»Beruht das nicht auf Gegenseitigkeit? Sie liebt mich nicht mehr. So viel ist sicher«, erwiderte Antonio.

Guter Punkt, der eine prekäre Frage aufwarf: Liebte Hanna ihn denn noch? War das überhaupt vorstellbar? Antonio ließ ihm aber gar keine Zeit, diesem Gedanken nachzugehen.

»Gib's zu. Du hast dich doch auch nur auf Katrin eingelassen, damit du wieder einen hochkriegst«, sagte Antonio etwas zynisch.

»Quatsch«, widersprach Michael, aber dann nagten Antonios Worte doch an ihm. Mit dem nächsten Schluck Wein erinnerte er sich an die erste Nacht mit ihr. Er hatte sich so jung an Katrins Seite gefühlt, so begehrt. Antonio hatte zwar nicht vollends recht mit dem, was er sagte, aber das Gefühl der wiederauferstandenen Libido hatte sicher eine Rolle gespielt. Es war ein Moment der Frische, von absoluter Vitalität. Das Gefühl hatte ihm so viel Antrieb gegeben, ihn von innen belebt … na ja, eher von unten, wie er sich eingestehen musste. Michael lächelte, als er daran dachte, doch sein Lächeln fror mit der Erkenntnis ein, dass er doch nur ein schwanzgesteuerter Wicht war, der seine Ehe weggeworfen hatte, um mal wieder so richtig den Hengst zu spielen.

»Sex lenkt vom Leben ab. Man denkt weniger darüber nach«, philosophierte Antonio, bevor er einen weiteren Schluck Wein zu sich nahm.

»Klar … Ablenkung. Spaß …«, bemerkte Michael.

»Nein, das meine ich nicht. Solange man jung ist, verbringt man viel Zeit mit Verliebtsein, der Lust, der Begierde. Ich weiß noch genau … während meiner Schulzeit. Ich konnte nicht mal mit dem Bus fahren, ohne ständig irgendeinem hübschen Mädchen nachzusehen. Das macht einen lebendig. Es ist ganz natürlich … Und dann … wenn das vorbei ist, alles verlangsamt sich, man macht sich zu viele Gedanken … ja, man wird nur noch alt«, präzisierte Antonio.

Interessante Theorie, der Michael sofort nachging. Die ersten punktuellen Erinnerungen an die Zeit seiner Jugend und auch noch an die Jahre später schienen Antonios Theorie zu bestätigen.

»Das heißt dann aber doch, dass wir wieder mehr Sex haben müssen«, folgerte Michael augenzwinkernd.

»Ich weiß nicht, was besser ist.«

»Du meinst nachdenken oder rumvögeln?«, fragte Michael von Mann zu Mann.

»Gina wird mich verlassen. Die Leere ist noch viel schlimmer als das Altwerden … Aber verlassen hat sie mich ja schon viel früher«, sagte er traurig.

»Früher?«

»Wir haben uns auseinandergelebt. Das geht so schnell …«

»Kann man über so etwas nicht reden?«, fragte Michael und ertappte sich dabei, dass er diese Frage auch genauso gut an sich selbst hätte richten können. Gut, dass Antonio ihm eine Antwort schuldig blieb.

Es überraschte Julia keineswegs, dass sich Francos Haus über Nacht verändert hatte, vor allem die Küche, die sie von der Treppe aus gut einsehen konnte. Franco schlief noch. Ihre Mutter – eine notorische Frühaufsteherin – war bereits in Aktion. Es lag viel weniger herum als noch am Tag zuvor. Ein Blick aus dem Fenster genügte, um festzustellen, dass sich zwei neue Mülltüten zu den beiden gesellt hatten, die schon neben dem Schuppen gestanden hatten, als sie ankamen. Mama spulte ihr Programm ab, als ob sie zu Hause wäre. Das hatte natürlich auch den Vorteil, in den Genuss eines reichhaltigen Frühstücks zu kommen.

»Magst du auch ein Ei? Ich hab welche im Kühlschrank gefunden«, rief Hanna ihr zu.

»Morgen, Mama.«

»Wie hast du geschlafen?«, fragte ihre Mutter. Das Ritual erinnerte Julia irgendwie an zu Hause, auch Mamas Hand, die ihr aufmunternd über die Wange fuhr, nachdem sie sich an den Küchentisch gesetzt hatte.

»Ging so.« Julia war nicht zum Reden zumute. Viel lieber sah sie ihrer Mutter zu. Voll in Aktion, genau wie früher daheim. Wurde man so, wenn man eine Familie hatte? Steckte einem das irgendwann in den Knochen? Julia musste sich eingestehen, dass sie niemals auf den Gedanken gekommen wäre, im Haus eines Fremden aufzuräumen, geschweige denn zu kochen. Und trotzdem. Wie verführerisch doch die Eier in der Pfanne brutzelten. Julia lief das Wasser im Mund zusammen.

»Man glaubt es zwar nicht, aber er hat alles da. Ein guter Haushalt«, sagte ihre Mutter anerkennend.

»Das musst du mir ins Gästebuch schreiben«, hörte sie Franco rufen. Er stand noch recht schlaftrunken und nur in Boxershorts auf der Treppe. Der Duft, der nach oben zog, musste ihn aus dem Bett getrieben haben.

Hanna fühlte sich ertappt, doch Francos gute Laune und der Umstand, dass er genießerisch die Augen schloss und in die Küche hineinschnupperte, ließen ihre Augen leuchten.

Das erinnerte Julia sofort an einen dieser alten Werbespots aus den USA, in denen Hausfrauen für die ersten Küchengeräte Werbung machten. So wurde man also in einer Ehe – zur perfekten Hausfrau mit autistischen Anwandlungen am Herd, einem Spürsinn für Lebensmittel und dem Wohlgefühl, anderen ein gutes Frühstück zu machen. Doch was war so schlecht daran?

Franco nahm ihrer Mutter kurzerhand die Pfanne aus der Hand und sagte: »Setz dich. Ihr seid meine Gäste.«

»Ich war schon so früh wach und …«, versuchte Hanna, sich zu rechtfertigen.

Julia musste unwillkürlich lachen. Hatte Papa nicht mal gesagt, dass ihn ihre Bemutterung total nervte, und hatte er sie nicht sogar für sein Übergewicht verantwortlich gemacht?

»Was ist?«, fragte ihre Mutter nun.

»Nichts …«

Gut, dass in diesem Moment das Telefon klingelte und ihre Mutter unterbrach.

»Ich bin nicht da«, sagte Julia rein präventiv.

Franco ging ran.

»Ich soll dir sagen, dass du ihm sagen sollst, dass sie nicht da ist …«, erklärte Franco seiner Gesprächspartnerin – offenbar Gina. Er hörte eine Weile zu und reichte Julia prompt den Hörer.

Julia nahm ihn entgegen. Hoffentlich schlug Gina jetzt nicht vor, dass sie sich mit Lorenzo aussprechen sollte.

»Wie geht es dir?«, fragte Gina.

»Wir frühstücken gerade«, sagte Julia und wich dem gespannten Blick ihrer Mutter aus.

Franco hingegen schlug seelenruhig die nächsten Eier auf.

»Ich wollte dir nur sagen, dass du richtig gehandelt hast«, hörte sie Gina am anderen Ende der Leitung sagen.

»Was?« Mehr brachte Julia nicht heraus.

»Er hat mir alles erzählt … von Sophia … Natürlich soll ich mit dir darüber reden, aber ich werde einen Teufel tun … Lass ihn zappeln. Das hat er verdient«, fuhr sie fort. Gina musste über Nacht einen so großen Männerhass entwickelt haben, dass sie ihrem eigenen Sohn die Unterstützung entzog.

»Das mach ich«, versprach Julia halbherzig.

»Ich besuch euch … Wollte nur hören, wie es dir und deiner Mutter geht.«

»Es ist schön hier«, sagte Julia, was Francos Augen leuchten ließ.

»Ich meld mich wieder – und grüß mir deine Mutter«, sagte Gina, bevor sie sich verabschiedete.

»Und?« Ihre Mutter platzte vor Neugier.

»Ich soll dich von Gina grüßen.«

»Danke … Und … was hat sie noch gesagt?«

»Ich soll ihn zappeln lassen.«

»Zappeln …?« Ihre Mutter verstand offenkundig die Welt nicht mehr.

»Warum nicht?«, mischte sich Franco vom Herd aus mit ein.

Wusste er etwa auch über Lorenzos Verlobung mit Sophia Bescheid?

»Gina hat's mir erzählt«, erklärte er.

Geht das jetzt schon wieder los mit der Fremdbestimmung, überlegte Julia.

»Ja, zappeln lassen«, wiederholte ihre Mutter wie ein Mantra, und genau das hatte Julia jetzt auch vor.

»Warum hast du vorhin eigentlich so gelacht?«, wollte Hanna endlich von ihrer Tochter wissen. Der Augenblick war günstig, weil Franco gerade das Geschirr von der Terrasse ins Haus trug.

Julia tat so, als wüsste sie nicht, was sie meinte.

»Jetzt sag schon!«

»Ich hab dich vorhin vor meinem geistigen Auge in einer Küchenschürze gesehen. So wie in diesen amerikanischen Werbefilmen aus den Sechzigern ... Die perfekte Hausfrau.«

»Du hältst mich also für ein Heimchen am Herd. Sehe ich das richtig?«

»Mama, jetzt mach kein Drama draus.«

»Ich hab uns Frühstück gemacht.«

»In einem fremden Haus. Ich hätte gewartet, bis Franco wach ist.«

»Und deshalb hast du gelacht?«

Julia wand sich. Ein Grund mehr, mit strengem Blick nachzubohren.

»Ich hab darüber nachgedacht, dass man in einer Ehe vielleicht so wird ...«

»Wie denn?«

»So 'ne Glucke.« Auch wenn Julia so aussah, als ob ihr das eben einfach so rausgerutscht war, hatte Hanna daran zu knabbern.

»Du wirst mir doch nicht sagen, dass ...«

»Nein. Aber das steckt schon ein bisschen in dir ...«, fiel ihr Julia ins Wort.

»Eine Glucke ...« Hanna konnte nur noch mit dem Kopf schütteln.

»Halt das Bemuttern und so ...«

»Mein Gott. Ich bin deine Mutter. Nervt dich das, oder was?«

»Nein ... na ja, früher schon ... manchmal«, stammelte Julia.

Das war also der Dank eines Kindes, das man liebevoll und verantwortungsvoll erzogen hatte.

»Wenn jetzt Muttertag wäre, würde ich dir das übelnehmen«, hielt sie ihrer Tochter entgegen.

»Danke, Mama. Für alles«, erwiderte Julia. Das klang jetzt ziemlich lakonisch.

»Ich war jedenfalls dankbar für das, was meine Mutter geleistet hat«, stellte Hanna zunehmend gereizt fest.

»Mama, das bin ich auch, aber das setzt einen so unter Druck.«

»Warum das denn?«

»Weil ich es dir immer recht machen wollte. Ist doch so. Du warst glücklich, wenn es uns geschmeckt hat. Wenn das Picknick toll war. Der Ausflug. Der Urlaub. Du hast ja nur noch für uns gelebt ...«, sagte Julia ohne vorwurfsvollen Ton, eher mitfühlend, und das war sogar noch verletzender.

»Hätte ich euch vernachlässigen sollen? Dich und Papa?«

»Nein, aber ... das stresst total, gerade weil du es immer gut gemeint hast. Ich hab doch mitgekriegt, wie fertig du manchmal warst ... und dann fühlt man sich verpflichtet, genau so viel zu geben ... Mensch, Mama. Wenn du wenigstens nur einmal was für dich getan hättest ...«

Damit hatte Julia allerdings recht. Es arbeitete in ihr, und Julia schien es sichtlich leidzutun, das alles ausgesprochen zu haben.

»Ich hätte das nicht sagen sollen. Sorry«, sagte Julia kleinlaut.

»Doch ...« Mehr brachte Hanna nicht heraus.

Julia schwieg. Sie richtete ihren Blick in die Ferne.

Zeit zum Nachgrübeln und für Erklärungsversuche.

»Man schlittert da so rein, über die Jahre«, sagte Hanna und sah Julia dabei an. In vielerlei Hinsicht waren sie sich so ähnlich. Was hatte sie früher alles angestellt? Das war alles eingeschlafen. Mit jedem weiteren Jahr mit »Küchenschürze«. »Vielleicht hätte ich ja wirklich ein bisschen mehr für mich tun sollen ...«, setzte sie an.

»So blöd das jetzt auch klingt, aber wenn ich dich so höre ... Ich werd den Fehler nicht machen. Wenn das der Preis eines glücklichen Familienlebens ist ...«, sagte Julia.

»Ja, irgendwie schon. Aber glaub mir, es war trotzdem die schönste Zeit meines Lebens«, erwiderte Hanna traurig.

Michael war froh, mit Gina telefoniert zu haben. Das Gespräch hatte ihm die Last von den Schultern genommen, schuld am Hochzeitsdebakel seiner Tochter zu sein. Katrin hatte dieses Gefühl gestern noch verstärkt, und zwar so sehr, dass er lange wach gelegen hatte.

»Wer war das?«, fragte Katrin, als sie perfekt gestylt aus dem Badezimmer kam.

»Gina.«

»Du sollst mit Julia reden, hab ich recht?«

»Nein. Sie ist sauer auf ihren Sohn.«

»Sauer?« Selten hatte er Katrin so verblüfft gesehen.

»Das ganze Fiasko lag nicht an uns … oder daran, dass du hier warst. Lorenzo hat Julias Vertrauen missbraucht. Er war mit einem Mädchen verlobt, als er schon mit meiner Tochter zusammen war.«

Katrin erleichterte das offenbar auch. Sie setzte sich zu ihm. »Du solltest trotzdem mit Julia reden«, meinte sie.

»Nein. Wahrscheinlich hat Hanna recht. Sie will ihre Ruhe haben.«

»Oh, Hanna hat recht? Das sind ja ganz neue Töne.«

Michael nickte versöhnlich. »Bekomm ich jetzt wieder einen Kuss?«, fragte er.

Katrin sah ihn fragend an.

»Gestern Abend nicht. Heute Morgen …«

Kaum ausgesprochen, legte sie eine Hand in seinen Nacken und setzte zu dem an, wonach er sich gestern vergeblich gesehnt hatte. »Es lag mir echt im Magen«, rechtfertigte sie sich, bevor sich ihre Lippen den seinen näherten.

Michael nickte, zog sie näher zu sich, doch dann hielt Katrin mitten in der Bewegung inne.

»Und Hanna? Solltest du nicht mit ihr reden?«

»Ach was! Die beruhigt sich schon wieder. Außerdem kann sie sich ja jetzt mit diesem Franco ablenken.«

»Ein gutaussehender Mann.«

»Er gefällt dir?«

»Er hat was Verwegenes.«

»Du stehst also auf verwegene Männer?«

»Du kannst ja richtig eifersüchtig sein«, stellte Katrin amüsiert fest.

»Bin ich nicht«, erwiderte er trotzig, bis sie sich spielerisch auf ihn fallen ließ und ihn aufs Bett pinnte.

»Bist du doch.«

»Hanna kann machen, was sie will.«

»Du hast schon mal überzeugender geklungen«, erwiderte Katrin und lächelte dabei.

Kurzerhand küsste er sie endlich. Wenn er schon nicht mit Worten überzeugen konnte, dann mit Taten. Diesmal spürte er keinen Widerstand, sondern nur noch ihre weichen Lippen. Er wollte den Moment genießen. Ihren Kuss. Trotzdem hatte er nun das Bild von Franco und Hanna im Kopf, wie sie sich küssten. Dass er das Gleiche gerade mit Katrin tat, verstärkte diese Vorstellung noch, machte sie fühlbar. Nein, das war keine Eifersucht. Nur unglückliche Menschen waren eifersüchtig. Er war glücklich. Ein herrlicher Tag stand ihnen bevor, und wenn er heute noch einen Deal mit einem der Weinbauern an Land ziehen konnte, wäre das Glück perfekt.

Meinte Michael mit »Stillstand« das, was Julia heute Morgen gesagt hatte? Die »Küchenschürze«? War an seinen Vorwürfen am Ende etwas dran? Schon über eine halbe Stunde beschäftigte Hanna dieser ketzerische Gedanke. Sie hatte sich um Julia gekümmert und Michael den Rücken freigehalten. Haushaltspflichten, Bügeln, Putzen, Einkaufen, all das war ihr zuwider gewesen, als sie noch in einer kleinen Mietwohnung gehaust hatten. Wie schnell man sich doch in diese Rolle fügen konnte, wenn einmal alles im Griff und eingespielt war. Dann kauften sie das Haus, und sie hatte wieder zu arbeiten begonnen. Immer das gleiche Programm von früh bis spät, aber ein ziemlich anstrengendes. Ein paarmal Kino, mit Freunden essen gehen, gelegentlich Fahrrad fahren, Spaziergänge, Ausflüge in die Berge, die Urlaube – das war's. Aber war das Stillstand? Die Weinreben, die sie von Francos Laube aus die ganze Zeit anstarrte, hatten auch keine Antwort parat. Erst jetzt bemerkte sie Franco, der vor seiner Scheune für Ordnung sorgte. Immer wieder sah er zu ihr her, bis er zu ihr kam und sich wortlos neben sie setzte.

»Geht es dir gut?«, fragte er.

Das überraschte sie in zweierlei Hinsicht. Er duzte sie, und er klang ziemlich besorgt.

»Also, wer sich so nützlich in meinem Haus macht, den kann ich unmöglich weiter siezen«, sagte er und schmunzelte.

Eine gute Idee, die Hanna mit einem Nicken absegnete.

»Julia hat sich auf ihr Zimmer verzogen. Ich konnte sie nicht mal mit einer kleinen Spritztour nach Siena locken. Habt ihr euch etwa gestritten?«

»Nein ... Ach, es war nichts ...«

»Dafür grübelst du aber schon zu lange hier herum.«

Ihm etwas vorzumachen, hatte keinen Sinn. So wie sie ihn einschätzte, konnte man mit ihm über alles reden. Einen Versuch war's wert.

»Hast du dein Lebensglück auch schon mal von anderen abhängig gemacht?«, fragte sie geradeheraus.

»Klar. Das ist sozusagen mein Hobby«, erwiderte er wie aus der Pistole geschossen.

Die Selbstverständlichkeit verblüffte Hanna.

»Von meinen Frauen, ihren Launen, ob es ihnen gutging. Man fühlt sich gebraucht. Das ist ein verdammt schönes Gefühl, aber es macht süchtig.«

»Süchtig?«

»Nach der Anerkennung ... Irgendwann siehst du darin deinen Lebenssinn und vergisst dich selbst dabei. Und wenn das wegfällt, dann setzen Entzugserscheinungen ein.«

Hanna musste unwillkürlich lachen. Franco hatte den Nagel auf den Kopf getroffen.

»Na also, geht doch. Solange man den Humor dabei nicht verliert«, sagte er.

»Wie ein Junkie, der auf dem Trockenen sitzt, hab ich mich bisher noch nicht gesehen.«

»Das Leben hat so viel zu bieten … Man muss nur lernen, es wieder zu sehen«, stellte er ziemlich überzeugend fest.

»Und du hast das wieder gelernt?«

»Ich denk schon. Es dauert halt seine Zeit. Nimm sie dir einfach!«

Leichter gesagt als getan. Was nützte es einem, Schönes zu sehen, wenn man mit sich selbst noch nicht im Reinen war? Man würde es nicht wahrnehmen. Sagte man nicht immer, man könne aus Fehlern lernen? Hanna überlegte prompt, wann die ersten »Entzugserscheinungen«, wie Franco es nannte, bei ihr spürbar gewesen waren. Darüber zu reden, würde ihr guttun, also fasste sie sich ein Herz in der Gewissheit, in Franco einen guten Zuhörer zu haben.

»Es kam so viel zusammen. Julia zog aus. Da war auf einmal ein Loch in meinem Leben. Ich erinnere mich noch genau an den Tag, als wir ihre Sachen gepackt haben. Das hat mir den Stecker gezogen. Ich konnte tagelang ihr Zimmer nicht mehr betreten.«

»Ich hab gelesen, dass manche Frauen …«, fing Franco an.

Hanna wusste, worauf er hinauswollte. »Es gibt keinen ›Empty-Nest-Blues-Ratgeber‹, den ich nicht gelesen habe, aber es nützte nichts. Man hängt durch, und das Leben steht auf einmal still.«

Franco hörte aufmerksam zu. Da er selbst keine Kinder hatte, kannte er dieses Gefühl wahrscheinlich nicht.

»Stillstand hat er mir vorgeworfen. Meinte er am Ende das?«, sagte Hanna mehr zu sich.

»Wer … etwa dein Mann?«

Hanna nickte. »Nach Julias Auszug … Es stimmt schon. Ich konnte mich noch nicht mal mehr aufraffen, Freunde zum Essen einzuladen.«

»Hast du mit ihm darüber gesprochen?«

»Wie denn? Red mal mit jemandem, der kaum da ist und wenn er mal da ist, den Kopf mit anderen Dingen voll hat. Für ihn war das auch viel einfacher … Ja, er macht es sich leicht … Und jetzt setzt er seine Pläne mit der gleichen Leichtigkeit in die Tat um, und ich hab ihn auch noch auf den Geschmack gebracht. Von wegen ›Stillstand‹.«

»Auf den Geschmack gebracht?«, fragte Franco nach.

»Der Weinimport, der Laden in München. Das war meine Idee. Michael konnte früher gerade mal einen Weißen von einem Roten unterscheiden. Im Restaurant hat er immer nur Merlot bestellt, weil er außer Billigwein vom Discounter nichts anderes kannte.«

»Und warum machst du es dann nicht selbst?«, fragte Franco.

»Eine Weinhandlung aufmachen?« Franco machte es sich jetzt aber auch ziemlich einfach.

»Das wolltest du doch.«

»Mit Michael.«

»Vorhin erzählst du mir noch, dass du dein Lebensglück an andere gekettet hast.«

»Aber ich hab einen Job in München. Ich kann doch nicht alles hinschmeißen.«

»Wer verbietet's dir denn?«

Hanna kannte die Antwort, wagte aber nicht, sie auszusprechen. Niemand. Der Gedanke war trotzdem irre.

»Und?«, fragte er provokant.

»Aber ich kenn doch niemanden hier.«

»Und was ist mit mir? Und ich kenne auch wieder jede Menge Leute.«

»Von jetzt auf gleich?«

»Ich hab heut noch nichts vor.«

»Du bist wirklich verrückt.«

»Stimmt«, sagte er. Und dabei strahlte er regelrecht.

Anscheinend fühlte es sich gut an, verrückt zu sein. Wenigstens kam dann Bewegung in ihr Leben. Einen Versuch war es immerhin wert.

Kapitel 9

Hanna war froh darüber, dass Julia es vorgezogen hatte, die Stille von Francos Weingut allein zu genießen und nicht mitzufahren. Ihre Tochter langweilte nichts so sehr wie Fachsimpelei über Wein oder dessen Anbau. Franco hingegen war voll in seinem Element. Ihr Wissen über die Gegend verblüffte ihn. Es kam Hanna fast so vor, als ob er die Autofahrt zu einem seiner besten Freunde, der zudem für seinen Sangiovese über die Landesgrenze hinaus bekannt war, bewusst nutzte, um sie auf die Probe zu stellen. Er wollte herausfinden, ob sie diese Ecke Italiens wirklich so gut kannte, wie sie ihm gesagt hatte.

»Natürlich kenne ich die Therme von Bagnolo. Ich hab mit Michael dort ein paar Tage verbracht. Wir sind die ganze Weinstraße abgefahren, über Monterotondo, Scarlino bis an die tyrrhenische Küste nach Follonica und Castiglione della Pescaia. Im Jahr drauf Vetulonia, Gavorrano, Montemassi bis Roccastrada«, legte Hanna ihm dar.

»Da hast du ja schon mehr von hier gesehen als ich«, sagte Franco beeindruckt.

»Michael wusste damals noch nicht einmal, dass die Namen der Weine geschützt sind, weil sie aus einer bestimmten Gegend stammen müssen. Er hat ernsthaft geglaubt, dass man aus der gleichen Traubensorte Chianti oder Triviano machen kann – je nach Verfahren.«

»Jetzt scheint er sich ja ganz gut auszukennen.«

»Die Kurse haben ein Vermögen gekostet.«

»Und wer hat dich zum Wein gebracht? Deine Eltern?«

»Mein Vater hat Bier getrunken, und meine Mutter bekam von Wein immer Sodbrennen«, sagte sie wahrheitsgemäß.

Franco lachte, doch dann insistierte er: »Jetzt sag schon.«

»Mein Studienjahr in Italien. Kunstgeschichte in Venedig …«

»Verstehe. Durchzechte Nächte …«

»Ganz und gar nicht«, erwiderte sie in der Hoffnung, dass Franco nicht weiter nachfragen würde. Er arbeitete sich nämlich gerade an die Schublade in ihrem Inneren heran, die sie nur ungern öffnete. Allerdings war der Verschluss, seitdem sie hier war, sowieso schon wieder locker, und bisher hatte sich kein Unwohlsein darüber eingestellt.

»In gesellschaftlichem Rahmen. Als Student kann man sich so edle Weine doch gar nicht leisten«, erklärte Hanna dann doch.

»Hat dich also irgend so ein Kunstprofessor verführt. Lass mich raten. Venezianischer Hochadel. Und während des Karnevals hast du dich in ihn verliebt.«

Hanna lachte über Francos lebhafte Fantasie, mit der er aber nahe dran lag.

»Er hatte eine Hühnerfarm.«

Franco konnte nicht an sich halten. »Ein Hühnerbaron also«, feixte er und kriegte sich gar nicht mehr ein.

Nun war die Schublade ganz auf, aber wenigstens nicht ruckartig. Sie quietschte und knarrte nicht wie sonst. Das musste an Francos Humor liegen.

»Dann habt ihr bestimmt viel Weißwein getrunken«, fuhr er folgerichtig und amüsiert fort. »Aber warum dann Wein der Toskana? Die Regione del Veneto ist das drittgrößte Weinanbaugebiet Italiens«, fragte er.

»Ich bevorzuge die hiesigen Weinsorten«, sagte sie, diesmal allerdings nicht wahrheitsgemäß und darum bemüht, die Schublade wieder ein Stück hineinzuschieben.

Franco gab sich damit zufrieden, was Hanna beruhigte, doch diese Ruhe hielt keine fünf Minuten an, weil zwei Mountainbikes in der Zufahrt des Weingutes standen, auf die sie gerade abbogen. Sie passten nicht in die Idylle eines Anwesens, das sie ein wenig an das Haus von Franco erinnerte. An sich noch kein Aufreger, doch die zwei Personen, die jetzt Fahrradhelme in ihren Händen hielten, schon: Michael und Katrin!

Der zweite Deal war so gut wie im Sack. Morgen würde Michael Bescheid bekommen. Einen der besten Sangiovese im Portfolio seines neuen Ladens zu haben war ein wichtiger Schritt. Diesmal sogar gänzlich ohne Katrins Einsatz. Ein einfacher Deal, der lediglich auf Zahlen beruhte. Die Gewinnmarge für den Weinbauern stimmte. Michaels Konzept eines Ladens in der Münchner Innenstadt, in der es genügend zahlungskräftige Kunden gab, die an italienischen Spitzenweinen interessiert waren, ging auf. Das wusste Federico Bianchi, und dementsprechend schlug er nun ein. Es hätte alles so schön sein können, wenn er da nicht die Stimme seiner Frau gehört hätte, die seinen Namen rief. Was um alles in der Welt machte sie hier? Noch dazu in Begleitung von Ginas Bruder?

»Spioniert sie dir jetzt nach?«, fragte Katrin, die mindestens genauso überrascht war.

»Glaub ich nicht«, sagte er, weil er seine Frau dafür zu gut kannte.

Warum musterte Hannas Begleiter ihn in einer Mischung aus Neugier und Mitleid? Am Ende lag das am bunten Fahrradtrikot, das etwas unvorteilhaft an ihm aussah.

»Mit dem Fahrrad unterwegs?«, fragte Hanna schnippisch, was kein Wunder war, weil sie ihre gemeinsamen Fahrradtouren vor Jahren aufgegeben hatten. Sie waren ihm zu anstrengend geworden. Auch sie musterte seine Kluft mit amüsiertem Lächeln. Ihren Zusatz »Bei der Hitze …?«, hätte sie sich allerdings ersparen können. Michael graute nämlich jetzt schon vor der schweißtreibenden Rückfahrt.

»Ciao, Franco«, rief Federico Hannas Begleiter zu, bevor sie sich freundschaftlich umarmten.

Die beiden kannten sich also – sogar ziemlich gut. Was wurde hier gespielt?

»Was machst du hier?«, fragte Michael seine Noch-Frau.

»Ich erfülle mir einen Lebenstraum«, antwortete Hanna nach kurzer Überlegung und ohne mit der Wimper zu zucken.

Michael konnte gar nicht anders, als einen abfälligen Laut von sich zu geben, vor allem weil Franco augenscheinlich Gefallen an Hannas Auftritt hatte.

»Sie wollen auch mit Wein handeln?«, fragte Katrin ganz offen.

»Das macht sie doch nur, weil …« Michael war außer sich. Am meisten brachte ihn in Rage, wie abgeklärt die beiden vor ihnen standen. Francos nahezu selbstgefälliges Grinsen war unerträglich.

»Ich nehme an, Sie wissen nicht, dass ich schon seit Jahren darüber nachdenke, italienischen Wein nach Deutschland zu importieren. Das hatte ich mir zwar erst für die Zeit nach meinem Berufsleben vorgenommen, aber Dinge ändern sich oft schneller, als man denkt«, erklärte sie Katrin.

Katrin warf Michael daraufhin einen fragenden Blick zu, was kein Wunder war, weil er ihr bisher nie etwas davon erzählt hatte.

»Das kannst du vergessen. Wir sind uns bereits einig geworden. Nicht wahr, Federico?«

Federico stand etwas verunsichert daneben. Er blickte zu Franco und überlegte für einen Moment, bevor er fortfuhr: »Ich kann Ihnen erst morgen Bescheid geben.« Das klang alles andere als gut.

Was hatte sie in petto? Natürlich ihn! Franco! Ruhe bewahren! Es geht ums Geschäft. Letztlich, und das wusste er aus seinem Berufsleben, ging es doch immer nur um Zahlen. Er konnte mehr Mittel flüssig machen, jedenfalls in kürzerer Zeit. Die verdammte Gütergemeinschaft! Ausgerechnet jetzt fiel ihm wieder ein, dass ihr ja die Hälfte von allem zustand. Michael holte tief Luft. Jetzt nur keinen Fehler machen.

»Ich freue mich, morgen von Ihnen zu hören«, sagte er in einem Tonfall, den er von seiner Steuerkanzlei her gewohnt war, und mit dem Rest an Souveränität, der ihm noch blieb. Er reichte Federico die Hand. Sein Geschäftspartner lächelte unverbindlich. Dann wandte Michael sich Hanna zu: »Ich wünsch dir noch einen schönen Tag«, rang er sich ab und nickte höflich distanziert in Richtung ihres Begleiters. Vermutlich fühlte sie sich an seiner Seite stark. Kein Anzeichen von Unsicherheit oder Verlegenheit. Oder war das jetzt auch ihr berufliches Lächeln, wenn sie Kunden in der Sparkasse eine Hypothek verkaufte?

Katrin ging zu den Fahrrädern. Er folgte ihr.

»Und überanstreng dich nicht«, rief ihm Hanna nach. Michael nahm sich zwar vor, sich nicht mehr umzudrehen und sich stattdessen auf das Fahrrad zu setzen und loszufahren, doch ihr zynisches Lächeln musste er sehen. Zu seiner großen Überraschung stellte er fest, dass es gar nicht zynisch war.

Mama war jetzt anscheinend total durchgeknallt. Der angebliche Ausflug mit Franco hatte sich als Akquisetour entpuppt. Und wie begeistert sie von der Idee eines eigenen Weinladens erzählt hatte. Richtig aufgedreht.

»Wie stellst du dir das denn vor? Willst du deinen Job hinschmeißen?«, fragte Julia ihre Mutter, die es sich auf Francos Terrasse in einer Liege bequem gemacht hatte und wie im Urlaub die letzten Sonnenstrahlen zu einem Glas Wein genoss.

»Warum nicht? Es ist ja nicht so, dass ich dann nichts verdiene.«

Franco pflichtete ihr bei, indem er nickte.

»Hast du ihr das etwa eingeredet?«, fragte sie ihn.

»Eher ermutigt«, sagte er.

Julia umrundete den Tisch vor Francos Haus mittlerweile bestimmt zum dritten Mal. Wie konnten die beiden nur so seelenruhig dasitzen und den mitgebrachten Wein gustieren?

»Und mir hast du vorgeworfen, dass ich das sichere Lehramt hinschmeiße«, platzte es aus ihr heraus. Ihre Mutter war ja nicht wiederzuerkennen.

»Du hast doch jetzt auch einen neuen Job«, erwiderte sie unbeschwert.

»Glaubst du etwa, ich bleibe hier?«

»Davon bin ich schon erst mal ausgegangen.«

Julia wusste darauf nichts mehr zu sagen, ihre Mutter dafür umso mehr.

»Es ist ein Geschäft, Julia.«

»Mama. Du willst es Papa doch nur heimzahlen.«

»Das kommt vielleicht noch mit dazu.«

»Wenn ich dich so höre. Ich mache drei Kreuze, dass diese Hochzeit geplatzt ist. Der Gedanke, so zu enden wie ihr beide, du und Papa … Jetzt fährt er auch noch Mountainbike. Ich glaub das alles nicht.«

»Er will sich halt fit halten für die junge Frau an seiner Seite. Und gesund ist es auch«, sagte Franco und schmunzelte.

»Jetzt setz dich zu uns, und beruhig dich«, schlug ihre Mutter vor.

Das mit dem Hinsetzen klappte. Das mit dem Beruhigen nicht.

»Mensch, Julia. Mein Job ödet mich schon seit langem an«, fuhr ihre Mutter fort.

»Seit wann das denn?«

»Ich mach das schon seit über zwanzig Jahren. Irgendwann reicht's.«

»Und das fällt dir jetzt ein?«

»Ja«, erwiderte ihre Mutter leichthin. War das ihre Mutter oder nur der Wein?

»Außerdem haben wir zu Hause oft genug darüber gesprochen.«

»Als Nebenbeschäftigung, wenn Papa und du mal in Rente seid«, hielt Julia fest.

»So lang ist das nicht mehr hin.«

»Man kann wirklich gutes Geld damit verdienen«, warf nun auch noch Franco ein. Julia glaubte ihm, jedenfalls klang es glaubhaft.

»Dann macht doch, was ihr wollt. Es ist euer Leben«, sagte Julia resigniert und holte erst einmal tief Luft.

Ihre Mutter legte eine Hand auf ihre, und dann kam wieder die alte Mama heraus. »Alles wird gut. Wirst sehen«, versicherte sie ihr, wobei Julia den Eindruck hatte, dass sie es mehr zu sich gesagt hatte.

Sie nickte, damit endlich mal Ruhe einkehrte. Der Nachmittag hatte sie schon genug Nerven gekostet. Das Telefon, um genau zu sein. Da fiel ihr ein, dass sie Franco noch etwas fragen wollte.

»Kannst du mir sagen, wie man die Nachrichten auf deinem AB löscht? Ich fürchte, er ist voll.«

»Lorenzo?«, schlussfolgerte Franco richtig.

»Wer denn sonst?«, erwiderte sie.

»Na, dann versteh ich, dass du so drauf bist«, sagte ihre Mutter.

Julia hörte wohl nicht recht. Wer war hier wie drauf? Einer weiteren Diskussion darüber wollte sie unbedingt aus dem Weg gehen. Julia stand demonstrativ auf, doch eine Spitze musste sie noch loswerden: »Ich hab übrigens für uns gekocht. Hat Spaß gemacht, mal für andere am Herd zu stehen«, sagte sie. Dass sie Zuflucht in der Küche gesucht hatte, um dem Telefonterror zu entgehen, vor allem aber, um Lorenzos Stimme auf dem AB bei geschlossener Tür nicht mehr hören zu müssen, behielt sie für sich.

»Meine Küche hat's euch beiden wohl angetan«, sagte Franco mit breitem Grinsen.

»Das hab ich von meiner Mama geerbt«, erwiderte Julia nun augenzwinkernd. In Anbetracht ihrer wild um Emanzipation von Herd und Heim rudernden Mutter, aus der in wenigen Stunden eine Weinaktivistin geworden war, musste sie das einfach sagen.

Hanna war froh darüber, dass sich der Abend nicht zuletzt dank Julias kulinarischem Einsatz in der Küche doch noch einigermaßen harmonisch entwickelte. Ihre Tochter hatte das Kochen tatsächlich von ihr gelernt, und ironischerweise freute sie sich sogar über Francos Komplimente. Der Gemüseeintopf passte zu seinem Tafelwein. Er rundete das Gericht bestens ab. Seine entspannende Wirkung kam mit hinzu. Da blieb nur noch eines: Anstoßen auf einen herrlichen Abend! Ein passender Trinkspruch wollte Hanna aber nicht einfallen. Das nahm Franco ihr ab.

»Danke, dass ihr hier seid«, sagte er.

Ein schönes Kompliment, das sie gerne annahm.

»Morgen bin aber ich wieder dran. Ich mach uns Hühnchen in Zitronensoße«, sagte Franco.

»Besser nicht. Mama mag kein Hühnchen«, stellte Julia klar.

Franco verschluckte sich fast am Wein. »Oh«, sagte er, dann wurde sein Grinsen immer breiter. Hanna war sich sicher, dass er gerade an den »Hühnerbaron« dachte.

Da nahm Hanna eine Bewegung in den Büschen wahr. Lorenzo, schoss es ihr durch den Kopf, doch dafür war die Gestalt zu klein. Es war Gina, die um Jahre gealtert schien. Oder war es nur die Laterne, die sie ungünstig beleuchtete?

»Ich hoffe, ich störe nicht«, sagte sie kleinlaut. Es war nicht das ungünstige fahlgelbe Licht. Sie sah einfach fertig aus, was auch Franco sofort erfasste.

»Gina. Komm, setz dich zu uns«, sagte er und nahm ihr den Korb ab, den sie trug.

»Ich wollte euch nur ein bisschen was vorbeibringen«, erklärte sie, doch Julia meinte offenbar, die Nachtigall trapsen zu hören. Sie musterte ihre Fast-Schwiegermutter mit einer Mischung aus Skepsis und Mitleid. Franco riskierte einen Blick in den Korb.

»Für die nächsten Tage sind wir versorgt. Ihr dürft euch

gerne um die Küche prügeln«, sagte er, was selbst Gina etwas aufheiterte.

»Wie geht es dir?«, fragte Hanna aufrichtig, nachdem Gina Platz genommen hatte.

»Ich kann mich nirgends mehr blicken lassen. Noch eine Runde Mitleid, und ich ertrinke darin. Wenigstens ist die Organistin gefeuert«, sagte sie, doch die Genugtuung, die in ihren Worten mitschwang, verflüchtigte sich schnell.

»Und Antonio?«

»Der soll sich zum Teufel scheren«, sagte sie mit brüchiger Stimme.

»Und wo ist er jetzt?«, fragte Julia.

»Im Pfarrhaus, bei den Obdachlosen!«

Unvermittelt schluchzte Gina los, doch bevor Hanna sie erreichte, um sie tröstend in die Arme zu nehmen, riss sie sich zusammen, setzte sich ruckartig auf und nahm einen tiefen Atemzug.

»Ich hab das Restaurant für heute dichtgemacht. Das war nicht mehr auszuhalten. Trennungstourismus. Jeder wollte wissen, was los war. Stellt euch das mal vor. Sogar ein Lokalblatt der Nachbargemeinde hat angerufen. Klar. Ist ja auch ein schöner Aufhänger: eine Organistin, die gleich zwei Instrumente beherrscht.«

»Willst du hierbleiben? Eine Frau mehr oder weniger … Das ist ein richtiger Luxus für mich … Ja, ich mach ein Frauenhaus auf«, überlegte Franco und schmunzelte, und sein Humor wirkte, denn Gina konnte wieder lachen und kickte ihrem Bruder mit dem Ellbogen in die Seite, bevor sie ihn in den Arm nahm.

»Dafür liebe ich ihn, meinen Franco.«

»Ich schwöre euch: Gina ist die einzige Frau, die mich aufrichtig liebt«, witzelte er weiter, worauf Gina regelrecht strahlte. Nach seinem Kuss auf ihre Wange gleich noch viel mehr. Das lebendige Funkeln der Gina, die Hanna bei ihrer Ankunft kennengelernt hatte, brachte ihr Bruder wieder zum Vorschein.

Julia hingegen starrte nachdenklich in ihr Weinglas und drehte es im Kreis.

»Und Lorenzo? Ist er wieder in Florenz?«, fragte sie, offenkundig um Beiläufigkeit bemüht.

»Der soll hier jetzt erst einmal für Ordnung sorgen«, sagte Gina.

»Und wie geht es ihm so?«, fragte Julia eher zaghaft.

»Beschissen … Wie kann man auch so blöd sein, die Exverlobte zur Hochzeit einzuladen? Er hätte auf mich hören sollen … Aber nein …«

Nun stutzte Hanna. War sie nicht auch auf dem Junggesellinnenabschied gewesen? Dazu hatte Lorenzo sie wohl kaum eingeladen, oder etwa doch?

»Wer hat sie denn eingeladen?«, fragte sie nach.

»Mein bescheuerter Ehemann natürlich. Und Lorenzo konnte nicht nein sagen.«

»Antonio?«, fragte Julia entsetzt.

»Er kriegt Aufträge vom Bischof. Mal hier, mal in irgendeinem anderen Nest. Sie sind eng befreundet. Klar sieht das blöd aus, wenn die ganze Familie eingeladen ist, nur die Tochter nicht, aber … die Tozzis hätten es verstanden.«

Hanna beobachtete Julias Reaktion genau. Sie wirkte eine Spur erleichtert. Ein untrügliches Zeichen dafür, dass Lorenzo sie immer noch ordentlich beschäftigte.

»Er ist mein Sohn, aber er hat nicht richtig gehandelt … doch was sag ich. Er ist auch Antonios Sohn. Seine schlechten Gene …«

»Lorenzo ist trotzdem ein feiner Kerl«, stellte Franco fest.

»Es geht um Verantwortung. Die Grundlage einer Ehe, oder etwa nicht?«, fragte Gina in die Runde und erntete sogar ein Nicken von Julia.

»Die Lektion muss er lernen.« Gina blieb also resolut.

Julias Nicken wurde schwächer, ihr Blick immer starrer, was nun auch Gina mitbekam.

»Liebst du ihn noch?«, fragte Gina unvermittelt.

Julia antwortete nicht.

»Er hat mich nicht geschickt, um dich das zu fragen. Aber mich interessiert es.«

Allein schon, dass Julia so lange überlegen musste, sprach Bände.

»Ich sehe einfach keinen Sinn mehr darin zu heiraten«, sagte sie schließlich erstaunlich sachlich.

»Kluges Kind«, sagte Franco, das gebrannte Kind.

Und Gina blies ins gleiche Horn: »Vielleicht ist das auch nicht klug heutzutage ...«

»Und dann wollen wir mal nicht vergessen, dass alle Italiener eben Italiener sind«, sagte Franco, aber nicht in die Runde. Er sah Hanna dabei in die Augen.

»Bis auf Franco«, warf Gina ein.

»Vermutlich kriege ich noch meinen Pass aberkannt, weil ich der einzige Italiener bin, den gleich drei Frauen verlassen haben und nicht umgekehrt, wie üblich ... Ich bin nicht gut für das Land, den Tourismus und überhaupt ... Ich repräsentiere nicht Bella Italia ...« Das sagte er mit so viel liebenswerter Ironie, dass selbst Julia laut lachen musste.

Julia blickte auf den Reisewecker, der auf ihrem Nachtisch stand, und rechnete nach, wie lange sie geschlafen hatte. Gegen vier hatte es sie wohl weggebeamt. Jetzt war es sieben. Drei lausige Stunden. Unter normalen Umständen hätte sie sich nur auf die andere Seite drehen und einmummeln müssen, um wieder einzuschlafen. Normalerweise! Die Wehmut, die sie gestern Nacht wach gehalten hatte, war aber mit dem ersten Augenaufschlag wieder da gewesen und mit ihr der Schmerz, auch wenn sie sich sagte, dass er rein rational betrachtet nur biochemischer Natur war – Entzugserscheinungen, weil etwas weggefallen war, an das sich ihr Körper gewöhnt hatte: seine Umarmung, der Geruch seiner Haut, sein behaarter Bauch, der sich nachts an sie schmiegte, und seine Küsse, das Gefühl, seine Lippen überall zu spüren – sie vermisste einfach alles an ihm. Julia seufzte und legte sich auf den Rücken, was zwar vorübergehend entspannte, biochemisch gesehen jedoch auch keine Verbesserung mit sich brachte. Die Sonne schien ihr mitten ins Gesicht. Es war zu hell, um sich noch mal ins Reich der Träume zu flüchten. Julia beschloss daher aufzustehen. So früh würde niemand wach sein. Ein wenig an der frischen Luft spazieren zu gehen, würde ihr guttun. Julia schlüpfte in ihre Jeans, streifte sich die Bluse über und wunderte sich über den Elan, der plötzlich von ihr Besitz ergriffen hatte. Es war still im Haus. Durch die angelehnte Tür sah sie, dass Franco noch schlief. Er schien also auch ein Ausnahme-Landwirt zu sein. Waren die nicht schon immer auf den Beinen, sobald die Sonne aufging? Im Zimmer ihrer Mutter war ebenfalls noch Funkstille. Sie schlich die Treppe hinunter, um die morgendliche Ruhe für sich zu genießen. Die Sonne schien einladend durch die Fenster ins Treppenhaus. Julia erreichte den Ausgang. Irgendetwas stimmte nicht. Sie musste gleich zweimal hinsehen, denn vom Gatter, das zu Francos Hof führte, bis zur Einfahrt war der Weg mit roten Blüten gepflastert. Am Ende träumte sie das ja auch nur, doch als sie nach einem der zarten Blätter griff und daran roch, wusste sie, dass es kein

Traum war. Überall Rosen! Am Ende des Wegs stand ein geflochtener Korb, aus dem eine Karte hervorlugte. Lorenzo! Das war typisch Lorenzo. Dafür liebte sie ihn. Der Gedanke kam spontan. Ihr Verstand protestierte umgehend, doch scheiß auf die Vernunft! Wie romantisch war das denn? Und dann noch die Karte. »Vergib mir Julia. Ich war ein Dummkopf. Ich war zu feige, um es Sophia früher zu sagen, aber ich liebe nur dich!«, stand darauf. Julia hielt die Karte mit Herzklopfen in der Hand. Ihr wurde auf der Stelle ganz warm. Das vertraute Gefühl, verliebt zu sein, setzte schlagartig ein. Am liebsten würde sie ihren Lorenzo nun für immer in den Armen halten, doch schon wieder meldete sich der rational tickende Teil in ihr. Gina und ihre Mutter hatten recht. Es ging um eine Ehe. Ehe und nochmals Ehe. Lebenslang. Und wie nachhaltig sie war, das hatten seine und ihre Eltern ja bewiesen. Was tun? Julia sah sich entgegen ihrem Entschluss, zum Haus zurückzukehren und darüber nachzudenken, nach ihm um. Stand er hinter irgendeiner Hecke? Zwischen den Weinreben versteckt? Sie war kurz davor, nach ihm zu rufen, unterließ es jedoch.

»Julia«, krächzte es vom Haus. »Telefon. Dein Vater«, hörte sie Franco rufen. Er kam in T-Shirt, Boxershorts und mit wirrem Haar zu ihr. Die neue Farbe auf seiner Zufahrt fiel ihm nun auch auf. Ein breites Grinsen breitete sich in seinem Gesicht aus. Dann schüttelte er ungläubig den Kopf, bevor er Julia das schnurlose Telefon reichte, um dann gleich wieder im Haus zu verschwinden.

»Papa? Was ist los?«

»Nichts. Ich wollte nur fragen, wie es dir geht.«

»So früh?«

»Ich war schon wach ... Da hab ich es mal probiert«, sagte er.

Sehr glaubwürdig! Er wusste doch, dass seine Tochter nie so früh auf den Beinen war.

»Ich möchte dich sehen. Ich könnte dich abholen. Hast du Lust? Vielleicht ein Ausflug?«

»Ich weiß nicht …«, überlegte sie laut. Da stimmte irgendetwas nicht.

»Jetzt sag schon. Wie geht es dir?«

»Gut«, sagte sie, wobei sie das selbst wunderte. »Gut« war relativ. Der Rosentraum jedoch nicht.

»Schön … Vielleicht sollten wir reden … Über einfach alles …«

Das fiel ihm aber früh ein, im wahrsten Sinne des Wortes. Warum rief er sie um diese Uhrzeit an? So kannte sie ihn gar nicht.

»Und dir? Wie geht's dir?«, fragte sie.

»Prima … Na ja, ich mach mir halt Sorgen um dich«, meinte er.

Das nahm sie ihm nicht ab – und wenn sich hier jemand Sorgen zu machen hatte, dann sie, und zwar um ihre Eltern, die aus einem Rosen- einen Weinkrieg machten.

»Mama und du, seid ihr jetzt im Wettstreit um dieses Weingeschäft, oder was?«, fragte sie ganz offen, um gleich auf den Punkt zu kommen.

»Hat sie dir davon erzählt?«

»Was denkst du denn? Wenn du meine Meinung hören willst: Ich halte euch beide für gaga«, sagte sie mit Nachdruck.

»Quatsch. Es ist ein Geschäft. Die Verträge sind schon in Vorbereitung … Du weißt doch. Das war mein Lebenstraum.«

»Euer Lebenstraum, wenn ich mich recht erinnere.«

»Dinge ändern sich … Komm, ich hol dich ab … Mensch,

Julia, Lorenzo möchte dich auch so gerne sehen. Gib ihm doch noch eine Chance!«

Aha. Daher wehte also der Wind. Vermutlich wollte ihr Vater nur wissen, wie die Rosenaktion bei ihr angekommen war. Schäbig!

»Warum?«, fragte sie geradeheraus.

»Er hängt total durch. Ist ein netter Kerl. Er hat einen Fehler gemacht ...«

»Allerdings«, sagte sie streng.

»Julia, Lorenzo liebt dich. Er würde alles für dich tun, damit du ihm verzeihst ...«

»Habt ihr gesprochen?«

»Ja, heute Morgen.«

»War er bei dir?«

»Nein, wir haben telefoniert.«

»Er hat deine Nummer?«, fragte Julia. Der Punkt irritierte sie, denn soviel sie wusste, hatte Lorenzo die Nummer ihres Vaters gar nicht.

»Nein, ich hab in der Kanzlei angerufen.«

»In der Kanzlei?«

»Ja, die wickeln doch die Verträge ab. Zu Sonderkonditionen. Echt ein prima Kerl, dein Lorenzo.«

Julia war fassungslos. Lorenzo versuchte also, sich auch noch bei ihrem Vater einzuschleimen. Und bei ihr mit gestreuten Rosenblättern. Daraus wurde nichts! »Zappeln lassen!« – Ginas Worte. Am besten, sie ließ beide zappeln.

»Ich hab heute schon was vor, mit Mama und Franco«, sagte sie lapidar.

Schweigen in der Leitung.

»Julia. Was ist los?«

»Nichts!«

»Ich komm erst mal vorbei, okay?«

»Vergiss es. Ich ruf dich an.«, sagte sie ungewöhnlich schroff und beendete das Gespräch. Das wäre ja noch schöner. Ihr eigener Vater machte also tatsächlich gemeinsame Sache mit diesem »Italiener«. Lorenzo hatte den nächsten Fehler gemacht. Er war parteiisch. Klar, Männer hielten ja immer zusammen. Und was noch viel schwerer wog: Lorenzo war ein gottverdammter italienischer, mafiöser, mit allen Wassern gewaschener Rosenkavalier, der glaubte, sie mit ein paar Blütenblättern kaufen zu können, wie er ihren Vater gekauft hatte. Vergiss es, Lorenzo!

Kapitel 10

Hanna fragte sich, ob neuerdings schon morgens Prosecco in ihrer Abteilung getrunken wurde. Susanne war ja wie aufgedreht.

»Wie geht's dir?«, fragte ihre Kollegin nahezu euphorisch.

»Gut«, erwiderte Hanna in der vagen Hoffnung, möglichst schnell zur Sache zu kommen.

Susanne ließ sich damit aber nicht abspeisen. »Na, erzähl schon. Wie war die Hochzeit? Julia ist bestimmt überglücklich. Der Mann ist aber auch ein Fang. Und Michael? Habt ihr euch vertragen? Und diese Katrin?«, fragte sie. Toll! Jetzt waren gleich alle Themen auf einmal auf dem Tisch.

»Die Hochzeit fand nicht statt«, sagte Hanna trocken.

»Was?« Nun klang Susanne leicht hysterisch.

»Julia hat Zweifel, ob Lorenzo ehetauglich ist. Michael trägt sein Schmuckstück zur Schau, und was diese Katrin betrifft … Sie ist … nett.«

Nun herrschte für einen Moment Schweigen in der Leitung.

»Und da geht's dir gut?«, fragte Susanne völlig von der Rolle, nachdem sie das offenbar einigermaßen verdaut hatte.

»Ich kann nichts daran ändern. Man muss das Beste daraus machen. Außerdem ist es schön hier.« Hanna wunderte sich darüber, wie authentisch, glaubhaft und ruhig sie das von sich geben konnte.

»Verstehe«, sagte Susanne.

Hanna war sich aber sicher, dass ihre Kollegin die Welt nicht mehr verstand. Letztlich verstand Hanna sie ja selbst nicht mehr, aber das hinderte sie nicht daran, gleich zum eigentlichen Grund ihres Anrufs zu kommen.

»Könntest du Werner mal fragen, ob er Interessenten für unser Haus hat?«

»Ihr wollt es verkaufen?«

»Ich möchte es verkaufen.«

»Verstehe ... Scheidung, oder?«, fragte sie und beantwortete sich die Frage gleich selbst: »Ja, das war abzusehen.«

»Wir haben noch nicht darüber gesprochen, aber ich brauche Geld.«

»Soll ich schon mal nach ein paar Wohnungen schauen?«

»Ach, das hat Zeit«, sagte Hanna.

Susanne jetzt von ihrem konkreten Vorhaben zu erzählen, wäre riskant. In Windeseile würde jeder davon erfahren, dass sie plante, ein Weinkontor zu eröffnen. Solche Dinge musste man vernünftig angehen. Erst wieder halbtags arbeiten, bis der Laden lief. Auf alle Fälle fühlte es sich gut an, die Sache jetzt in Angriff zu nehmen. Dazu gehörte auch die Umgestaltung ihres Lebens. Sie musste raus aus ihrem Haus, an dem sowieso zu viele Erinnerungen hafteten. Jetzt war der richtige Zeitpunkt.

»Ich ruf dich wieder an«, sagte Hanna und legte auf, weil Franco gerade hereinkam.

»Schau mal nach draußen«, sagte er.

Hanna traute ihren Augen nicht. Julia kehrte den Hof. Hatte sie ihre Tochter mit ihrer Aufräumaktion etwa angesteckt? Erst jetzt bemerkte Hanna, dass Julia rote Blätter zusammenfegte.

»Wo kommen die Blätter her?«, fragte sie.

»Lorenzo. Die Rosen müssen ein Vermögen gekostet haben«, erklärte er.

»Er gibt sich ja große Mühe. Rosenblätter. So was ... Aber irgendwie auch ziemlich romantisch«, überlegte Hanna laut.

»Kam aber nicht so gut an«, meinte er.

Hanna konnte sich von diesem obskuren Schauspiel nicht mehr losreißen. Julia war anzusehen, dass sie richtig wütend war. Weg mit »Amore«, schoss es ihr durch den Kopf. Besser konnte man Julias Rosenkehrausaktion kaum beschreiben.

Obwohl die Sonne auf die Hotelterrasse schien und einen wunderschönen Tag versprach, schmeckten Michael weder der Kaffee noch die Schokoladenbrötchen, von denen er sich heute Morgen gleich drei auf den Teller geladen hatte. Das Gespräch mit Julia ging ihm nach, und Katrin hörte nicht auf, ihm Vorhaltungen zu machen, nachdem er ihr von ihrem Telefonat erzählt hatte.

»Jetzt denkt sie sicher, dass Lorenzo sich auf deine Seite geschlagen hat. Ruf sie noch mal an!«, insistierte Katrin.

»Das hat jetzt keinen Sinn. Sie ist viel zu aufgebracht.«

»Soll ich anrufen?«, bot sie an, was als gelernte Mediatorin naheliegend war.

»Ich find es albern, mich dafür entschuldigen zu müssen, dass Lorenzo mir einen Anwalt aus seiner Kanzlei vermittelt hat. Sie ist eine erwachsene Frau.«

»Kann es sein, dass du nur Schiss hast, den Fehler einzugestehen?«

»Fehler? Jetzt hör aber auf.«

»Feinfühlig war das nicht gerade. Du hättest zum Beispiel schon vorher mit ihr darüber reden können.«

»Reden, reden, reden ... Wo kommen wir denn da hin, wenn ich jeden meiner Schritte bereden müsste. Das ist doch alles rein geschäftlich.«

»Über manche Dinge ist es aber besser zu reden. Doch das liegt dir nicht so.«

»Wie darf ich das jetzt verstehen?«, hakte Michael nach.

»Wie ich es sage.«

Michael musste sich zusammenreißen, um nicht wütend zu werden. Nun fiel auch noch Katrin über ihn her.

»Jetzt schau nicht so eingeschnappt. Ich meine es ja nur gut«, sagte sie.

Das wusste Michael, dennoch ließ ihm das jetzt keine Ruhe mehr. »Du denkst also, dass ich zu wenig rede«, sagte er, »über mich, über die Arbeit ...«

»Ich war auch überrascht, als ich von Hanna erfuhr, dass ihr das mit dem Weinkontor mal gemeinsam durchziehen wolltet. Du hast mir nie davon erzählt.«

»Weil es unwichtig war.«

»Aber es gibt einem trotzdem das Gefühl, keinen Anteil zu haben. Außen vor zu sein, verstehst du?«

Er nickte und nahm nun doch etwas Kaffee zu sich. Wenn er trank, musste er wenigstens nicht mehr sprechen. »Reden.« Hanna hatte ihm das auch immer wieder vorgehalten. Es kostete zu viel Zeit. Es war ihm unangenehm. Warum eigentlich? Weil es anstrengend war, sich unentwegt in den anderen hineinzuversetzen. Ja, es war ihm lästig. Nervig.

Katrin musterte ihn, was ihn noch nervöser machte.

»Das ist halt meine Art«, rechtfertigte er sich.

»Daran kann man arbeiten«, erwiderte sie mit zuversichtlicher Miene.

Schon wieder die Psychomasche. Warum musste man sich alles erarbeiten und unentwegt versuchen, ein besserer Mensch zu werden? Das hatte er sein ganzes Leben lang getan. Irgendwann hatte er auch mal Pause. Katrin verlangte viel. Aber sie war es wert, weil sie ihm nie böse war. Weil sie nie stritten. Weil sie an seiner Seite stand. Michael entspannte sich, aber nur für einen Moment, weil sich sein Handy meldete. Er erkannte die Nummer. Sie war von Federico. Auf die Entscheidung des Weinbauers war er gespannt. Seine Hände wurden dementsprechend feucht.

»Federico«, sagte er zu Katrin. Sie überkreuzte die Daumen, was aber nicht viel half. Knapp gab der Weinbauer ihm zu verstehen, dass er sich gegen ihn entschieden habe.

»Und?«, fragte Katrin, nachdem er das Gespräch beendet hatte.

Michael schüttelte enttäuscht den Kopf und saß eine Weile regungslos da, um den Schock zu verdauen. Dann stieg schlagartig blinde Wut in ihm hoch. Wut auf Hanna. Er schlug mit der flachen Hand auf den Tisch, und zwar so heftig, dass Katrin erst einmal ordentlich zusammenzuckte und eine Weile brauchte, bis sie sich wieder fing.

»Michael. Du hast doch genügend Termine. Das klappt schon. Wirst sehen«, sagte sie, doch ausnahmsweise begriff sie nicht einmal ansatzweise, worum es hier ging. Coach hin oder her.

»Sie hat's mir versaut. Und mit fiesen Tricks. Dieser Franco …«, platzte aus ihm heraus.

Katrin blieb ganz ruhig. »Es war auch ihr Traum«, sagte sie etwas zu neutral.

Das regte Michael noch mehr auf als alles andere. »Du kapierst es einfach nicht. Das macht sie doch nur, um mir eins auszuwischen. Hanna hat doch gar nicht das Zeug …

Das war nur eine fixe Idee … für später mal. Sie ist doch gar keine Geschäftsfrau …«

»Dafür ist sie aber recht erfolgreich, oder?«, erwiderte Katrin eine Spur zu süffisant.

Michael schäumte nun vor Wut.

»Michael. Sie hat das gleiche Recht wie du, ihren Traum zu leben. Du hattest bis vor einem halben Jahr auch nicht ernsthaft daran gedacht.«

Einleuchtend! Und dennoch wusste er, dass ab heute Krieg herrschte. Daran konnte auch Katrins Hand nichts mehr ändern, die sie nun besänftigend auf seine legte.

Hanna hatte alles in ihrer argumentativen Macht Stehende versucht, um Julia davon abzubringen, sie und Franco aus purem Trotz auf ihrer Akquisetour zu diversen Weinbauern zu begleiten. Was sollte das? Julia langweilte alles, was mit Wein zu tun hatte, und nun wollte sie unbedingt dabei behilflich sein, dass die Mama ihren Lebenstraum verwirklichte. Lorenzo war abgehakt, ihr Vater gleich mit dazu. Der Verdacht, dass Michael die beiden wieder zusammenbringen wollte, weil Lorenzo ihm einen günstigen Anwalt besorgt hatte, war absurd, für Julia jedoch eine unerschütterliche Tatsache.

»Mama, ich möchte nicht mehr darüber diskutieren«, war das Letzte, was ihre Tochter zu diesem Thema gesagt hatte, bevor sie ins Auto stieg. Julia hatte jedoch in einem Punkt recht: Es war gedanken- und vor allem pietätlos, den Exschwiegersohn in spe für eigene Zwecke zu instrumentalisieren. Schon kamen Hanna Zweifel, ob sie Franco, der neben ihr am Steuer saß und bester Laune war, nicht vielleicht auch vor ihren Karren spannte – ganz unterbewusst. Oder spannte er sie vor seinen?

»Fünfundzwanzig Prozent Provision müssen drin sein«, sagte Franco aus heiterem Himmel, als er ihr die Liste mit den besten Weinbauern der Gegend und näheren Informationen über das Grimaldi-Gut reichte.

Selbst Julia, die auf der Rückbank saß, riss es: »Fünfundzwanzig Prozent?«, rief sie entgeistert und nahm Hanna sozusagen das Wort aus dem Mund.

Franco grinste verwegen und zuckte unschuldig mit den Schultern.

»Also, das ist schon happig«, brachte Hanna gerade noch heraus, bevor sie versteifte und auf die vor ihr liegende Landstraße starrte.

»Kontakte. Ohne Kontakte geht nix«, fügte Franco mit Al-Capone-Lächeln noch hinzu.

»Plus Spesen, so was wie Druckertinte und Papier, Telefon. Und die Stunde, die Franco gebraucht hat, um die ganzen Namen und Adressen zu kopieren«, ereiferte sich Julia zynisch.

Franco konnte nicht mehr an sich halten. Er lachte lauthals los. »Ihr habt es mir tatsächlich abgenommen«, sagte er dann. »Ich fasse es nicht ... Ich hätte euch echt fünfundzwanzig Prozent abknöpfen können, und ihr ...« Wieder lachte er.

»Na, wie viel willst du denn?«, fragte Hanna verunsichert, nachdem Franco wieder normal atmete und der Wagen sich nach Schlingerfahrt zurück auf der rechten Spur befand.

»Ein Abendessen bei Kerzenlicht, fein rausgeputzt.«

»Ach so ... Quasi in Naturalien«, warf Julia von hinten ein.

»Klar, am besten mit euch beiden. Das wollte ich schon immer mal ... so zu dritt«, juxte er.

Franco war wirklich ein Kindskopf. Man konnte ihm seine Scherze nicht übelnehmen.

»Aber du kochst«, warf Hanna ein.

»Ich kann nur Hühnchen«, sagte er.

»Untersteh dich!«

Die Fahrt gefiel ihr immer besser. Ihr Leben auch. Hanna lehnte sich entspannt zurück und blickte auf die in der Ferne vorbeiziehenden Steinhäuser eines kleinen Dorfs, über dessen Dächer eine Kapelle mit Glockenturm ragte. Es lag am Hang eines Weinbergs und wirkte wie gemalt. Sie streckte ihre Arme nach oben, um den Fahrtwind zu spüren. Das liebte sie. Es gab ihr ein Gefühl von Freiheit. Der schneidende Wind rieb sich an ihren Handflächen und kühlte sie. Wie zwei Schwingen legte sie ihre Hände in den Wind, der sie ergriff. Sie fühlte sich dabei so albern und leicht wie schon seit langem nicht mehr.

»Steht dieser Grimaldi auf Blondinen? Dann sollte ich die Verhandlungen führen«, sagte Julia gutgelaunt.

»Alle Italiener stehen auf Blondinen.«

»Dann waren deine Frauen also auch blond?«, fragte Julia.

»Rot, schwarz und brünett ... Jetzt, wo ich darüber nachdenke ... Meine Ehen sind an der falschen Haarfarbe gescheitert. Was man doch alles von der Jugend lernt«, rief er ihr zu und grinste.

Julia lachte. Hanna war froh, dass sie das wieder konnte. Francos Art tat ihrer Tochter gut. Hanna sah ihn in diesem Moment nachdenklich von der Seite an, was ihn irritierte. Er sagte jedoch nichts und richtete seinen Blick sofort zurück auf die Landstraße. Franco tat auch ihr gut, musste sie sich eingestehen. Nun war er es, der verstohlen zu ihr hersah. Hatte er eben ihre Gedanken gelesen und dachte das Gleiche?

Das Weingut sah noch größer aus als das letzte, das Michael gemeinsam mit Katrin besucht hatte. Das Gebäude wirkte wie eine kleine Villa mit einem Patio, der von weißen Säulen gestützt wurde, an denen Wein emporrankte. Vor dem Haus parkte ein schnittiger Ferrari. Das wunderte Michael ganz und gar nicht, denn der Wein des nächsten Geschäftspartners in spe galt als einer der besten Italiens.

»Alter Weinadel«, erklärte er Katrin, die mit ihm vor dem Haus neben ihrem Wagen wartete. Für eine Fahrradtour war es an diesem Tag definitiv zu heiß, auch wenn Katrin dies vorgeschlagen hatte. Außerdem hatte er heute Gepäck dabei – ordentlich verstaut im Kofferraum seines Wagens. Man musste sich im Vorfeld gut auf den Geschäftspartner vorbereiten, alles über ihn in Erfahrung bringen. Das hatte er getan. Marco Grimaldi war ein Fan des Münchner Oktoberfestes. Ein Weinbauer, der kurioserweise Bier nicht abgeneigt war und sich vermutlich auf der Wiesn jedes Jahr die Kante gab, um nach Schürzen zu jagen, wie es die meisten Italiener am zweiten Wiesnwochenende taten. Es war daher naheliegend, ihm einen echt bayerischen Bierkrug aus dem Hofbräuhaus als kleine Aufmerksamkeit mitzubringen.

»Denkst du, jemand, der so einen Wagen fährt, lässt sich mit einem Bierkrug kaufen?«, fragte Katrin, die offenbar auch seinem protzigen Gefährt verfallen war, weil sie ihren Blick kaum noch von ihm abwenden konnte. Rot, schnittig und edle Ausstattung. Das zog bei Frauen anscheinend.

»Glaub mir. Das sind die Kleinigkeiten im Leben, die über Sein oder Nichtsein entscheiden«, sagte er, während er die Plastiktüte mit dem verpackten Bierkrug aus dem Kofferraum holte und griffbereit auf den Beifahrersitz legte. Grimaldi war schon im Anmarsch. Ein pfiffiger, schlaksiger Italiener mit nach hinten gegelten Haaren, der Typ Aufreißer. Vermutlich hatte er keine Ahnung von Wein und das Gut nur von seinen Eltern geerbt, überlegte Michael. Auf der Fahrt und dem kurzen Weg zum Haus waren ihnen bereits drei Arbeiter entgegengekommen. Er hatte bestimmt jede Menge Personal, das sich um alles kümmerte. Also konnte er sich seinen Hobbys widmen und seinen Gästen. Die Begrüßung war umwerfend herzlich, und wie nicht anders zu erwarten, galt sein Interesse primär Katrin, die jedoch den Umständen entsprechend distanziert den etwas zu feuchten Handkuss über sich ergehen ließ.

»Signor Behrend. Es ist mir eine Freude«, sagte Marco Grimaldi, blickte aber immer wieder in Katrins Ausschnitt, der ihm mit Sicherheit eine noch größere Freude bereitete. Sehr sympathisch.

»Y Signora …?«, fragte der Italiener prompt.

»Behrend«, sagte Katrin zu Michaels großer Überraschung, vermutlich aber nur, um die Blicke auf ihre Oberweite zu unterbinden. Es wirkte, auch wenn Grimaldi dies ein wenig zu verwirren schien. Vermutlich traute der Aufreißer ihm so eine junge Frau nicht zu.

»Ich freue mich, dass Sie sich die Zeit für uns genommen haben«, sagte Michael in freundlichem Geschäftston.

Grimaldi nickte kurz, bevor er ihn taxierte. Erfahrungsgemäß war jetzt Zeit für Komplimente. Das wirkte vor allem bei Leuten, die mit Ferraris protzten.

»Sie haben es wunderschön hier … dieses fantastische Anwesen und … Weinstöcke bis zum Horizont«, schwärmte Michael.

»Ich bin nur selten hier. Es ist zu wenig los in der Maremma«, sagte Grimaldi unerwartet trocken und sah sogleich demonstrativ auf seine Armbanduhr, was Michael etwas irritierte.

»Guter Wein braucht diese Ruhe. Finden Sie nicht?«, sagte Michael daher eher aus Verlegenheit.

Grimaldi nickte nur, bevor er schon wieder auf seine Armbanduhr blickte. Der Mann hatte es eilig. Am besten, Michael wurde etwas direkter.

»Wie gesagt, ich würde Ihren Wein gerne in Deutschland vertreiben. Es wäre mir eine Ehre«, sagte er. Warum um alles in der Welt sah er ihn jetzt so verwundert an?

»Aber ich habe doch schon vor einer Stunde die Verträge unterschrieben«, sagte er und fügte listig hinzu: »Mit der anderen Frau Behrend …«

Nun wurde selbst Katrin stocksteif.

»Sie haben ein schönes deutsches Sprichwort. Wie heißt es so schön? Wer zuerst kommt, malt zuerst. Frau Behrend war, wie will ich sagen … tja, sie war zuerst mit Farbe und Pinsel da«, fuhr der Weinproduzent amüsiert fort.

»Mahlt. Es kommt von mahlen«, berichtigte Katrin ihn lehrmeisterhaft.

Sie so aufgebracht zu sehen, war Michael neu.

Grimaldi überlegte. »Ah, mahlen … von Mühle. Interessant. Und ich habe mich schon gefragt, warum jemand zuerst ›malen‹ darf. Aber, ob Pinsel oder Mühle … das spielt doch jetzt sowieso keine Rolle mehr«, entgegnete er.

»Verstehe«, sagte Michael und malte sich gerade im wahrsten Sinne des Wortes aus, woher Grimaldi diese deutsche Redewendung kannte. Wer weiß, vielleicht hatte er den Spruch von Hanna aufgeschnappt.

»Ich muss leider kurzfristig nach Siena, aber fühlen Sie sich hier wie zu Hause. Wir können morgen essen gehen, oder kommen Sie zu meinem Weinfest in einer Woche«, schlug Grimaldi gönnerhaft vor.

Michael nickte unverbindlich, was ihn jede Menge Kraft kostete.

»Ich muss«, sagte der Weinbauer und ging zu seinem

schnittigen Wagen. »Bitte besuchen Sie mich«, rief er ihnen aus dem Fenster seines Wagens noch zu, bevor der Ferrari mit sonorem Gebrumme losfuhr.

»Hanna hat wohl doch einige Fäden gezogen«, sagte Katrin nun wieder sachlich wie üblich.

»Hanna? Ich wette, dass dieser Franco den Typen kennt«, überlegte Michael.

»Traust du deiner Frau so wenig zu?«, fragte sie.

Mittlerweile traute er ihr alles zu. Sie hatte ihm den Deal vor der Nase weggeschnappt. Unfassbar! Und dafür hatte er extra diesen verdammten Maßkrug gekauft!

»Komm, lass uns fahren«, sagte Katrin. Sie öffnete die Beifahrertür und reichte ihm die Plastiktüte mit dem Maßkrug.

»Der kann ja jetzt wieder in den Kofferraum«, stellte sie fest.

Michael nahm ihn an sich, und obwohl das normalerweise nicht seine Art war, hatte er das Bedürfnis, ordentlich Dampf abzulassen. Hier und jetzt. Der Maßkrug musste dafür herhalten. Michael schmiss ihn wütend zu Boden. Das Glas sprang so laut in Tausende Stücke, dass Katrin zusammenzuckte.

»Geht es dir jetzt besser?«, fragte sie mit lakonischem Unterton.

»Ja«, log er, denn seine Exfrau zum Feind zu haben, war alles andere als einfach.

Julia war von der heutigen Gewalttour mindestens so groggy wie ihre Mutter, die an diesem Tag ihre Verkäuferqualitäten unter Beweis gestellt hatte. Auch wenn Mama wie ein geprellter Frosch auf der Bank vor Francos Haus im Schatten saß, schien sie um Jahre verjüngt zu sein. Vielleicht lag das aber auch nur am schmeichelhaften Licht der Abendsonne. Sie lächelte zufrieden und war entspannt. Erfolgserlebnisse glätteten also die Gesichtszüge, überlegte Julia und fragte sich prompt, ob sie aufgrund ihrer eigenen konstanten Anspannung und ihrem jüngst erlittenen Waterloo bald so aussehen würde wie ihre Mutter, wenn sie schlecht drauf war.

»Das hätte ich nie im Leben gedacht«, sagte Hanna jetzt bestimmt schon zum fünften Mal.

Drei erfolgreiche Abschlüsse an einem Nachmittag. Natürlich mit Francos Hilfe. Mit Grimaldi war er seit Jahren befreundet, die zwei anderen kannte er über seine Verflossenen. Ein vierter Deal mit dem Gatten einer seiner Cousinen stand in Aussicht, was aber einzig und allein Mamas Fachkompetenz, die Julia schwer beeindruckte, zuzuschreiben war. Ihre Mutter hatte also richtig fett abgeräumt … Aber trotzdem: War es nicht etwas naiv, so mir nichts, dir nichts, ein neues Business hochziehen zu wollen? Die Frage stellte sich Julia schon seit Stunden. Hoffentlich holte das ihre Mutter nicht zu schnell von Wolke sieben herunter. Dort oben gefiel sie ihr nämlich ganz gut.

»Hast du dir schon überlegt, wie du das Ganze finanzierst?«, fragte Julia. »Und die ganze Logistik. Du brauchst doch 'nen Laden.«

Ihre Mutter lächelte noch immer verträumt, als sie sich dazu aufraffte zu antworten. »Ich hab schon mit Susanne telefoniert. Es gibt Interessenten für unser Haus.«

»Ihr wollt es verkaufen?«

»Ist doch sowieso viel zu groß für mich«, erwiderte sie, womit sie sicher recht hatte.

»Und der Laden?«

»Es gibt ein paar Objekte außerhalb. Klein, aber fein. Ich seh das schon vor mir: eine alte Holztheke, die Weinregale, ein bisschen Deko von hier, ein Fresko, alte Weinfässer – und natürlich eine stilvolle Internetseite. Einmal pro Woche mach ich eine Weinprobe, und dann biete ich noch Kurse an. Das wird so schön …«, schwärmte sie.

Nun war ihre Mutter auf Wolke acht. Völlig weggetreten. Ihre Augen waren glasig, und das kam garantiert nicht nur von den Weinproben des heutigen Tages.

»Das klingt alles ziemlich verrückt, aber das Merkwürdige daran ist: Ich glaub, du schaffst das«, gestand Julia ihrer Mutter, die daraufhin nach ihrer Hand griff und sie direkt ansah.

»Danke«, sagte sie. Julia spürte, wie die Hand ihrer Mutter nun Halt bei ihr suchte. Ein schönes Gefühl, gerade weil es bisher immer umgekehrt gewesen war.

»Dein Vater hat mir vorgeworfen, dass ich mich nicht mehr bewegt hätte«, sagte sie dann mit ernster Miene.

»Wie, nicht mehr bewegt?«, fragte Julia.

»Na ja, jahrelang der gleiche Trott. Man schläft irgendwie ein … Die Tage verlieren an Bedeutung. Sie vergehen einfach, und jetzt … Ich kann es gar nicht erwarten, morgens aufzustehen und loszulegen. Das ist so, als würde mich wieder etwas nach vorn ziehen, verstehst du?«

Nachvollziehbar. Hoffentlich hielt diese gute Phase an.

»Wir sollten heute ausgehen. Ein bisschen feiern. Was hältst du davon?«, fragte Hanna.

»Ja, ich lad euch ein«, ließ sich Franco vom Ausgang zur Terrasse vernehmen. Er hatte sich herausgeputzt: weißes Hemd, Gel im Haar. Der Duft seines Rasierwassers zog bis zu ihnen. Anscheinend hatte er das sowieso schon vorgehabt.

»Wir könnten nach Siena fahren«, schlug Julia vor.

»Warum nicht?«, sagte Franco gutgelaunt. Nur ihre Mutter schien davon nicht begeistert zu sein. Sie knabberte an ihren Lippen, was sie immer tat, wenn sie eine Entscheidung zu treffen gedachte.

»Wir sollten bei Gina essen«, sagte sie und blickte fragend in die Runde.

»Also ich hab keinen Bock, Lorenzo in die Arme zu laufen«, sagte Julia mit Nachdruck.

»Gina ist allein. Sie freut sich«, erklärte ihre Mutter.

»Ja und Papa? Vielleicht kommt er auf den gleichen Gedanken«, sagte Julia. Das würde ihre Mutter sicher abschrecken.

»Na und?«, erwiderte Hanna mit verblüffender Leichtigkeit.

»Ich kann Gina ja fragen, ob Lorenzo da ist.« Francos Schlichtungsversuch war lieb gemeint, regte Julia aber nur noch mehr auf. Sich zu verstecken kam nicht in die Tüte.

»Quatsch. Lass uns fahren«, sagte sie, um nicht als feige vor Franco dazustehen. Insgeheim hoffte sie allerdings, ihm nicht zu begegnen, gerade weil sie sich immer noch nach ihm sehnte, oder etwa doch nicht? Julia merkte, wie sich ihre Stirn in Falten legte. Jetzt sah sie wahrscheinlich aus wie ihre Mutter vor ihrem Toskana-Lifting. Egal! Der Schwebezustand war sowieso unerträglich. Auf nach Massa Marittima!

Kapitel 11

Hanna war sich absolut sicher, dass Julia es unterbewusst auf eine Begegnung mit Lorenzo anlegte. Mit Sicherheit hatte sie sich gedanklich darauf vorbereitet, weil sie sich sonst wohl kaum so perfekt gestylt hätte. An Julias Kleidung konnte man schon immer ablesen, wie sie sich fühlte. Sie hatte ein Händchen dafür, mit Farb- und Stilkombinationen eine bestimmte Wirkung zu erzielen. Die Jeans, die sie trug, betonte ihre Figur. Die eierschalenfarbene Bluse mit aufgesetzten Rüschen hielt dagegen. Sie wirkte gepflegt, attraktiv, aber keinesfalls vulgär sexy. Understatement mit lieblichen Tönen. Das war dann also die Haltung, mit der sie Lorenzo begegnen wollte. Hanna hatte sich an diesem Tag für ein tief ausgeschnittenes Kleid in intensivem Rot entschieden. Lippenstift und Nagellack passten perfekt dazu. Ihr war einfach danach zu zeigen, was sie noch draufhatte, sich attraktiv und sexy zu fühlen. Außerdem war Rot ein Ausdruck von Lebensfreude. Am Ende doch einen Tick zu gewagt? Kaum waren sie aus dem Wagen gestiegen, legte Franco jedenfalls ganz selbstverständlich einen Arm um ihre Hüfte und suchte Körperkontakt. Hanna überraschte das trotz ihres provokanten Outfits dermaßen, dass sie kurz stehen blieb.

»Ist dir das unangenehm?«, fragte Franco keck.

Darüber war sich Hanna noch nicht ganz schlüssig. »Nein«, erwiderte sie dennoch so beiläufig wie möglich, auch wenn sie damit meinte: »Vielleicht ja doch.« Julia hatte es nämlich noch mehr überrascht als sie selbst. War das jetzt Anmache oder nur eine ungezwungene Geste, die typisch für Franco war? So ganz geheuer war ihr der enge Körperkontakt jedenfalls nicht. Es fühlte sich trotzdem gut an, auf dem Weg zum Restaurant seinen kräftigen Arm zu spüren, seine warme Hand, die sie fest an der Hüfte hielt. Im Nu hatte Hanna wieder das Bild ihrer ersten Begegnung vor Augen. Das gleiche wohlig flaue Gefühl wie in Siena. Nun lächelte er auch noch draufgängerisch und kniff sie in die Seite.

»Mir macht das Spaß, deinen Alten ein bisschen aufzumischen«, sagte er und blickte bedeutungsvoll in Richtung der Tische vor Ginas Restaurant.

Dass Michael dort mit Katrin saß, wunderte Hanna keineswegs. Sie hatte fast damit gerechnet. Viel mehr beschäftigte sie nun Franco. Hatte er tatsächlich nur den Arm um sie gelegt, um Michael »aufzumischen«? Seine Nähe fühlte sich nicht nach einem Spiel oder einer Inszenierung an. Franco war in vielerlei Hinsicht nicht zu fassen und schon gar nicht zu durchschauen. »Also, ich muss ihn nicht eifersüchtig machen«, gab sie Franco zu verstehen, und kaum ausgesprochen, nahm Michael sie wahr und zuckte so zusammen, dass man es auch auf Distanz über mehrere Tische hinweg sehen konnte. Im gleichen Moment musste Hanna sich eingestehen, dass sie eben gelogen hatte. Es machte sogar großen Spaß, Michael so verblüfft zu sehen. In ihm arbeitete es gehörig, auch wenn er sich sofort wieder Katrin zuwandte.

»Schade. Ich hab dich gern im Arm«, sagte Franco, bevor er nach einem freien Tisch Ausschau hielt.

»Und wer nimmt mich in den Arm?«, stieß Julia schmollend aus.

»Dann hängt euch doch beide bei mir ein … ein Kompromiss«, schlug Franco vor.

»Lass mal. Ich bin ein großes Mädchen. Außerdem … Mama steht dir gut«, witzelte Julia.

»Was soll das jetzt wieder heißen?«, fragte Hanna.

Julia feixte.

»Also, ich finde auch, dass wir ein vorzeigbares Paar sind«, setzte Franco nach.

»Gut, na, wenn das so ist …«, sagte Hanna und legte nun auch noch ihren Arm um ihn. Wenn schon, denn schon!

»Mit allen Mitteln!«, stellte Michael nach Hannas hollywoodreifem Auftritt fest und wunderte sich, warum Katrin ihn fragend ansah.

»Sie braucht ihn. Das sieht man doch«, erklärte er.

»Ich glaube nicht, dass deine Frau so weit gehen würde«, erwiderte Katrin knapp.

»Da kennst du sie aber schlecht«, sagte Michael und schob den Rest der Pizza zur Seite.

»Das war doch ganz harmlos, und selbst wenn …«

»Darum geht es nicht. Sie versucht alles, um mich fertigzumachen. Um das geht's«, sagte er wütend, jedoch darum bemüht, nicht laut zu werden.

»Was macht dich jetzt mehr fertig? Dass sie ihn nur benutzt oder dass die beiden wie zwei frisch Verliebte miteinander turteln?«

»Ihr geht es darum, ihr Ding durchzuziehen. Sie will mir das Wasser abgraben …«

»Das redest du dir ein.« Katrin aß mit Appetit weiter. Sie lächelte Hanna sogar zu. Das grenzte an Verrat.

»Na, wen haben wir denn da?«, begrüßte ihn seine Ex mit einem süffisanten Lächeln, was Michael gleich noch mehr aufregte.

»Hallo, Papa«, schloss sich seine Tochter an.

Ihre Stimme klang liebevoller und erfreut, was die in ihm aufsteigende Wut etwas eindämmte. Was war nur in Hanna gefahren? Und dann noch dieses Strahlen, als sie Katrin begrüßte.

»Ist das nicht eine herrliche Nacht?«, schwärmte Hanna.

Hatte sie getrunken?

»Du bist sicher hier, um deine erfolgreichen Abschlüsse zu feiern«. Das musste einfach raus, auch wenn Michael dafür einen diskreten, aber schmerzhaften Fußtritt von Katrin gegen sein Schienbein erntete.

»Ja, es läuft überraschend gut«, sagte Hanna.

»Abwarten! Die erste Runde ging an dich, gut, aber die Spielzeit ist noch nicht um. Ich möchte zu gern wissen, wie du das alles finanzieren willst.«

»Na, wir verkaufen das Haus. Jeder bekommt die Hälfte«, sagte Hanna.

Sie war einfach nicht aus der Ruhe zu bringen.

»Müsst ihr das jetzt diskutieren?«, fragte Julia sichtlich genervt.

»Da gibt es doch gar nichts zu diskutieren«, erwiderte Hanna gelassen.

»Du machst das doch nur aus purer Bosheit«, giftete Michael.

»Nein. Ich möchte mit Wein handeln. Das ist doch nichts Verwerfliches, oder?«, erwiderte Hanna.

Darauf konnte er noch nicht einmal mehr etwas entgegnen.

»Da drüben ist ein freier Tisch«, sagte ihr Begleiter.

Warum hielt der nicht einfach die Klappe?

»Dann wünsche ich einen schönen Abend«, rang Michael sich ab.

»Danke«, sagte Hanna so provokant lieblich, dass auch Julia der Kragen platzte.

»Könnt ihr zur Abwechslung mal normal miteinander umgehen?«, hielt sie ihnen in einer Mischung aus Verzweiflung und Wut vor. Sie hatte recht.

Selbst Hanna nickte einsichtig. Michael hatte keine Lust, auch noch mit Julia zu streiten. Es reichte schon, dass Katrin mittlerweile mit versteinerter Miene neben ihm saß.

»Komm, Julia, setz dich zu uns«, sagte er. Einen Kommentar darüber, dass die beiden Turteltäubchen fraglos allein sein wollten, verkniff er sich.

»Aber nur, wenn jetzt Ruhe ist«, sagte Julia.

»Versprochen«, sagte er.

Nun kam auch noch Gina heraus – zwei Teller mit Pizza in der Hand. Sie stellte sie ab und fiel Hanna und ihrem Bruder um den Hals. Erst jetzt fiel Michael auf, wie sehr Hanna strahlte. Wann hatte er sie das letzte Mal so gut drauf gesehen? Und schon wieder legte der Italiener eine Hand um ihre Taille und führte sie zum freien Tisch. Ihr Gang hatte Schwung, und ihr Kleid … Verdammt, stand ihr das gut. Julia hatte die beiden nun auch im Visier, vermutlich aus dem gleichen Grund. Nun musterte ihn seine Tochter. Sie brauchte gar nichts zu sagen. Julias nachdenkliches Schweigen und ihr wissender Blick sagten alles. Und dennoch sprach sie es aus, nur um sicherzugehen, sich nicht getäuscht zu haben.

»Mama hat sich ganz schön verändert«, sagte sie.

»Ja, das hat sie«, musste auch ihr Vater eingestehen. Und wie!

Julia war dankbar dafür, dass sich ihr Vater wieder normal verhielt, wobei »normal« relativ war. Er hatte Mama kaum aus den Augen gelassen. Jeder Lacher, jedes Husten, ja sogar ihr Gang zur Toilette war nicht unbeobachtet geblieben. Und was für ein Drama, als die beiden aufgebrochen waren und sie ihrer Mutter gesagt hatte, dass sie noch ein bisschen hierbleiben wollte, vorausgesetzt, ihr Vater würde sie zurückfahren. Ein einfaches »Ja« hätte genügt. Stattdessen lamentierte er herum, ob er denn Francos Hof mitten in der Nacht überhaupt finden würde, weil er die Gegend nicht so gut kenne. Dann noch die »besorgte« Frage, ob Julia denn nicht schon zu müde sei. Es war ihrem Vater offenkundig nicht recht, dass Franco mit ihrer Mutter allein war. Das war definitiv nicht normal für jemanden, der sich von seiner Frau getrennt hatte, doch Katrin, die Julia von Minute zu Minute sympathischer wurde, hatte darüber hinweggesehen. Registriert hatte sie es aber, dessen war sich Julia sicher. Endlich waren die beiden weg, doch Papa wurde plötzlich schweigsam. Immer wieder sah er auf die Straße. Julia überlegte schon, ob er noch immer nach ihrer Mutter und Franco Ausschau hielt, doch da täuschte sie sich.

»Das ist doch Antonio«, sagte er stirnrunzelnd.

Julia stand auf, um sich zu vergewissern. Tatsächlich. Er stand auf der anderen Straßenseite und sah zum Restaurant, doch dann zog er sich unvermittelt wieder ein paar Schritte zurück, um aus dem Lichtschein der Laterne zu treten. Wie ein streunender Kater, der durch die Gassen schlich. Noch ein weiteres Mal hatte es so ausgesehen, als würde er sich einen Ruck geben, zu ihnen an den Tisch zu kommen, doch dann war Gina erschienen, um die Gäste zu bedienen, und schon war der arme schwarze Kater wieder in der schmalen Gasse verschwunden. Julia kam es so vor, als würde sie ihn immer noch im Schatten des Nachbarhauses stehen sehen. Sie glaubte, gelegentlich einen aufglimmenden Lichtpunkt zu erkennen, wie die Spitze einer Zigarette, wenn man daran zog. Auch ihrem Vater war das aufgefallen.

»Die haben seither kein Wort miteinander geredet. Ich glaub, Gina macht ernst«, sagte er.

»Das kann ich ganz gut nachvollziehen«, erwiderte Julia.

»Sie haben sich auseinandergelebt«, stellte ihr Vater fest.

»Glaubst du das, oder weißt du es?«, fragte Julia.

»Ich hab mit ihm darüber gesprochen.«

»Und? Was hat er noch gesagt?«, wollte sie wissen.

»Dass sie plötzlich eigene Wege ging und ihn zurückließ«, sagte ihr Vater.

»Das machst du doch auch«, wagte Julia zu sagen.

»Das ist etwas anderes«, erwiderte ihr Vater, nachdem er sich von einer Schrecksekunde erholt hatte.

»Ach so. Frauen dürfen sich nicht verändern, Männer schon«, mischte Katrin sich nun mit ein.

»Es ist halt ungewöhnlich«, erwiderte ihr Vater.

»Da täuschst du dich, mein Lieber. Früher, ja, da haben die Männer ihre Frauen viel häufiger verlassen. In den letzten Jahren hat sich der Spieß aber umgedreht, weil die Frauen eigene Wege gehen. Sie stehen beruflich auf eigenen Beinen und sind finanziell unabhängiger. Frauen machen sich bewusst, was sie wollen. Das nennt man Emanzipation.«

Katrins sachliche Art gefiel Julia. Eine tolle Frau.

»Papa gehört noch zur alten Schule«, sagte Julia mit einem Hauch von Ironie. Sie wunderte sich, warum er das als Kompliment aufnahm. Katrin übrigens auch.

»Mir kann das nicht mehr passieren. Mich verlässt niemand, und ich kann auch niemanden verlassen«, fuhr Julia selbstironisch fort.

»So gesehen …«, sagte Katrin. Sie gab ihr recht.

»Das ist doch alles Quatsch. Du kennst doch den Spruch: ›No risk, no fun.‹ Eine Ehe ist ein Risiko, klar, aber willst du jetzt alles im Leben ausschließen, was mit Risiken behaftet ist, nur um ja nie enttäuscht zu werden? Und Lorenzo? Der arme Kerl liebt dich.«

Julia leuchtete unmittelbar ein, warum ihr Vater für Lorenzo ein gutes Wort einlegte. Der Deal mit der Kanzlei. Vielleicht meinte er es aber auch nur gut. Warum um alles in der Welt sah er nun schon wieder hinüber zu Antonio? Klar wurde ihr das erst, als sie seinem Blick in Richtung der kleinen Gasse folgte, in der bis vorhin nur ein rotes Lichtlein im Zehnsekundentakt aufgeleuchtet hatte. Dort glimmten nun abwechselnd gleich zwei rote Punkte auf. Julia erinnerte sich daran, dass Lorenzo früher einmal geraucht hatte und immer dann zur Fluppe griff, wenn er gestresst war. Stress hatte er ja genug. Was tun? Zu ihm gehen und mit ihm reden? »Lass ihn zappeln!« Ginas Worte waren ihr im Ohr. Julia ärgerte sich bereits darüber, vorhin noch eine Lippe riskiert zu haben, von wegen »ohne Beziehung keine Trennung«. Der Gedanke an Letzteres tat aber schon wieder so weh und gleich noch mehr, als Lorenzo einen Schritt nach vorn machte und sie direkt ansah.

»Das ist doch lächerlich. Jetzt geh schon zu ihm«, drängte ihr Vater.

»Hab keinen Bock«, log sie.

»Du bist so was von stur«, sagte er und blickte dann zu Katrin. »Von mir hat sie das nicht.« Zum Glück sagte er das mit einem Schmunzeln.

Schließlich kam Lorenzo zu ihnen an den Tisch. Seine Schritte waren erst beherzt, wurden dann aber immer langsamer, weil Julia Blickkontakt mit ihm aufgenommen hatte.

»Julia …«, brachte er mühsam hervor, als er sie erreichte. Er sah jämmerlich aus. Augenringe, zerknittert von oben bis unten. Er nahm es sich wenigstens zu Herzen und hatte »gezappelt«, aber vielleicht noch nicht genug.

Julia drehte sich demonstrativ weg. So einfach machte sie es ihm nicht.

»Julia!«, ermahnte sie ihr Vater mit Nachdruck, und auch Katrin sah sie so an, als solle sie sich endlich einen »Ruck« geben. Da ruckte aber nichts.

Nun kam auch noch das obligatorische: »Lass uns reden.«

Julia war jetzt auch noch sauer auf Antonio, der seinem Sohn wohl gesteckt haben musste, dass sie hier war. Dass nahezu alle Anwesenden, überwiegend hier Ansässige, über die geplatzte Hochzeit Bescheid wissen mussten, bewiesen die gespannten Blicke und die Totenstille, die unvermittelt eintrat. Ein älterer Herr, der mit seiner Frau am Nebentisch saß, wagte es dennoch weiterzuessen und verursachte mit Messer und Gabel ein derartiges Geklimper, dass ihm seine Frau mit einem unüberhörbaren »Psssst« zu verstehen gab, leise zu sein. Auch Touristen, die sicher nicht Bescheid wussten, bekamen die Anspannung mit und ließen sich von der lüsternen Erwartung auf eine Showeinlage anstecken.

Mach schon!, signalisierten die Augen ihres Vaters nachdrücklich, doch sie dachte überhaupt nicht daran. Julia beschloss, alle zappeln zu lassen, griff nach ihrem Glas Wein und nippte genüsslich daran. Nun setzte Gebrummel ein – die ersten Diskussionen und Spekulationen darüber, wie die Braut, die eine Hochzeit auf heiligem italienischen Boden hatte platzen lassen, wohl reagieren würde. Jetzt erst recht!

»Es tut mir leid, Julia … aber übertreibst du jetzt nicht?«, fragte Lorenzo und erntete dafür auch noch zustimmendes Nicken, vor allem von ihrem Vater.

Julia stellte sich gerade vor, wie alle laut aufseufzen und losjubeln würden, wenn sie ihm jetzt in die Arme fallen würde. Eine Runde Applaus wäre ihr sicher. Der Gedanke war verführerisch, doch dann kam Gina heraus und sah sie an. Nun richteten sich die meisten Augenpaare auf Lorenzos Mutter. Sie musste Antonio auch gesehen haben. Er stand in der gleichen bittstellerischen Pose da wie sein Sohn, nur etwas weiter entfernt. Einem abfälligen Laut folgte ein verächtliches »Pah!«, das sowohl ihrem Mann wie ihrem Sohn gelten durfte. Dann ging sie wieder hinein.

Lorenzo ließ sich davon nicht beirren. »Was soll ich denn noch machen?«, fragte er etwas forsch, um nicht zu sagen verärgert. Der Ton machte die Musik, und der gefiel Julia ganz und gar nicht.

»Du meinst also, mit ein paar Rosenblättern ist alles wieder gut?«, fragte Julia sarkastisch.

»Sag mir doch einfach, was ich tun soll.«

»Schick Sophia ein paar Rosen, dann kommt sie bestimmt wieder zu dir zurück. Bei euch Italienern scheint so was ja prima zu funktionieren«, erwiderte Julia und ärgerte sich im gleichen Moment darüber, dass sie sich dazu hatte hinreißen lassen. Die spontanen anerkennenden Blicke einiger Frauen konnten sie auch nicht darüber hinwegtrösten. Eine applaudierte sogar, was ihrem Mann, der vermutlich mit Lorenzo mitlitt, gar nicht gefiel.

Lorenzo nickte wütend, drehte sich um und ging zurück zum Glühwürmchen, das immer noch im Halbdunkel der Seitengasse stand.

»Julia. So kenn ich dich ja gar nicht«, sagte ihr Vater nicht nur überrascht, sondern auch noch streng. Anmaßend streng!

Das erforderte eine passende Replik. Julia war im Moment

danach, einfach alles nur noch schlimmer zu machen. »So entdecken wir alle neue Seiten an uns«, sagte sie bewusst schnippisch.

Katrin holte tief Luft. So ein Familienchaos war sie vermutlich nicht gewohnt. Der Blick ihres Vaters sprach auch Bände. Er war ziemlich verärgert. Na und? Dann waren eben alle verärgert. Julia war es auch. Vor allem ärgerte sie sich immer mehr über sich selbst, und anstatt endlich Ruhe zu geben, lechzte der in ihr aufgeflammte Trotz nach noch mehr Eklat – und den sollten jetzt gleich alle haben.

»Die Show ist vorbei«, sagte sie keck in die Runde und sah zu jedem Tisch. Das wirkte. Die Gäste fingen wieder an zu essen und zu trinken. Eine gute Idee.

»Noch einen«, rief sie Gina zu, die mit sorgenvoller Miene am Ausgang stand. Julia hoffte inständig, dass der Wein ihr die düstere Wolke, die sich eben über ihr zusammenbraute und sie zu erdrücken drohte, etwas erträglicher machen würde.

Franco hatte die unbezahlbare Gabe, einen schnell auf andere Gedanken zu bringen. Warum Julia bei ihrem Vater bleiben wollte, hatte Hanna gerade mal so lange beschäftigt, bis sie Francos Wagen erreicht hatten. Dabei war die Antwort doch so naheliegend. Sie wollte Zeit mit ihm verbringen, weil sie sich so selten sahen. Hanna hatte auch darüber nachgedacht, ob sie sich vorhin zu cool gegeben hatte. Pure Zeitverschwendung. Francos Geschichten von seinen Freunden waren doch viel interessanter. Architektur hatte er studiert, aber abgebrochen, weil ihm klargeworden war, dass er sowieso nicht an die alten Meister herankommen würde. Vier Semester Philosophie, bis ihn der Professore aus dem Seminar geschmissen hatte. Irgendwie nicht verwunderlich, wenn ein Student seinen Professor vor versammelter Mannschaft bloßstellt, da dieser behauptet hatte, dass alles Sein nur existierte, weil der Mensch ein Bewusstsein davon habe. Franco hatte das natürlich anders gesehen und hitzig mit ihm debattiert: »Was aber, wenn die Menschheit von einem Virus befallen würde und es niemanden mehr gäbe, der ein Bewusstsein von etwas haben könnte? Die Welt würde doch trotzdem noch da sein«, hatte Franco versucht, ihm klarzumachen, was ihm allerdings den Vorwurf eingebracht hatte, trivialphilosophisch zu denken. Da war Franco rausgerutscht, dass jemand, der sich jeden Tag einen Flachmann vor dem Unterricht reinzog, sowieso kein klares Bewusstsein von etwas haben konnte. Das war Franco. Und er brachte sie mit seinen Anekdoten immer wieder dazu, die Welt um sich herum zu vergessen. An seiner Seite fühlte sie sich unbeschwert und fröhlich. Und er sorgte für immer neue Überraschungen. Anstatt den Abend gemütlich auf seiner Terrasse ausklingen zu lassen, wie ursprünglich geplant, kam er auf halber Strecke auf die nächste irre Idee.

»Komm, lass uns schwimmen gehen! Der See ist ganz in der Nähe.«

»Jetzt? Mitten in der Nacht? Ich hab nichts dabei …«

»Na und? Da ist doch um die Zeit niemand.«

Wenn Franco einen so verschmitzt ansah, konnte man einfach nicht nein sagen. Außerdem war es immer noch so warm, dass der Gedanke, sich in kühles Wasser zu stürzen, mindestens so verführerisch war wie die Aussicht darauf, etwas Verrücktes zu tun.

Es war tatsächlich nur eine kurze Fahrt von Massa Marittima gen Süden, wo der See liegen sollte.

»Ich wusste gar nicht, dass es hier in der Gegend Badeseen gibt.«

»Ihr Deutsche fahrt ja immer nur ans Meer. Aber es stimmt schon. Der Lago dell'Accesa ist eigentlich kein richtiger Badesee. Eher was für Angler ...«

»Fische? Ich schwimm doch nicht mit Fischen ...«

»Die tun dir doch nichts. Da müsste ich mir als Mann mehr Sorgen machen ... Außerdem ist das Wasser kristallklar. Kommt aus einer Quelle. Du kannst es sogar trinken.«

Überzeugende Argumente. Weniger überzeugend, ja fast etwas beängstigend war dagegen die Anfahrt. Es wurde immer ländlicher, dunkler, und dann war da der Wald, durch den sie gehen mussten. Mit einem Fremden wäre sie sicherlich nicht hierhergefahren und schon gar nicht, um dann auf einem kleinen Fußweg vom Parkplatz zwischen hohen Pinien und immer dichter werdendem Gestrüpp entlangzugehen. Doch der Fußmarsch durch das Dickicht hatte sich gelohnt und das nicht nur wegen des Wassers. Der See war traumhaft. Sein spiegelglattes Wasser reflektierte den Mond. Die dunklen Silhouetten des am Ufer wachsenden Schilfs umrahmten eine kleine Badebucht, an der sie sich auf einer Decke niederließen, die Franco aus dem Jeep mitgenommen hatte. Hanna hörte das Zirpen von Grillen. Frösche gaben für sie ein Konzert, doch das waren nicht die einzigen Reize für die Sinne. Völlig unbekümmert entledigte sich Franco seiner Kleidung. Da war es wieder. Das gleiche Gefühl wie bei ihrer ersten Begegnung, nur noch viel intensiver. Sein Körper war makellos und wirkte trotz seines Alters athletisch. Wie konnte ein Mann mit achtundvierzig noch so einen knackigen Po haben? Franco lief ausgelassen zum Ufer, tauchte seine Hände ins Wasser, um sich an die Temperatur zu gewöhnen, und watete dann hinein. Hanna konnte sehen, wie sich seine Muskeln gegen den Widerstand des tiefer werdenden Gewässers spannten. Nach einem Hechtsprung schwamm er mit kräftigen Zügen weit hinaus.

»Komm doch rein. Ich schau auch weg«, rief er ihr zu und blickte demonstrativ in eine andere Richtung.

Hanna legte ihre Kleidung ab. Es war anders als sonst, wenn sie mit Michael und Julia an einen der Badeseen im Münchner Umland gefahren war. Damals hatte sie sich nichts dabei gedacht, nackt schwimmen zu gehen. Aber nun war Franco da. Im Moment weit genug weg, aber seine Ausstrahlung war so präsent, als stünde er neben ihr. Was soll die Scham? Hanna gab sich einen Ruck, entledigte sich ihrer Kleidung und lief ins Wasser. Es prickelte, erfrischte. Es tat einfach gut. Sie tauchte ab und hörte nur noch das Blubbern, das ihre Füße beim Paddeln durch das Wasser verursachten. Dann schwamm sie zu ihm, doch er war weg.

»Franco?«

Natürlich berührte sie gerade etwas am Bein. Wie früher im Schwimmbad. So ein Kindskopf. Daher erschrak sie nicht, sondern amüsierte sich, bis sein Kopf etwa zehn Meter neben ihr auftauchte und es immer noch an ihrem Bein kitzelte. Hanna schrie auf.

»Das ist nur ein Fisch«, rief er und lachte, als sie auf der Flucht vor dem geschuppten Angreifer panisch und in goldmedaillenverdächtiger Geschwindigkeit zurück ans Ufer kraulte.

»Ich fang ihn für dich, und dann braten wir ihn«, rief er ihr zu, bevor er ihr ans rettende Ufer folgte.

Hanna verhüllte sich mit ihrer Bluse, doch Franco setzte sich – wie Gott ihn geschaffen hatte – zu ihr auf die Decke.

»Ich bin gern hier«, sagte er und blickte hinaus auf den See.

Die Situation war absurd. Neben ihr saß ein nackter

Mann, den sie begehrenswert fand, aber er sah nur auf den See. Dann schaute er doch zu ihr.

»Du bist eine schöne Frau. Das ist mir schon in Siena aufgefallen«, stellte er fest.

»Dafür warst du aber ziemlich schnell weg …«, erinnerte sie sich.

»Und schöne Augen hast du auch. Und deine Nase … von anderen Teilen, die ich gerne erkunden würde, mal ganz zu schweigen«, sagte er mit Schalk im Nacken, aber Lust und Interesse an ihrem Körper in den Augen. »Ich hatte schon lange keinen Sex mehr«, gestand er völlig unbefangen.

»Frag mich mal …«, erwiderte sie freiheraus, machte sich aber sofort klar, dass dies nicht anders zu verstehen war als: »Nimm mich, hier und jetzt!« Hanna erschrak über sich selbst, weil sie es auch so meinte. Dass sie ihn erregte, konnte sie nun sehen. Seine Hand griff nach ihren Händen, die bis eben die Bluse über ihren Brüsten zusammengehalten hatten. Sie entspannten sich und ließen los. Er streifte die Bluse sanft über ihre Schultern, und dann berührte er sie, zunächst am Hals, dann am Nacken. Ein Schauer lief Hanna über den Rücken. Er sah ihr dabei die ganze Zeit in die Augen. Warum küsste er sie nicht? Sie wollte es, signalisierte es, doch er hielt sie sanft davon ab. Stattdessen küsste er ihre Schulter und roch an ihrer Haut. Dann der Kuss. Erst sanft, dann fordernder. Er schmeckte salzig. Seine Lippen waren voll und weich. Er ließ von ihr ab und sah sie wieder nur an. Dabei lächelte er.

»Vielleicht bin ich ja doch ein Italiener«, flüsterte er ihr ins Ohr.

»Und was für einer«, sagte sie, bevor sie sich seinen starken Armen hingab und sich danach sehnte, ihn in sich zu spüren …

Julia fand es schade, dass die Fahrt zurück zu Francos Hof schon vorbei war. Mit Katrin konnte man sich prima unterhalten. Die Frau hatte echt was drauf, und weil Coaching und Lehramt im weitesten Sinne gar nicht so weit voneinander entfernt lagen, hatte Julia allen Grund, sich beim Aussteigen für das interessante Gespräch zu bedanken. Papa hingegen sah so aus, als wäre er froh darüber, endlich am Ziel zu sein. Er hatte zwar zuweilen den einen oder anderen Gedanken zu Katrins Ausführungen über Gruppenmotivation und Selbstfindung in jungen Jahren beigetragen, schien damit aber etwas überfordert zu sein.

»War ja doch noch ein ganz schöner Abend. Und danke für die vielen Tipps«, sagte sie zu Katrin, die mit Sicherheit bewusst auf der ganzen Fahrt kein Wort über den ganzen Beziehungskram und vor allem über Julias »Auftritt« verloren hatte.

»Das finde ich auch. Und ruf mich jederzeit an, wenn du mit deinen Schülern mal was Besonderes machen willst«, bot Katrin an.

»Na ja, ist ja eine Sprachschule. Die zahlen dafür«, sagte sie, und Katrin verstand. Motivationsprobleme waren vonseiten der Schüler eher nicht zu erwarten.

»Da haben sich wohl zwei gesucht und gefunden«, sagte ihr Vater, als er den Motor abstellte. Rein formell ein Kompliment, aber es klang so, als ob Katrin jetzt endlich jemanden hatte, mit dem sie über den Psychokram quatschen konnte. Das irritierte Katrin noch viel mehr als Julia. Überhaupt schien es ihn sehr angestrengt zu haben, sich an dem Gespräch zu beteiligen, was er immerhin ein paarmal versucht hatte. Der sonst eher wortkarge Mann, den früher jedes Wort beim Autofahren genervt hatte, gab sich auf einmal Mühe. Vermutlich Katrins guter Einfluss.

»Die schlafen bestimmt schon«, sagte ihr Vater mit Blick auf die dunklen Fenster.

Da fiel Julia auf, dass Francos Jeep nicht dort stand, wo er ihn bisher immer abgestellt hatte. »Ich glaub, die sind noch gar nicht da«, mutmaßte sie deshalb.

Prompt schaute ihr Vater auf seine Armbanduhr. »Aber es ist doch schon halb zwei«, stellte er fest.

Katrin schien sein besorgter Blick zu amüsieren. »Ein lauer Sommerabend. Sie werden noch ausgegangen sein«, meinte sie und beobachtete daraufhin seine Reaktion.

Er stutzte kurz, bevor er seinen Arm um Katrin legte. »Du kommst klar?«, fragte er in Richtung seiner Tochter.

»Logisch«, versicherte Julia ihm.

Noch einmal sah ihr Vater nachdenklich auf das leerstehende Haus. Dann ging er mit Katrin zurück zum Wagen, sie stiegen ein und fuhren los.

Erst jetzt begann es, in Julia zu rattern. »Laue Sommernacht.« Um diese Zeit war doch hier nichts mehr los. Waren Franco und ihre Mutter noch nach Siena oder Florenz gefahren? Auf alle Fälle war sie jetzt allein. Welch Ironie. Dabei war sie es doch, die heiraten wollte, damit sie nicht mehr allein war. Julia ging den kurzen Weg von der Einfahrt hinauf zum Haus. Dort stand die Mülltonne, in die sie Lorenzos Rosenblätter geschmissen hatte. Ein paar waren daneben gefallen. Im Licht der Laterne konnte sie sehen, dass sie verwelkt waren. Julia nahm eines der Blätter an sich und roch daran. Es duftete immer noch.

Kapitel 12

Die ersten Sonnenstrahlen streiften die Baumkronen und erreichten das Schilf des Ufers. Auf der gegenüberliegenden Seite des Sees ruhten die Wiesen und Felder noch in sanften Pastelltönen. Nur dort, wo keine Bäume standen, ließ die Sonne das Wasser silberfarben glimmen. So möchte man am liebsten jeden Morgen aufwachen, schon allein wegen der Aussicht und der frischen Luft, die Hanna tief inhalierte. Franco schlief noch eingewickelt in der Decke, auf der sie sich in der Nacht geliebt hatten. Hanna fühlte sich wie ein Teenager, der heimlich irgendwohin gefahren war, um Sex zu haben, weil es daheim keine Möglichkeit dazu gab. Zugleich fiel ihr ein, dass sie noch nie Sex in freier Natur gehabt hatte. Das war etwas ganz anderes, als mit dem Rücken auf Biberbettwäsche zu liegen. Es hatte seinen ganz besonderen Reiz, aber hinterließ auch Spuren, mit denen man im heimatlichen Bett nicht rechnen musste. Ihre Arme waren zerstochen. Das Gras hatte ihre Beine verfärbt. Hanna schüttelte erneut ungläubig den Kopf und legte sich dann wieder entspannt neben ihn. Sie schloss die Augen und dachte an die letzte Nacht, die sie wie in einer Kinovorschau vor ihrem geistigen Auge Revue passieren ließ. Sie konnte sie nachspüren. Seinen heißen Atem, seine kräftigen Berührungen, seinen geschmeidigen und doch festen Körper. Warum gingen schöne Momente immer viel zu schnell vorbei? Das war vielleicht auch der Grund dafür, weshalb sie sich dazu entschieden hatten, die restlichen Stunden bis zum Sonnenaufgang hierzubleiben.

Franco gab einen Brummlaut von sich und bewegte sich. Sicher wachte er gleich auf. Was würde er wohl zu ihr sagen? Was würde sie ihm sagen? Hanna sah ihn an. Er gefiel ihr immer noch. Nicht die Spur von Katerstimmung. So ein attraktiver Mann. Als ob er ihren Gedanken mitbekommen hätte, schlug er die Augen auf, streckte sich und blickte zu ihr. Das gleiche Lächeln wie am Tag zuvor. Obwohl Hanna die vergangene Nacht mit ihm in vollen Zügen genossen hatte, machte sie die Vorstellung unruhig, dass er sich jetzt zu ihr drehen und sie streicheln könnte. Er tat es nicht, sondern sah sie nur an. Hanna empfand Erleichterung und Ernüchterung zugleich. Letzteres, weil sie es liebte, wenn man morgens nebeneinander aufwachte und sich spürte. Einfach nur im Arm gehalten zu werden. Doch wollte sie das auch mit Franco?

»Was denkst du gerade?«, fragte er prompt.

»Es ist ungewohnt«, sagte sie wahrheitsgemäß.

Franco lachte. »Ungewohnt … Na, frag mich mal …«, erwiderte er und drehte sich nun doch zu ihr, aber das gewohnte Ritual der morgendlichen Nähe blieb aus. »Ich hab mir geschworen, mich nie wieder in eine Frau zu verlieben«, sagte er.

Hanna wusste aus Erfahrung, dass er oft das Gegenteil von dem meinte, was er sagte. Aber was, wenn er sich doch in sie verliebt hatte? Hatte sie sich in ihn verliebt? Keine Ahnung. Hier neben ihm im Gras zu liegen, fühlte sich an, als befände sie sich in einer Parallelwelt, die nichts mit ihrem Leben zu tun hatte. Es war wie ein Traum, nur real.

»Du sagst ja gar nichts.«

»Was möchtest du hören?«, fragte Hanna.

»Was du denkst.«

»Ich denke über dich nach und über letzte Nacht.«

Franco nickte und griff nach ihrer Hand, fuhr daran entlang, aber es fühlte sich anders an als beim gestrigen Liebesspiel. Viel vertrauter und doch distanzierter. Er streichelte sie. Das war alles. Sie entspannte sich dabei, ließ es geschehen.

»Ich glaube, ich könnte mich gar nicht mehr verlieben. Aber wenn, dann nur in dich«, gestand er schließlich.

Hanna genoss das Kompliment, aber was wollte er jetzt von ihr hören?

»Jetzt sag mir bitte nicht, dass du dich in mich verliebt hast«, fuhr er nun wieder in seiner forschen Art fort, bevor er sie musterte.

»Nein«, erwiderte Hanna, obgleich sie es gar nicht sicher wusste. Doch seine Reaktion darauf interessierte sie brennend.

Franco atmete auf, hörte aber nicht auf, sie zu streicheln. Es sah so aus, als ob er mit dieser Antwort zufrieden war. Hanna war es aber nicht.

»Wenn ich mich jemals wieder verlieben würde, dann sicher auch nur in einen Mann wie dich«, sagte sie, und zwar nicht nur, um ihm das Kompliment aus Höflichkeit zurückzugeben.

»Du bist süß«, erwiderte er, bevor er von ihr abließ und sich genüsslich streckte.

»Ich habe einen Bärenhunger«, sagte Hanna, weil ihr Magen anfing zu knurren.

»Kein Wunder … nach … dieser Nacht …« Franco hatte doch glatt Mühe aufzustehen. »Ich bin immer noch total erschöpft«, gestand er und reichte ihr die Hand. »Wollen wir noch mal …?«, fragte er.

Das meinte er jetzt aber nicht im Ernst, schoss es Hanna durch den Kopf.

»Schwimmen!«, betonte er und amüsierte sich, weil er genau wusste, was sie dachte.

Keine schlechte Idee. Hoffentlich gingen dann die Grasflecken ab. Die Erinnerung an letzte Nacht war Gott sei Dank wasserfest.

Julia saß wie erschlagen auf der Terrasse und knabberte an einem Apfel, den sie in Francos Kühlschrank gefunden hatte. Nach einer nahezu schlaflosen Nacht konnte sie sich nicht einmal mehr dazu aufraffen, einen Kaffee zu machen. Das leicht verwelkte Rosenblatt hätte sie nicht mit auf ihr Zimmer nehmen sollen, um es auf den kleinen Nachttisch zu legen. Es hatte sie unentwegt an Lorenzo denken lassen. Dazu hatte sich der Frust gesellt, dass sie allein zu Hause hockte, während sich ihre Mutter mit Franco einen schönen Abend machte. Der Frust war aber schnell in Sorge umgeschlagen. Keinen Handyempfang zu haben, war total beschissen. Auch Francos Festnetztelefon hatte keinen Mucks von sich gegeben. Gegen halb fünf musste sie wohl auf der Couch eingeschlafen sein, von der aus sie durch Francos Terrassentür immer wieder Ausschau nach den beiden gehalten hatte. Selbst das Kauen der Apfelstücke strengte an. Endlich! Das Geräusch eines sich nähernden Fahrzeugs, der röhrende Motor, der etwas nachstotterte, wenn man ihn ausmachte – das war definitiv Francos Wagen. Gut, nun zu wissen, dass ihnen nichts passiert war.

»Morgen, Julia«, rief ihre Mutter sogleich gutgelaunt zu ihr herüber, als sie in Sichtweite war. Julia kriegte keinen Ton heraus, weil die Apfelmasse in ihrem Mund immer noch nicht klein genug war, um sie schlucken zu können. Irgendetwas war merkwürdig an den beiden. Mamas Haare waren noch nass ... Und wieso war Francos Jeans dreckbeschmiert? Hatten sie einen Unfall gehabt?

»Wie lange seid ihr denn noch geblieben?«, fragte ihre Mutter, als sie die Terrasse erreicht hatte.

»Noch ein bisschen. Papa hat mich dann heimgefahren.«

Ihre Mutter fragte wider Erwarten nicht weiter nach. Kein Interesse? Das war nicht ihre Mutter. Was hatte sie die Nacht über gemacht? Diese Frage musste sie gar nicht mehr stellen. Ein langer Blick auf die nassen Haare ihrer Mutter genügte.

»Wir waren schwimmen. Ein See ganz in der Nähe«, schwärmte Hanna, bevor sie sich zu ihr setzte und seufzend die Morgenluft inhalierte. Sie wirkte wie auf Droge!

Franco nickte. »Ich geh mich mal duschen«, sagte er und verschwand im Haus.

Der Blick, den er vorher mit ihrer Mutter getauscht hatte, wirkte verdächtig vertraut. Seit wann musste er sich bei ihr abmelden, wenn er duschen wollte, und wieso hatte sie das auch noch abgenickt? Das kannte Julia nur von ihren Eltern. Nun entdeckte sie Grasflecken auf der Bluse ihrer Mutter und den Dreck an ihrer Jeans. Mama war doch gar nicht der Typ, der sich unterwegs »schmutzig« machte. Noch mehr irritierte sie aber, dass ihre Mutter sich entspannt auf die Bank lehnte und entrückt auf die Weinstöcke sah.

»Ich liebe die Toskana«, sagte sie und rekelte sich wohlig.

Alles äußerst merkwürdig. Doch dann sah Julia etwas, das alles erklärte. Der Knutschfleck am Hals ihrer Mutter war sicher kein Dreck. Augenblicklich wurde Julia heiß. Ihr Blick klebte am Liebeshämatom. Das fiel ihrer Mutter auch auf.

»Was ist?«, fragte sie etwas verunsichert.

»Schwimmen?«, fragte Julia und fasste sich an den Hals ungefähr an die gleiche Stelle, wo sich der Knutschfleck ihrer Mutter befand.

Mama ertastete ihn und zuckte etwas zusammen, als sie ihn spürte.

»Da hat sich wohl ein Fisch an deinem Hals festgesaugt«, sagte Julia trocken.

Ihre Mutter nickte, doch weder schuldbewusst noch beschämt. Da war sogar ein Lächeln.

»Du hast …?«

Wieder nickte sie und zuckte dabei unbefangen mit den Schultern.

Julia war fassungslos. Was richtete dieses Italien nur mit den Menschen an? Mama hatte sich einen Italiener geangelt. Papa hatte Katrin. Und sie, die Einzige, die bis noch vor wenigen Tagen glücklicher nicht hätte sein können, hatte jetzt die Arschkarte. Scheiß Toskana!

»Julia. Ich kann verstehen, dass dich das jetzt etwas überrascht und …« Die Starre, in die Julia verfallen war, schnitt ihrer Mutter das Wort ab. »Es ist doch nichts Schlimmes passiert …«, sagte sie nur noch.

Schlimm war relativ. Natürlich war es nicht »schlimm«, aber was war das nur für eine Farce? Ausgerechnet ihre Mutter, die auf italienische Männer nicht gut zu sprechen war, saß nun unbeschwert vor ihr und tat so, als wenn nichts wäre.

»Julia?«

Sie konnte nicht antworten, weil sie gerade damit beschäftigt war, sich vorzustellen, wie ihre Mutter und Franco heißen Sex an einem See hatten. Doch das war nahezu unvorstellbar!

»Ich komm mir jetzt gerade so vor, als müsste ich mich rechtfertigen ... Jetzt sag schon was, Julia«, beschwor ihre Mutter sie eindringlich und vor allem ernsthafter als beim vorherigen Frühlingsgezwitscher. Das löste die Starre und schaltete Julias Kopf wieder ein.

»Das musst du nicht«, erwiderte sie, obwohl sie irrationalerweise tatsächlich eine Rechtfertigung erwartet hatte.

»Wenn Papa eine Neue hat ... Na ja, ist ja irgendwie naheliegend ...«

»Wie meinst du das?«

»Hast du dich in ihn verliebt?«, fragte Julia.

»Vielleicht ein bisschen, aber eher in den Moment ...«

»In den Moment?«

»Ich hab mich wieder gefühlt wie früher ... Frei. Ja, das ist es. Ich hab all die Jahre verlernt, einfach nur den Moment zu genießen. Mal was Verrücktes zu tun, spontan zu sein. Mal wieder zu leben ...«

»Und ich hab gedacht, du machst das wegen Papa ...«

»Du meinst, weil er Katrin hat? Nein, ganz sicher nicht«, versicherte sie ihr.

Julia glaubte ihrer Mutter, auch wenn ihr das angesichts des Kleinkriegs, den sich ihre Eltern in den letzten Tagen geliefert hatten, eher schwerfiel.

»Hauptsache, ihr seid glücklich«, resümierte Julia mit hörbar bitterem Nachgeschmack und jeder Menge Frust, der ihre Mutter dazu veranlasste, sie in den Arm zu nehmen.

»Du armer Wurm«, sagte sie genau wie früher, als sie noch klein war.

»Ich hab ihn gestern gesehen«, sagte Julia und dachte dabei beschämt an ihren gestrigen Aussetzer.

»Lorenzo?«

Julia nickte schwermütig. »Ich hab ihn weggeschickt.«

Ihre Mutter wirkte überrascht und brauchte einen Moment, um das zu verdauen.

»Ich kann dir nicht sagen, was richtig ist«, war der mütterliche Rat, der sonst doch immer so konkret, um nicht zu sagen besserwisserisch gewesen war. »Du hast doch lange genug mit ihm zusammengelebt. Du kennst ihn«, sagte ihre Mutter.

»Eben nicht. Jedenfalls nicht mehr«, erwiderte Julia mit ausdrucksloser Stimme.

»Das sagt dir dein Verstand.«

Julia begriff, worauf ihre Mutter hinauswollte, und sie hatte recht. Sie vermisste Lorenzo, und gerade weil ihr Kopf im Widerstreit mit ihrem Herzen war, stieg der Druck ins Unermessliche. Es wurde höchste Zeit, diesen unschönen Zustand zu beenden.

Michael fragte sich, wo sein Elan geblieben war. Gut, er hatte letzte Nacht unruhig geschlafen – primär wegen Julias gestrigem Aussetzer. Das kannte er von ihr gar nicht. Es nagte immer noch an ihm, dass er nicht mehr für sie hatte tun können, als sie heimzufahren. Dann noch dieser Alptraum, in dem er mit Hanna beim Tanzen gewesen war – in ihrer alten Tanzschule. Sie hatte erst mit ihm geflirtet, sich dann aber von ihm abgewandt, um mit einem anderen zu tanzen. Hanna hatte ihn stehen lassen. Als er schweißgebadet aufgewacht war, hatte er sich vorgenommen, Katrin nichts davon zu erzählen, weil die Deutung des Traums keiner psychologischen Schulung bedurfte und sie die Steilvorlage mit Sicherheit wieder genutzt hätte, um ihn seelisch nackig zu machen. Die Intensität der Zurückweisung hielt bis in die Morgenstunden an. Deshalb hatte er sich dazu entschlossen, erst einen kleinen Spaziergang zu unternehmen, um wieder einen klaren Kopf zu bekommen, und dann nicht in ihrem Hotel, sondern bei Gina zu frühstücken. Katrin würde nachkommen, aber hoffentlich nicht zu früh. Ihre Fragerei, ob alles mit ihm in Ordnung sei, auch wenn sie fürsorglich gemeint war, konnte er gerade nicht ertragen. Gina versprach Ablenkung, außerdem war Michael neugierig darauf zu erfahren, wie es an der »anderen Front«, sprich in Sachen Antonio aussah. Der Plan schlug fehl, denn als Gina ihm Kaffee, Toast und Gebäck servierte, fing sie just dort an, wo Katrin vor knapp einer halben Stunde aufgehört hatte.

»Du schaust aus wie ein geprügelter Hund«, sagte sie ihm unverblümt. Dann setzte sie sich zu ihm.

»Ich fühl mich auch so.«

»Wegen gestern Abend?«, schlussfolgerte Gina richtig.

Michael nickte, nippte an seinem Kaffee und hoffte, dass Gina das Thema nicht weiter vertiefen würde. Nicht jetzt. Doch sie tat es.

»Ich kann Julia gut verstehen.«

»Du hast es ihr ja auch eingeredet ... den ganzen Blödsinn«, sagte er und schüttelte missmutig den Kopf. »Zappeln lassen ...«

Das gefiel Gina ganz und gar nicht. Sie saß erst schweigend da, dann sah es so aus, als würde sie gleich losheulen, weil sich ihr Gesicht wie in Zeitlupe zur Nase hin zusammenzog. Bitte nicht! Keine Tränen zum Frühstück. Doch Gina konnte sie nicht mehr zurückhalten. Immerhin riss sie sich gleich wieder zusammen und wischte sich die Augen mit einer Papierserviette trocken. Ein Ehepaar, das zwei Tische weiter saß, lugte bereits neugierig in ihre Richtung, schaute aber sofort wieder weg, als Gina ihnen einen bösen Blick zuwarf.

»Das ist doch kein Restaurant mehr. Das ist eine Commedia dell'Arte. Ich sollte Eintritt verlangen«, sagte sie.

»Du kriegst wenigstens Gage. Die Leute rennen dir die Bude ein«, sagte er in der Hoffnung, sie wenigstens damit ein bisschen aufzumuntern.

Ginas Gesichtszüge entkrampften sich augenblicklich. »Antonio ist an allem schuld«, stellte sie trotzig fest.

»Ja, schon ... aber ...«

»Eben ... Die Leute schließen Wetten auf unsere Scheidung ab.«

»Dann willst du dich also von ihm trennen?«

Michael überraschte, dass Gina nicht sofort nickte, sondern ratlos mit den Schultern zuckte.

»Ich bin immer noch so sauer auf ihn.«

»Ich möchte deinen Mann nicht in Schutz nehmen, weiß Gott nicht, aber ...«

»Was aber?«, fauchte sie so temperamentvoll wie eh und je.

»Er hat sich vernachlässigt gefühlt ...«

»Diese Orgelschlampe hat sich doch um ihn gekümmert.«

»Menschlich, meinte ich ... nicht sexuell, denke ich«, ergänzte Michael kleinlaut. An sich ging ihn das ja nichts an, aber es sprudelte nur so aus ihm heraus.

»Hat er das gesagt?«

»Nicht direkt.«

»Was hat er denn gesagt?«

»Man könnte es so ausdrücken. Du hast ihn einfach nicht ... sagen wir ... mitgenommen.«

»Wohin denn? Er wollte ja nie mitfahren, schon allein wegen seiner Flugangst.«

»Das meinte er nicht … In dein neues Leben«, erläuterte er, und kaum ausgesprochen, fiel ihm auf, dass er Hanna ja auch nicht mitgenommen hatte. Das wühlte ihn auf, doch nur für einen Moment, denn wie konnte man jemanden mitnehmen, der gar nicht mitwollte? Das musste Michael ergründen.

»Habt ihr denn nie miteinander geredet?«, fragte er und ertappte sich dabei, dass er nun schon so dachte wie Katrin.

»Es gab doch gar keinen Grund. Er war … glücklich, jedenfalls hatte ich den Eindruck …«

»Eben …«

»Das sagt der Richtige«, entgegnete sie. »Habt ihr denn geredet? Hanna und du?«

Das war die verdiente Retourkutsche. Hätte er doch nur seine Klappe gehalten. Genau aus diesem Grund hasste er es ja »zu reden«. Man sah ja, was dabei rauskam: Angriffsflächen. Nichts als Zwickmühlen und Angriffsflächen. Ginas stimmigen Argumenten war er genauso wenig gewachsen wie Katrins, zumal ihn ihre Frage bewegte. Hatten sie genug miteinander geredet? Aber über was denn, verdammt noch mal?

»Ach, Männer …«, sagte Gina resigniert, stand auf und ging.

Der Tag hätte gar nicht besser anfangen können. Nun kam auch noch Katrin. Zeitgleich klingelte sein Handy. Katrin registrierte Ginas Abgang, aber Gott sei Dank auch, dass er gerade einen Anruf entgegennahm. Keine Nachfragen wie sonst üblich. Der Inhalt des Telefonats passte zu diesem Morgen. Eine Absage. Der Termin um zwölf war geplatzt.

»E perché?« Die Frage nach den Gründen hätte er sich sparen können. Was er für den Bruchteil einer Sekunde noch als Paranoia abgetan hatte, wurde wahr. Der Weinbauer gab sich verwundert, weil sie doch schon einen Vertrag abgeschlossen hatten. Ein Déjà-vu! Zu dumm, dass Hanna und er noch nicht geschieden waren. Dann würde sie vielleicht wieder ihren Mädchennamen annehmen, und diese bescheuerten Winzer würden dann nicht mehr glauben, schon einen Vertrag mit »seiner Frau« und in seinem Namen abgeschlossen zu haben. Michael war die Lust vergangen, dieses Missverständnis aufzuklären.

»Grazie. Sì…«, stammelte er und schmiss wütend sein Smartphone auf den Tisch. Katrin fing es gerade noch auf, bevor es auf den Boden segelte.

»Hanna! Sie war wieder mal schneller«, maulte er.

Katrin blieb ruhig und besonnen. »Das nächste Mal bist du wieder am Zug. Es gibt hier doch genügend Weinbauern, die …« Katrin sprach nicht weiter. Sie kapierte wohl, dass er jetzt nichts mehr hören wollte.

»Soll ich lieber im Hotel frühstücken?«, fragte sie, ohne pampig oder beleidigt zu sein.

Verdammt. Er liebte diese Frau. Die Aggression wich daher sofort. »Tut mir leid, Katrin«, sagte er.

»Ist okay.«

»Vielleicht sollte ich aufgeben. Sie hat doch ohnehin die besseren Karten mit diesem …«, überlegte Michael laut.

»Selbstmitleid steht dir nicht«, erwiderte sie knochentrocken. Damit hatte sie recht, auch wenn ihm gerade danach war, in einem ganzen See aus Selbstmitleid zu versinken.

Julia begann an diesem Morgen, ihre Mutter zu beneiden, und das nicht nur, weil es im Moment ganz danach aussah, als ob sie an Francos Seite ihr Glück finden würde. Es war vielmehr der Schwung, den sie an den Tag legte, ihr Elan und ihr Tatendrang. Julia hatte auch deshalb keine Lust, die beiden auf der nächsten Weintour zu begleiten. Sie wäre quasi das fünfte Rad am Wagen, auch wenn Franco ihr gestern Abend nicht das Gefühl gegeben hatte. Kurzerhand marschierte sie die paar Schritte zur Landstraße, wo es eine Bushaltestelle gab. Von dort würde sie direkt ins Zentrum von Massa Marittima gelangen. Noch einen Tag allein hier auf Francos Hof zu verbringen, hätte sie heute nicht ertragen. Julia wollte unbedingt Gina sehen, musste sich auf der Busfahrt aber eingestehen, dass sie auch die Neugier trieb. Gina wusste sicher, wie ihr Sohn gerade drauf war. Am Ende war er wieder in Florenz – quälende Ungewissheit vor dem Hintergrund des gestrigen Abends, die Julia abzustellen gedachte. Der einzige Vorteil einer nahezu einstündigen Busfahrt mit zahlreichen Stopps mitten in der Pampa war, dass sie gegen elf ankam. Um diese Zeit war das Restaurant leer. Zeit zum Reden. Gina putzte die Tische und räumte das restliche Geschirr weg, was zur Nebensache wurde, als sie Julia gesehen und begrüßt hatte.

»Heute ist anscheinend Besuchstag. Dein Vater war auch schon hier«, hatte Gina zu Julia gesagt und Michaels Theorie ausgebreitet, dass sie ihren Mann Antonio »nicht mitgenommen« hätte.

Auch wenn Gina das sicherlich nicht hören wollte, musste Julia einräumen, dass das gar nicht so abwegig war.

»Ja, hackt nur alle auf mir herum«, sagte Gina, darum bemüht, es witzig rüberzubringen, aber dass sie es sich zu Herzen nahm, konnte sie nicht überspielen.

»Und wie geht es Lorenzo?«, fragte Julia, denn deswegen war sie ja hier.

»Er isst nichts mehr und verlässt kaum noch das Haus«, stellte seine Mutter vergleichsweise sachlich fest, ohne dabei auf den Mitleidsknopf bei Julia zu drücken.

Die Vorstellung, dass Lorenzo litt wie ein Hund, weil alles aus dem Ruder gelaufen war, tat Julia augenblicklich leid.

»Aber das geschieht ihm recht«, klang aus Ginas Munde auch nicht mehr ganz so überzeugend.

Julia wusste gar nicht mehr, was sie darauf sagen sollte. Ihr gestriger Auftritt war allerdings völlig daneben gewesen. Sie musste mit ihm sprechen. »Wo ist er?«, fragte sie deshalb.

»Ich hab ihn zum Duomo laufen sehen. Wahrscheinlich hockt er bei seinem Vater. Dann können sie ja gleich beide beten und die Jungfrau um Vergebung bitten.«

»Denkst du, dass er mich überhaupt noch liebt?«, fragte Julia nun fast schon kleinlaut.

»Natürlich ... Die Lektion hat er trotzdem verdient. Genau wie sein Vater.«

Interessant. Gina sprach in Sachen Antonio nicht mehr von Trennung, sondern von einer Lektion. Dem musste Julia sofort nachgehen.

»Und du? Liebst du Antonio noch?«

»Liebe? Was ist das schon?«, antwortete Gina etwas schnippisch, doch an ihrer Miene konnte Julia ablesen, wie tieftraurig sie war.

»Ich geh dann mal«, sagte Julia, weil sie Ginas verklärten Blick dahingehend interpretierte, dass sie jetzt allein sein wollte. Das war typisch bei Liebeskummer. Innere Zerrissenheit, Trotz und ein Wechselbad aus Wut, Enttäuschung und Hoffnung wollten verarbeitet werden, wie Julia aus eigener Erfahrung nur allzu gut wusste. Ginas Umarmung war dementsprechend kurz, aber herzlich. Sie wirkte nach, bis Julia den Domplatz erreichte und dort zu dem Schluss kam, dass sie beide Trotzköpfe waren, doch mit etwas Glück hatte das Alleinsein bald ein Ende. Es waren nur wenige

Gehminuten hinüber zur Kathedrale, sozusagen dem »Tatort«, an dem das ganze Fiasko begonnen hatte.

»Ist das nicht die Braut, die abgehauen ist?«, hörte sie eine Passantin zu ihrer Begleiterin sagen, auch wenn sie sich bemüht hatte, leise zu sprechen. Julia musste darüber schmunzeln, dass sie wahrscheinlich in die Annalen dieses Ortes eingehen würde. An den Cafés vorbeizulaufen, die entlang der Piazza zur Kirche führten, fühlte sich an wie ein Spießrutenlauf. Julia beschloss, sich dem direkten Blickfeld zu entziehen, und ging daher durch die hinteren schattigen Reihen der Cafés. Dort bemerkte sie niemand, weil die meisten so saßen, dass sie auf den Platz hinaussehen konnten. Dafür bemerkte sie ein bekanntes Gesicht: Sophia. Sie saß an einem Ecktisch. Ihr Kleid war so tief ausgeschnitten und kurz, dass sie sich auch gleich nackt hätte hinsetzen können. Mit Sicherheit war sie mit einem Mann im Café. Leider mit dem falschen. Nach zwei weiteren Schritten und im Schutz einer der Säulen entdeckte Julia ihren Bräutigam. Lorenzo unterhielt sich mit ihrer Vorgängerin, dieser … – und das auch noch angeregt. Das reichte schon, um Julia erstarren zu lassen, doch als Sophias Hand auf die seine wanderte und er es geschehen ließ, dachte Julia, ihr Herz würde stehenbleiben. Er hing also doch noch an ihr, und das war der wahre Grund gewesen, warum er sich die Frau warmgehalten hatte, als sie schon zusammen waren. Wut stieg in ihr auf. Für einen Moment überlegte Julia, zu den beiden zu gehen und Lorenzo vor allen Leuten eine zu scheuern, doch noch einen Eklat brauchte sie nicht. Außerdem war der Schmerz, der jetzt einsetzte, so groß, dass sie sich gegen die nächstbeste Wand lehnen musste.

»Ist Ihnen nicht gut?«, fragte einer der Ober, der mit einem Tablett an ihr vorbeiging.

»Geht schon«, sagte sie kraftlos. Julia merkte, dass ihre Augen feucht wurden. Noch eine Show gönnte sie diesem Kaff nicht. Sie wollte nur noch weg aus diesem Städtchen, das ihr nichts als Unglück brachte.

Franco war mittlerweile eindeutig auf Flirtkurs, und das machte richtig Spaß. Nicht nur, dass er während der Autofahrt völlig unbefangen seine Hand auf Hannas Oberschenkel legte, ihn streichelte, knetete und darauf entlangfuhr, sondern er brachte mit der gleichen Unbefangenheit auch noch zum Ausdruck, worauf er Lust hätte.

»Ich könnte dich schon wieder auffressen«, sagte er. Auch Dritte hatten bereits den Eindruck gewonnen, dass sie ein Paar waren. Sah man das Leuten wirklich an, wenn etwas in der Luft lag? Zwei der Weinbauern, bei denen sie heute Morgen ihr Anliegen vorgetragen hatte, waren jedenfalls der Meinung gewesen, dass sie zusammen seien. Viel wichtiger war aber, dass sie sich dazu bereit erklärt hatten, mit ihr zusammenzuarbeiten. Wieder zwei Haken mehr auf ihrer Liste. Das Leben fühlte sich auf einmal so leicht an, trotz aller Risiken und Zweifel. Zweckpessimismus und Skepsis gegenüber Neuem schienen nicht mehr zu existierten.

Seitdem Hanna aufgehört hatte, über alles nachzudenken und jeden Schritt gründlich abzuwägen, seitdem es keine »Prüfkriterien« mehr gab wie in ihrer Bank, wenn es darum ging, Hypotheken zu vergeben, gelang so gut wie alles – wie aus dem Handgelenk.

»Ich bin mir sicher, dass die mitspielen«, sagte Franco. »Du hast sie ganz schön beeindruckt. Mich übrigens auch.« Und zur Anerkennung streichelte er sie weiter.

Hanna war stolz darauf, den Geschäftspartnern in spe das Gefühl gegeben zu haben, dass ihr Wein in guten Händen war. Am meisten konnte man hier punkten, wenn man über die Geschichte des toskanischen Weins Bescheid wusste. Bis weit in die sechziger Jahre hinein hatte die Weinindustrie Italiens am Boden gelegen. Die Franzosen hatten den Weltmarkt dominiert, bis einige der Weinbauern auf den Gedanken gekommen waren, gegen das italienische Weingesetz zu verstoßen und Wein in kleineren Eichenfässern zu keltern, was den Geschmack, insbesondere aber das Rückgrat eines Weins dramatisch veränderte. Bei den meisten Winzern hatte genügt, dass Hanna den Namen »Antinori« auch nur erwähnt hatte. Er war einer der Helden des toskanischen Weinbaus. Zwar produzierte er seinen Wein bis heute aus den hier beheimateten Sangiovese-Trauben, aber er war auf die glorreiche Idee gekommen, die Traube des Cabernet Sauvignon hinzuzufügen. Der erste »Superwein« der Toskana war geboren. Und wie genial seine Ideen waren. Hanna wusste, dass er einige Felder mit steinigem Grund dazu nutzte, um die tagsüber gespeicherte Wärme nachts wieder an die Rebstöcke abzugeben. Unter den Steinen wuchs zudem kein Unkraut, so dass auf Pestizide verzichtet werden konnte, was den Wein sozusagen zum Biowein machte. Sein Tignanello war einzigartig. Auf dem Gerüst des Cabernet Sauvignon blühte die Note der hier ansässigen Traube. Der Wein war fruchtig und schmeckte ein bisschen nach Vanille – großartig.

»Du weißt mehr über Wein als ich. Du solltest hierbleiben und Wein anbauen … So jemanden wie dich könnte ich gut an meiner Seite gebrauchen«, sagte Franco. Damit lehnte er sich aber weit aus dem Fenster.

»Ich dachte, das Thema ist bei dir durch?«, fragte sie prompt.

Schon griff er nach ihrer Hand und führte sie zwischen

seine Beine. Einfach so. Hanna spürte Bewegung. Und er grinste nur verwegen.

»Erfolg macht sexy. Sag bloß, du wusstest das nicht?«, sagte er.

Noch vor wenigen Tagen hätte Hanna diese Situation komplett überfordert. So oft kam es ja auch nicht vor, seine Hand in den lebendigen Schritt eines Mannes zu legen, doch nun lachte sie frei drauflos wie Franco. Hanna hoffte inständig, dass sie Julia etwas mit ihrer Lebensfreude anstecken konnte. Sie fragte sich, ob sie sich mit Lorenzo getroffen hatte, um sich auszusprechen. Die Antwort folgte keine zwei Minuten später, als Gina sich auf Hannas Handy meldete. Sie bemerkte an Ginas Tonlage sofort, dass etwas nicht stimmte.

»Julia ist weg … einfach verschwunden …«

»Gina. Was ist denn passiert?«, fragte Hanna schreckensbleich und überlegte, wie Gina überhaupt darauf kam, weil Julia doch den ganzen Tag auf Francos Gut hatte verbringen wollen. Woher wollte Gina also wissen, dass sie »weg« war? Die Erklärung kam postwendend.

»Heute Mittag war Julia kurz da. Dann wollte sie mit Lorenzo sprechen, aber Lorenzo sagt, dass sie sich gar nicht gesehen haben. Wenig später knallt die Garagentür. Ich sehe nach. Ihr Cinquecento schießt auf die Straße. Julia sitzt am Steuer und fährt los. Weg war sie …«, sagte Gina völlig aufgelöst, was sich sofort auf Hanna übertrug.

»Hat sie denn nichts gesagt oder angedeutet?«

»Nein. Sie wollte nur Lorenzo suchen, um mit ihm zu reden.«

Was um Himmels willen war jetzt schon wieder passiert?

»Ich versuche, sie auf dem Handy zu erreichen.«

»Vergiss es. Sie geht nicht ran. Lorenzo ist schon auf dem

Weg nach Florenz. Wer weiß, vielleicht ist sie ja dorthin unterwegs. Wo soll sie denn sonst hin? Ich melde mich, sobald ich etwas weiß, und bitte meld du dich auch«, sagte Gina, bevor sie das Telefonat beendete.

»Julia ist weg. Gina ist völlig fertig … Sie ist einfach auf und davon … mit ihrem Wagen … Vielleicht fährt sie ja in ihre Wohnung …«, erklärte sie Franco, der sie nun beunruhigt ansah.

»Denkst du, sie ist wirklich nach Florenz gefahren?«, fragte er.

Hanna überlegte, doch das schien ihr wenig wahrscheinlich zu sein. Hanna drückte auf dem Handy die Schnellwahltaste, um Julia zu erreichen. Sie ging tatsächlich nicht ran. Wo um alles in der Welt war sie?

Julia überlegte während der Fahrt, ob Italien ihr seine hässlichen Seiten zeigte, weil sie sie gerade sehen wollte. Auf der Schnellstraße vorbeiziehende Einkaufszentren mit ausufernden Parkplätzen und einem Mosaik aus sporadisch parkenden Fahrzeugen auf monotonem Grau, aber auch Industrieanlagen, deren Kräne, Container und Betongebäude die Landschaft in eine Wüste aus monochromen Farbtönen verwandelten, waren alles andere als »bella«. Neonschrift, Firmenlogos, Fuhrparks, Elektromärkte und Geröll, wohin man auch blickte. Sie hatte sich blenden lassen – von ein paar romantischen Ecken, schönen Gässchen mit prunkvollen Fassaden, vom Mythos eines Landes und seiner Bewohner, das jedes Jahr Abertausende von Touristen anzog, und nicht zuletzt von einem Italiener, der im Grunde genommen gar nicht an einer soliden Beziehung interessiert war. Alles nur Blendwerk, Märchenstunde. Wie wohltuend ehrlich war dagegen die hässliche Eisenbahnbrücke, die vor ihr lag. Von dort aus konnte man den Ort, der Venedig auf dem Festland gegenüberlag, gut überblicken. Mestre mit all seinen Hochhäusern und heruntergekommenen Bauten war so unansehnlich, dass man sich kaum vorstellen konnte, in nur wenigen Minuten mitten im Zauber Venedigs zu sein. Die Verlängerung der Hauptstraße führte direkt aufs offene Meer hinaus. Julia beschloss, sich nicht mehr blenden zu lassen, und freute sich auf das wahre Venedig, sprich auf Morast, Gestank und umherirrende Touristen, die mit Faltplänen in der Hand versuchten, der Stadt die schönsten Ecken digital abzugewinnen – wenn sie nicht gerade der Hitze entkommen wollten, die eine Dunstglocke aus Fäkalien- und Abfallgeruch über die Lagune legte. Diese Seite Venedigs passte perfekt zu ihrer Stimmung. Wohin hätte sie auch sonst fahren sollen? Zurück nach Deutschland konnte sie nicht. Nach Florenz? Dort würde Lorenzo zuerst nach ihr suchen. Freiheit gab es nur dort, wo man der Realität ins Auge sehen konnte, wo Lüge und Wahrheit so dicht beieinanderlagen, dass man es schmerzhaft spürte. Venedig galt als Stadt der Liebe, ein Eldorado für Flitterwöchner, doch wie sie jetzt wusste, gab es keine Liebe. Nur romantisches Geplänkel und biochemische Prozesse, die einen zum Junkie machten. Julia nahm sich vor, in die Augen der Liebespaare zu sehen, die ein Vermögen ausgaben, um hier zu sein, Paare zu beobachten, die sich einlullen ließen vom Zauber, den die alten Gassen, Laternen und Piazzas versprachen. Sie wollte sich allein fühlen, um den Schmerz der Einsamkeit zu verstärken, bis es nicht mehr schlimmer werden konnte. Allein mit sich und der Gewissheit, dass jeder Kuss von Lorenzo Verrat war, nur ein Spiel. Gestank und hoffnungslose Romantik, die sich zu einer süßen Brühe vereinten, machten Venedig attraktiver denn je.

»Ich weiß, wo sie ist«, rief Franco vom Flur nach oben.

Sofort beendete Hanna ihre Suchaktion nach irgendwelchen Hinweisen oder Zetteln, die Julia hinterlassen haben könnte, und eilte die Treppe herunter. Woher wusste ausgerechnet Franco, wo ihre Tochter war?

Franco deutete nur auf den geöffneten Schlüsselkasten, in dem ein Schlüsselbund fehlte. »Sie fährt nach Venedig«, sagte er.

Hanna erinnerte sich, dass Franco ihnen angeboten hatte, jederzeit Urlaub in seinem dortigen Haus machen zu können.

»Was will Julia in Venedig? ... Einfach so abzuhauen ...«, sagte sie mehr zu sich.

»Sie will allein sein. Das ist alles«, glaubte er zu wissen.

Hanna ergriff trotzdem eine eigenartige Unruhe.

»Ich muss Michael verständigen, sicherheitshalber«, erwiderte sie.

Franco verstand. Es musste irgendetwas Gravierendes vorgefallen sein. »Denkst du, dass sie unseretwegen ...?«, überlegte Franco laut.

»Das kann ich mir nicht vorstellen.« Hanna erinnerte sich daran, wie entspannt ihre Tochter letztlich mit dem »Knutschfleck« umgegangen war, auch an dem gemeinsamen Abend. Das konnte nicht der Grund sein.

»Wenn sie wirklich nach Venedig gefahren ist ... Mach dir keine Sorgen. Meine Wohnung ist schön. Sie wird sich wohl fühlen«, versuchte er, sie zu beruhigen.

Das beruhigte Hanna aber keineswegs. Das Merkwürdige daran war, dass ihre Gedanken nur noch darauf fixiert waren, Michael Bescheid zu geben. Gut, er war Julias Vater, aber da spielte viel mehr mit als das. Hanna erklärte es sich damit, dass sie sich bisher immer gemeinsam verrückt gemacht hatten, wenn Julia mal bis tief in die Nacht ausgegangen war oder sich ein paar Tage aus einem Urlaub nicht gemeldet hatte. Nur war Julia jetzt eine erwachsene Frau. Das machte es aber umso schlimmer.

»Möchtet ihr allein fahren? Du und Michael?«, fragte Franco einfühlsam.

Naheliegend. Schließlich ging es hier um familiäre Angelegenheiten, aber Hanna hatte keine Lust, mit Michael Stunden im Auto zu verbringen. Bei der jetzigen Lage war ein Streit vorprogrammiert.

»Mir ist lieber, wenn du mitkommst«, schlug Hanna vor. Sein Lächeln interpretierte sie als »Ja«. Er schien sich darüber zu freuen, dass sie ihn dabeihaben wollte. Ihrerseits konnte von Freude allerdings nicht die Rede sein, und das lag nicht nur an Julias Verschwinden, am Disput mit Michael oder all dem, was in den letzten Tagen über sie hereingebrochen war. Es war die Stadt, zu der sie jetzt aufbrachen, und dass sie für Julia ihren Schwur brechen musste, Venedig nie wieder zu betreten.

Katrin hatte es geschafft, ihn wieder auf die Beine zu bringen. Auch dafür liebte Michael sie. Nicht aufgeben! Sie hatte recht. München würde auch zwei Weinhandlungen ihrer Art vertragen. Souverän bleiben und sein »Ding durchziehen«, ohne nach links oder rechts zu schauen. Sie waren abfahrbereit. Katrin stieg gerade in den Wagen, als Francos Jeep vorfuhr. Und schon wieder änderte sich sein Tagesplan, wie fast jeden Tag, seitdem er in Italien war.

Hanna stieg aus und kam gleich zur Sache: »Julia ist abgehauen. Wahrscheinlich fährt sie nach Venedig«, sagte sie kreidebleich.

Ihre Leichtigkeit, die Michael noch vom Vorabend in Erinnerung hatte, war verflogen. Das war nun wieder ganz seine Frau.

»Was ist passiert?«, fragte er.

»Niemand weiß es. Aber irgendwas stimmt nicht. Wir müssen ihr helfen. Irgendwie ...«, sagte sie.

»Bist du dir sicher, dass sie uns überhaupt sehen will?«, vergewisserte sich Michael.

»Ich weiß es nicht, aber das hängt doch alles zusammen. Unsere Streitereien, Gina, Antonio, die geplatzte Hochzeit ... und selbst wenn nicht. Ich bin mir sicher, dass sie uns jetzt braucht. Ich spür das«, erklärte Hanna.

Seine Frau so verzweifelt zu sehen, so ratlos, beschäftigte ihn kurioserweise im gleichen Maße wie die Frage, was mit Julia los war. Michael musste nicht lange überlegen und entschied: »Lass uns fahren.«

Hanna atmete auf. Es war schon verrückt. Nun waren sie beide gefordert, als Julias Eltern, und das Merkwürdige daran war, dass alles andere auf einmal keine Rolle mehr spielte. Es fühlte sich fast so an, als ob jemand sie wie Figuren aus einem Videospiel herausgenommen und wieder in die alten Rollen eingesetzt hätte. Sie waren wieder »Familie«, ein Ehepaar, das sich um das gemeinsame Kind sorgte. Die Vertrautheit dieses Moments war überwältigend und verwirrend zugleich, weil es alles bisher Geschehene und insbesondere ihre Streitereien relativierte.

»Ich finde, Franco und Katrin sollten uns begleiten«, sagte Hanna. Doch warum löste das in ihm sichtliches Unbehagen aus?

»Ja, du hast recht«, sagte er allein schon deshalb, um nachzugeben, ein Signal zu setzen. Die Machtspiele waren nun zweitrangig. Viel wichtiger war es, Julia zu finden.

Kapitel 13

Es war tendenziell genau so, wie Julia sich das ausgemalt hatte, aber noch viel schlimmer. Zu den erwarteten Liebespärchen und rosaroten Wolken, die über ihren Köpfen schwebten, gesellte sich auch noch billige Anmache. Dies war nun schon der zweite Italiener, der versuchte, sie mit einem »Bella-Ragazza-Lächeln«, wie es auch Lorenzo draufhatte, in ein Gespräch zu verwickeln. Sie hatte ihn abgewimmelt. Wenn man die Masche einmal durchschaute, machte die Abfuhr sogar Spaß. Man konnte diese Typen mit etwas Bein und Ausschnitt regelrecht fernsteuern, was ihr bereits ermöglicht hatte, einen Platz im überfüllten Parkhaus direkt bei der Bushaltestelle über der gläsernen Brücke, die zum Hauptbahnhof führte, zu bekommen.

Einen Vorteil hatte die Stadt ja: Sie lenkte einen ab, weil man unentwegt mit Reizen bombardiert wurde: hier ein schönes Wandrelief, dort die bunten Auslagen eines Souvenirladens, der mit Kunst, vor allem aber Masken und allerlei Glasarbeiten um Kunden warb. Dazu kamen Stimmengewirr, Musik aus schnuckeligen Restaurants und gelegentliches Gejohle von Gondolieri, das aus den verrotteten Häuserschluchten am Wasser zu ihr her hallte. Ablenkung dieser Art war schön, doch irgendwann auch recht anstrengend.

Julia erinnerte sich, dass das Vaporetto zu den Nachbarinseln, auf denen es immer etwas kühler und ruhiger war, auch am Markusplatz und an der Rialtobrücke hielt. Das war nur ein kurzer Fußweg von der Eisdiele, in der sie saß. Zwar hatte sie nicht vor, Muranos Hauptstraße entlangzuschlendern, um dort bunte Glasarbeiten zu kaufen, aber die Reise dorthin oder noch ein Stück weiter nach Burano war ihr aus ihrer Studienzeit in guter Erinnerung geblieben. Es ging ihr mehr um die Fahrt auf dem Meer als um die Inseln selbst. Mit einem Tagesticket konnte sie bis zum Abend mit den Booten fahren – wohin sie wollte und vor allem, so lang sie wollte. Eine gute Entscheidung, denn kaum hatte das Boot abgelegt, sorgte der Fahrtwind sofort für Abkühlung. Der Wasserbus umrundete die Stadt, bevor er Kurs auf das offene Meer nahm. Julia hatte Glück, einen Platz neben der Kapitänskabine zu ergattern. Dort hatte sie Ruhe vor den vielen Touristen, die sich im Innenraum des Boots tummelten. Julia spielte mit dem Gedanken, auf halber Strecke auf der Insel San Michele auszusteigen, die das Vaporetto als Nächstes auf der Tour ansteuerte. Die Friedhofsinsel sah aus wie eine Festung, die von einer roten Steinmauer umgeben war. Dort hätte sie zwar Ruhe, aber nach Friedhofsstimmung war ihr gerade ganz und gar nicht. Lieber wollte sie das Meer genießen, die salzhaltige Luft tief inhalieren, die für gedankliche Klarheit sorgte. Julia überlegte, wieder nach Deutschland zurückzukehren. In Florenz zu arbeiten, wenn Lorenzo auch dort war, war unmöglich. Mit jedem Kilometer, den das Boot sich Murano näherte, fielen Julia immer mehr Dinge ein, die ihr nun erspart bleiben würden. Mama hatte ihr Leben nach ihrer Geburt sehr stark einschränken müssen. Julia hatte keine Lust darauf. Hausfrau spielen für einen Mann? Ein Gluckendasein führen? Es gab Schöneres im Leben. Am schwersten wog jedoch die Erkenntnis, dass aus ihr nicht das werden würde, was aus ihren Eltern geworden war.

Das Boot legte an, und Julia folgte dem Strom der Touristen, der sich über die Insel ergoss. Direkt am Steg stand eine Glasbrennerei, die sie schon kannte. Sie erinnerte sich, wie faszinierend es gewesen war, dabei zuzusehen, wie aus einem glühenden Batzen plötzlich ein Kunstwerk entstand, indem man in ein Rohr hineinblies und das daran klebende flüssige Glas hin und wieder anhob oder wendete. Allein schon ihr wiederaufflackerndes Interesse für andere Dinge wertete sie als gutes Zeichen. Dummerweise sah einer der Passagiere, die auf die Fähre warteten, ihrem Lorenzo ähnlich. Klar. Hatten sie nicht alle diese braunen Hundeaugen und den angeborenen Charme? Leider! Der Typ wühlte sie so auf, dass all die Erkenntnisse, die sie vorhin noch so erleichtert hatten, plötzlich bedeutungslos erschienen. Am besten, sie fuhr weiter und blieb auf offener See – schon der Klarheit der Gedanken wegen, die die Weite mit sich brachte.

Hanna hätte sich nicht träumen lassen, dass sie gemeinsam mit ihrem Ex und seiner Neuen einen Ausflug nach Venedig machen würde, noch dazu in Begleitung eines Charmeurs, der seine Hände diesmal aber bei sich behielt. Bis zur Autobahnauffahrt kein Wort über Julia. Stattdessen Small Talk. Immerhin ein Anfang auf dem Weg zur Normalität zwischen ihr und Michael, die Julia sicher Halt geben würde, um ihr eigenes Leben wieder in den Griff zu kriegen. Small Talk hatte etwas Gutes, um sich besser kennenzulernen. In diesem Fall speziell die neuen Seiten ihres de facto Exmannes. Hatte sie richtig gehört? Michael hatte mit Katrin in einem Heißluftballon die Alpen überquert?

»Ich dachte, du hast Höhenangst«, hatte sie nach hinten zur Rückbank gerufen, auf der Michael und Katrin saßen.

»Hat er auch!«, rief Katrin nach vorn, was ihr, wie Hanna im Rückspiegel sehen konnte, einen pikierten Blick von Michael einhandelte. Interessant, was doch so eine neue Beziehung für ungeahnte Kräfte in einem weckte. Oder war es die Arbeit eines Coaches gewesen, der sich in den Kopf gesetzt hatte, ihn von seinen Lebensängsten zu befreien? Am liebsten hätte sie nachgefragt, was aber aufgrund des Fahrtwinds und der infernalen Fahrgeräusche, die Francos Jeep auf der Autostrada von sich gab, aussichtslos gewesen wäre. Der Gedanke beschäftigte sie trotzdem. Auf ihrer letzten Reise nach Paris hatte er sich noch standhaft geweigert, mit ihr den Eiffelturm zu erklimmen. Michael musste ja einiges auf sich nehmen, um es der jungen Frau recht zu machen. Während der dreistündigen Fahrt ertappte sich Hanna immer wieder dabei, kurz zu den beiden nach hinten zu sehen, natürlich mit unverfänglichem Lächeln. Katrin hatte sich an Michaels Schulter gelehnt. Irgendwie süß. Merkwürdig daran war jedoch, dass Michael es unangenehm zu sein schien, dass seine Ex das mitbekam. Alle paar Minuten blickte sie aber auch auf ihr Handy. Immer noch keine Nachricht von Julia. Auf der Höhe von Padua entschied Hanna sich dann, es in der Tasche zu lassen. Ganz in der Nähe hatte Angelo seine Hühnerfarm gehabt – Angelo ihr Hühnerbaron, wie Franco ihn genannt hatte. Im Nachhinein musste man ihm zugutehalten, dass er Legebatterien verabscheute und schon früh auf »Bio« und Bodenhaltung umgestiegen war. Immerhin ein sehr positiver Charakterzug. Wohl der einzige, überlegte Hanna. Dabei hätte er es gar nicht nötig gehabt zu arbeiten. Venezianischer Adel. Das passte mit der Hühnerfarm nicht so recht zusammen, aber so war er nun mal. Immer aus der Reihe tanzen und Hang zur Exotik. Wenn sie sich recht erinnerte, hatte Angelo sich bei einem Sonntagsspaziergang auf dem Land in mittelgroße Hühner mit großer Haube und Bart verliebt – die Paduaner, eine seltene Hühnerart mit blauen Beinen und russischer Abstammung. Grund genug, um gleich die ganze Hühnerfarm zu kaufen, was er witzig fand, allein schon, um seinen Freundeskreis zu schocken. Understatement um jeden Preis eben. Möglicherweise hatte es ihm aber auch gutgetan, den kleinen Betrieb zu führen und ihn aufzubauen, weil er sonst nichts weiter zu tun gehabt hatte, als das Vermögen seiner Familie zu verwalten. Einmal hatte er ihr die Farm gezeigt, zugegebenermaßen auf ihren Wunsch hin, was ein Fehler gewesen war, weil sie zufällig den Tag erwischt hatten, an dem geschlachtet wurde, nicht die Paduaner, aber das Zuchtvieh. Überall weiße Federn – mit Blut getränkt. Das Bild hatte sie sofort wieder im Kopf. Den Geruch in der Nase. Hanna wurde heiß, und sie lehnte sich aus dem Fenster, um sich abzukühlen. Gott sei Dank konnte man in der Ferne schon die Stadt sehen. Das lenkte ab. In Padua hatte sie viele schöne Stunden mit Angelo verbracht. Die Schublade ihrer Erinnerungen war wieder auf. Franco bog nun auf den Zubringer ab, der am Brentakanal entlang direkt nach Venedig führen würde. Die Strecke kannte sie von früher in- und auswendig. Hanna seufzte. So viele süße Erinnerungen, ob an den Karneval, an die Fahrten durch die Kanäle mit seinem Schnellboot, die Ausflüge ins Hinterland entlang der Brenta, wo er ein Landhaus hatte, das man eher als Villa bezeichnen konnte – es war wie ein Traum gewesen. Dort hatte sie mit ihm fast ein Jahr gelebt. Dort war sie mit ihm glücklich gewesen, jedenfalls bis zu jenem Tag, an dem ihr »Dolce Vita« zu einem jähen Ende gekommen war. Einfach nicht mehr daran denken, sagte sie sich und tat es trotzdem.

»Ist dir kalt?«, fragte Franco.

Erst jetzt fiel Hanna auf, dass sie mittlerweile ganz tief in den Sitz eingesunken war. Mit jedem Gedanken an die damalige Zeit war sie ein Stück tiefer gerutscht und saß jetzt so da, als würde sie versuchen, auf dem Sitz einzuschlafen. Sofort richtete sie sich auf, gerade rechtzeitig, denn Franco bog in die Ausfahrt zur Zahlstelle. Weniger Fahrtwind hieß Konversation. Und die Nähe zu Venedig brachte den Grund der Reise wieder auf den Tisch.

»Hoffentlich ist sie in der Wohnung. Ich mach mir langsam auch Sorgen«, gestand Michael.

Hanna drehte sich zu ihm um, und zum ersten Mal, seitdem sie hier waren, hatte sein Blick wieder etwas Freundliches und Vertrautes.

Julia ärgerte sich, nicht doch in Murano geblieben zu sein. Ein klarer Fehler, denn dieser Lorenzo-Klon hatte sie während des Zusteigens eindeutig gemustert und sie angelächelt – genau so, wie sie es von Lorenzo her kannte. Er war in Begleitung einer Frau, die eindeutig nach Schwedin aussah. Was für ein Klischee. Hatte er sich also auch ein Blondinchen geangelt. Dieser Umstand bestätigte die Richtigkeit ihrer Entscheidung, nicht mehr auf Klischees dieser Art hereinzufallen. Ein guter Vorsatz, denn nun kamen die beiden auch noch zu ihr und stellten sich neben sie, um ein paar Fotos von der Überfahrt zu machen. Angesichts der traumhaften Aussicht verständlich. Das Meer war mit Pfählen überzogen, die die Fahrrinnen markierten. Im Licht der tiefstehenden Sonne waren es schwarze Striche mitten im Meer. Am Horizont zeichnete sich Venedig ab, sogar die Silhouette des Markusturms. Ein schönes Fotomotiv. Während sich die Schwedin mit ihrem Smartphone daran verausgabte und wahrscheinlich ins Wasser gefallen wäre, wenn ihr Freund sie nicht an der Hüfte festgehalten hätte, suchte er Blickkontakt mit Julia.

Es dauerte keine Minute, bis die Schwedin an sie herantrat. »Can you take a picture of us?«, fragte sie.

Warum nicht? Aber was Julia durch die Linse sah, tat weh. Die beiden umarmten sich.

»One more«, sagte er und küsste die Blondine. »It's our honeymoon«, sagte er nach dem »Klick« und wirkte dabei nicht nur stolz, sondern überglücklich. Die Schwedin strahlte, als hätte sie gerade den Eurovision Song Contest in ihre Heimat geholt.

»Congratulations«, rang Julia sich ab.

Das war sie, die »Keule von oben«, und auch noch ein Klassiker: die Hochzeitsreise nach Venedig. Julia musste sich zusammenreißen, um die Aufnahme nicht zu verwackeln, weil ihre Hand zu zittern begann. Das Ding war im Kasten. Beide sahen sich das Foto auf dem Display ihres Smartphones an.

»Where are you from?«, fragte die Schwedin.

Bitte jetzt keine weitere Konversation, dachte Julia. »Germany«, sagte sie dementsprechend knapp.

»It's beautiful. I know Hamburg and Berlin«, sagte er.

Julia nickte nur, und zwar so gleichgültig wie möglich. Sollten sie sie für eine arrogante Zicke halten. Was soll's. Es wirkte. Mit einem freundlichen »Thank you« und »Enjoy your trip« verzogen sich die beiden. Da Burano sozusagen die Endstation war, würden ihr die Frischvermählten, denen dieses »Glück« im Gegensatz zu ihr anscheinend vergönnt war, sowieso wieder über den Weg laufen, es sei denn, sie machte sich aus dem Staub. Julia erinnerte sich daran, dass es am Ende der Straße, die für ihre bunten Häuser bekannt war und am Hauptkanal entlanglief, ein ruhiges Eck gab. Dieser Gedanke erwies sich als kluge Entscheidung. Sie schloss sich den Touristen an, zog vorbei an den Häusern in leuchtend bunten Farben mit all den Läden, unzähligen Cafés und Restaurants. Nur noch wenige Meter bis zum rettenden Ufer. Und es war noch genauso schön, wie sie es in Erinnerung hatte. Vom Strand aus blickte man auf eine kleine Insel. Auch hier gab es riesige Pfähle, die von den Bootsstegen bis ins Meer reichten. Das Wasser funkelte golden im Schein der späten Nachmittagssonne. Zu schön, um wahr zu sein. Julia lief den Weg weiter, um ganz sicher nicht mehr gestört zu werden. Für einen Augenblick überlegte sie, sich bei ihrer Mutter oder ihrem Vater zu melden. Das Handy nahm ihr die Entscheidung ab. Der Akku war sowieso schon leer.

Julia beschloss, sich am Kieselstrand niederzulassen, um die Aussicht zu genießen, die Magie dieses Ortes auf sich wirken zu lassen. Das funktionierte, denn Julia sah auf einmal nur noch diese Pfähle, das glatte Meer und die gegenüberliegende Insel, die ein kleiner Kirchturm überragte. Perfekte Stille. Julia genoss es, diesen Moment der Ruhe in sich aufzunehmen. Sie lehnte sich an die Abmauerung, streckte die Beine von sich und merkte, wie sie sich entspannte.

Nachdem sie den Jeep in einem der überteuerten Parkhäuser abgestellt hatten, fragte sich Hanna beim Überqueren der einzigen modernen Brücke Venedigs, die sich Ponte della Costituzione nannte, warum ausgerechnet über dieses Bauwerk so viele Touristen in die Stadt einfielen wie eine Horde hungriger Heuschrecken. Die meisten kamen mit dem Bus, viele Tagesausflügler, die wahrscheinlich keine Lust dazu hatten, von den Urlaubsorten an der Küste umständliche

Zugverbindungen in Kauf zu nehmen, überlegte sie. Dabei entließ einen der Bahnhof Santa Lucia direkt ins Zentrum. Man war sozusagen sofort mitten im Getümmel. Hanna wunderte sich immer wieder darüber, warum fast alle Touris in der Regel immer geradeaus gingen, obwohl kurz nach dem Bahnhof eine wunderschöne Brücke dazu einlud, die »andere Seite« Venedigs, wie Angelo sie genannt hatte, zu erkunden. Vermutlich, weil der Weg zu den beiden Hauptattraktionen, dem Markusplatz und der Rialtobrücke, auf dem Weg nördlich des Canal Grande einfacher zu finden war und sich dort die meisten Läden befanden, mehr Cafés und ein paar schnuckelige Brücken, auf denen man sich gerne fotografieren ließ. Dabei schlug Angelos Ansicht nach das Herz von Venedig rechts dieser Brücke. Hanna war gespannt, wo sich Francos Haus befinden würde. Natürlich lag es dort, wo sie nicht hingehen wollte, auch wenn es in diesem Teil der Stadt ihrer Meinung nach am schönsten war, weil hier weniger Leute unterwegs waren und in dieser Ecke die meisten Häuser noch von Italienern bewohnt waren. Franco wies den Weg. Katrin und Michael klebten an seinen Fersen, damit sie sich beim Durchqueren von Menschentrauben, die sich ihnen immer wieder in den Weg stellten, nicht verloren. Nichts war in Venedig einfacher, als sich in verzweigten Gässchen zu verirren. Hanna war froh, dass Franco nicht nach Reden zumute war. Abgesehen von ein paar Richtungsanweisungen oder »Vorsicht! Stufe« hielt er sich zurück. Immer wieder sah er sie jedoch an, ganz verstohlen. Er musste bemerkt haben, dass sie in Gedanken war, und nahm darauf Rücksicht. Seine Feinfühligkeit beeindruckte sie immer wieder. Irgendwo waren sich Franco und Angelo in dieser Hinsicht ähnlich, doch es gab noch weitere Ähnlichkeiten, nicht äußerlich, da Angelo glattes schwarzes Haar und braune Augen hatte. Es war ihre unkonventionelle Art. Beide waren sie auf ihre Weise irgendwie verrückt und schräg. Das hatte sie früher einmal angezogen. Anscheinend tat es das heute immer noch, sonst wäre »der Abend am See« nicht passiert. Warum war dann aber Michael »passiert«? Hanna blickte zu ihm, lächelte ihm und Katrin zu, doch im Auge hatte sie nur ihn. Er war stattlich, auf seine Weise attraktiv, doch ganz anders als Franco. Eher der ruhige, bodenständige Typ. Früher einmal. An Katrins Seite schien er wie ausgewechselt zu sein. Hanna verlangsamte sogar ihr Schritttempo, um auf gleicher Höhe mit den beiden zu gehen. Sie hatte ihn dann besser im Blick. Er war derselbe Mann, nur wieder so wie vor Jahren, als er jünger gewesen war. Und wie er sich um Katrin bemühte. Hanna kannte das von ihm. Verlernt hatte er es ja offenbar nicht.

»Wenn du magst, können wir ein paar Tage bleiben«, schlug er Katrin vor.

Aufmerksam wie früher!

»Wir könnten mit der Gondel fahren, essen gehen, zum Lido, Shoppen …«, malte Katrin sich aus.

»Gute Idee«, hörte Hanna Michael sagen, bevor sie in die nächste enge Gasse bogen.

Warum ließ das im Laufe der Jahre immer nach, dass Männer sich um einen bemühten? Merkwürdigerweise hatte er vorhin kurz wie ertappt zu ihr hergesehen. Mit der Gondel fahren wollte er also, dabei wurde ihm auf dem Wasser immer schlecht. Rechnete man noch den Ballonflug mit hinzu, musste es ihn ganz schön stressen, Katrins Ansprüchen gerecht zu werden, dachte Hanna amüsiert.

»Wir sind gleich da. Da vorn links«, rief Franco. Das durfte doch nicht wahr sein. Sie liefen geradewegs auf die Calle Scuola zu. Dort war Angelos Haus. Es lag direkt an einem Kanal und hatte eine wunderschöne Dachterrasse, die nicht einsehbar war. Ob er dort immer noch die Frühlingsmonate und den Herbst verbrachte? Hanna versuchte, diese Gedanken abzuschütteln. Es ging um Julia. Nur deshalb waren sie hier und nicht, um sich melancholischen Erinnerungen hinzugeben, doch dagegen anzukommen war schwer. Zu ihrer großen Erleichterung bog Franco doch noch einmal ab. Sein Haus lag in der Calle Donà Castello unweit einer kleinen weißen Brücke, über die sie unzählige Male gegangen war. Auch dieses Haus lag direkt an einem Kanal. Einige der dort anliegenden Bauwerke hatten sogar einen direkten Zugang vom Wasser.

»Mein lieber Schwan«, sagte Michael beeindruckt und sprach aus, was sie dachte. Ein Haus in dieser Ecke musste ein Vermögen wert sein.

»Die untere Etage ist unbewohnbar. Alles feucht. Die mittlere ist vermietet, aber oben lässt es sich ganz gut leben.«

»Warum sind Sie dann nicht öfter hier?«, fragte Michael prompt.

»Zu viele Erinnerungen an mein Vorleben«, erklärte Franco.

Michael nickte und gab sich damit zufrieden. Er wusste sicher nichts von Francos gescheiterten Ehen.

Franco sperrte mit seinem zweiten Schlüssel auf. Der Geruch von modriger, abgestandener Luft schlug ihnen entgegen. Der Gang vor ihnen lag im Dunkeln.

»Sie kann noch gar nicht hier sein«, stellte Franco fest, nachdem er eine von der Decke hängende schmiedeeiserne Lampe angeknipst und den Boden überprüft hatte. Eine Staubschicht bedeckte ihn, und darauf waren keine Fußspuren zu entdecken.

»Julia hätte hereinschweben müssen«, erklärte er Michael und Katrin, die hinter ihnen standen.

Schlagartig setzte bei Hanna wieder Angst um ihre Tochter ein.

»Vielleicht ist sie in der Stadt unterwegs. Es ist ja noch früh am Abend«, erklärte Michael.

»Ich zeig euch jetzt erst mal die Wohnung. Macht euch keine Sorgen. Wenn Julia ausgegangen ist, wird's eine lange Nacht.«

»Wir sollten uns nach einem Hotel erkundigen«, schlug Katrin vor.

»Die Wohnung ist groß genug. Sie sind meine Gäste, wenn Sie möchten.«

Alle in einer Wohnung? In Michael und Katrin schien es ebenfalls zu arbeiten, doch sie nickten, wenngleich zögerlich.

Hoffentlich taucht Julia bald auf, dachte Hanna, so dass sie noch heute Nacht zurückfahren konnten. Der Gedanke, mit Michael und Katrin in einer Wohnung zu übernachten, war äußerst gewöhnungsbedürftig.

Die wenigen Stufen vom Erdgeschoss bis zu Francos Wohnung zu erklimmen, hatte sich angefühlt wie der Aufstieg von der Hölle zum Himmel. Der Modergeruch war unten überaus penetrant gewesen, aber anders als in einem normalen deutschen Keller, weil die feuchte Luft stark salzhaltig war. Michael roch das Meer im Treppenhaus. An den Wänden zog die Feuchtigkeit hoch – der ewige Kampf einer Stadt, die zu großen Teilen auf Holzpfählen ins Wasser gebaut worden war. Ein Wunder, dass das Meer sie noch nicht verschluckt hatte. Soweit Michael wusste, flossen jährlich Millionensummen in die Stadtsanierung, doch der Tourismus machte vieles wieder zunichte, vor allem die großen Kreuzfahrtschiffe, deren Wellen Sandbänke abtrugen und dafür sorgten, dass das Holz und die auf ihnen stehenden Gebäude noch stärker angegriffen wurden.

»Wenn man die Häuser so sieht … kaum vorstellbar, dass Leute hier leben.«

»Venedig ist sehr begehrt, aber die Stadt kann sich kaum noch jemand leisten. Eine Liebhaberei für Reiche und Investoren«, erklärte Franco auf Nachfrage, als sie das erste Stockwerk erreichten. Das Namensschild auf einer massiven Holztür deutete darauf hin, dass hier jemand wohnte.

»Dr. Pavese. Ein Psychologe aus Mailand. Er ist nur wenige Wochen hier. Aber er zahlt pünktlich die Miete«, sagte Franco.

»Und die Menschen, die im Tourismus tätig sind? Bei den geringen Löhnen können sie sich Venedig doch bestimmt nicht leisten.«

»Die fahren rein und raus. Mit dem Zug oder Bus.«

»Und Sie? Auch Liebhaberei?«, fragte Michael.

Hanna, die neben ihm die Treppe nach oben ging, schmunzelte wissend. Das konnte nur bedeuten, dass sie schon einiges über Francos Leben wusste. Sie mussten sich also schon sehr nah gekommen sein. So überraschte es sie nicht, dass Franco sich ihm gegenüber bedeckt hielt.

»Könnte man so sagen«, antwortete er.

»Ich find's jedenfalls wunderschön hier«, schwärmte Katrin und blickte auf die Reliefs an der Decke, die mit Engeln und allen möglichen Ornamenten, die man sonst nur in Kirchen fand, verziert waren. Na, wenigstens sie schien sich mit dem Gedanken angefreundet zu haben, eventuell hierzubleiben.

Oben in Francos Wohnung war es hell und freundlich.

Frische Luft strömte herein, nachdem Franco zwei Fenster geöffnet hatte. Obwohl Michael das antike Mobiliar, den mit Murano-Glas verzierten Rahmen eines großen Korridorspiegels und vor allem der Boden aus Specksteinmosaiken, wie er in vielen alten venezianischen Häusern zu finden war, begeisterte, stellte sich bei der Führung durch Francos Wohnung zunehmend Unbehagen bei der Frage ein, wo sie schlafen würden. Im Wohnzimmer standen Barockmöbel, die zwar schön anzusehen waren, sich aber nicht als Schlafgelegenheit eigneten. Es verblieben also nur das Schlafzimmer und ein Gästezimmer. »Sucht euch ein Zimmer aus. Die Betten sind schnell bezogen«, wies Franco sie ein.

Michael war es egal, aber er fragte sich, wo Hanna schlafen würde. Doch nicht etwa mit Franco im Queen-Size-Bett? Und er bemerkte, dass Hanna ihren Blick ebenfalls skeptisch durch das Schlafzimmer wandern ließ.

Katrin begeisterte sich für das Gästezimmer, also war die Raumverteilung schnell geklärt.

»Ich hab noch ein aufblasbares Gästebett. Julia kann ja darauf schlafen«, erklärte Franco.

Fast zeitgleich zog Hanna ihr Handy aus der Tasche und blickte auf das Display. »Nichts«, sagte sie.

Michael merkte ihr an, dass sie zunehmend unruhiger wurde.

»Lasst uns was essen gehen«, schlug Franco vor.

»Ich krieg wahrscheinlich eh nichts runter.« Hanna sprach aus, was Michael dachte.

»Wir können nichts weiter tun, als zu warten. Wenn wir zurückkommen, ist sie bestimmt da«, meinte Franco, bevor er tröstend einen Arm um Hanna legte.

An und für sich hatte Michael ihr etwas Ähnliches sagen

wollen, doch Franco war ihm zuvorgekommen. Es fühlte sich so an, als ob er schon den Part ihres Partners übernommen hätte. Dabei war es doch immer seine Rolle gewesen, Hanna aufzubauen, wenn es ihr schlechtging. Das beschäftigte ihn.

Nachdem Michael ihr beim Betreten des Restaurants die Tür aufgehalten hatte, überlegte Hanna, ob er sich nur deshalb wie ein Gentleman verhielt, weil sie einen unausgesprochenen Waffenstillstand vereinbart hatten. Nicht nur, dass sie nicht mehr miteinander stritten, auch der Umgangston war viel freundlicher geworden. Michael reichte ihr sogar die Karte. Die Stimmung in dem Restaurant, das Franco ihnen empfohlen hatte, war zu gut, das Kerzenlicht und die geschmackvolle Mischung aus antiken Möbeln und moderner Kunst zu einladend, um Spannungen aufkommen zu lassen.

»Was möchten Sie trinken? Einen Aperitif?«, fragte der Kellner.

Katrins Antwort kam wie aus der Pistole geschossen: »Für mich einen Spritz.«

Auch Franco entschied sich für den Aperol mit Weißwein. Hanna wusste, dass Michael dieses Getränk, seitdem er seine Leidenschaft für Wein entdeckt hatte, nicht mehr mochte, weil man seiner Meinung nach einen guten Wein mit nichts anderem mischte. Er würde einen Weißwein zum Brot trinken, das der Ober schon auf den Tisch gestellt hatte.

»Welchen Weißwein können Sie empfehlen?«, fragte er prompt.

»Süßlich oder trocken?«

»Trocken. Am besten aus der Gegend«, schlug Michael vor. Alles andere hätte Hanna auch gewundert. Sie hatten immer Wein getrunken, der in dem Gebiet, das sie bereist hatten, angebaut wurde.

»Vielleicht einen Bianco di Custoza Corte Pitora?«, fragte der Ober.

Michael überlegte ungewöhnlich lang. Ein sicheres Zeichen dafür, dass er den Wein nicht kannte.

»Du wirst ihn nicht mögen. Zu lebhaftes Zitronenaroma und ein Hauch von Apfel«, sagte Hanna ganz spontan und eher aus einer alten Gewohnheit heraus – die alte Diskussion über die Auswahl des richtigen Weins.

»Bist du sicher?«, versicherte Michael sich.

»Zu viel Tocai und Cortese. Das ist nicht dein Ding«, erwiderte Hanna, weil sie wusste, dass er aus irgendeinem Grund Weine, die diese beiden Rebsorten beinhalteten, nicht so gern mochte.

»Wie wäre es mit einem Soave Corte Pitora?«, fragte der Ober freundlich, wenngleich ihm die wachsende Ungeduld anzusehen war. Der Laden war brechend voll, und die ersten Handzeichen von Gästen, die ebenfalls bestellen wollten, setzten ihn etwas unter Druck. Michael offenbar auch, zumal Katrins Blick gespannt auf ihn gerichtet war.

»Ist der auch fruchtig?«, wollte Michael vom Ober wissen.

»Er duftet etwas nach Holunder und Stachelbeeren«, antwortete Hanna anstelle des Kellners. »Ansonsten vollmundig, sehr ausgewogen, aber auch würzig. Im Abgang schöne Mandelaromen. Garganega und Trebbiano.« Hanna vergaß nicht, auch noch die Traubensorten hinzuzufügen. Sie dachte sich nichts dabei, weil sie das bei jeder Reise so gehandhabt hatten. Fachsimpeln über Wein gehörte bei Weinkennern mit dazu. Erst jetzt machte sie sich klar, dass sie Michael damit vor Katrin bloßgestellt hatte. Der Waffenstillstand geriet in Gefahr.

»Sie kennen sich gut mit Weinen aus«, sagte der Ober anerkennend, trotz weiter anschwellender ungeduldiger Rufe anderer Gäste.

Hanna bemerkte, dass Katrin Michael kritisch musterte. Er ließ seinen Blick seelenruhig über die Weinkarte wandern.

»Ich nehme doch lieber einen Cataratto aus Sizilien«, sagte er schließlich. »Auch wenn der etwas fruchtig ist«, fügte er hinzu, sah dabei aber nur zu Hanna.

Das war es. Hätte sie bloß diese Fachsimpelei nicht angefangen. Nun hatte sie das Kriegsbeil wieder ausgegraben. Wie dumm von ihr.

Doch Michael blieb immer noch ruhig.

»Ich kann euch den Wein empfehlen. Er ist samtig, anregend, frisch, sehr leicht, nur den Hauch einer Holznote«, sagte er zu Franco und Katrin, die interessiert nickten.

»Also doch kein Spritz?«

»Ich nehm dann den Weißwein«, sagte Katrin.

Franco blieb beim Aperol Spritz.

Der Ober nickte erleichtert, notierte die Bestellungen und eilte zu anderen Gästen.

»Wie kommt eigentlich der Geschmack von Holz in einen Wein?«, fragte Katrin in die Runde.

»Willst du, oder soll ich?«, fragte Michael.

Hanna ließ ihm nun gerne den Vortritt.

»Weil die meisten Weine in Holzfässern gelagert werden. Füllt man sie bei der Gärung in Fässer aus Metall um, wird er leichter. Die intensive Holznote verliert sich«, führte er aus Hannas Sicht korrekt aus.

»Bei sehr leichten Weinen erfolgt die Gärung gekühlt in einem Edelstahltank. Der Wein bleibt dann fruchtig«, wagte Hanna noch zu ergänzen.

Michael nickte.

Ging es ihm wie ihr? Erinnerte ihn ihre Fachsimpelei an gemeinsame und vor allem bessere Zeiten? Hanna hatte den Eindruck, dass Michael für einen Moment in Gedanken war, was Katrin zweifelsohne registrierte.

»Den Fisch kann ich euch hier besonders empfehlen«, meinte Franco.

Katrin hatte bereits die entsprechende Seite auf der Karte aufgeschlagen.

»Nehmen wir den Thunfisch?«, fragte sie Michael.

Hanna überraschte das, weil sie wusste, dass Michael zwar Fisch aß, aber Muscheln und Thunfisch nicht ausstehen konnte. Er hasste schon den Geruch von Thunfisch.

»Warum nicht?«, erwiderte er leichthin.

»Thunfisch? Seit wann?« Hanna musste glatt nachfragen.

»Hab meine Ernährung umgestellt«, erklärte er.

»Thunfisch enthält viel Jod, Omega-3-Fettsäuren und Vitamin B 12. Die Leber kann das viel besser verwerten«, referierte Katrin.

»Ich mag auch keinen Thunfisch«, sagte Franco.

Katrin sah ihn überrascht an. Hanna kannte Franco mittlerweile gut genug, dass sie sein schelmisches Lächeln richtig deutete und erahnte, was jetzt kam.

»Hohe Quecksilberbelastung, außerdem sind Thunfische intelligent, was ich so gelesen habe. Das ist ja fast so, als ob man seinen Hund isst.«

»So gesehen …«, überlegte Michael. Hanna sah ihm an, dass er für Francos augenzwinkernden Einwurf dankbar war.

»Ich glaub, ich nehm heute doch was anderes«, rechtfertigte er sich bei Katrin, die Hannas wissendes Schmunzeln eindeutig irritierte.

Kapitel 14

Julia hatte sich immer noch nicht gemeldet, obwohl es schon ein Uhr nachts war. Hanna lag dieser Umstand noch schwerer im Magen als das pappsüße Tiramisu, das sie als Nachtisch gewählt hatte. Venedig hatte sich auf ihrem Weg zurück zu Francos Haus deutlich ausgedünnt. Die meisten Tagesausflügler hatten die Stadt bereits wieder verlassen. So menschenleer sah Venedig auf einen Schlag viel düsterer aus. Mancher Seitenblick in eine Gasse, die so eng war, dass kaum zwei Menschen nebeneinandergehen konnten, wirkte wie aus einem Krimi. Es fehlte nur noch die Leiche, die kopfunter im Wasser lag. Ein kurzer Gehweg über eine kleine Brücke – eine von Francos Abkürzungen, die Hanna tatsächlich noch nicht kannte – führte zu einem langen Gang, der von halbkreisförmigen Torbogen gesäumt wurde. Ein junger Mann mit rotem Poloshirt schoss unvermittelt aus einer der Seitengassen. Hanna erschrak fast zu Tode. Sofort hatte sie das kleine schrumpelige Männchen mit Hackebeil und rotem Kapuzenumhang vor Augen, das ihr ihre erste Venedig-Erfahrung beschert hatte, als im Fernsehen die Gondeln Trauer getragen hatten. Kein Film hatte Venedigs morbide Seite bisher besser eingefangen. Ein bleibender Eindruck, der das mystische Image der Stadt unterstrich und einem ab und zu einen Schauer über den Rücken laufen ließ, wenn die eigenen Schritte in den Gassen hallten und man Gefahr lief, sich im Labyrinth aus Kanälen und Brücken zu verirren. Michael holte mittlerweile im Minutentakt sein Handy hervor, was Hanna noch nervöser machte. Im Haus, wie befürchtet, immer noch keine Spur von Julia, dafür eine SMS von Lorenzo. Auch in Florenz Fehlanzeige. Somit war klar, dass alle hierbleiben und in Francos Wohnung übernachten würden.

»Vielleicht sollten wir die Polizei verständigen oder hier im Umkreis nach ihr suchen«, schlug Hanna vor, nachdem auch noch ihre Münchner Nachbarin per SMS bestätigt hatte, dass ihr Haus dunkel war.

Michael zögerte. Auch Katrin wirkte mittlerweile ernsthaft besorgt. Nur Franco nicht.

»Fragt mich nicht, warum, aber es ist gewiss nichts passiert. Außerdem unternimmt die Polizei doch sowieso nichts. Und wo sollen wir schon anfangen, sie zu suchen?«, fragte er in die Runde.

»Franco hat recht. Ich bin müde. Wir können nichts tun außer warten«, stellte Katrin fest, bevor sie ihren Kulturbeutel aus ihrer Reisetasche holte und damit als Erste ins Badezimmer huschte.

Hanna war sich sicher, dass sie kein Auge zumachen würde, aber sich hinzulegen, um sich ein bisschen auszuruhen, konnte nicht schaden. Allerdings beschäftigte sie die Frage nach dem »Wohin«. Etwa ins Doppelbett mit Franco? Der sagte nichts, schlüpfte aus seinen Schuhen, der Hose, dem T-Shirt und lag mit Boxershorts auf dem Bett, als sie als Letzte in einem seiner überlangen T-Shirts, die er ihr zur Auswahl gegeben hatte, das Badezimmer verlassen hatte und zurück ins Schlafzimmer kam.

»Ist dir das überhaupt recht?«, vergewisserte sich Franco dann doch.

Hanna nickte, auch wenn es ihr komisch vorkam, mit ihm nicht nur das Ufer eines Sees, sondern auch noch ein Bett zu teilen. Es war ungewohnt. Michael lag sicher neben Katrin. Also, was soll's? Hanna legte sich zu ihm. Das Handy platzierte sie griffbereit auf den Nachttisch.

Franco starrte aus dem geöffneten Fenster auf den Mond, der so stand, dass er direkt hereinschien und das Zimmer in fahles Licht tauchte. »Du solltest versuchen, etwas zu schlafen«, meinte er.

Keine Chance! Das wusste Hanna.

»Erzähl mir von diesem Haus. Hast du es zusammen mit einer deiner Frauen gekauft?«, fragte sie.

»Jetzt?«, fragte Franco erstaunt.

»Es lenkt mich vielleicht ein bisschen ab.«

»Dann schläfst du garantiert schnell ein.«

»Ist die Geschichte denn so langweilig?«, versuchte Hanna, ihn zu ködern.

Franco zuckte nur mit den Schultern, fing dann jedoch an zu erzählen: »Sie war Immobilienmaklerin. Ich hatte ein paar fällige Versicherungen und wollte das Geld gut anlegen. Was soll ich sagen, das Haus hier war günstig.«

»Sie hat es dir nach der Scheidung gelassen?«

Nun lachte Franco. »Ja. Sie wollte nämlich das Haus an der Brenta.«

»Ihr hattet was an der Brenta?«

»Eine leerstehende alte Villa. Wir haben sie hergerichtet.«

Noch eine Parallele zu Angelo, wenngleich keine Ungewöhnliche, da diese Ecke Italiens für Geldanlagen damals wie heute sehr beliebt war. Nur hatte Angelo dort eine größere Villa gehabt, beziehungsweise seine Eltern. Ein kleiner Palast in Stra, einem der Orte, die direkt am Kanal lagen.

»Schläfst du schon ...?«, fragte Franco und drehte sich zu ihr um, weil sie nicht weiter nachfragte und viel zu beschäftigt war, die Flut der Erinnerungen an die damalige Zeit zu verarbeiten.

»Ich kenne die Ecke ... Angelo hat auch dort gewohnt«, erklärte sie.

»Wie seid ihr damals zusammengekommen?«, wollte Franco wissen.

»Wir haben uns während meiner Studienzeit kennengelernt. Hier in Venedig. Auf der Rialto. Ich war allein unterwegs und wollte einen Schnappschuss von mir auf der Brücke.«

»Und da hast du dir jemanden gesucht, der dir besonders gut gefiel. Gib's zu.«

»Nein. Er stand ja mit dem Rücken zu mir. Aber als er sich dann umgedreht hat ... Es blieb nicht bei dem einen Bild. Ich glaub, es war gleich ein gutes Dutzend. Ich musste mich in immer neuen Posen auf dieser Brücke drapieren.«

»Und dann hat er dir Komplimente gemacht, dich zum Essen eingeladen, ihr seid Gondel gefahren, und dabei hat er dir tief in die Augen gesehen ...«

Sie waren zuerst Gondel gefahren und dann ins Restaurant gegangen, aber Franco hatte den Kern erfasst.

»Ihr Italiener ...«, fing sie an.

»... seid doch alle gleich«, fuhr Franco fort und grinste breit.

»Wie war er so?«

»Ihr habt einiges gemeinsam«, gestand Hanna.

»Was zum Beispiel?«

»Angelo war unkonventionell ... brachte mich oft zum Lachen. Er war quirlig und ... ein richtiger Kindskopf.«

»Kindskopf? Das nehme ich jetzt nicht als Kompliment.«

»Solltest du aber.«

Franco musterte sie daraufhin, als ob er sicher sein wollte, dass sie es wirklich positiv meinte.

»Wie lange wart ihr zusammen?«

»Fast ein Jahr«, erinnerte Hanna sich.

»Was ist passiert?«

»Das Übliche ... Und ich dachte, es sei die große Liebe.«

»Du dachtest?«

»Ja«, sagte Hanna unbekümmert. »Es sprach alles dafür.«

»Das meine ich nicht ... Hast du es denn nicht gefühlt? Denken ist was für den Kopf.«

»Ich hätte viel früher auf den Kopf hören sollen«, erwiderte Hanna mit Nachdruck, denn auch Angelo war ihr mit dieser Masche gekommen: »Hör auf dein Herz!«

»Wir haben uns fast jeden Tag gesehen. Er hat mich zu seinen Eltern mitgenommen ... Die Verlobungsringe durften natürlich nicht fehlen.«

»Und dann?«, fragte Franco gespannt.

»Es ist so pathetisch und lächerlich ... Ich kam früher aus den Ferien in Deutschland. Ich hatte meine Eltern besucht. Er lag mit einer Rothaarigen im Bett. Und das auch noch, obwohl seine Eltern Gäste im Haus hatten. Das muss man sich mal geben.« Komischerweise tat es immer noch weh, wenn sie sich dieses Bild vor Augen rief. »Das war's dann. Arrivederci!«

»Verstehe. Und seither magst du keine italienischen Männer mehr«, sagte er leidend, bevor er sich wieder auf den Rücken drehte und auf den Mond starrte. »Nur noch solide

Männer, so Typen wie Michael«, merkte er ungewöhnlich ernst an.

Hanna traf diese Bemerkung. Sie hielt es für möglich, dass sie sich damals beim finalen Anlauf in Sachen Liebe, der auf der Zielgeraden zum Traualtar führte, tatsächlich aus diesem Grund für ein anderes »Modell« entschieden hatte.

»Katrin hat keine Chance«, setzte Franco hinzu. »Hast du das nicht gemerkt?«

Hanna glaubte nicht, was sie da hörte, doch dass Franco es so meinte, war ihm anzusehen.

»Ihr seid doch immer noch so ein eingespieltes Team. Das sieht ein Blinder.«

»Da weißt du mehr als ich«, sagte sie, um den Gedanken sogleich im Keim zu ersticken.

»Wenn ich das nicht wüsste, hätte ich dir schon längst gesagt, dass ich mich in dich verliebt habe«, sagte Franco, und zum ersten Mal bemerkte sie den Hauch von Traurigkeit in seinen Augen.

Hanna lehnte sich zurück, und nun war sie es, die auf den Mond starrte.

Das Meer lag noch immer friedlich vor ihr, nur seine Farbe hatte sich verändert. Es war dunkelgrau geworden, bis auf die Stellen, an denen sich der goldgelbe Schein einer Laternenreihe am Ufer spiegelte. Julia brauchte einen Moment, um zu realisieren, dass sie am Strand eingeschlafen war. Sofort blickte sie auf ihre Armbanduhr. Halb drei Uhr morgens! Die letzte Fähre war schon seit Stunden weg. Die nächste würde sicher nicht vor fünf oder sechs von Burano ablegen. Nun verfluchte sie den leeren Akku ihres Handys. Doch wen hätte sie schon anrufen können? Etwa ein Wassertaxi? Das würde mitten in der Nacht vermutlich mehr kosten als ein Flug nach New York. Julia setzte sich auf. Was tun? Sie entschied sich dazu, am Strand entlang zurück in den Ort zu laufen. Irgendeine Hafenspelunke hatte hier sicherlich noch auf, doch da täuschte sie sich. Alles war dicht. Die Stadt war wie ausgestorben. Nur noch in zwei Häusern der Straßenzeile am Kanal brannte Licht. Aus einem drang das typische Flackern eines laufenden Fernsehers. Sie hatte Durst, konnte aber schlecht mitten in der Nacht bei Privatleuten klingeln, um nach einem Glas Wasser zu fragen. Gab es nicht irgendwo im Zentrum einen dieser alten Brunnen, aus dem Trinkwasser kam? Oder war das auf Murano gewesen? Julia konnte sich nicht mehr daran erinnern. Sie beschloss trotzdem, zurück in Richtung Anlegestelle zu gehen. Aus der nächsten Seitengasse, die sie passierte, drang ein Lichtschimmer zu ihr. Keine Kneipe, kein Café – so viel stand aus der Distanz fest. Dann vernahm sie leise Musik. Täuschte sie sich, oder war das Puccini? Um diese Zeit? Julia musste den lieblichen Klängen nachgehen, die der Wind an ihr Ohr trug. Ja, das war *La Bohème*. Und je näher sie kam, desto sicherer war sie sich, »Che gelida manina«, das »eiskalte Händchen« zu hören. Neugierig lugte sie in den kleinen Innenhof, aus dem nun auch noch der Duft von frischem Kaffee strömte. Ein alter Mann mit Käppi, der schätzungsweise schon auf die achtzig zuging, saß an einem einfachen Holztisch. Seine rechte Hand bewegte sich im Takt der Musik, die er mit geschlossenen Augen genoss. Julia trat aus Versehen auf eine vor ihr liegende Plastikverpackung. Er vernahm das Geräusch und sah zu ihr auf.

»Scusi. Ich wollte nicht stören, aber ich hab die Musik gehört und …«, stammelte sie.

»Ihnen gefällt Puccini?«, fragte der Alte.

Julia nickte.

»Möchten Sie einen Kaffee mit uns trinken?«

Diesen Mann schickte der Himmel.

»Anna. Hol noch eine Tasse. Wir haben einen Gast«, rief er ins Haus. Seine etwa gleichaltrige Frau blickte durch eines der Erdgeschossfenster und schaute neugierig zu ihr, bevor sie nickte.

»Setz dich, mein Kind«, sagte der Alte. »Du hast das Vaporetto verpasst«, stellte er fest.

»Ich bin eingeschlafen.«

»Da bist du nicht die Erste. Aber keine Sorge. In zwei Stunden fährt es wieder. Du kannst gerne hier warten.«

»Und warum sind Sie noch auf?«

»Ich bin Fischer und fahre gleich aufs Meer.«

Seine Frau trat heraus, um ihr den Kaffee zu bringen. »Wie heißt du?«, fragte sie sanftmütig.

»Julia.«

»Ein schöner Name«, sagte die Alte und setzte sich zu ihrem Mann.

»Diese Stelle mag ich am liebsten«, sagte er und lauschte den Klängen. Ganz instinktiv griff er nach der Hand seiner Frau.

Sie sah ihn mit einem Lächeln an, das tief aus ihrer Seele zu kommen schien. Es schien zu sagen: Danke, dass es dich gibt. Ich liebe dich noch immer, all deine Schwächen, auch dass du mitten in der Nacht Puccini hören musst.

Julia merkte, wie ihre guten Vorsätze, sich nie wieder zu binden, dahinschmolzen. Was war das für ein Geschenk, wenn jemand für einen da war, einem die Hand hielt, morgens den Kaffee machte. Es gab kein schöneres Geschenk als die Liebe, und sie war real, vor ihr, zum Greifen nah. Möglicherweise war es aber auch nur Puccini, der ihr gerade zu viele Hormone und Schmalz ins Blut pumpte. Vielleicht war die Begegnung mit den beiden ja aber auch nicht zufällig. *Blödsinn!* Sofort rebellierte ihr Verstand gegen derart romantischen Hokuspokus, jedenfalls so lange, bis ihr Blick auf die Tasse fiel, die sie bekommen hatte. Auf ihr stand in großen Buchstaben »Lorenzo«. Julia erstarrte, was die Frau bemerkte, aber missinterpretierte.

»Ach, jetzt hab ich ihr aus Versehen deine Tasse gegeben«, sagte sie zu ihrem Mann.

»Das macht doch nichts, Schatz«, erwiderte er, bevor er ihr einen Kuss auf die Wange drückte, der zugleich der Beginn für einen Countdown war.

Julia zählte ab jetzt die Sekunden, bis das erste Vaporetto fuhr.

Franco schlief tief und fest neben ihr. Hanna lauschte seinem regelmäßigen Atem und beugte sich über ihn. Er wirkte entspannt. Obwohl er auf dem Rücken lag, hatte er seinen Kopf in ihre Richtung gedreht. Ein Anblick, der ihr vertraut war, da sie morgens meist früher als Michael hatte aufstehen müssen, zumindest an Werktagen. Ihre Gedanken kreisten um Francos Gefühle, die er ihr offenbart hatte, doch es fiel ihr schwer, sie weiter zu ergründen, abzuwägen, denn die Frage, ob sie Julia jemals heil wiedersehen würde, überschattete nun alles. Hanna stand leise auf, um Franco nicht zu wecken. Aus der Küche fiel Licht. Nach wenigen Schritten sah sie Michael, der seinen Kopf in den Händen vergraben hatte. Vor ihm standen eine Karaffe Wasser und ein Glas.

»Ich krieg auch kein Auge zu«, offenbarte sie und holte sich ebenfalls ein Glas aus der Vitrine der alten Anrichte. Michael sah zu ihr auf. Er sah mitgenommen aus.

»Die ganze Zeit versuche ich, mir zu erklären, was mit ihr los ist, und was ich mir auch überlege … Unsere Streitigkeiten … Wir hätten es nicht so weit kommen lassen dürfen«, gestand er ein.

Hanna setzte sich zu ihm und schenkte sich Wasser ein.

»Sie hätte doch niemals so reagiert, nur weil Lorenzo mal mit dieser Sophia zusammen war …«, fuhr Michael fort.

Auf den Punkt. Hanna sah das genauso. Es war zu viel zusammengekommen.

»Sie hat das Vertrauen in die Ehe verloren«, stellte Hanna fest.

»Und wir haben ihr das auch noch vorgelebt. Und Katrin … Du hattest recht … Die Hochzeit … Ich hab letztlich nur an mich gedacht … Das tut mir leid.«

Hanna musterte Michael. Er meinte es ehrlich. Höchste Zeit, auch ehrlich zu ihm zu sein.

»Ich mag Katrin … Ich kann auch verstehen, dass du sie dabeihaben wolltest … aber … ja, es hat sich beschissen angefühlt, euch beide zu sehen … frisch verliebt …«

Wieder nickte Michael. »Ich hätte nicht gedacht, dass es dir so viel ausmacht. Die letzten Jahre … du warst doch auch nicht mehr glücklich, und ich dachte …«

»Das hast du also mitbekommen, dass es mir nicht gutging?«, unterbrach sie ihn, ohne dabei schnippisch zu sein oder einen vorwurfsvollen Ton in ihre Stimme zu legen.

»Es war unübersehbar.«

»Und warum hast du mich nie darauf angesprochen?«

Michael zuckte hilflos mit den Schultern und spielte mit seinem Wasserglas. »Vermutlich weil ich zu sehr mit mir selbst beschäftigt war. Ich hab nach einer Lösung gesucht, aus dem Loch rauszukommen … Ich fühlte mich eingesperrt, in mir drin ... leblos. Und du hast mir einfach keine Kraft mehr geben können.«

»Ich hatte keine, Michael. Ihr wart alles, was ich hatte. Dann ging Julia weg. Für dich ging das Leben ja weiter. Es hat sich ja gar nicht so viel geändert.«

»So einfach war das nicht. Ich erinnere mich noch genau. Am Tag, als sie ausgezogen ist ... Ich hab mir Vorwürfe gemacht, dass ich nicht mehr Zeit mit ihr verbracht habe ... Die Familie ... Ich hatte doch dafür gelebt, hart gearbeitet ... und jetzt?«

Nun spielten sie beide mit ihrem Wasserglas.

»Ich darf mir gar nicht vorstellen, dass ihr irgendetwas passiert sein könnte. Meine Julia ... Weißt du, ich hab sie immer bei mir.« Michael holte sein Handy hervor und legte es auf den Tisch, bevor er sein Fotoprogramm öffnete. Ein Foto mit Julia am ersten Schultag zeigte er ihr. Sie strahlte und hielt ihre Schultüte voll Stolz im Arm. Auf dem nächsten Foto, das Michael auf das Display zauberte, standen sie beide mit ihrer Tochter vor dem Schulgebäude. Eine glückliche Familie. Hanna rührte dieses Bild, was Michael sofort bemerkte.

»Ich würde alles dafür geben, wenn sie wieder da wäre«, sagte er verzweifelt. Sein Kummer verstärkte ihren eigenen. Hannas Augen wurden unwillkürlich feucht. Michael griff nach ihrer Hand und hielt sie fest. Sein Blick war immer noch auf das Familienfoto gerichtet.

»Was ist nur aus uns geworden?«, fragte er traurig.

Hanna wischte sich die Augen trocken und nickte. Diese Frage hatte sie sich schon oft genug gestellt.

»Man müsste die Zeit zurückdrehen können. Wie auf dieser Zeitachse in dem Programm ... Dort geht das so einfach«, sagte er.

»Vielleicht ist es besser, wenn man nicht an der Zeit herumschraubt und sie einfach vergehen lässt«, merkte sie ganz spontan an, weil ihr in den letzten Tagen klargeworden war, dass sie auch den Fehler begangen hatte, nicht mehr nach vorn zu schauen, um zu leben.

In dem Moment kam Franco etwas schlaftrunken herein. Er hielt ihr Handy in der Hand. Hanna stand sofort auf, um zu ihm zu gehen.

»Eine SMS auf deinem Handy. Julia hat das Vaporetto verpasst«, sagte er und reichte ihr das Telefon. Hanna las zu ihrer Erleichterung, dass sie am frühen Morgen in Venedig sein würde und es ihr gutginge. Der Akku ihres Handys sei leer gewesen. Das erklärte auch, warum ihre Nachricht von einer italienischen Nummer kam. Jemand musste sie in Julias Auftrag gesendet haben.

Michaels Gesichtszüge entspannten sich schlagartig. Er stand auf, stellte sich neben sie, um Julias SMS auch zu lesen. Ehe Hanna sich versah, hielt er sie zwei Atemzüge später in den Armen und sagte: »Ich bin so froh!« Und in seinem Freudentaumel ließ er sie gar nicht mehr los.

Hanna sah, wie Francos Lächeln aus seinem Gesicht wich. Er musste mit ansehen, wie sich zwei Eheleute innig im Arm hielten. Aber im Moment zählte nur die Freude, das Hier und Jetzt. Nannte man das nicht Leben?

Julia fühlte sich wieder wie vierzehn, als sie vor Francos Haus den Stadtplan von Venedig zusammenfaltete und zurück in ihre Tasche steckte. Wartete jetzt ein Anpfiff auf sie wie früher, wenn sie vergessen hatte, zu Hause Bescheid zu geben, dass sie nach durchzechter Nacht bei einer Freundin übernachten würde? Julia musste sich eingestehen, dass sie sich deshalb trotz ihrer Sehnsucht nach Lorenzo Zeit gelassen hatte, um erst einmal ordentlich zu frühstücken, bevor sie das Vaporetto zurück zur Lagunenstadt genommen hatte. Sie überlegte zu klingeln, entschied sich dann aber doch dafür, die Tür mit dem entwendeten Schlüssel zu öffnen. Lieber den Überraschungsmoment nutzen, um die Standpauke etwas abzumildern. Dementsprechend leise ging sie die Treppen nach oben. Dann betätigte sie die Klingel doch und vernahm eilige Schritte hinter der Tür. Ihre Mutter machte keine drei Sekunden später auf und fiel ihr erleichtert um den Hals.

Ihr Vater stand bereits parat. »Wir haben uns solche Sorgen gemacht«, sagte er.

»Und wer hat dir überhaupt erlaubt, den Schlüssel zu nehmen?«, warf ihr Franco mit strengem Tonfall, aber gespielt ernster Miene vor. Die Standpauke blieb aus.

»Ich hätte Bescheid geben sollen, als der Akku noch Saft hatte«, erklärte sie rein präventiv, bevor Franco alle in die Küche zitierte. Statt Ärger gab es etwas Warmes in den Magen. Erst als sich Julia an den Küchentisch setzte, fiel ihr auf, dass ihr Vater und ihre Mutter nebeneinander Platz genommen hatten. Katrin saß gegenüber. Sie setzte sich zu ihr.

»Hat es denn wenigstens etwas gebracht? Das Auf und Davon?«, wollte Katrin wissen.

»Ich denke schon«, sagte Julia, und damit meinte sie nicht nur die Zeit, die sie für sich gehabt hatte, oder die Begegnung mit dem alten Fischer Lorenzo, sondern den neuen Umgang ihrer Eltern miteinander. Sie konnten wieder lächeln und wirkten entspannt. Ihr Vater schenkte ihrer Mutter Wein ein. Dafür gab es nur eine logische Erklärung. Sie hatten sich gestern vermutlich gemeinsam verrückt gemacht, wobei die Betonung auf *gemeinsam* lag. So gesehen hatte sich ihr »Auf und Davon«, wie es Katrin nannte, allemal gelohnt. Kaum hatte Franco Spaghetti serviert, die verführerisch nach Knoblauch dufteten, fasste ihre Mutter sich ein Herz, um Julia auf den Zahn zu fühlen.

»Was ist denn gestern eigentlich passiert?«, fragte sie, und jeder am Tisch sah Julia nun gespannt an.

»Ich wollte mit Lorenzo sprechen, hab ihn gesucht ... und ihn dann mit Sophia im Straßencafé sitzen sehen.«

»Lorenzo?« Ihre Mutter konnte das offenbar genauso wenig glauben.

»Händchenhaltend«, präzisierte Julia.

»Das kann ich mir gar nicht vorstellen«, sagte ihr Vater.

»Das konnte ich auch nicht«, merkte Julia an.

»Hast du ihn darauf angesprochen?«, hakte ihre Mutter nach.

»Wie denn? Hätte ich hingehen sollen und fragen, warum er das macht? Es war eindeutig.« Die alte Wut im Bauch kam hoch, doch der Hunger war gottlob stärker. Und wie es schmeckte. »Du kannst wirklich prima kochen«, sagte sie zu Franco, der sich riesig über das Kompliment freute. Julia hoffte, damit erfolgreich das Thema gewechselt zu haben, doch da täuschte sie sich.

»Lorenzo ist sofort nach Florenz gefahren, falls du dort auftauchst. Glaubst du, er würde das tun, wenn er was mit Sophia hätte?«, fragte ihre Mutter.

Der nächste Bissen blieb Julia beinahe im Hals stecken. »Lorenzo ist in Florenz?«, fragte sie.

Einhelliges Nicken ihrer Eltern.

»Also doch«, sagte sie mehr zu sich, weil sie an die Tasse und den magischen Moment von heute Morgen dachte, der in ihr die Hoffnung geweckt hatte, dass alles gut werden würde. Da sie niemandem von ihrer Begegnung mit dem

Fischer und ihrem Puccini-Rausch erzählte hatte, erntete Julia verwirrte Blicke.

»Jetzt leg dich erst mal hin. Du bist ja total übermüdet«, schlug ihre Mutter augenblicklich vor.

Das kam jedoch gar nicht in Frage. Am besten, sie fuhr gleich nach dem Essen nach Florenz.

Schade, dass die Familienzusammenführung von so kurzer Dauer gewesen war. Gerade mal eine Stunde hatte Julia es mit ihnen an einem Tisch ausgehalten, bevor sie mit ihrem Wagen nach Florenz aufgebrochen war. Hanna hatte es trotzdem genossen. Obwohl Katrin und Franco mit dabei gewesen waren, hatte es sich ein bisschen wie früher angefühlt, Julia einfach nur zuzuhören, zu sehen, dass es ihr gutging. Auch Michael war angesichts dieses raren Familienmoments aufgeblüht. Nun waren sie wieder in alle Winde zerstreut. Katrin und Michael hatten beschlossen, noch für mindestens einen Tag in Venedig zu bleiben, auf Katrins Drängen hin. Für Hanna gab jetzt keinen Grund mehr, länger hierzubleiben, auch wenn sie den neuen Umgang mit Michael gerne noch etwas länger ausgekostet hätte. »Viel Glück bei weiteren Geschäftsabschlüssen«, hatte er ihr beim Abschied gewünscht, aber ohne dabei zweideutig zu sein. Sie würden beide ihre Pläne weiterverfolgen, jedoch fortan etwas entspannter.

»Möchtest du über die Autobahn oder lieber Landstraße fahren?«, fragte Franco kurz vor der Auffahrt. »Landstraße« hieß aber »Schublade auf« und abtauchen in ihr Leben am Brentakanal.

»Du hast doch jetzt Zeit. Solange Michael mit Katrin in Venedig herumgondelt, kann er keine neuen Verträge abschließen«, sagte er unbekümmert.

»Ich weiß nicht ...« Hanna stresste es, sich in Sekundenschnelle entscheiden zu müssen.

Franco verlangsamte schon die Fahrt. »Zeig mir, wo du früher gelebt hast«, drängte er. Aha. Er war also neugierig geworden nach ihrem Bettgeflüster über Angelo.

»Es tut dir bestimmt gut. Ist doch schon so viele Jahre her.« Franco ließ nicht locker.

»Also gut ... Aber wir fahren nur durch!«

Franco nickte und bog in Richtung Padua ab, um auf der Landstraße weiterzufahren. Das war touristisch gesehen lohnender, zumindest ab Mira, dem ersten Ort, an dem sich alte und neuere Villen aneinanderreihten. Dort hatten sich reiche Venezianer seit der Blütezeit Venedigs bis heute niedergelassen, um der Stadt zu entfliehen und bei Bedarf doch ganz in der Nähe zu sein. Hanna faszinierte auch heute noch, dass die Brenta zum Kanal ausgebaut worden war, um Venedig auf dem damals direktesten Weg – dem Wasser – zu erreichen. Die Villen an seinen Ufern waren Schmuckstücke, jede für sich. Am besten gefiel ihr die Villa Widmann in Mira, die einst im Besitz einer venezianischen Adelsfamilie mit persischen Vorfahren gewesen war, bevor sie die Besitzer gewechselt hatte. Ein eher klassisch angehauchtes Herrenhaus, das innen im Stil des französischen Rokoko glänzte, fand man wahrscheinlich nur hier. Heute war sie im Eigentum der Provinz Venedig und wurde wie so viele staatliche Villen für Ausstellungen und kulturelle Veranstaltungen genutzt. Der normale Italientourist unterschätzte die Gegend meist. Einmal Venedig und dann zurück zum Badeort – das war der Standard. Jammerschade. Entgegen ihrem Plan durchzufahren, entschloss sich Hanna ganz spontan dazu, Franco das kleine Restaurant an einer Mühle in Dolo zu zeigen, dem zweiten Ort, den man auf dieser Tour zwangsläufig passierte. Es lag zudem mitten auf einer Brücke über dem Fluss. Franco kannte es nicht. Für viele war es ein Geheimtipp, bis heute. Der Ausblick auf die Brenta und die schicken Häuser zu ihrer Rechten, auf die Kirche, Restaurants und Läden zu ihrer Linken konnte schöner nicht sein. Gleich neben ihrem Tisch rauschte das Wasser vorbei, das ein riesiges Mühlrad aus Holz antrieb und dem Restaurant seinen Namen gab. Franco genoss es offensichtlich, hier eine Rast einzulegen.

»Und? Immer noch so schlimm?«, fragte er ketzerisch.

»Ich bin froh, dass du mich überredet hast ... Aber warum lag dir so viel daran? Wegen Angelo?«

Franco nickte. »Du hast mich richtig eifersüchtig gemacht.«

»Auf Angelo?«

»Er hatte wenigstens seine Zeit mit dir«, sagte er augenzwinkernd, doch Hanna konnte die Wehmut in Francos Augen lesen.

»Die haben wir doch jetzt auch. Wir sitzen hier und ...«

»Das meine ich nicht.«

»Du denkst also, dass ... wenn ich mich jetzt von meiner Vergangenheit verabschiede ...«

»Genau!«, fiel er ihr ins Wort.

Ein gewagter Gedanke und mit Sicherheit männliche Logik. Erst musste Angelo vollständig raus aus ihrem Kopf, bevor sie sich auf einen neuen »Angelo« einlassen konnte. Vielleicht funktionierte das am Ende sogar.

»Mal sehen, ob's wirkt«, sagte sie.

»Ich wünsch es mir«, erwiderte er beinahe spielerisch, doch Hanna wusste, dass er es trotzdem ernst meinte.

»Zahlen bitte«, rief Hanna in Richtung Bedienung, denn um sich ihrer Vergangenheit zu stellen, müssten sie erst nach Stra fahren, und schon beim Gedanken daran zog sich ihr Magen zusammen.

Michael musste neunzig Euro für eine maximal zwanzigminütige Gondelfahrt berappen – und das, obwohl Katrin hart mit dem Gondoliere verhandelt hatte. Gesalzen! Katrin wünschte es sich aber so sehr, dass ihm gar nichts anders übrigblieb, als der Fahrt zuzustimmen. Michael hoffte inständig, dass ihm nicht schlecht wurde. Er wusste, dass er leicht seekrank wurde. Katrin wusste es noch nicht. Bisher hatten sie keine Gelegenheit gehabt, gemeinsam auf einem Boot zu fahren, dafür aber in einem Ballon. Das hatte ihm schon gereicht. Mehr Mutproben und Momente von Angstüberwindung brauchte es nicht in seinem Leben. Vor der Ballonfahrt hatte er sich Rescue-Tropfen einverleibt, still und heimlich auf dem Klo des Startplatzes. Von der Landschaft, die unter dem Ballon vorbeigezogen war, hatte Michael so gut wie nichts gesehen, was kein Wunder war, wenn man nur in den Himmel starrte, weil der weniger bedrohlich als ein Abgrund aussah. Mit wackligen Knien, klitschnassen Händen und einem Puls von hundertachtzig konnte man ja der Liebe wegen gerade noch leben. Was seine Seekrankheit betraf, sah die Sache allerdings anders aus. Da halfen auch keine Bachblüten zur Beruhigung, mal ganz abgesehen davon, dass er die nicht dabeihatte. Michael starrte auf das Wasser und auf die Touristen, die vergnügt aus der eben angelegten Gondel ausstiegen. Das Ding wackelte wie verrückt, und ohne Hilfestellung des Gondolieres wäre eine der Japanerinnen ins Wasser gefallen. Immerhin kein Wellengang, sagte er sich. Richtig. Es gab in den kleinen Kanälen ja keinen Wellengang. Er würde gar nicht merken, dass er in einem Boot saß. Eine Gondel war ja im

Prinzip überhaupt kein richtiges Boot, und es hieß ja nicht Fluss- oder Kanalkrankheit, sondern war eindeutig auf das Meer bezogen. Zu dumm, dass diese Logik sich eben selbst widerlegte, denn Venedig lag am Meer, und Venedigs Wasseradern waren nichts anderes. Leichte Übelkeit stieg auf, als er dem Gondoliere die neunzig Euro in die Hand drückte. Wenn die Fahrt doch schon vorbei wäre. Es wackelte – beim Einsteigen, beim Hinsetzen, beim ersten Stoß des Gondolieres mit der wuchtigen Stange. Katrin fand das spaßig und zückte gleich ihren Fotoapparat.

»Jetzt lächle doch mal, Mensch«, beschwor sie ihn.

Er rang es sich ab. Dann die gleiche Prozedur noch mal, weil der Gondoliere anbot, ein Bild von beiden zu machen. Warum konnte er sie denn nicht einfach in Ruhe lassen und endlich losfahren? Nun musste Katrin schon wieder aufstehen. Die Gondel schwankte, und seine Eingeweide rebellierten erneut.

»Cheese«, befahl der Italiener.

Katrin lächelte sofort entspannt. Michael hingegen praktizierte isometrische Gesichtsgymnastik, wobei die Übung darin bestand, die Wangenmuskulatur in Richtung der Ohren hochzuziehen und in dieser Position drei gedachte Takte lang zu verharren. Das strengte an. Er hoffte inständig, dass er keinen Krampf bekam.

Dann wieder Geschaukel, bis diese elendige Gondel endlich mal in Fahrt kam.

»Ist das nicht romantisch? Davon hab ich immer geträumt«, schwärmte Katrin.

So viel Romantik war ansteckend und wirkte irgendwie beruhigend, vor allem nachdem sie die Arme um ihn gelegt hatte. Allerdings merkte sie, dass er nicht ganz bei der Sache war. Kein Wunder. Er starrte wie hypnotisiert auf die goldene Verzierung des Bootes und ließ grandiose Brücken, Bauwerke und Hotels, die direkt am Wasser lagen, unbeachtet an sich vorbeiziehen.

»Geht's dir gut?«, vergewisserte sie sich, als der Gondoliere plötzlich in einen größeren Wasserarm bog und Kurs auf den Canal Grande nahm.

Allein schon das Wort hörte sich bedrohlich an. »Grande« bedeutete viel Wasser, viele Boote und Wellengang. Letzterer war wegen vorbeifahrender Motorboote, die hohe Wellen schlugen, unvermeidbar. Michaels Magen bewegte sich auf der ihm bekannten Übelkeitsskala von gefühlten drei schlagartig auf die acht. Das hieß so viel wie: »Ich muss gleich kotzen!« Beim Gedanken daran ging der Wert gleich noch einen Punkt nach oben. Und es hörte einfach nicht auf zu schaukeln. Gnadenlos. Die Zehn war erreicht. Die Ventile in ihm gingen auf, und Francos Knoblauchspaghetti landeten mit Ächzen und Würgen als Fischfutter im Canal Grande. Ein romantischer Ausflug. Und das für neunzig Euro!

Schon wieder war Hanna an einem Ort gelandet, von dem sie sich geschworen hatte, ihn nie wieder zu betreten. Das kleine Städtchen Stra sah noch so aus wie vor Jahren, was auch kein Wunder war, weil es aus überwiegend alten Häusern bestand, die nicht verändert und selbst bei Baufälligkeit nicht abgerissen werden durften – Stichwort Denkmalschutz. Der Stadtkern selbst war nach wie vor nicht besonders pittoresk. Es gab dort gerade mal ein paar kleine Restaurants, die sich an der schmucklosen Hauptstraße aneinanderreihten. Nur in den Nebenstraßen gab es gemütlichere Gaststätten, in denen man gut essen konnte. Etwas außerhalb wimmelte es dafür nur so vor Villen, die teilweise noch bewohnt waren. Eine davon war im Grunde gar keine Villa, sondern sah aus wie ein Königspalast, das dem heimatlichen Schloss Nymphenburg in München mit Leichtigkeit den Rang ablaufen konnte. Die Villa Pisani, an der sie vorbeifuhren, lag in einer weitläufigen Parkanlage, die von hohen Steinmauern umgeben war. Hanna erinnerte sich daran, dass das Gebäude über hundert eingerichtete Zimmer hatte und als Symbol der Macht und des Reichtums im Besitz einer einflussreichen Dogenfamilie gewesen war. Die monumentale Säulenhalle konnte man sogar von außen sehen, weil das Eingangsportal so groß war. Allein schon die Parkanlage mit einem Irrgarten, verspielten Pavillons und einer Orangerie lohnte einen Besuch. Kein Wunder, dass Napoleon die Villa gekauft hatte und sich Hitler und Mussolini hier zum ersten Mal getroffen hatten. Jeder Stein in dieser Ecke hatte seine Geschichte. Jede Villa verbarg eine Familiensaga, erzählte von Aufstieg und Fall einflussreicher Venezianer.

»Halt hier bitte mal an«, bat sie Franco, nachdem sie über eine kleine Brücke gefahren waren, die so aussah, als würde das fragil wirkende Konstrukt bei der Überfahrt zusammenbrechen. Auch auf der anderen Seite des Flusses stand ein Prachtbau neben dem anderen. Die Bauweise war ganz unterschiedlich. Vom verwunschenen Haus, das mit Efeu fast komplett zugewachsen war, bis hin zum Monument, dem es an römischen Säulen am Eingangsportal nicht fehlen durfte. Gärten hatten sie fast alle. Manche sogar Parkanlagen, in denen man ausgiebig flanieren konnte. Angelos Villa lag irgendwo in der Mitte. Sie war aus dem 13. Jahrhundert und hatte einer einflussreichen Händlerfamilie gehört, die genau wie die Medici schon lange keine Rolle mehr im heutigen Italien spielte. Angelos Familie, die ein Vermögen mit dem Import von billigen Elektroartikeln »Made in China« nach Italien gemacht hatte, war es Anfang der siebziger Jahre möglich gewesen, sie zu kaufen. Das Gebäude war eine architektonische Perle, aber wollte sie es wirklich wiedersehen?

»Du kneifst doch jetzt nicht, oder?«, fragte Franco keck.

Genau daran hatte sie aber gedacht. Warum sich das antun?

Franco blickte auf die Reihe der Häuser, die nur eine schmale Straße von der Brenta trennte.

»Mal sehen. Wo würde so ein Hühnerbaron wohnen? Man braucht viel Grund für das Federvieh«, scherzte er.

»Die Farm lag außerhalb von Padua, und da kriegen mich keine zehn Pferde hin.«

»Warum?«

»Hast du schon mal zugesehen, wie Hühner geschlachtet und dann gerupft werden? So im großen Stil?«

»Nein. Ich verdränge heute noch erfolgreich einen Fernsehbericht über Massentierhaltung. Ich könnte sonst kein Fleisch mehr essen«, gestand Franco. »Aber jetzt lenk nicht ab! Welches Haus ist es?«

»Das rote da vorn«, sagte sie mutig.

Franco fackelte nicht lange und fuhr weiter.

Mit jedem Meter, den sein Jeep näher kam, schnürte es Hanna die Kehle ein bisschen mehr zu. Das Haus war noch das gleiche, auch der Garten, was bei altem Baumbestand nicht verwunderlich war. Irgendetwas war aber anders als früher. Es wirkte kalt. Hanna blickte hinauf zu den Fensterreihen des ersten Stockwerks. Dort hatte sie die meiste Zeit mit Angelo verbracht. Dort war ihr Zimmer gewesen und auch sein Schlafzimmer. Hanna lief ein Schauer über den Rücken, den sie sich nicht erklären konnte. Es war keine

Angst, auch keine schmerzliche Erinnerung, die ihn auslöste. Es fühlte sie nur so an, als würde etwas fehlen.

Franco stieg aus und ging unbekümmert zum Haus, obwohl Hanna sich nicht sicher war, noch länger hierbleiben zu wollen.

»Ich schau nur nach, ob jemand zu Hause ist«, rief er ihr zu und ging schnurstracks zum Eisentor. Dann hielt er inne und stutzte. »Es ist offen«, bemerkte er erstaunt.

Hanna ergriff sofort Panik. Sie traute ihm zu, auch noch hineinzugehen. Und er tat es. Hanna stieg nun ebenfalls aus und ging zu ihm.

»Franco. Du kannst doch nicht einfach so mir nichts, dir nichts …«

»Warum? Wir könnten Touristen sein und glauben, dass man die Villa auch öffentlich besichtigen kann.«

Das wäre allerdings eine sehr glaubhafte Ausrede, weil selbst in den Privatvillen Führungen angeboten wurden und sie teilweise für die Öffentlichkeit zugänglich waren.

»Es scheint sowieso niemand zu Hause zu sein«, meinte Franco, nachdem er seinen Blick über die Fensterreihen hatte schweifen lassen. »Geht's da zum Garten? Ich möchte ihn sehen.«

Franco kam Hanna wie ein kleiner Junge auf Erkundungstour vor. Aber jetzt war sowieso schon alles egal. Hausfriedensbruch in der Villa des Mannes, den sie in die Hölle gewünscht hatte. Besser konnte man mit traumatischen Erfahrungen kaum umgehen. Das war Psychotherapie auf Italienisch.

Auch im Garten hinter dem Haus schien die Zeit stehengeblieben zu sein. Der Pavillon war allerdings frisch gestrichen. Das sah sie sofort. Also musste doch noch jemand hier leben. Von dort führte eine kleine Zypressenallee zu einem

Brunnen, der von strahlenförmig verlaufenden Hecken umgeben war. Hanna konnte sich noch genau an den würzigen Geruch der Zypressen erinnern, wenn es geregnet hatte.

»Was machen Sie da?«, ertönte eine erboste männliche Stimme aus der Richtung, aus der sie gekommen waren.

Hanna blieb fast das Herz stehen. Sie drehte sich um und entdeckte zu ihrer großen Erleichterung nur einen alten Mann mit Strickjacke, der am Gehstock auf sie zukam.

»Es war offen, und wir dachten, wir könnten uns den Garten mal ansehen«, behauptete Franco prompt.

Der alte Mann nickte. »Ist nicht das erste Mal. Ich vergesse immer abzusperren«, sagte er. »Sehen Sie sich ruhig um«, bot er ihnen an und lächelte dabei warmherzig. Plötzlich jedoch veränderte sich sein Gesichtsausdruck schlagartig, und er starrte Hanna an. »Hanna?«, fragte er ungläubig und begann, leicht zu zittern.

Nun dämmerte es ihr, und sie erkannte ihn. Vor ihr stand Angelos Vater. Wäre sie doch nur nicht hierhergekommen.

Der Gondoliere hatte sie Gott sei Dank am einzigen Ort im touristischen Zentrum Venedigs abgesetzt, wo man sofort jegliches Gefühl der Beklemmung von sich streifen und durchatmen konnte. Obwohl Hundertscharen auf dem Markusplatz unterwegs sein mussten, war er aufgrund seiner weitläufigen Anlage groß genug, um sich nicht beengt zu fühlen oder unentwegt Körperkontakt mit wildfremden Personen ertragen zu müssen. Zudem war er zum Meer hin offen. Das sorgte für gefühlte Weitläufigkeit, frische Luft und eine sanfte Brise, die Michael gerade guttat. Nie wieder!, schwor er sich, noch nicht einmal für Katrin, die neben ihm herspazierte, dabei die an den Stegen aneinandergereihten Gondeln und den Blick auf den Lido bewunderte.

Viele Menschen standen hier an, um eine Gondel zu ergattern.

»Na, wollen wir noch mal?«, fragte Katrin spaßeshalber.

»Du hattest deine Gondelfahrt«, erwiderte er.

»Hast du Francos Essen nicht vertragen? Vielleicht das viele Öl? Aber ich hab doch das Gleiche gegessen«, sagte sie verwundert.

»Es liegt nicht am Essen«, gab er zurück.

»Der Stress mit Julia? Das kann einem schon auf den Magen schlagen.«

Warum musste Katrin immer alles hinterfragen? In diesem Fall war die Wahrheit die beste Abkürzung, um seine Ruhe zu haben.

»Ich werde seekrank, wenn ich nur an eine Bootsfahrt denke. Schon seit meiner Kindheit«, offenbarte er, was Katrin überraschte.

»Ja, und warum sagst du mir das nicht vorher?«

»Du hast dir die Gondelfahrt so gewünscht ...«

Anstatt Ruhe zu geben, runzelte Katrin die Stirn, ein sicheres Zeichen dafür, dass es jetzt erst richtig losging.

»Aber da musst du doch nicht ... den Helden spielen.«

Was war jetzt so schlecht daran, überlegte Michael. »Komm, mir geht's jetzt wieder besser. Lass uns nicht mehr darüber reden«, schlug er dann vor.

Katrin nickte und schwieg, bis sich ihr Gesichtsausdruck erneut anspannte.

Hilfe!

»Michael. Ich mag es nicht, dass du manchmal Dinge tust, nur um es mir recht zu machen«, erklärte sie.

Ihr vorwurfsvoller Unterton gefiel Michael ganz und gar nicht. Er verstand ihn noch nicht einmal. »Mein Gott! Wir sind zusammen. Ich freue mich, wenn ich dir was Gutes tun kann. Du tust ja gerade so, als sei das verwerflich«, sagte er leicht genervt.

Nun hängte sich Katrin bei ihm ein und schmiegte sich an ihn. Aus Frauen soll einer schlau werden. Und trotzdem. Sie machte weiter: »Ich möchte das nicht. Mir ist lieber, du bist so, wie du bist.«

»Wie bin ich denn?«

»Jedenfalls nicht immer so, wie du dich gibst.«

»Kannst du mir mal ein Beispiel dafür nennen?«

»Na, der Thunfisch. Den magst du doch gar nicht.«

»Schlimm, schlimm, schlimm, dass ich ihn trotzdem so oft gegessen habe, weil du ihn zubereitet hast.«

»Genau das mein ich.«

»Soll ich jetzt nichts mehr essen, was du kochst?«, fragte er zunehmend gereizt.

»Michael! Du weißt genau, was ich meine.«

Er wusste es nicht.

»Ich hab manchmal das Gefühl, dass du dich regelrecht verbiegst, nur damit du meine Anerkennung bekommst.«

»Nein, weil ich dich liebe.«

»Und was liebst du an mir?«, fragte Katrin.

O Gott! Jetzt bitte keine Grundsatzgespräche.

»Einfach alles!«, erklärte er, damit er nicht weiter darüber nachdenken musste. Ein klarer Fehler, denn Katrin enttäuschte die Antwort so sehr, dass sie abrupt stehen blieb.

»Ich möchte, dass du darüber nachdenkst. Das muss nicht gleich sein, aber … weißt du, manchmal glaube ich, dass du mich liebst, weil du nach Anerkennung suchst. Du erfüllst mir Wünsche, damit ich das toll finde … aber Liebe sollte doch sich selbst genügen … und da muss man sich nicht für den anderen verbiegen.«

Michael erschrak, wie aufgewühlt sie jetzt war. Nun nahm

er sie in den Arm. »Katrin. Jetzt hör doch auf … Du steigerst dich jetzt in was rein. Das ist doch gar nicht deine Art.«

Katrin blickte trotzdem traurig ins Leere.

»Ich mach eine Liste, warum ich dich liebe. Ich kann auch einen Aufsatz schreiben oder ein Gedicht, wenn dir das lieber ist, aber, lass es mal gut sein … wenigstens jetzt … Wir sind in Venedig, Katrin«, beschwor er sie. Michael wurde aber langsam klar, dass Katrin recht hatte. Was bekam man für einen Aufsatz? Eine Note. Und Katrins Miene nach zu urteilen, war seine Versetzung in Sachen Liebe nun ernsthaft gefährdet.

Hannas Hand zitterte auch noch, als Angelos Vater ihnen Tee reichte – er hieß Samuele, wie ihr wieder eingefallen war, gleich nachdem er sie ins Haus gebeten hatte. Der Schock, dass Angelo schon lange nicht mehr lebte, saß immer noch in Hannas Knochen.

»Ich glaube, er ist nie darüber hinweggekommen, dass du ihn verlassen hast«, sagte Samuele traurig.

Hanna musste ihre Tasse abstellen. Sie war nicht mehr in der Lage, sie zu halten, ohne den Tee auf den teuren Teppich zu verschütten, der im Salon auslag.

Franco schien diese Nachricht ebenfalls zu berühren. Er saß die ganze Zeit schon schweigsam da und hörte dem Alten zu.

»Wo ist es passiert?«, fragte Hanna. Sie musste wissen, wo Angelo tödlich verunglückt war. Darüber hatte Samuele noch gar nicht gesprochen.

Angelos Vater holte tief Luft.

Hanna konnte ihm ansehen, dass er mit dem alten Schmerz kämpfte.

»Auf einer Serpentine … Du weißt doch, dass er immer

so schnell gefahren ist ... Es war auf der Strecke nach Österreich, kurz hinter dem Brenner«, berichtete er.

Hanna fragte sich, was er dort wollte, doch das ging sie letztlich nichts an.

Samuele führte es dennoch aus. Und seine bisher so freundliche Miene fror für einen Moment ein. »Er war auf dem Weg zu dir. Einen Tag, nachdem du weg warst, ist er gefahren«, erzählte er verbittert.

Wie ein Film liefen die Ereignisse nun im Zeitraffer vor Hannas geistigem Auge ab. Sie hatte Angelo mit der rothaarigen Frau erwischt, war aus dem Haus gelaufen und heulend zurück nach Deutschland gefahren. Bis in die Nacht und den ganzen nächsten Tag hatte er immer wieder im Haus ihrer Eltern angerufen. Es war gar nicht notwendig gewesen, sich verleugnen zu lassen, weil ihre Mutter mindestens so wütend auf ihn gewesen war wie Hanna selbst. Am nächsten Tag hatten die Anrufe dann aufgehört. Warum, das wusste Hanna jetzt.

»Warum hat mich damals niemand verständigt? Ihr wusstet doch, wo ich lebe«, wollte Hanna wissen.

Wieder brauchte der alte Mann einige Momente, um sich zu fangen. »Wir haben dir die Schuld an seinem Tod gegeben«, offenbarte er schließlich traurig, bevor er den Kopf schüttelte und fortfuhr: »Bitte verzeih mir ... Ich weiß, dass er mit vielen Frauen zusammen war ... Ein kleiner Casanova war er, aber ich weiß auch, dass er dich aufrichtig geliebt hat.«

Hannas tief vergrabener Schmerz brach nun mit Urgewalt aus ihr hervor, und endlich formulierte sie die Frage, die sie seit jenem Tag jahrelang nicht mehr losgelassen hatte: »Aber warum hat er mich dann betrogen?«, fragte sie so laut, dass Franco neben ihr zusammenzuckte.

»Es gibt dafür keine Entschuldigung. Er hätte sie rausschmeißen sollen … Aber sie haben nicht miteinander geschlafen. Er hat mir das geschworen … in der Unfallklinik, bevor er starb.«

»Er war mit ihr im Bett«, stellte Hanna klar.

»Was genau hast du gesehen?«, fragte Samuele ruhig.

»Er lag auf ihr … und sie hat ihn geküsst und …« Hanna schluckte und konnte nicht mehr weitersprechen.

»An dem Abend hatten wir die Ginoris zu Gast. Ihre Tochter, Laura, wollte ihn schon immer haben. Als sie davon erfuhr, dass er schon seit längerem mit einer Deutschen zusammen war, stand sie plötzlich auf und lief hinaus in den Garten. Angelo hat sie gesucht, um mit ihr zu reden. Sie war wie vom Erdboden verschluckt. Wir haben uns schon Sorgen gemacht … Dabei lag sie betrunken in seinem Bett. Er hatte auch getrunken, aber … Ich glaube ihm, dass nichts weiter war … Erinnerst du dich nicht an den Abend? An die Ginoris?«, beschwor er sie.

Hanna erinnerte sich genau. Sie hatten im Wohnzimmer gesessen, als sie angekommen war. Hanna hatte sie kurz gegrüßt und war dann gleich nach oben gelaufen, voller Sehnsucht nach ihm.

»Du bist einfach davongerannt, ohne ein Wort … Er wollte dir erklären, dass nichts zwischen ihm und Laura war, dir hinterherfahren. Ich habe ihn aufgehalten. In dem Zustand konnte er unmöglich mit dem Wagen fahren«, erklärte Samuele.

Hanna entwich die restliche Kraft, die sie noch hatte. Ihr wurde schwindlig.

Franco stützte sie mit der Hand. »Tut mir leid«, sagte er. Wie musste er jetzt darunter leiden, dass er sie zu diesem Ausflug in die Vergangenheit überredet hatte.

»Nein … Ich bin froh, dass ich jetzt alles weiß«, sagte Hanna an beide gerichtet, weil sie spürte, dass zwischen all dem Schmerz, der in ihr aufgestiegen war, auch wachsende Erleichterung darüber mitschwang, dass sie nun die Wahrheit kannte, auch wenn sie weh tat.

Kapitel 15

Wenn man einmal damit anfing, seine Vergangenheit aufzuarbeiten, dann machte man das am besten gründlich. Hanna wäre sowieso nicht dazu in der Lage gewesen, den Besuch bei Angelos Vater einfach so abzuhaken. Der Gedanke, dass sie noch heute mit ihm zusammen sein könnte, wenn sie damals nicht aus Zorn und verletzter Eitelkeit alle Schotten dichtgemacht hätte, war unerträglich. Sein Vater hatte recht. Sie trug die Schuld an seinem Tod.

»Es war Schicksal, Hanna. Du kannst doch nichts dafür, dass er den Autounfall hatte«, versicherte Franco ihr auf ihrem Spaziergang durch die Altstadt Paduas, einem weiteren Meilenstein in Sachen Vergangenheitsbewältigung, den sie nun auch gleich noch zur Seite räumen wollte.

»Aber er wäre doch nicht gefahren, wenn ich ans Telefon gegangen wäre … Er war bestimmt völlig durcheinander und fertig«, widersprach sie aus vollem Herzen.

»Wenn's danach ginge, müsste ich schon längst tot sein … Hanna. Nur weil man fertig ist, baut man doch nicht gleich einen Unfall«, erwiderte Franco.

Das leuchtete ihr ein. Hanna war dankbar für seine ungezwungene Art, mit Angelos Tod umzugehen.

»Außerdem war er mit ihr im Bett. Du hast mir nicht erzählt, dass er sich gewehrt hat.«

»Aber er war doch betrunken ... und ...«, wandte Hanna ein, aber nach dem Kampf eines Mannes, der sich gegen den Vergewaltigungsversuch einer vollbusigen Rothaarigen wehrte, hatte das wirklich nicht ausgesehen. Samueles Worte in Sachen »Schuld« wirkten trotzdem nach.

»Vielleicht wollte er sie ja nur zur Vernunft bringen. Sie hat ihn zu sich gezogen ... Und dann hat sie ein paar Knöpfe gedrückt ...«, entgegnete sie.

»Du solltest dich mal reden hören. Ob besoffen oder nicht. Das alte Thema. Er war auch nur ein Mann und noch dazu ein ...« Franco sah sie an und zog eine Augenbraue nach oben: »Na ... sag's schon!«

Er schaffte es doch tatsächlich, ihr ein Lächeln abzuringen. Die hundert Punkte holte sie sich, wenngleich immer noch schweren Herzens.

»Italiener«, sagte sie und seufzte.

»Bravo! Du kommst wieder zu Sinnen.«

Natürlich war es rational gesehen absurd, sich die Schuld an Angelos Tod zu geben. Auch wenn sie die Schuldfrage für sich trotzdem noch nicht ganz geklärt hatte, dachte sie nun darüber nach, warum sie sich überhaupt in Angelo, den »Italiener«, verliebt hatte – und da lag Franco richtig, weil Angelo der »Italiener« schlechthin war. Dies zog nach sich, dass Hanna erneut darüber spekulierte, ob sie sich tatsächlich nur in Michael verliebt hatte, weil Angelo eine Enttäuschung gewesen war.

»Worüber grübelst du jetzt schon wieder?«, wollte Franco zwei Häuserblocks weiter wissen.

»Ich frage mich gerade, ob ich mit ihm zusammengeblieben wäre.«

»Und?«

»Vermutlich nicht.«

»Wie kannst du das so sicher wissen?«

»Wir haben nie über Kinder gesprochen. Nie über Familie. Nie übers Heiraten. Es war einfach nur eine schöne Zeit …«

»Dagegen ist nichts einzuwenden«, stellte Franco fest.

»Ich wusste, dass du das sagen würdest.«

Nun sah Franco sie irritiert an. »Du meinst, du und ich … Wir haben auch nur eine schöne Zeit?«, fragte er nach.

»Ich weiß es nicht«, sagte sie ehrlich, auch wenn sie genau spürte, dass Franco etwas anderes hören wollte. Hanna erwartete, dass er sich jetzt verletzt zeigte oder ihr sagte, dass er sich mehr von ihr erhoffte, doch er blieb gelassen wie immer. Vielleicht spielte er das aber auch nur.

»Ich weiß es auch nicht«, sagte er ohne eine Spur von Gefühlsduselei.

»Willst du wirklich da rein?«, fragte er, als sie das Musei Civici erreichten, einen weitläufigen Flachbau direkt an einer Parkanlage im Herzen Paduas. Dort konnte man sich Karten für die Cappella degli Scrovegni kaufen, eine der Hauptattraktionen Paduas. Hanna musste sich diesem Ort stellen. Sie war Angelos Lieblingskapelle gewesen, die sie mit Sicherheit drei- bis viermal gemeinsam besucht hatten. Er liebte alles Sakrale, Pomp und Glorie. Diese Liebe wollte Hanna noch ein letztes Mal mit ihm teilen.

Schmuckloser konnte eine touristische Attraktion von außen kaum sein. Die Scrovegni-Kapelle war klein und sah unspektakulär aus. Ein schlendernder Tourist würde sicher achtlos daran vorbeilaufen. Die meisten knipsten viel lieber die sie umgebende Parkanlage mit ihren modernen Skulpturen, die vor dem Museum auf einer großen Rasenfläche verteilt waren. Dabei enthielt die Kapelle ein Meisterwerk der europäischen Malerei des 14. Jahrhunderts. Hanna hatte das strahlend helle Blau an den Wänden und in der Kuppel über dem Altar vor ihrem geistigen Auge. Sie konnte sich noch gut an zwei Freskenreihen erinnern, die das Leben der Jungfrau Maria und des Heilands zeigten, an die Darstellungen von Tugenden und Laster und an die im hinteren Teil der Kapelle dargebotenen Höllenqualen, die einem einen Schauer über den Rücken jagten. Franco war erstaunlicherweise noch nie dort gewesen. Er wunderte sich darüber, dass sie nach Auskunft der Dame an der Museumskasse großes Glück hatten, überhaupt Karten zu bekommen. Anscheinend hatte sich diese Attraktion doch herumgesprochen. Man musste neuerdings sogar Karten reservieren. Für jeden Besuch waren zwanzig Minuten vorgesehen und das auch nur für kleine Gruppen. So blieb ihnen gar nichts anderes übrig, als vor dem Einlass auf die nächste Führung zu warten. Drei junge Männer standen mit Gebetbüchern etwas abseits vom Eingang. Ihr monotones Gemurmel konnte einem auf die Nerven gehen. Erst jetzt sah Hanna, dass einer von ihnen einen Kragen trug, wie man ihn von Priestergewändern her kannte. Beteten sie etwa?

»Ich komm mir vor wie an der Klagemauer. Nur haben die keinen Bart«, sagte Franco einen Tick zu laut, so dass es ein älterer Mann mitbekam, der neben ihnen auf der Parkbank vor dem Eingang saß.

Er lachte und sprach sie daraufhin an. »Die vier beten um Vergebung«, erklärte er.

»Was? Schon hier draußen? Warum nicht vor dem Altar oder vor der Jungfrau?«, machte sich Franco lustig.

Hanna hoffte inständig, dass der Alte Francos Art von Humor verstand. Er tat es, denn er lachte erneut.

»Wissen Sie, viele kommen hierher, weil sie sich von ihren Sünden freisprechen lassen wollen.«

»Hier?«, fragte Franco verblüfft.

»Das liegt an dem Sponsor. Die Kapelle wurde 1303 errichtet, aber den Bauherren ging das Geld aus. Zu dieser Zeit lebte ein reicher Geschäftsmann in Padua. Er hat sich sein Geld mit Wucherei verdient. Um sich Ablass für seine Sünden zu erkaufen, hat er Giotto mit den Fresken beauftragt und ihn auch bezahlt. Seither ist das hier so eine Art Pilgerstätte.«

»Also hab ich mir mit meiner Eintrittskarte jetzt den Ablass all meiner Sünden erkauft?«, kombinierte Franco.

»Wenn Sie so wollen ...«, erwiderte der Mann verschmitzt, bevor sich endlich die Pforten öffneten und sie eine zehnminütige Videopräsentation über sich ergehen lassen mussten. Eine Flut von hochinteressanten kunsthistorischen Fakten stürmte auf sie ein, doch Hanna hatte ihren Kopf ganz woanders. Ablass! Sünde! Schuld! – Wie pathetisch! Klar, mal kurz reinmarschieren und um Vergebung bitten, dass Angelo ihretwegen auf der Landstraße verunglückt war. Hanna verwarf den Gedanken sofort, weil er lächerlich war, doch kaum hatte sich die gläserne Schleuse geöffnet, bekam sie diese Vorstellung nicht mehr aus dem Kopf. Mit jedem Schritt, dem sie dem Inneren der Kapelle näher kamen, wuchs das Bedürfnis, ihren Schuldgefühlen freien Lauf zu lassen. Doch kaum stand sie vor den Fresken beim Altar, überkam sie ein Gefühl der Wärme. Sie erinnerte sich daran, wie sehr Angelo die kleinen Engel gefallen hatten, die über fast jedem der bedeutsamen Motive schwebten.

»Ich bin einer von ihnen«, hatte er aufgrund seines Vornamens immer gesagt. Oder: »Siehst du den da mit dem Wuschelkopf? Das bin ich.«

Hanna ging weiter. Wo war nur dieser Engel mit dem lockigen Haar, der so grimmig dreinblickte? Hanna schritt die Reihe der Fresken ab und entdeckte ihn auf dem Motiv mit dem Leichnam Jesu, über den sich eine trauernde Frau beugte. Das Werk trug den Titel *Die Beweinung*. Hanna erinnerte sich, dass sich Angelo gar nicht so sehr für das Motiv als Ganzes, sondern vielmehr für seinen Engel interessiert hatte. Sie betrachtete den Kleinen eine Weile. Franco stand neben ihr. Auch er hatte nur noch Augen für das Engelsmotiv. Ganz unbewusst griff sie nach seiner Hand, was er geschehen ließ. Und für einen Moment glaubte sie, Angelo neben sich zu spüren. Eine ganz intensive Erinnerung, die so weit ging, dass sie sogar den Eindruck hatte, ihn riechen zu können.

»Ich finde diese kleine fette Putte da oben total witzig. Der schaut so was von angepisst«, sagte Franco unvermittelt.

Hanna musste unwillkürlich lachen, obwohl ihr gar nicht danach zumute war. Dennoch tat es gut. »Verzeih mir!«, kam ihr auch vor dem Altar nicht über die Lippen, aber dennoch dachte sie daran. Die Zeit war um. Kehraus in der Kapelle. Hanna schloss sich dem Pulk der Besucher an, jedoch nicht, ohne sich noch einmal nach »Angelo«, dem »angepissten Engel«, umzudrehen. Fast schien es ihr, als würde er ihr zublinzeln. Absurd! Dennoch verspürte sie nun Leichtigkeit und Wärme in ihrem Herzen. Er hatte ihr verziehen. Dessen war sich Hanna sicher, und was noch viel wichtiger war: Sie hatte sich selbst verziehen.

Auf die Buschtrommel, sprich ihre Mutter, war Verlass. Sie musste bei Gina angerufen haben, um Bescheid zu geben, dass ihre Tochter auf dem Weg nach Florenz war. Diese hatte vermutlich wiederum Lorenzo angerufen, woraufhin Gina sich bei ihr gemeldet hatte, um sie zu bitten, gleich nach Massa Marittima zu fahren, weil Lorenzo dorthin unterwegs sei. Die Wiederzusammenführungsmaschinerie lief also auf Hochtouren, dabei hatte Julia offiziell noch gar nicht von »Versöhnung« gesprochen. Hinter ihrem Rücken zogen also alle an einem Strang. Vermutlich warteten Gina und Lorenzo bereits auf sie im Restaurant, vor dem sie nun ihren alten Cinquecento parkte. Von Lorenzo war jedoch nichts zu sehen. Lediglich Gina wuselte im Außenbereich von Tisch zu Tisch und war damit beschäftigt, sie zu reinigen und für das Abendgeschäft einzudecken. Julia ging zu ihr.

»Julia!«, juchzte Gina und stürmte auf sie zu, um sie zu umarmen – mit Gummihandschuhen, von denen noch das Reinigungsmittel triefte, doch das war Julia und wohl auch Gina in dem Moment egal. »Wir haben uns Sorgen gemacht. Lorenzo ist vor Angst um dich fast gestorben«, versicherte sie ihr.

Dafür ist er jetzt aber erstaunlich unsichtbar, überlegte Julia und fragte: »Wo ist er denn?«

»Er ist sofort in den Zug gestiegen und nach Venedig gefahren. Und jetzt fährt er wieder zurück, aber vor zwei Stunden wird er nicht hier sein.«

»Ich werde mit ihm reden … Dann sehen wir weiter«, stellte Julia sicherheitshalber klar.

Gina nickte, doch an ihrem zuversichtlichen Gesichtsausdruck war abzulesen, dass ihr Sohn seine Julia bald wieder in die Arme schließen würde.

»Und wie geht's dir?«, fragte Julia.

Ginas euphorisches Strahlen verebbte im Nu. »Es geht so. Es muss ja gehen«, jammerte sie.

»Antonio und du … Ihr solltest euch auch wieder vertragen«, sagte Julia.

Gina schwieg und starrte statt einer Antwort seltsam irritiert auf die Straße.

Julia folgte ihrem Blick. Dort stand Antonio, und er war nicht allein. Nun erstarrte auch Julia. Er war in Begleitung von Sophia.

»Michael hat mich angerufen«, erklärte Lorenzos Vater, nachdem er es diesmal sogar gewagt hatte, den Außenbereich des Restaurants zu betreten.

Auch die Männer-Connection schien also sehr gut zu funktionieren. So was nannte man »Verschwörung«. Auf alle Fälle waren das leicht mafiöse Verhältnisse.

»Sophia möchte mit dir sprechen«, sagte Antonio und stupste sie etwas aufmunternd an, weil Sophia gar nicht so aussah, als ob sie auf eine Konversation mit Julia scharf war. Antonio suchte Blickkontakt zu Gina, doch diese wandte sich zu Julias Enttäuschung ab. Erst als Gina hörte, dass sich Schritte entfernten, schaute sie wieder neugierig zur Straße. Antonio war weg. Dafür stand Sophia da wie bestellt und nicht abgeholt.

Julia beschloss, die Initiative zu ergreifen. »Ich höre«, sagte sie einigermaßen unfreundlich.

Das kaufte Sophia den Schneid ab. Sie schluckte und blickte hilfesuchend nach hinten, doch da war niemand mehr, der sie stupsen oder hätte ermutigen können, jedenfalls nicht mehr im unmittelbaren Sichtfeld.

»Ich rede mit deinem Vater. Also los!«, vernahm Julia Antonios Stimme von schräg gegenüber aus Richtung des Tabakladens. Dass Gina nach seiner unmissverständlichen Drohung geschmunzelt hatte, wertete Julia als gutes Zeichen.

»Ich soll … Nein … Ich möchte mich entschuldigen«, stammelte Sophia in einer Mischung aus Widerwillen und Einsicht.

»Ach, für was denn? Wenn Lorenzo dich liebt …«, sagte Julia und nahm sich vor, das Luder etwas leiden zu lassen.

»Vielleicht hat er das mal«, rang sie sich ab.

»Und dann bin ich dazwischengegrätscht«, schlussfolgerte Julia.

»Wir waren verlobt. Ich war nur noch sauer, auf ihn, auf dich …« Das klang überzeugend, und verständlich war es auch.

Gina war anzusehen, dass sie über diese Aussprache sehr glücklich war.

»Ich mach euch einen Espresso«, sagte sie und verzog sich in Richtung Bar.

»Und was war im Café beim Duomo?«

»Du hast uns gesehen?«, fragte Sophia.

Julia nickte nur und war gespannt, was sie noch alles verpasst hatte. Das Händchenhalten mit ansehen zu müssen, hatte ja schon gereicht.

»Ich hab mich bei ihm entschuldigt. Das war alles.«

»Und deine Hand auf seiner?«

»Er war völlig durch den Wind, weil du nicht mehr mit ihm reden wolltest. Was für eine verkorkste Situation. Ich habe den Mann getröstet, mit dem ich mal verlobt war«, erklärte Sophia und setzte sich auf einen der Stühle.

»Dann hattest du gar keine Absichten …?«

»Nein. Ich war wütend … ich weiß auch nicht … Ich wollte ihm die Hochzeit vermiesen. Dass du dann gleich abhaust … Damit hab ich nicht gerechnet.«

»Und das Gerede von wegen Lorenzo hätte nichts anbrennen lassen?«

»Du meinst Francescos Andeutungen? Ich hab ihn etwas gebrieft …«

So eine Schlange!

»Aber ich dachte, Francesco sei Lorenzos Freund.«

»Schon, aber er will was von mir … Ich nicht von ihm, doch in dem Moment war mir das egal. Tut mir echt leid.«

»Aber dass wir in München schon zusammen waren, hat Lorenzo dir nicht gesagt, oder?«

»Nein. Das konnte er auch gar nicht.«

»Warum? Er hätte doch anrufen können.«

»Vielleicht hat er das sogar. Ich bin nicht rangegangen«, offenbarte Sophia.

»Ihr wart doch noch zusammen.«

»Schon, aber ich war sauer, weil wir gemeinsam nach München gehen wollten. Er hat das Stipendium gekriegt. Ich nicht.«

Julia musterte Sophia. Sie sagte die Wahrheit. Nun musste sich Julia auch setzen, denn bei dem Gedanken, ihrem Lorenzo bald wieder in die Arme zu sinken, bekam sie schon wieder weiche Knie.

Das Caffè Pedrocchi ganz in der Nähe der alten Universität galt früher als Treffpunkt für Intellektuelle, Akademiker und Studenten. Und das hatte sich bis heute nicht geändert. Man fühlte sich auf der weitläufigen Terrasse aufgrund des Mobiliars zwar wie in einem typischen italienischen Café, aber die Gäste sorgten für ein Flair, das Hanna bisher nur von New York oder Boston her kannte. Man bekam schon ein schlechtes Gewissen, wenn man kein Buch oder wenigstens eine Zeitung las. Das Kaffeehaus, das mit seiner klassizistischen Fassade eher an einen kleinen Palast erinnerte, war in ihrer Zeit mit Angelo Ausgangspunkt für jede Tour durch Padua gewesen. Hier hatten sie sich mit Freunden getroffen. Nun war sie mit Franco dort. Daher konnte sie die schönen Erinnerungen an ihre Studienzeit zulassen, ohne dass sie sie aufwühlten.

Julias SMS kam gleichzeitig mit dem Cappuccino, den sie sich bestellt hatten. Hanna las sie sofort.

»Sie hat sich mit Sophia ausgesprochen. Unglaublich …«, berichtete sie Franco und las dann weiter.

»Mutig … und vernünftig«, kommentierte er.

Und dann las Hanna den Rest. »Antonio muss Sophia Druck gemacht haben …«

»Er hat ja auch ein bisschen was gutzumachen«, räumte Franco ein.

»Vielleicht wird das ja doch noch was mit den beiden. Julia liebt ihn sehr …«, sagte Hanna.

»Sie sollten ihre Koffer packen und in Las Vegas heiraten«, schlug er vor.

»Das würde Gina nicht überleben, und das weißt du.«

»Also noch mal die ganze Prozedur von vorn?«, fragte Franco mit Leidensmiene.

»Ich glaub, ich hab Lorenzo unrecht getan. Wenn ich zurückdenke, an München … Wahrscheinlich hab ich Angelo in ihm gesehen. Mein Gott. Ich erinnere mich, als sie mir das erste Mal von ihm erzählt hat. Sie waren gerade mal eine Woche zusammen. Ich hab sie gefragt, was sie von diesem ›Spaghetti‹ will. Kein sehr guter Einstieg, oder?«

»Ja, ich weiß schon. Du und dein Hühnerbarontrauma. Aber das ist doch jetzt vorbei«, sagte er und musterte sie dabei kritisch.

»Du hast selbst gesagt, dass du gar kein richtiger Italiener bist«, versuchte Hanna, ihn aus der Reserve zu locken, weil sie an Francos Augen ablesen konnte, dass er das Gespräch nun wieder auf den Stand ihrer »Beziehung« lenken würde.

»Hätte ich doch bloß meinen Mund gehalten«, sagte

Franco mehr zu sich. Sein Werben war charmant, und mit jedem Mal, wenn er es tat, kam Hanna es immer weniger abwegig vor, dass sie vielleicht doch füreinander bestimmt waren.

Er seufzte. »Du stehst ja leider auf so Typen wie Michael.«

Hanna musste unwillkürlich schmunzeln, auch wenn die Tragweite seines Gedankens schwer wog.

»Ich wollte eine Familie, jemanden, der Verantwortung übernehmen kann, und rückblickend ... Ja, es war eine gute Entscheidung ... damals«, musste sie eingestehen.

»Wer weiß, vielleicht hätte das Angelo auch zustande gebracht. Wir Italiener lieben Bambini und die Famiglia«, bemerkte er.

»Kann sein ... Ich weiß es nicht, aber ich denke, dass es richtig war. Man braucht jemanden, mit dem man den Alltag meistern kann ... Angelo ... Nein, wenn ich ganz ehrlich bin ..., vor allem rückblickend ... Mit ihm hätte ich es mir nicht einmal vorstellen können, Kinder zu haben«, resümierte sie mehr für sich.

»Julia ist aus dem Haus. Du hast jetzt Zeit zu leben ...«

»Ja, sicher«, sagte sie und überlegte im gleichen Atemzug, ob sie nicht auch hätte mit Michael »leben« können. Zumindest war das immer ihr Plan gewesen. Aber war sie ihn jemals ernsthaft angegangen? Hatten sie sich nicht eher auseinandergelebt? Das Wort gefiel ihr nicht. Sie hatten sich nicht auseinandergelebt, sondern faktisch aneinander vorbeigelebt, und nun, nach der Trennung, hatten sie paradoxerweise wieder das gleiche Ziel, zwar als Konkurrenten, aber letztlich befanden sie sich auf dem gleichen Weg. Verrückt, dass ihr das ausgerechnet in diesem Café auffiel. Am Ende regte der Intellektuellentreff Gehirnzellen an, die sonst brachlagen, oder war es Franco, der ihr immer deutlichere Avancen machte?

»Na, dann hab ich ja doch noch eine Chance ...«, meinte Franco und sah sie dabei fragend an.

»Wenn du mir Zeit gibst«, erwiderte sie, denn auch darüber dachte sie ernsthaft nach. Doch warum sah Franco sie so an, als ob er ihr das nicht glaubte?

Michael bereute es, nicht mit dem eigenen Wagen nach Venedig gefahren zu sein. Im Auto konnte man wenigstens Musik hören, wenn einem nicht nach Konversation zumute war. Im Zug hingegen war Schweigen körperlich spürbar, vor allem, wenn man auch noch den Fehler gemacht hatte, sich nicht in ein lärmendes Großraumabteil zu setzen, wo man notfalls so tun konnte, als ob man Mitreisende beobachten oder ihnen zuhören würde. Nun saß er mit Katrin allein in einem kleinen Abteil. Wo waren nur ihre Aufgeschlossenheit und Fröhlichkeit geblieben? Wo ihr Interesse für einfach alles, dem sie begegnete? Normalerweise würde sie die vorbeiziehende Landschaft kommentieren oder über das Erlebte sprechen. Nichts dergleichen passierte auf dieser Fahrt. Mal hatte sie die Augen geschlossen und döste vor sich hin, dann blätterte sie im italienischsprachigen Bahnmagazin, von dem sie vermutlich nur die Hälfte verstand – wenn überhaupt. Michael konnte sich nicht daran erinnern, jemals in Katrins Gegenwart einen Kloß im Hals verspürt zu haben. Zuletzt hatte er diese Situationen mit Hanna erlebt. Irgendetwas war passiert, und es passierte immer noch, weil seine Gedanken darum kreisten, was sie am Markusplatz zu ihm gesagt hatte. Es hatte weh getan, weil sie recht hatte. Michael erinnerte sich an ihre erste Begegnung. Natürlich hatte er es als Kompliment empfunden, dass eine so attraktive Frau mit ihm flirtete, und wie hatte er die anerkennenden Blicke seiner beiden Kollegen genossen, zweier Juniorpartner, die etwa so alt waren wie sie. Die beiden hatten selbst ein Auge auf Katrin geworfen, waren jedoch bei ihr abgeblitzt. Ja! Es ging um Anerkennung! Die Diät hatte er durchgezogen, aber letztlich doch auch nur, weil er sich ihres Respekts sicher sein konnte. Dabei war er gar nicht sonderlich übergewichtig gewesen. Mit Lovehandles konnte man doch ganz gut leben. Aus rein gesundheitlichen Gründen hätte er sich nicht unbedingt nahezu vegan ernähren müssen, aber die Fortschritte zu sehen und dafür bewundert zu werden, das hatte ihm gefallen. Aber war das nicht zu weit hergeholt? Michael konnte es drehen und wenden, wie er wollte, letztlich hatte ihm nicht Katrin als Person, sondern ihre Funktion in seinem Leben gutgetan, in allen möglichen Lebenslagen – und wenn er ganz ehrlich zu sich war: bis hin zur Bettkante. Wie schäbig! Anerkennung! Michael hatte es auf einmal satt, sich etwas vorzumachen. Letztlich und auf einen Nenner gebracht tat sie ihm gut, weil sie ihm das Gefühl gab, kein alter Sack zu sein. Diese Erkenntnis war niederschmetternd, weil sie ihm nun auch noch klarmachte, dass er Katrin benutzt hatte. Und das hatte nichts mit Liebe zu tun. Er hatte sie benutzt, um seine Krise zu überwinden, anstatt erst mal in seinem Inneren aufzuräumen.

»I biglietti per favore.« Die Stimme des Schaffners riss ihn aus seinen Gedanken.

Für den Uniformierten rang Katrin sich immerhin ein moderates Lächeln ab. »Gibt es hier einen Getränkeservice? Ich hätte gerne einen Kaffee«, fragte sie.

»Der Kollege ist noch im vorderen Bereich. Wenn Sie sich etwas gedulden möchten«, erwiderte der Schaffner, bevor er ihnen die Fahrkarten zurückgab.

»Ich hol dir einen«, bot Michael wie aus der Pistole geschossen an.

»Ach. Ich kann noch warten. Danke«, sagte sie und widmete sich wieder dem Bordmagazin.

Schon wieder! Wie ferngesteuert versuchte er unentwegt, ihr alles recht zu machen, und das war anstrengend, ja stressig. Stress! Die Ballonfahrt über die Alpen. Todesstress! Was hatte er sich alles feingeredet, ihr nach dem Mund, weil es doch angeblich im Leben wichtig sei, Ängste zu überwinden und etwas Neues auszuprobieren. Coaching beim Essen, Coaching in der Freizeit. Stress! In der größten Hitze aufs Fahrrad. Es hatte ihn an seine Grenzen gebracht. Und jetzt wäre er auch noch durch den halben Zug für sie gelaufen, um mit einem glühend heißen Pappbecher zurückzuspurten, damit sie ihn für den Größten hielt. Stress! Das würde so weitergehen, es sei denn, er zog die Notbremse. Am besten hier und jetzt. Sofort wurde ihm heiß. Sie war eine so tolle Frau. Er würde ihre Nähe vermissen, die Kraft, die sie ihm gab. Aber genau das war es, was er sich vorhielt, die Abhängigkeit, in die er geraten war. Aus genau dieser Einsicht schöpfte er nun die Kraft, sich der Wahrheit zu stellen.

»Katrin. Ich muss mit dir reden«, sagte er.

Katrin musterte ihn mit dem Blick eines erfahrenen Coaches und Mediators, der sofort erfasste, was Sache war. Sie legte das Magazin zur Seite und lächelte erleichtert. Aber ihr Lächeln passte nicht zu ihren traurigen Augen.

»Ich weiß«, sagte sie.

Nun spazierte Julia schon eine gute halbe Stunde mit Lorenzo durch den Ort und war froh, dass sie das vorgeschlagen hatte. Aussprachen funktionierten besser, wenn man sich nicht statisch gegenübersaß. Im Prinzip war es gar keine richtige Aussprache gewesen. Lorenzo hatte sie angestrahlt. Julia ihn auch, was sich nicht hatte steuern lassen, weil es aus vollem Herzen kam und er lange genug »gezappelt« hatte. Und wie schön war es, wenn man sich nach so viel Leid und Kummer wieder in den Armen hielt. Julia schwebte noch immer über die Piazza des Duomo, weil der Reigen aus gegenseitigen Bekundungen und der beidseitigen Einsicht, wie »dumm man doch gewesen sei«, vorbei war. Gott sei Dank trug Lorenzo ihr nichts nach, noch nicht einmal ihren Auftritt im Weinlokal.

»Ich hab heute Morgen mit Papa telefoniert. Er überlegt, von hier wegzuziehen«, erzählte Lorenzo.

»Blödsinn. Er muss nur Geduld haben. Mit seiner Sophia-Aktion hat er deine Mutter schwer beeindruckt.«

»Du kennst sie nicht. Sie kann so was von stur sein.«

Mittlerweile hatten sie die Häuserzeile mit den Cafés erreicht. Es gab doch tatsächlich immer noch Leute, die über sie tuschelten. Vermutlich Stammgäste, die den Hochzeitseklat mitbekommen hatten, weil sie sowieso den ganzen Tag da herumsaßen, nur um irgendetwas dargeboten zu bekommen.

»Hörst du, was sie munkeln?«, fragte Lorenzo verschmitzt.

Julia hatte es vernommen, wollte es aus seinem Mund aber noch einmal hören.

»Sie glauben, dass wir jetzt doch noch heiraten.«

»Vermutlich spekulieren sie auf die nächste Show«, sagte Julia amüsiert.

»Wird es denn noch eine geben?«, fragte Lorenzo etwas verunsichert, denn ob sie sofort einen zweiten Anlauf wagen sollten, darüber hatten sie noch nicht gesprochen. Stichwort »zappeln lassen«.

Julia setzte ihre nachdenkliche Miene auf, und es wirkte.

»Ich versteh das … Wir müssen nicht heiraten … Oder später mal. Ich, na ja … die Ringe werden ja nicht schlecht …«, lenkte Lorenzo sofort ein.

Julia prustete los, was ihr einen Klaps auf den Hintern einbrachte, vor allen Leuten. Ein Paar applaudierte. Ein älterer Mann seufzte und sagte: »Amore.«

Ganz richtig.

»Du glaubst doch nicht, dass ich mir dieses Kleid gekauft habe, um in einigen Jahren nicht mehr hineinzupassen? Den ganzen Stress noch mal? Diesen Sonntag! Basta!«, entschied sie kurz und resolut.

Lorenzo schlang spontan die Arme um sie. »Ich liebe dich«, sagte er vor so vielen Leuten, dass sie sich die Trauzeugen jetzt auch gleich sparen konnten.

»Aber wollen wir wirklich hier heiraten? Ich hab keinen Bock auf miese Stimmung. Meine Eltern sitzen in der Kirche jetzt bestimmt wieder zusammen, aber deine …«, sagte Julia.

»Meine Mutter ist Italienerin. Eine Hochzeit ist in Italien so ziemlich das Größte und Wichtigste. Da haben wir Verhandlungsspielraum«, deutete er an.

»Du meinst … auf die harte Tour?« Julia dämmerte, worauf er hinauswollte.

»Wir könnten schließlich auch still und heimlich irgendwo in Florenz heiraten – ohne die Famiglia.«

»So was nennt man Erpressung«, sagte Julia.

»Nur zu ihrem Besten«, erwiderte er und schaute zurück zum Duomo.

Julia folgte seinem Blick und schickte ein Stoßgebet gen Himmel: Bitte mach, dass es diesmal keine bösen Überraschungen gibt!

Kapitel 16

Der Abschied im Hotelzimmer war kurz, aber nicht gerade schmerzlos. Gleich nach dem Frühstück packte Katrin ihre Sachen, nachdem sie sich konsequent, wie sie nun einmal war, für die letzte Nacht ein Einzelzimmer genommen hatte. Kein Streit, kein Drama. Wahrscheinlich hatte sie im Gegensatz zu ihm dank ihrer »Mediatorenseele« und Fähigkeiten, gut mit Konflikten umgehen zu können, sogar besser geschlafen als er. Hilflos, doch auch erleichtert, dass Katrin es so gut aufgenommen hatte, saß Michael ihr nun gegenüber. Letzteres, weil sie ihm gewiss hoch anrechnete, dass er den Mut aufgebracht hatte, mit ihr offen über seine Gefühle zu sprechen.

»Möchtest du noch etwas essen, bevor du fährst?«, fragte er.

»Nein. Kann ich auch im Zug. Hab auch keinen Hunger«, erwiderte sie knapp.

»Im Zug? Ich könnte dich nach Hause bringen, nach München … wenn du magst …«

»Michael … du möchtest hier etwas aufbauen, und ich bin mir sicher, Julia braucht dich jetzt dringender als ich.«

»Möchtest du dich nicht wenigstens noch von Gina verabschieden?«

Katrin schloss den Reißverschluss ihres Koffers und setzte sich zu ihm aufs Bett. Nun sah Michael ihr an, wie schwer ihr der Abschied fiel.

»Du denkst immer noch, ich bin so stark«, sagte sie und rang sich dabei ein tapferes Lächeln ab.

Michael wusste nicht, was er darauf erwidern sollte.

»Mach dir um mich keine Gedanken«, meinte sie, dann nahm sie seine Hand. »Ich werd dich tierisch vermissen ...«

»Ich dich auch«, gestand Michael ganz offen. Er litt unter dem anschließenden Schweigen, das eine halbe Ewigkeit anzudauern schien, bis Katrin sich wieder ein Herz fasste.

»Du hattest mit all dem, was du mir gesagt hast, recht, und ich habe gestern Nacht viel darüber nachgedacht ... Die Ironie dabei ist, dass ich dich genauso gebraucht habe wie du mich. Vielleicht sind wir uns deshalb begegnet.«

Michael wusste, dass Katrin Männer mochte, die im Leben standen, und mit Jüngeren oder Gleichaltrigen oftmals nichts hatte anfangen können, zumindest außerhalb der Bettkante. Darüber hatten sie bereits ganz am Anfang ihrer Beziehung gesprochen. Warum sie ihn »gebraucht« hatte, darauf konnte er sich allerdings keinen Reim machen.

Michael musste die Frage nicht mehr aussprechen, denn Katrin fuhr fort: »Ich hab mir klargemacht, dass mir auch deine Anerkennung wichtig war ... Versteh das jetzt nicht falsch, aber du warst der erste Mann, der mir das Gefühl gab, gebraucht zu werden. Du hast so viele Entwicklungen durchgemacht und so viel angenommen ...«

»Du meinst, ich war dein Projekt? Dein Projekt ›Mann‹?«

Katrin musste darüber schmunzeln und wuschelte ihm durchs Haar. »Jetzt klingst du noch schlimmer als ich.«

»Da siehst du mal, was du aus mir gemacht hast«, erwiderte er verschmitzt.

Katrin nahm es wie erwartet mit Humor, doch da war noch etwas, was auf ihr lastete. Sie musterte ihn eine Weile und brachte erst wieder etwas heraus, nachdem sie einen tiefen Atemzug genommen hatte. »Michael. Ich hab dich mit Hanna im Restaurant in Venedig erlebt. Euch verbindet so viel. Man spürt das ... Auch wenn du das jetzt vielleicht verneinst, aber ... ich bin mir sicher, tief in dir drin wirst du sie immer lieben.«

»Vielleicht ...«, musste er wehmütig eingestehen.

»Nein. Ganz sicher.«

»Selbst wenn ... Ich glaub nicht, dass sie noch etwas von mir wissen will. Ich hab sie nicht gut behandelt. Das ist unverzeihbar und dann ... Franco ... Sie ist frisch verliebt.«

»Um eine Frau muss man kämpfen. Lass dir was einfallen.«

»Jetzt ist aus dir auch noch eine Eheberaterin geworden«, bemerkte er.

»Keine Sorge. Bei Erfolg droht dir eine saftige Rechnung«, erwiderte sie und schmunzelte. Dann blickte sie auf ihre Armbanduhr. »Ruf mir bitte ein Taxi. Ich möchte den Zug nicht verpassen.«

»Ich kann dich schnell zum Bahnhof fahren.«

»Ein Abschied auf dem Bahngleis? Ohne mich ... Ich muss dann immer heulen.« Dann küsste sie ihn auf die Wange. »Pass gut auf dich auf«, sagte sie.

Michael nickte und sah zu, wie sie ihren Koffer nahm und damit zur Tür ging.

»Du schaffst das«, versprach sie ihm.

Manchmal muss man Glück haben. Dank Antonios Kontakten zum Klerus konnten sie morgen heiraten – bewusst so kurzfristig, wie Julia sich das vorgestellt hatte, weil dann die meisten Gäste keine Zeit haben würden. Gina war das angesichts der ganzen Tratscherei auch mehr als recht. Letzte Nacht endlich wieder in Lorenzos Armen eingeschlafen zu sein und zu wissen, dass dies nun von Dauer sein könnte, war das höchste Glück – falls nicht wieder irgendetwas dazwischenkam, wie etwa ein Meteoriteneinschlag oder ein Erdbeben, was Julia Massa Marittima durchaus zutrauen würde. Einziger Wermutstropfen: Papa war nicht zu erreichen – schon seit gestern Abend. Auch ihrer Mutter hatte sie nur telefonisch Bescheid gegeben, dass sie sich mit Lorenzo aussprechen würde. Nach dem ganzen Tumult wollte Julia es sich nicht nehmen lassen, ihren Eltern persönlich die Einladung zum zweiten Anlauf ganz in Weiß zu überbringen. Papa zuerst. Das Hotel war ja keine zehn Minuten zu Fuß von Ginas Haus entfernt. Julia war sich sicher, dass er sich freuen würde – und Katrin auch. Doch warum um alles in der Welt trug sie ihren Koffer zu einem Taxi? Dass Katrin aufgrund beruflicher Verpflichtungen abreisen musste, war denkbar, aber beim Anblick von Papas Leidensmiene unwahrscheinlich. Er stand da, als ob ihn Medusas böser Blick getroffen hätte. Ein flüchtiges Küsschen auf die Wange – auch kein sonderlich gutes Zeichen –, dann stieg sie ein. Julia hatte noch ein paar Meter zu gehen und überlegte schon, zum Taxi zu laufen, um sich von Katrin zu verabschieden, doch es fuhr viel zu schnell los. Ihr Vater sah ihm nicht einmal mehr nach. Sein Blick war so starr, dass er Julia nicht wahrnahm, obwohl sie auf direkt ihn zusteuerte.

»Papa?«

Wie in Zeitlupe drehte er sich zu ihr um.

»Habt ihr gestritten?«, wollte sie wissen.

»Nein ... Ich hab mich von ihr getrennt«, gestand er ganz schön leblos.

Julia spürte, wie diese Leblosigkeit drohte, sie ebenfalls zu vereinnahmen. Ihr Vater schien es sich zur Lebensaufgabe gemacht zu haben, sich kurz vor der Hochzeit seiner Tochter von seinen Partnerinnen zu trennen.

»Was ist passiert?«, fragte sie fassungslos.

Ihr Vater musste sich erst einmal setzen. »Es war keine Liebe«, erklärte er resigniert.

»Was denn dann?«, fragte Julia, nachdem sie neben ihm Platz genommen hatte.

»Verliebtheit ... Sie tat mir gut ... Na ja, sie hat mich aus dem Loch gerissen ... belebt«, erläuterte er und lächelte dabei auch noch überraschend entspannt.

»Ach, und das hätte Mama nicht hingekriegt, oder wie?«

Die Frage traf ihn. Sein »Nein« war wohlüberlegt und daher umso niederschmetternder.

»Aber wenn du jetzt wieder ›lebendig‹ bist, dann ...«

»Vergiss es! Deine Mutter hat jetzt ein neues Leben«, fiel er ihr ins Wort.

»Der perfekte Zeitpunkt. Ihr könntet euch ja von jetzt an gegenseitig beleben.«

»Und Franco?«

»Er ist ganz schön hartnäckig an ihr dran, aber ...«

»Aber?«, fragte er wie aus der Pistole geschossen.

»Frühlingsgefühle, schätze ich. Ich kann ja mal vorfühlen, vorausgesetzt ...«

»Dazu ist doch schon viel zu viel in die Brüche gegangen«, unterbrach er sie erneut.

»Kann man flicken. Würdest du denn überhaupt noch wollen? Mit Mama?«

Ihr Vater zuckte nur ratlos mit den Schultern. »Jedenfalls

weiß ich jetzt wieder, was Liebe ist. Mit deiner Mutter war es Liebe.«

Ihm war anzusehen, wie schwer ihm dieses Geständnis fiel.

»Dann kämpf darum«, sagte Julia.

»Wie denn?«

»Lass dir was einfallen!«

Auch das hinterließ Stirnfalten bei ihrem Vater, und er bat: »Aber sag ihr nichts davon … Ich möchte nicht, dass sie es weiß.«

»Versprochen!« Julia war froh, dass er ihre Finger gerade nicht sehen konnte, weil er schon wieder vor sich hin starrte. Sie hatte sie überkreuzt.

Eigenartigerweise hatte Hanna bereits das wohlige Gefühl, auf Francos Weingut zu Hause zu sein, obwohl sie dort doch nur zu Gast war. Das lag vielleicht auch daran, dass sie gerade ein Ritual praktizierten, das sie bisher nur aus ihrer langjährigen Ehe mit Michael kannte. Gemeinsam zu kochen, hatte etwas sehr Vertrautes. Er schnitt Karotten und Frühlingszwiebeln, sie kümmerte sich um die Zubereitung der Soße. Letztlich die gewohnte Arbeitsteilung, wenn Michael zu Hause gewesen war. Francos ungezwungene Art, sie immer wieder beiläufig zu berühren, ohne dabei aufdringlich zu sein, verstärkte dieses Gefühl. Schon gestern Abend nach dem letzten Glas Wein, das sie auf der Terrasse getrunken und dabei über Venedig, Angelo, aber auch seine Ehen gesprochen hatten, hatte die Frage im Raum gestanden, ob sie sich körperlich wieder näher kommen würden. Franco hatte es einfach akzeptiert, dass sie müde und nicht sicher war, ob aus einem Kuss mehr werden sollte. Kein Drama. Es hatte sich so zwanglos angefühlt wie in einer guten Ehe. Hanna genoss es daher an diesem Morgen umso mehr, seine

Hände auf ihrer Hüfte zu spüren. An sich eine ganz banale Geste, um sie mit sanfter Gewalt dazu zu bewegen, zwei Schritte zur Seite zu gehen, damit er die Kühlschranktür öffnen konnte. Ganz beiläufig streichelte er dabei ihren Bauch. Das leichte Kribbeln, das sie dabei empfand, war anregend wie Strom, der immer dann floss, wenn sie ihn nah bei sich spürte. Das war allerdings nicht wie in einer Ehe, jedenfalls nicht wie in einer langjährigen.

»Reich mir doch bitte mal die Knoblauchpresse«, sagte er und streckte ihr eine Hand entgegen.

Sie legte das Küchengerät hinein, und schon wieder kribbelte es, als sich ihre Hände berührten. Sein Finger fuhr verspielt an ihrem Handrücken entlang. Hanna überlegte erneut, ob sie sich diesen angenehmen Gefühlen nicht dauerhaft hingeben sollte. Die Option, bei ihm zu bleiben, war zum Greifen nah. Er wollte es, dessen war sich Hanna sicher. Was hatte sie zu verlieren? Sie hatte doch schon alles verloren und konnte daher nur gewinnen. Warum also so viele Gedanken an andere Möglichkeiten verschwenden? Sie war jetzt hier, in seiner Küche, und freute sich auf ein gemeinsames Mittagessen mit ihm, Lorenzo und Julia, die per SMS angekündigt hatten, dass sie noch vorbeikommen wollten. Nicht zu viel überlegen, ermahnte sie sich erneut. Die Küchenuhr klingelte. Die Nudeln mussten vom Herd. Ihr Job. Er reichte ihr zwei Handschuhe, damit sie sich nicht verbrannte, und stellte das Nudelsieb bereit. So was nannte man »eingespieltes Team«.

»Meinst du, das reicht für vier?«, fragte sie.

»Locker. Wirst sehen. Die leben jetzt wieder von Luft und Liebe«, meinte Franco.

»Du Optimist.«

»Sie haben sich ausgesprochen und werden heiraten.«

»Der reine Horror.« Hanna wusste, dass das eine Steilvorlage für Franco war.

»Du sagst es«, erwiderte er augenzwinkernd, bevor er die Karotten in die Salatschüssel gab.

»Es ist verrückt. Auf der einen Seite würde mich das sehr für die beiden freuen. Die Zeremonie, das ganze Drumherum. Es ist schön, aber es ist trotzdem nur eine Momentaufnahme«, sagte Hanna.

Franco hielt überrascht inne. »Du würdest also auch nicht mehr heiraten«, stellte er mit fragendem Blick fest.

»Ich bin ja noch nicht mal geschieden.«

»Rein hypothetisch.«

Hanna wusste es nicht und zuckte mit den Schultern.

»Auch nicht, wenn du einem Hochzeitsphobiker die Ängste nehmen könntest?«

Hanna war platt.

»Auch nur rein hypothetisch«, fügte Franco etwas weniger souverän als sonst hinzu.

»War das jetzt ein Heiratsantrag?«, fragte sie keck.

»Auf keinen Fall. Du würdest ihn ja sowieso nicht annehmen, und ich wäre bei meiner eigenen Hochzeit nicht dabei ... Aber es spielt doch gar keine Rolle ... Ich beginne nur, mich an deine Gesellschaft zu gewöhnen.«

»Dito«, sagte sie.

»Ist das nicht ein gutes Zeichen?«, merkte Franco an.

»Du treibst mich noch in den Wahnsinn.«

»Darf ich dich trotzdem küssen? ... Ganz unverbindlich ...«

Hanna seufzte so, als würde sie es über sich ergehen lassen. Ein Spiel, von dem sie wusste, dass er es liebte. Sie schloss die Augen und wartete auf die Berührung seiner Lippen, doch sie spürte nur einen Finger, der an ihrem Mund entlangfuhr.

Er überraschte sie immer wieder, doch dann küsste er sie, leider viel zu kurz. Die Küchentür knarrte, und Julia stand mit geweiteten Augen da.

Julia hatte nach dem gemeinsamen Essen mit ihrer Mutter und Franco den Eindruck, dass von nun an alles gut werden musste. Das lag in der Luft. Der Fluch, der über Massa Marittima lag, konnte ihr sicher nichts mehr anhaben. Nach dem zweiten Glas Wein hatte sie ihre Theorie in Sachen »Fluch« zum Besten gegeben – für Franco die perfekte Erklärung, warum seine drei Ehen gescheitert waren. Die Stadt musste auch ihn infiziert haben.

»Auf den Sieg über den Fluch«, sagte er und hob sein Glas zum Toast.

Sie stießen an und lachten.

»Aber wie macht man das? Einen Fluch besiegen?«, fragte Franco.

»Dranbleiben?«, mutmaßte Julia und überlegte, ob dies wirklich das Erfolgsrezept gewesen war. Ursprünglich hatte sie Lorenzo ja aufgegeben, war auf und davon. So richtig »dranbleiben« war das ja nicht. Innerlich ja, denn wenn sie ganz ehrlich zu sich war, hatte sie zu keinem Zeitpunkt aufgehört, Lorenzo zu lieben.

»Dranbleiben also«, hielt Franco fest und blickte dabei bedeutungsvoll zu Hanna, die daraufhin schmunzelte.

Aha. Franco wollte also auch bei ihr dranbleiben – oder sie bei ihm? Vermutlich beides. Lorenzo hatte das auch so verstanden, weil er sonst nicht geblinzelt hätte.

»Und ich schwöre euch. Diesmal kommt mir nichts mehr dazwischen«, beschwor Julia das Schicksal und schmiegte sich demonstrativ an ihren Lorenzo, um ihn zu küssen. In der Bewegung musste sie eine Hand auf seinen Oberschenkel stützen, um nicht das Gleichgewicht zu verlieren. Durch den Stoff seiner Hose spürte sie die Tabakdose seines Großvaters und stutzte. »Das glaub ich jetzt nicht«, sagte sie.

Hanna und Franco tauschten amüsierte Blicke. Was mussten sie jetzt wohl denken? Eine Frau fasste einem Mann an den Schritt und bekam dabei große Augen.

»Er trägt ein Stück Eisen mit sich herum«, erklärte Julia daher rein präventiv.

»Eine Tabakdose«, präzisierte Lorenzo verschämt.

»Klar, das bringt Glück«, warf Franco überraschend ein.

»Das sagt ausgerechnet ein Italiener, der doch gar kein Italiener ist«, kommentierte Hanna.

Verwirrt sah Julia zwischen beiden hin und her. Bisher war sie davon ausgegangen, dass Franco ein waschechter Italiener sei. So wie die beiden darüber lachten, verband sie vermutlich schon einiges mehr, als Julia angenommen hatte. Schlechte Karten für Papa, überlegte sie.

»In Sachen Aberglaube sind wir alle gleich. Vermutlich ist die Stadt verflucht, weil ich auf all meinen drei Hochzeiten nichts aus Eisen bei mir hatte«, gestand Franco.

Nun wurde Julia schlagartig heiß. Ihr fiel gerade ein, dass sie beim ersten Anlauf auf das »Geschenkte« verzichtet hatte und stattdessen der gekaufte Armreif hatte herhalten müssen. Das konnte sie Lorenzo jetzt unmöglich sagen … Oder doch? Sie entschied sich für die Wahrheit: »Wenn das so ist … Dann hab ich's wohl vergeigt … die Hochzeit«, sagte sie deshalb um Beiläufigkeit bemüht.

»Vergeigt?«, fragte Lorenzo.

»Etwas Altes, etwas Neues … Ihr kennt das ja, und in meinem Fall. Das Geschenk … Ich hatte keines.«

»Aber der Armreif … von deiner Freundin?«

»Gekauft … Ich hatte einfach keine Zeit«, erklärte sie.

Lorenzos verstörter Blick war kaum noch auszuhalten. Auch Franco und ihre Mutter sahen sie an wie die Inquisition. Julia wurde übel und hatte ernsthaft mit aufsteigenden Schuldgefühlen zu kämpfen, jedenfalls so lange, bis sie alle drei losprusteten.

Lorenzo nahm sie sogleich in den Arm. »Jetzt red dir das nicht ein, Schatz«, sagte er.

»Da kann man Abhilfe schaffen. Nur zur Sicherheit ...«, sagte Franco. Er stand auf und bedeutete Lorenzo, ihn zur Scheune zu begleiten. »Aber dazu brauch ich deine Hilfe. Allein krieg ich die alte Truhe nicht vom Schrank herunter«, erklärte er.

Lorenzo nickte und folgte ihm.

»Ich bin gespannt, was er sich jetzt wieder einfallen lässt«, sagte ihre Mutter, während sie den beiden nachblickten.

Die Gelegenheit, für einen Moment allein mit ihr zu sein, wollte Julia nutzen.

»Du magst ihn sehr, oder?«, fragte Julia.

Ihre Mutter nickte, ohne zu zögern.

»Heißt das jetzt, du bleibst hier? Bei Franco?«

»Ich weiß es nicht ... Er tut mir gut, wir lachen viel ...«

»Er ist total nett. Ein super Typ. Ihr scheint euch gut zu verstehen. Das sieht man ...«, bemerkte Julia in der Hoffnung, etwas mehr aus ihrer Mutter herauskitzeln zu können.

Sollte sie ihr jetzt sagen, dass ihr Vater sich von Katrin getrennt hatte? – Doch diesen Trumpf behielt sie besser noch im Ärmel.

»So einfach ist es leider nicht«, sagte ihre Mutter und seufzte.

»Warum nicht?«

»Ich weiß, dass er es möchte … Ich genieße jeden Moment mit ihm.«

»Aber? Viele würden für so ein Leben in der Toskana töten … Du willst den Weinhandel aufbauen. Besser geht's nicht«, sagte Julia, eher, um ihre Mutter zu ködern.

»Ich bin noch nicht so weit …«

»Du hängst immer noch an Papa, hab ich recht?«

»Wie kommst du denn darauf?«

»Ihr wart in Venedig wieder so wie immer. Ich weiß nicht, ich hatte das Gefühl, dass meine Eltern auf einmal wieder da waren, und das fühlte sich irgendwie richtig an«, erläuterte Julia.

Ihre Mutter schwieg und blickte nachdenklich auf das Weinglas, das vor ihr stand. »Ich weiß nur, dass ich das alles hier genieße, gerade weil es mir wie ein Traum vorkommt.«

»Ein Traum? Mir kommt Francos Interesse an dir aber ziemlich real vor.«

»Aber die Situation ist es nicht«, erwiderte ihre Mutter ernst. Ihre Miene hellte sich aber sofort auf, als Franco und Lorenzo aus der Scheune kamen.

Franco hielt etwas versteckt hinter seinem Rücken, und je näher die beiden kamen, desto deutlicher war Geklimper zu hören. Es klang nach Puccini. Und es war Puccini, der aus einer winzigen Spieluhr erklang. Franco reichte sie ihr. Julia war sprachlos. Ausgerechnet jenes Stück aus *La Bohème*, das der alte Lorenzo gehört hatte, bevor er aufs Meer hinausfuhr. Julia nahm die Spieluhr gerührt an sich. Das war ein Zeichen! Auch wenn sie normalerweise nicht an so etwas glaubte und gerade das »eiskalte Händchen« vermutlich in jeder zweiten Spieluhr Italiens steckte – in diesem Fall wollte sie es einfach glauben.

»Das ist von meiner Mutter. Also, meine Eltern hatten wirklich eine tolle Ehe! Es wird dir Glück bringen«, sagte Franco.

Jetzt verstand Julia, was ihre Mutter mit dem »Traum« meinte. Franco war so was von süß. War so ein Mann real? In dem Moment nahm Julia sich vor, ihrer Mutter diesen Traum zu lassen. Entweder es war gar keiner, und sie würde bei ihm bleiben, oder sie wachte von allein auf. Sie jetzt mit Gewalt herauszureißen kam nicht mehr in Frage.

Glück im Spiel, Pech in der Liebe. Logisch, dass Michael nun bereits den zweiten Handschlag des Tages erntete, auch ohne Katrins Unterstützung oder sich großartig verkaufen zu müssen. Fabrizio Celsi, einer der Weinbauern auf seiner heutigen Tour, hatte, ohne großartig herumlamentieren zu müssen, zugestimmt, ihn zu beliefern. Katrins Theorie, dass einem, wenn man losließ, alles wie von allein zuflog, bestätigte sich. Michael war nicht der Typ, der etwas anfing und dann aufgrund privater Veränderungen hinschmiss, doch es war ihm gleichgültig geworden, ob er es nun schaffte, Vertriebsverträge abzuschließen, oder nicht. Mit wem sollte er sich denn darüber freuen? Katrin war weg. Da half nur Zynismus. Wer eine Weinhandlung hatte, konnte sich wenigstens jeden Tag besaufen. Vielleicht würde er dann auch so eine aufgedunsene rote Nase bekommen wie dieser Celsi, der sich mit Sicherheit mehr in seinem Weinkeller als im Büro oder auf dem Feld aufhielt.

»Leben Sie allein hier?«, musste Michael ihn einfach fragen, um seine Theorie bestätigt zu sehen.

»Meine Frau ist vor zwei Jahren gestorben. Die Kinder sind in Rom. Aber ich habe ja all das hier ...«, sagte er relativ lustlos, was Michael erschreckte. Zu »all dem« gehörten noch zwei Hunde, die ihm vermutlich an einsamen Tagen Gesellschaft leisteten.

Michael nahm das Bild von Celsi, der mit den beiden Dobermann-Mischlingen auf seinem Hof stand und ihm nachwinkte, mit auf die Fahrt zum nächsten Termin. Es war ein idyllisches Gemälde, doch es triefte vor Einsamkeit. Und die war ansteckend. Michael spürte nun die Leere in seinem Herzen – eine Art Monotonie des Alleinseins, vor der er Angst hatte. Die bis zum Horizont reichenden Reihen der Weinstöcke standen sinnbildlich dafür. Monotonie pur. Das fade Grün und Beige der Landschaft hatte aber auch etwas Beruhigendes. Es war ein wohltuender Kontrast zu all dem Stress, den er sich Katrin zuliebe angetan hatte. Und wenn man genau hinsah, entdeckte man mitten in dieser Monotonie sogar überraschend viel Lebendigkeit und Abwechslung. An den Hängen der Hügel ragten zwischen Zypressen immer wieder kleine bunte Häuser hervor. Arbeiter, die einen Transporter beluden, sahen zu ihm herüber und winkten. Keinen Kilometer weiter überholte ihn ein schweres Motorrad, das eine fragile junge Frau fuhr. Wie ihr blondes Haar im Fahrtwind flatterte, faszinierte ihn. Dann tauchte plötzlich ein Igel mitten auf der Fahrbahn auf und veranlasste ihn dazu, eine Vollbremsung hinzulegen. Auf einem nahe gelegenen See flatterten Gänse davon, die eine vorbeifliegende Propellermaschine aufgeschreckt hatte. Michael musste unwillkürlich schmunzeln. Auf einer so monoton scheinenden Strecke konnte tatsächlich mehr passieren, als man sich gemeinhin vorstellte. Nur schade, dass er das mit niemandem teilen konnte. Katrin hätte er sicher mit so banalen Beobachtungen gelangweilt. Sie hätte sie lieber analysiert, anstatt sie einfach nur zu genießen. Der einzige Mensch, mit dem er kleine Dinge des Lebens bisher hatte teilen können, war seine Frau gewesen. Schöne Zeit, dachte er. Vergangenheit. Nach vorn sehen, sagte er sich, nur dummerweise konnte er seinen Blick nun hinwenden, wo immer er wollte. Am Ende eines jeden Gedankens stand immer seine Frau.

Hanna hatte an diesem Nachmittag alle Einkäufe von Ginas Liste besorgt, die sie ihrem Bruder per SMS geschickt hatte. Der Kofferraum seines Jeeps war rappelvoll. Auch wenn sie weniger Gäste erwartete, war die Zeit für Gina zu knapp gewesen, einige Getränke und Snacks selbsteinzukaufen. Hanna half gern. Sie war sowieso mit Franco auf erneuter Akquisetour, bei der sie an den entsprechenden Läden vorbeigekommen waren. Hanna freute sich auf die morgige Hochzeit. Sie freute sich sogar darauf, dass Julia einen Italiener heiraten würde. Wie leicht jetzt alles von der Hand ging – auch beruflich. Zwei weitere Verträge waren in Aussicht. Das Makabre an ihrem letzten Abschluss war, dass ein Weinbauer namens Celsi auch mit Michael einen Vertrag abgeschlossen hatte. Es störte sie nicht mehr. Sie mussten sich um rund zwei Stunden verfehlt haben. Komisch daran war nur, dass Celsi nicht von Katrin gesprochen hatte. Auch Franco war das aufgefallen.

»Sie wird keine Lust mehr gehabt haben, von einem Weingut zum nächsten zu fahren«, hatte er gemutmaßt.

»Und du? Hast du überhaupt noch Lust, die ganzen Weinbauern mit mir abzugrasen? Du kommst ja gar nicht mehr zu deiner Arbeit.«

»Du hast recht. Wir müssen die verlorene Zeit wieder reinholen.«

»Wir?«, fragte Hanna zaghaft.

»Morgens um sechs raus. Harte Feldarbeit. Die Saisonarbeiter kosten zu viel«, führte er ziemlich überzeugend aus. Aber wie viel Ernst steckte wirklich hinter seinen Plänen?

»Könntest du es dir wirklich vorstellen, wenn ich hierbliebe?«, fragte sie ihn, als sie das Zentrum von Massa Marittima erreichten.

»Hanna!«, sagte er vorwurfsvoll, als ob er sich darüber wunderte, dass sie dies überhaupt noch fragte. »Du bist doch schon hier«, setzte er dann doch nach.

»Ich könnte aber auch nach der Hochzeit abreisen. Mein Urlaub ist nächste Woche sowieso vorbei.«

»Ich könnte mir auch Urlaub nehmen.«

»Du meinst, du würdest mich nach Deutschland begleiten?«

»Natürlich nur, um dich zu überreden, möglichst rasch wieder hierherzukommen.«

»Verrückter Kerl.«

»Sag bloß, das stört dich.«

Hanna liebte es, aber es kam ihr so vor, als würde er alles, was zwischen ihnen passierte, zu leicht nehmen. Oder sie nahm es zu schwer. Letztlich nur eine Frage der Lebenseinstellung. Am liebsten hätte sie ihm noch ein wenig intensiver auf den Zahn gefühlt und nachgefragt, wie er sich ein Zusammenleben konkret vorstellte. Wo würde sie ihr Büro haben? Wie oft könnten sie sich überhaupt sehen? Sie müsste zwischen Italien und Deutschland pendeln. War das auf Dauer machbar? Diese Fragen drängten sich auf und mussten durchdacht werden, wenngleich das auch bis morgen Zeit hatte. Jetzt war nicht der richtige Zeitpunkt. Gina wartete bereits vor dem Restaurant, um die Lieferung entgegenzunehmen.

»Na, hast du alles bekommen?« fragte sie Franco, der sogleich die ersten Tüten an sich nahm und ins Restaurant trug. »Und bei dir? Alles klar? Aus dir wird noch die nächste Weinkönigin«, sagte sie diesmal in Hannas Richtung und schmunzelte. Franco hielt sie anscheinend gut auf dem Laufenden.

»Wir werden morgen nur noch um die zwanzig Leute sein. Heute Nachmittag sind wieder drei abgesprungen. Dass Sophia nicht mehr kommt, war klar. Dann bleiben ihre Eltern natürlich auch zu Hause, aber dass Katrin …«

»Katrin? Kommt sie nicht?«, fragte Hanna sofort nach, während sie die nächsten Tüten aus dem Kofferraum des Jeeps hievte.

»Du weißt es noch gar nicht?«

»Was?«

»Ich war drüben beim Hotel. Sie haben eine Tagung und brauchen mehr Platz … Rudolfo und ich kennen uns seit Jahren und … Na ja, eine Hand wäscht die andere …«

»Ja, und? Gina … Du machst mich ganz verrückt. Nun sag doch endlich, was los ist«, verlangte Hanna.

»Katrin hat ausgecheckt. Sie ist mit dem Taxi weggefahren. Rudolfo selbst hat das Taxi bestellt. Es ging zum Bahnhof.«

»Und warum bleibt sie nicht?«, fragte Hanna weiter.

»Sie hat sich die Nacht zuvor ein Einzelzimmer genommen. Ich denke, das war's dann wohl mit den Frühlingsgefühlen deines Mannes.«

»Michael? Aber … das kann doch gar nicht sein.« Sichtlich geschockt schüttelte Hanna den Kopf.

»Wenn ich es dir doch sage.«

Nun kam Franco zurück. Er hatte die letzten Sätze wohl mit angehört.

»Haben sich die beiden etwa getrennt?«, fragte er.

Gina nickte.

Ein Einzelzimmer? Hanna fiel ein, dass Michael phasenweise schnarchte wie ein Bär. Sie hatte sich dann auch immer auf die Gästecouch verzogen.

»Gina. Nur weil sie abreist und die beiden für eine Nacht getrennt schlafen, muss das ja nicht gleich heißen, dass er sich von ihr …«

»Doch«, fiel ihr Gina ins Wort. »Ich weiß es von Lorenzo.«

Hanna verstand die Welt nicht mehr.

»Und wieso weiß das Lorenzo?«

»Von Julia«, gestand Gina.

»Aber sie hätte mir das doch gesagt.«

»Er hat sie gebeten, den Mund zu halten. Aber ich finde, du solltest es wissen.«

Hanna musste sich augenblicklich setzen, und auch wenn Franco nicht Platz nahm, sah er so aus, als hätte er es ebenfalls bitter nötig.

Einsamkeit ließ sich tagsüber streckenweise recht gut verdrängen, weil man meistens mit allen möglichen Dingen beschäftigt war. Doch je näher der Abend rückte, desto schmerzhafter wurde die Vorstellung, ohne den gewohnten Menschen an seiner Seite beim Abendessen zu sitzen, während um einen herum die Welt nur noch aus glücklichen Paaren zu bestehen schien. Es lähmte einen, und mit jeder weiteren Stunde kroch die Angst vor der Nacht näher, vor dem Moment, wenn man allein ins Bett ging. Dann stach die Einsamkeit mit besonders scharfen Messern auf die Seele ein. Michael sah Katrin überall im Hotelzimmer: im Bad, am kleinen Schreibtisch und, was am schlimmsten war, er glaubte, sie mit geschlossenen Augen sogar noch im Bett neben sich zu spüren. Vorbei. Michael ließ den Schmerz zu. Es erleichterte ihn, seinen Gedanken freien Lauf zu lassen. Was blieb, war ein erträglicher dumpfer Schmerz, der ihm aber jegliche Energie entzog. Michael wusste, dass er rausmusste, unter Leute. Antonios Stammkneipe war nicht weit. Insgeheim hoffte er, ihn dort vorzufinden. Wenigstens einen Teil des Abends konnte er dann in Gesellschaft verbringen, wobei er sich auf dem Weg zur Spelunke der einsamen Herzen überlegte, dass Antonio heute nicht unbedingt der Richtige war, um ihn aufzubauen. Michael hätte auf seine innere Stimme hören sollen, bevor er die Bar betrat und Antonio entdeckte. Ginas Ex machte nämlich den Eindruck, als ob er selbst jemanden brauchte, der ihn aufbaute. Ergab Minus mal Minus nicht Plus? Einen Versuch war es wert.

Michael setzte sich wortlos zu ihm an die Theke.

»Trink einen Ruffino. Er wärmt die Seele.« Mit diesen Worten begrüßte ihn Antonio und bedeutete dem Wirt mit einer Geste, Michael ein Glas zu servieren. »Tut mir leid wegen Katrin«, fuhr er mit einem bitteren Lächeln fort.

»Na, immerhin redest du wieder mit deiner Frau.« Von wem sonst sollte Antonio die »guten Neuigkeiten« erfahren haben?

»Die Hochzeit … Vermutlich nur deswegen«, erklärte Antonio.

»Dann kommst du morgen?«, fragte Michael.

Antonio nickte, wirkte dabei aber nicht sonderlich glücklich. »Sie tut es Lorenzo zuliebe«, sagte er.

»Das glaube ich nicht. Das mit euch beiden, das renkt sich wieder ein. Wirst sehen.«

Antonio zuckte unschlüssig mit den Schultern, bevor er einen kräftigen Schluck vom Wein nahm. »Und bei dir?«, wollte er dann wissen.

»Katrin? Nein. Das glaube ich nicht. Ich möchte das auch gar nicht mehr.«

»Das meinte ich nicht. Hanna, deine Frau.«

Michael wusste darauf keine Antwort und hielt sich lieber an den Saft der veredelten Sangiovese-Trauben. »Vielleicht tut mir das Alleinsein ganz gut«, log er, was Antonio sofort durchschaute.

»Blödsinn …«

»Und du? Was wird aus dir und Gina?«

»Wir haben ein halbes Leben miteinander verbracht. Ich war so dumm … Man glaubt immer, dass es einem bessergeht, wenn man sich verliebt. Dabei läuft man nur vor seinen Problemen davon. Es wird nicht besser, sondern nur anders, verstehst du?«

Und ob Michael das verstand.

»Das ist wie mit gutem Wein. Du möchtest sie alle kosten, aber irgendwann gewöhnst du dich an einen, der alles in sich vereint, was dir an einem Wein gefällt.«

»Was wirst du tun?«, fragte Michael.

»Keine Ahnung. Was kann ich denn mehr tun, als ihr zu sagen, dass es mir leidtut?«

»Beweis ihr, dass du sie liebst … irgendwie.«

»Wie denn? Soll ich mich vielleicht vor ihrem Restaurant geißeln?«

Eine Selbstgeißelung war gar keine so schlechte Idee, jedenfalls im übertragenen Sinne. Ein Liebesbeweis konnte ruhig weh tun.

»Was hat sie bisher immer an dir kritisiert?«

»Gar nichts«, erwiderte Antonio leicht genervt.

»Du hast mir doch erzählt, dass sie so viel unterwegs war. Die vielen Reisen … Schenk ihr doch eine Flugreise.«

»Dann kann ich mich genauso gut auch gleich aufhängen«, erwiderte Antonio.

»Warum denn das?«

Antonio nahm gleich noch einen kräftigen Schluck von seinem Wein. Das Gespräch schien ihm unangenehm zu werden. »Ich kann das nicht«, sagte er schließlich.

»Was?«

»Fliegen.«

»Dafür gibt es einen Piloten.«

»Flugangst«, sagte er knapp.

»Das glaub ich jetzt nicht.«

»Glaub es!«

»Du weißt, dass Frauen es lieben, wenn man ein Opfer bringt, für die Liebe«, sagte Michael.

Antonio schluckte, dann nickte er schwach, aber unübersehbar. »Und du? Was lässt du dir einfallen? Für Hanna?«, fragte er provokant zurück.

Michael wusste es nicht. Es war immer einfacher, anderen einen Rat zu geben als sich selbst.

Kapitel 17

Dass Hanna in dieser Nacht kein Auge zugemacht hatte, lag nicht an Julias großem Tag, auf den sie sich ja freute. Es war ihr nicht mehr aus dem Kopf gegangen, warum Michael sich von Katrin getrennt haben könnte. Eine zweite Überlegung war mit dazugekommen: Wenn sie mit Franco auf der Hochzeit erschien, dann würde genau wie bei Julias erstem Anlauf wieder ein Ungleichgewicht entstehen. Sie wäre in Begleitung und Michael allein. Hanna hatte deshalb beschlossen, gleich beim Frühstück mit Franco darüber zu sprechen. Zu ihrer großen Überraschung war er es aber gewesen, der sie von sich aus darauf angesprochen hatte. Auf dem Weg zu Gina fiel kein weiteres Wort mehr darüber.

»Ist es wirklich okay für dich, dass ich allein gehe?«, vergewisserte sich Hanna noch einmal, kurz bevor sie mit seinem Wagen das Haus der Lombardos erreichten.

Seine Antwort war typisch Franco: »Du weißt doch, dass ich keine Hochzeiten mag.«

In seinem Blick glaubte Hanna allerdings, so etwas wie Wehmut zu lesen. Dann küsste er sie auf die Wange und schenkte ihr ein aufmunterndes Lächeln, bevor sie ausstieg. Hanna sah seinem davonfahrenden Wagen noch eine Weile nach. Sie war sich sicher, dass er sich die Frage stellte, ob sie wieder zu Michael zurückwollte. Das war durchaus möglich, wenngleich unwahrscheinlich. Noch vor wenigen Wochen hätte sie erleichtert aufgeatmet. Ihre Welt wäre wieder in Ordnung gewesen. Sie hätte sich gesagt, dass Michael zu sich zurückgefunden hatte. Und jetzt? Er war ja nicht mehr der Alte. Auf alle Fälle kein Wort davon zu Julia, nahm sie sich vor. Heute war ihr Tag. Alles andere musste hintanstehen. Das fiel Hanna leichter als gedacht, nachdem sie das Umkleidezimmer der Braut im ersten Stock betreten hatte und nicht nur das Weiß des Brautkleids, sondern auch Julias glückliches Lächeln alles zu überstrahlen schien. Hanna nahm Julia erst einmal in den Arm und stutzte gleich darauf, weil es zwischen ihnen plötzlich zu klimpern begann.

»Hast du jetzt tatsächlich diese Spieluhr …«, setzte Hanna an zu fragen, doch da zupfte Julia auch schon an ihrem Ausschnitt herum.

»Wohin soll ich sie sonst tun? Ich hab keine Tasche.«

Hanna musste gleich zweimal hinsehen. Das winzige Teil steckte tatsächlich über ihrem Herzen. Wenn das mal nicht gleich doppeltes Glück brachte.

»Zwickt ordentlich, aber was tut man nicht alles …« Julia stöhnte theatralisch, lachte dann jedoch unbeschwert auf.

»Und diesmal lass ich dich bis zum Altar nicht mehr aus den Augen«, kündigte Hanna an.

»Papa wird jeden Moment hier sein – und Antonio.«

»Er darf also das Haus wieder betreten?«

»Nur das eine Mal«, tönte Gina, die gerade hereinkam.

»Sag bloß, ihr habt euch immer noch nicht ausgesprochen?«, fragte Hanna.

Gina hatte die Frage zwar gehört, ignorierte sie aber. Viel lieber bestaunte sie den blauen Blumenkranz auf Julias Kopf. »Ein bisschen«, räumte sie schließlich doch ein.

»Ohne Antonio hätten wir den Termin nicht so schnell bekommen«, erinnerte Julia sie.

»Er bemüht sich«, kommentierte Gina knapp.

Julia blinzelte ihrer Mutter zu. In Ginas Fall schien Zeit tatsächlich die Wunden zu heilen.

»Du hast bestimmt mehr Glück als ich«, sagte Hanna gerührt und umarmte Julia innig.

Endlich verlief alles normal. Die Braut strahlte, wie es sich für so einen Tag gehörte. Michael fühlte eine Mischung aus Stolz und Wehmut, weil er eine so hübsche Tochter hatte, die fortan ganz offiziell ihr eigenes Leben führen würde. Hanna und die etwa zwei Dutzend Gäste, der engste Kreis der Lombardos, warteten am Eingang des Duomo, nebst Lorenzo natürlich. Der prächtige Bräutigam stand neben seinen Eltern, die genau wie alle anderen nur Augen für Julia hatten. Eben alles so, wie es sein sollte. Nur ein Umstand irritierte ihn. Michael stellte sich die Frage, wo Franco abgeblieben war. Immerhin war er Julias neuer Onkel. Michael hatte man bereits nach Katrin gefragt. Dass sie verhindert sei, hatte er darauf jedem gesagt, der noch nicht auf dem neuesten Stand war. Es ging niemanden etwas an, und was Hanna betraf, so war es besser, wenn sie nichts davon erfuhr. Lieber griff er den freundschaftlichen Faden auf, den der Tag in Venedig gesponnen hatte. Julia sollte diesmal eine perfekte Hochzeit haben, und alles deutete darauf hin.

»Ich weiß, dass du sie glücklich machst«, sagte er vor dem Duomo zu Lorenzo, der daraufhin feuchte Augen bekam. Und auch Julias Augen hatten einen verräterischen Glanz. Die beiden jungen Leute sahen sich so an, als ob sie sich am liebsten gleich küssen würden, doch ein paar Minuten mussten sie noch warten. Merkwürdig war, dass Hanna ihn nachdenklich musterte, als sie zu ihnen stieß. Der gleiche Blick wie vorhin, als er Julia vom Haus der Lombardos abgeholt hatte. Jetzt schenkte sie ihm aber ein unbefangenes Lächeln und hängte sich sogar bei ihm ein. Ein vertrautes Gefühl und doch so, als würde er eine Fremde an seiner Seite haben. Selbst die Art, wie sie sich bewegte, schien sich verändert zu haben. Ihr Gang war aufrechter, oder täuschte er sich?

»Was ist?«, fragte sie, weil sie bemerkte, dass er sie von der Seite ansah, als sie sich zu den anderen Gästen in die erste Bankreihe gesetzt hatten.

»Nichts.«

Nun musterte Hanna ihn schon wieder mit diesem kritischen Blick. »Wenigstens sitzen die beiden jetzt wieder nebeneinander«, bemerkte sie, als sie Antonio und Gina zu ihrer Linken in der ersten Reihe Platz nehmen sah.

»Das tun wir doch auch«, sagte Michael und schmunzelte.

»Es wird noch eine Weile dauern, bis sie wieder normal miteinander umgehen«, meinte Hanna zu Recht, weil die Lombardos immer noch wie Statuen nebeneinandersaßen.

Die Orgelmusik blieb aus, was kein Wunder war, denn so schnell hatte man keinen Ersatz für die Organistin gefunden. Dafür war das Ave-Maria umso schöner. Es ging ans Herz. Am liebsten hätte Michael nach Hannas Hand gegriffen, so rührte ihn die Darbietung an. Morgen würde diese Stimmung wieder verflogen sein. Nun begann der Priester mit der Zeremonie, die etwas kürzer war als der lange Sermon, den sie schon kannten. Dann kamen die entscheidenden Fragen.

»Willst du, Lorenzo Lombardo, deine Ehefrau lieben und achten und ihr die Treue halten in guten und in schweren Zeiten, in Gesundheit und Krankheit, bis dass der Tod euch scheidet, so antworte: Ja, mit Gottes Hilfe!«

Lorenzo wiederholte den letzten Part deutlich vernehmbar und aus vollem Herzen.

Michael atmete auf. Die Hälfte war also geschafft. Nachdem die Gäste diesen Moment schon einmal erlebt hatten, auch der Priester, wurde es mucksmäuschenstill. Bevor der Geistliche fortfuhr, sah er Julia, soweit Michael das aus der Entfernung beurteilen konnte, skeptisch an. Dann schmunzelte er und setzte zur zweiten Frage an, mit der er alle überraschte.

»Du läufst aber jetzt nicht wieder davon?«, fragte er laut genug, so dass es alle hören konnten. Die angespannte Stimmung lockerte sich schlagartig. Hanna war nicht die Einzige, die lachte. Selbst Antonio und Gina konnten nicht an sich halten.

Dann endlich ertönte Julias erlösendes: »Ja, mit Gottes Hilfe!«

Das war's. Halleluja!

Der Priester atmete ebenfalls erleichtert auf. Applaus brandete auf. Antonio und Gina sahen sich gerührt an. Ein Wunder! Hanna seufzte fast zeitgleich mit Michael. Ihre Tochter hatte endlich geheiratet. Jetzt ging es ans Feiern. Die ersten Gäste standen auf und setzten sich in Richtung Ausgang in Bewegung, während die Band eine Cover-Version von Albano und Romina Powers »Felicità« spielte. Es klang weniger nach Schnulze als das Original. Auf alle Fälle hatte Hanna anscheinend genau auf den Text geachtet.

»Glück heißt für mich, dass es dich gibt, zu wissen, dass ich lieben kann und geliebt werde. Und dieses Leben ist schön, gemeinsam mit dir«, zitierte Hanna. »Einen besseren Song hätte Julia sich nicht aussuchen können.«

»Ja«, sagte Michael, denn mehr brachte er vor Rührung und angesichts der Tragweite dieser Worte nicht mehr heraus. Eine perfekte Hochzeit! Wenn nur Hannas nachdenkliche Blicke nicht wären, die ihn zunehmend irritierten.

»Wo ist eigentlich Katrin?«, fragte sie verräterisch beiläufig.

Aha, das war es also, was sie die ganze Zeit überlegt hatte.

»Sie musste abreisen«, log er erneut. Gut, dass sie noch in der Kirche waren. Michael schaffte es gerade noch, einen Blick auf die Jungfrau Maria zu erhaschen und sie für diese Notlüge um Verzeihung zu bitten.

Weil weniger Leute da waren, wirkte Ginas Hinterhof, der mit der gleichen Deko wie bei Julias erstem Anlauf geschmückt war, weitaus gemütlicher. Hanna war endlich in Feierlaune. Lorenzo hatte eine strahlende Braut an seiner Seite. Musik setzte ein. Die Stimmung hätte nicht besser sein können. So sah also eine richtige toskanische Hochzeit aus. Es gab auch keinen Grund mehr, sich an der Bar zu verkriechen. Hanna stieß unbeschwert mit jedem an, der ihr und Michael seine Glückwünsche überbrachte. Alles war im Grunde genommen perfekt bis auf den Umstand, dass Michael sie vorhin glatt belogen hatte. Ad hoc konnte sie es sich nur damit erklären, dass es ihm unangenehm war, wenn sie von seiner jüngsten Trennung wusste und er sich bloßgestellt gefühlt hätte. Nun schien er sich jedenfalls zu amüsieren, wirkte locker und gutgelaunt. Seine Brautrede stand an. Diesmal ohne Zettel. Er fasste sich kurz, so wie sie ihn kannte. Er klang ehrlich, und seine Worte kamen aus vollem Herzen.

»Auf viele glückliche Jahre!« Darauf hob er am Ende seiner Ansprache sein Glas. Die anderen Gäste und auch Hanna taten es ihm gleich.

Antonio hatte einen etwas weniger leichten Stand. Er galt immer noch als der Mann, der seine Frau betrogen hatte. Dementsprechend gespannt warteten alle auf seine Rede – mit gemischten Gefühlen, was man an den Mienen der Anwesenden ablesen konnte. Gab es »das Traumschiff« etwa auch in Italien? Antonios Rede erinnerte Hanna an das Kapitänsdinner zum Happy End. Dass die Kinder doch noch zusammengefunden hatten, trotz aller widrigen Umstände, war irgendwie süß, aber dann, nachdem Antonio genau wie Michael einen Toast auf das junge Brautpaar ausgesprochen und dafür Beifall geerntet hatte, nahm er Gina ins Visier. So schnell kam allgemeines Gemurmel selten zum Ende. Als ob man den Stecker einer Stereoanlage gezogen hätte. Stille. Nun lasteten die Blicke auf Gina und Antonio.

»Amore. Ich hab alles versaut, sogar die Hochzeit meines eigenen Sohnes. Lorenzo, verzeih mir«, sagte er in Richtung des frischgebackenen Bräutigams. »Ich erinnere mich an unsere eigene Hochzeit, Gina. Wir haben uns genau wie Lorenzo und Julia geschworen, auch in schlechten Zeiten zueinanderzustehen. Doch wir sind beide davongelaufen, als es schwierig wurde. Wir haben noch nicht einmal bemerkt, was mit uns passiert ist«, fuhr er fort.

Gina war sichtlich gerührt. Die anwesende Familie war erleichtert.

»Ich weiß, dass du noch ein paar Träume hast, ein paar Ziele, zu denen ich dich nie begleiten konnte«, erklärte er und ging zu ihr, um ihr einen Umschlag zu reichen.

»Erfüll dir deinen Traum, und wenn du magst …«

Unter den neugierigen Blicken der anwesenden Gäste öffnete Gina den Umschlag und stieß kurz darauf fassungslos hervor: »Australien? … Und noch ein Ticket? Aber … das kann doch nicht sein … Antonio … du fliegst mit?«

Antonio nickte mit Leidensmiene. »Ich hab mir den weitesten Weg ausgesucht … zur Strafe«, gestand er.

Hanna verstand zunächst kein Wort und schon gar nicht, warum alle Anwesenden lachten. Wieso fiel Gina Antonio jetzt so stürmisch um den Hals? Früher hatte man eine Kapelle mit Giotto-Fresken bauen lassen, um sich den Ablass seiner Sünden zu erkaufen. Heute genügte ein Flugticket nach Australien.

»Flugangst … Deshalb ist er nie mit«, erklärte Michael.

Hanna erinnerte sich nun an ihr Gespräch mit Gina. Tolle Idee, das mit der »Strafe«, überlegte sie.

Michael klopfte Antonio anerkennend auf die Schulter.

Dafür erntete er nicht nur ein herzliches »Grazie«, sondern auch noch einen verdächtig konspirativen Blick. Hatte Michael ihn am Ende auf diese Idee gebracht?

»Das Buffet ist eröffnet«, verkündete Gina, die sich daraufhin spontan bei Antonio einhängte und mit ihm zu den Leckereien schritt.

Auch Hanna schnappte sich einen Teller und steuerte auf das Vorspeisenbuffet zu, bevor die Gäste nichts mehr davon übrigließen.

Julia riss sich vom Pulk der Gratulanten los und folgte ihr. »Schade, dass Franco nicht hier ist«, merkte sie eher beiläufig an.

»Ich könnte mir vorstellen, dass er nachkommt … Na ja, wir beide wollten nicht als Paar auf deiner Hochzeit erscheinen. Das wäre was anderes gewesen, wenn Katrin noch hier wäre, aber …«

»Hat Papa mit dir darüber gesprochen … über Katrin?«, fragte Julia.

»Nein«, erwiderte Hanna bewusst knapp, obwohl sie geplant hatte, ihre Tochter direkt darauf anzusprechen, warum sie ihr gegenüber nichts von Michaels Trennung erwähnt hatte. Julia sollte es von sich aus erzählen.

Doch stattdessen lenkte Julia ab: »Ich liebe diese Pasteten«, schwärmte sie und belud sich ihren Pappteller damit.

Doch dieses Ablenkungsmanöver schlug fehl. »Apropos Katrin«, hakte Hanna nach. »Weißt du, warum sie abgereist ist?«

Julia bekam keinen Bissen von den heißgeliebten Pasteten herunter. »Papa hat Katrin verlassen«, sagte sie schließlich zögerlich.

»Das weiß ich.«

»Und woher?«, wollte Julia nun wissen.

»Gina«, erwiderte sie.

»Warum fragst du mich dann?«, fragte Julia.

»Weil er mich belogen hat. Er hat's mir nicht gesagt. Von wegen ›verhindert‹ ... Und du? Du wusstest es doch ... Warum hast du es mir nicht gesagt?«

»Warum wohl?«, fragte Julia und sah sie dabei eindringlich an.

»Sag du's mir.«

»Weil er denkt, dass du mit Franco zusammen bist und er deinem Glück nicht im Weg stehen will. Ist doch logisch, oder?«

Die Logik leuchtete Hanna auf Anhieb nicht ganz ein. Wie kam Julia darauf?

»Ich musste ihm versprechen, dass ich meinen Mund halte. Verstehst du?«

Hanna verstand es immer noch nicht so recht.

»Mama! Papa liebt dich noch immer. Katrin hat ihn aus einem Loch gezogen ... Also, so hat er es mir gesagt ... Aber ich glaube, das Leben außerhalb dieses Lochs möchte er lieber mit dir verbringen. Nur glaubt er halt, dass du und Franco ... Capito?!«

Wusch! Das saß. War das überhaupt denkbar, dass Michael ihr noch Gefühle entgegenbrachte? Nach dem ganzen Theater? Hatten sie das Kriegsbeil nicht eher auf Basis eines freundschaftlichen Miteinanders begraben? Wenn er wirklich wollte, dass sie glücklich war – mit Franco –, dann müsste er sie tatsächlich noch lieben und das auch noch selbstlos. Ausgerechnet jetzt tauchte Franco auf. Er winkte ihr zu und kam zu ihnen.

Julia kommentierte das mit einem eindeutigen Blick, der ihrer Mutter sagen sollte: »Na, siehste. Papa hat doch recht.«

Dass Franco sie zur Begrüßung kurz umarmte und auf die Wange küsste, wurde auch von Michael wahrgenommen.

Erst danach nahm Franco auch Julia in die Arme. »Auch wenn ich nicht da war ... Alles Gute!«, beglückwünschte er die frischgebackene Braut.

Julia ließ sich drücken und genoss es.

»Und? Die Spieluhr ... Hattest du sie dabei?«, wollte er wissen.

Zu Francos offenkundigem Erstaunen hob Julia ihr Dekolleté etwas an, so dass die kleine Spieluhr zum Vorschein kam. »Davon kriegt man Druckstellen«, kommentierte sie amüsiert.

»Na, wenn schon. Da kommen heute Nacht bestimmt noch ein paar hinzu«, erwiderte Franco und grinste breit.

Hanna musste unwillkürlich auflachen. »Du bist unverbesserlich«, sagte sie.

Franco nahm das Kompliment zum Anlass, um ihr tief in die Augen zu blicken. Wenn er einen so ansah und dann auch noch lächelte, war es unmöglich, sich seinem Charme zu entziehen, doch sein Lächeln fror ein, als Michael sich am Buffet zu ihnen vorgearbeitet hatte.

Hanna sah Michael an, dass es ihm nicht gleichgültig war, sie in Francos Armen zu sehen. Hatte Julia am Ende tatsächlich recht?

»Ich werde bald fahren und möchte mich verabschieden. Am besten, ich fange bei euch an«, sagte Michael.

»Bleib doch noch«, bat ausgerechnet Franco, der ihr das Wort aus dem Mund nahm.

»Ich muss nach München ... geschäftlich ...«

Jetzt log er schon wieder. Er fuhr, weil er davon ausging, dass sie mit Franco zusammen war. Vielleicht wollte er aber auch nur Abstand von all dem gewinnen. Hanna verspürte trotz Francos Nähe den Drang, ihrem Mann zu signalisieren, dass sie ihn noch nicht ganz aufgegeben hatte, doch es fehlte die Gewissheit. Daher schwieg sie.

»Ich brauch auch Zeit ... um erst mal zur Ruhe zu kommen. War ja doch ziemlich viel los«, brachte es Michael auf den Punkt.

Ja, erst einmal zur Ruhe kommen. Vor ihr stand ihr Mann, ihr altes Leben, das ein neues Leben werden konnte, obwohl es vertraut war. Und neben ihr stand der Mann, der sie in Schwingung versetzte, dessen Nähe sie so gern spürte. Auch sie brauchte Zeit! Und zwar jede Menge!

Kapitel 18

Hanna fand, dass Lorenzos Studentenbude zwar viel zu klein für zwei, aber genau richtig für einen war. Sie war gemütlich, geschmackvoll eingerichtet und vor allem mitten im Zentrum von Florenz. Da sie während Julias und Lorenzos Hochzeitsreise nach Paris und an die französische Atlantikküste nicht genutzt wurde und der Mietvertrag sowieso noch lief, bis sie in zwei Monaten in eine größere Wohnung umziehen würden, war Julias Angebot, sich dort zurückzuziehen, höchst gelegen gekommen. Florenz war wie geschaffen für jemanden, der zwar für sich, aber nicht allein sein wollte. Zu viel war in den letzten Tagen passiert. Ein wenig spielte auch die Angst mit, sich blindlings in Francos Arme fallen zu lassen. Seine reine Präsenz hätte verhindert, tiefer in sich hineinzuhören, zu spüren, ob sie wirklich bei ihm bleiben wollte. Und dann war da noch Michael. In Massa Marittima zu bleiben, wäre nicht gut gewesen, weil die jüngsten Ereignisse in Sachen Ehe letztlich alle mit dem Ort verknüpft und negativ belegt waren. Frühzeitig nach München abzureisen, war auch keine Option gewesen, weil sie dann in gewohnter Umgebung Gefahr gelaufen wäre, in den alten Blues zu verfallen und Michaels Nähe daher aus den falschen Gründen, auf alle Fälle aber aus Gewohnheit zu suchen. Nein! Sie brauchte Abstand auf neutralem Boden. Vor allem abends und morgens im Bett dachte sie darüber nach, wie es weitergehen sollte. Es war fast schon zu einem Ritual geworden. Auch heute Morgen saß sie ergebnislos beim Frühstück, und wie schon an den Tagen zuvor beschloss sie, sich zu nichts zu zwingen, sondern sich in der Stadt treiben zu lassen. In Florenz wurde es einem nie langweilig. Allein drei volle Tage hatte sie in Museen verbracht, in Kirchen und Ausstellungen. Die Liste der Attraktionen aus dem aktuellen Stadtmagazin war noch lange nicht abgearbeitet. Letztlich ging es ihr darum, möglichst viele Eindrücke in sich aufzusaugen, wieder die ganze Bandbreite des Lebens zu schmecken. Hanna wollte wegkommen von der Gefühlsduselei, weil sie wusste, dass es nicht gut war, ihr Leben und ihre Gedanken darauf zu reduzieren, mit welchem Mann sie künftig zusammen sein wollte. Andere Gewichtungen befreiten vom wachsenden emotionalen Druck, füllten das Herz mit Leichtigkeit. Unter dem Aspekt war Florenz eine gute Entscheidung, denn noch nie zuvor hatte sie das Alleinsein so genossen. Zeit für sich zu haben und sich einfach nur in ein Straßencafé zu setzen, um andere Menschen zu beobachten, den Bettler, das Yuppie-Ehepaar, das gehetzt ein paar Sandwiches in sich hineinschlang und dabei unentwegt telefonierte, die Touristen, die sich ihre Tagesroute aus einem Faltplan zusammenstellten. Das Leben war so reich an Eindrücken. Hanna gönnte sich noch einen Aperol, indem sie das leere Glas in Richtung des vorbeihuschenden Kellners hob. Im Rivoire, einem Straßencafé mitten im touristischen Herzen der Stadt, war sie schon zum Stammgast geworden. Es lag an der Piazza della Signoria. Zentraler ging es kaum. Dorthin pilgerten alle, die die Statue von David sehen wollten oder bereit waren, stundenlang für die Galerien der Academia Schlange zu stehen. Von dort aus hatte man einen herrlichen Blick auf den Palazzo Vecchio und konnte das Treiben rundherum beobachten. Hanna beschloss, den nächsten Aperol auf ihre innere Zufriedenheit und Ruhe zu trinken. Sie trank aber auch auf Franco, der sein Versprechen hielt, sie mal ein paar Tage in Ruhe zu lassen. Zwar gab es immer wieder Momente, in denen sie ihn vermisste, aber sie wurden seltener. Es schien fast so, als ob er mehr in ihrer Erinnerung lebte als im Hier und Jetzt. Dafür dachte sie häufiger an Michael. Bei ihm war es anders. Die Erinnerung an viele gemeinsame Jahre vermischte sich mit ihren momentanen Gefühlen.

Ein Tourist, der etwa in Michaels Alter war und neben ihr Platz genommen hatte, spielte mit dem Teleobjektiv seiner Kamera herum, um die Piazza möglichst gut einzufangen. Michael hatte das auch immer gemacht, bis das Bild perfekt saß. Hanna war sich sicher, dass sie das abermals an seiner Seite erleben würde, sollten sie wieder gemeinsam verreisen. Bei Franco hingegen würde sie noch viele neue Seiten entdecken können. Gerade als sie wieder an ihn dachte, hatte sie den Eindruck, er sei wie ein kurz am Himmel aufscheinender Komet, der ihre Umlaufbahn gestreift hatte und dazu einlud, mit ihr weiterzuziehen. Doch warum ein neues Leben beginnen, wenn man schon eines hatte? Und würde ein Neuanfang mit Michael nicht auch ein neues Leben sein, ohne dabei allerdings das alte aufgeben zu müssen? Das war typisch. Kaum kam sie zur Ruhe, reduzierte sich die frisch erworbene Bandbreite ihres Lebens letztlich doch wieder auf die Männerfrage: Michael oder Franco. Allerdings waren Hanna weitere »Himmelskörper« in den Straßen von Florenz begegnet. Und wie sie es genossen hatte, plötzlich auf den belebten Plätzen angesprochen zu werden – ganz anders als in Siena. Es waren aber eher Sternschnuppen gewesen, harmlose kleine Flirts. Das hatte eine belebende Wirkung, auch wenn Hanna nicht auf ein weiteres Abenteuer aus war. In Lorenzos Wohnung würde sie abends wieder allein sein. Die Sternschnuppe war dann schon lange verglüht.

»Na, das ist ja eine Überraschung«, vernahm sie eine ältere männliche Stimme.

»Sie sind doch die Dame aus dem Zug«, gesellte sich eine weibliche dazu.

Hanna drehte sich um und traute ihren Augen nicht. Vor ihr stand das vergoldete Ehepaar aus dem Zug, das auf den Spuren seiner Liebe wandelte.

»Das glaub ich nicht ...«, stammelte sie. »Setzen Sie sich doch zu mir.«

»Wir dürfen den Zug nach Hause nicht verpassen«, sagte der alte Mann. Er bedauerte es aufrichtig.

»Sie sehen toll aus. Richtig erholt«, sagte die Frau.

»Mir geht's auch gut«, erwiderte Hanna.

»Wie war die Hochzeit?«, wollte die Frau wissen.

»Traumhaft«, Hanna beschränkte sich auf diesen klitzekleinen Teilausschnitt zu diesem Thema, weil die beiden in Eile waren und sie es hasste, Dinge, die komplex waren, schnell und daher bruchstückhaft erzählen zu müssen.

»Und die Begegnung mit Ihrem Mann?« Auch danach fragte die Frau.

Hanna war verblüfft. Die beiden konnten sich also tatsächlich noch an die Details ihres Gesprächs erinnern. »Er hat sie verlassen ...«, sagte sie.

»Sie werden sehen. Er kommt wieder zu Ihnen zurück«, meinte die Dame voller Zuversicht.

»Wie bei Herbert und Charlotte. Erinnerst du dich? Die beiden feiern in zwei Jahren auch ihre goldene Hochzeit.«

»Das ist aber nicht die Regel«, wandte Hanna ein.

»Ich glaube, es liegt meistens an den Frauen. Wie bei Erika«, gab der Mann zu bedenken. Seine Frau nickte zustimmend.

»Wie meinen Sie das?«, fragte Hanna.

»Erika wollte ihn nicht mehr haben«, erklärte sie. »Aber ich kenne keinen Mann, der mit einer Jüngeren lange zusammengeblieben wäre. Das kommt vor, aber meistens bereuen sie es irgendwann, und wenn sie Pech haben, ist es dann zu spät.«

»Wir müssen los«, drängte ihr Mann.

»Ich wünsche Ihnen alles Gute«, sagte seine Frau zum Abschied zu Hanna.

»Danke, und eine gute Reise!«, brachte Hanna in der Eile nur noch heraus. Die Art, wie die beiden miteinander umgingen, berührte sie. Er reichte ihr den Arm. Erst jetzt bemerkte Hanna, dass seine Frau nicht mehr so gut gehen konnte. Er stützte sie auf dem Weg in Richtung eines Taxistands. Als sie ihn erreichten, reichte seine Frau ihm ein Taschentuch, mit dem er sich die Nase putzte. Er öffnete ihr die Tür des Wagens und half ihr geduldig hinein. Es tat so gut, den beiden zuzusehen. So viel Liebe, Fürsorge und Harmonie. Sie waren fühlbar ein Paar. Unzertrennlich. Ihre Liebe strahlte, und dieses Strahlen war stärker als das von Sternschnuppen, machte Hanna sich in diesem Moment klar.

Michael hatte noch eine Woche Urlaub, um alles Mögliche zu erledigen. Zwei Vertragsentwürfe aus Italien waren zwischenzeitlich eingetrudelt. Die mussten geprüft werden. Drei Läden, die zu vermieten waren, hatte er ebenfalls besichtigt. Seine Sachen aus Katrins Wohnung zu holen, verschob er lieber auf nächste Woche, auch wenn sie ihm diesbezüglich bereits eine Nachricht auf seinem Handy hinterlassen hatte. Michael wusste, dass ihn das genauso runterziehen würde wie seine Stippvisite im ehelichen Heim, aus dem er sich gleich nach seiner Rückkehr ein paar Dinge geholt hatte. Mal kurz wieder in die alte Welt einzutauchen war hinderlich, wenn man dabei war, sich ein neues Leben aufzubauen, weil einen ein Strudel der Erinnerung erfasste und auf eine Zeitreise schickte, auf der man sich an so viel Schönes erinnerte, dass man am liebsten daran festhalten wollte. Umso schmerzhafter, wenn man abends dann allein in einem Hotelzimmer hockte und wusste, dass das alte Zuhause nur fünf Minuten mit der U-Bahn entfernt lag. Da half nur noch Disziplin. Und die hatte er in seinem Job gelernt. Meistens trug sie Früchte. Der erste Laden, den er sich heute Morgen im Zentrum Münchens angesehen hatte, war viel zu groß gewesen, doch der zweite, den er sich gerade von einem Makler zeigen ließ, sagte ihm zu.

»Tausendzweihundert kalt ist bei der guten Lage günstig«, meinte der Makler, der ihn durch die Räumlichkeiten führte.

»Ich muss viel investieren. Umbauen …«, erwiderte Michael, während er sich in dem kleinen Schwabinger Laden umsah, in dem früher ein Antiquitätengeschäft gewesen war. Das Schöne an diesem Laden war aber nicht nur seine Lage, sondern das alte Haus, in dem er sich befand. Das passte zu einer Weinhandlung. Ihm gefiel das Inventar aus altem Mobiliar, einer nostalgisch anmutenden Kasse, einer rotgepolsterten Couch, neben der ein alter Sekretär stand. Die vielen Regale, die bisher Bücher und vor allem elektrische Kleingeräte getragen hatten, ließen sich leicht umgestalten. Dunkles massives Holz. Auch das gefiel ihm. Die Freude darüber, dass seine Pläne konkret wurden, war überraschend elektrisierend. Es gab kein Risiko, weil er weiterhin für die Kanzlei tätig sein konnte, bis das Geschäft lief. Nach vorn zu sehen, fiel jetzt wieder leichter, doch dann stellte er sich während des Rundgangs durch die Regale vor, jeden Morgen aufzustehen, um hierherzufahren. Sicher hatte er irgendwann auch jemanden für den Verkauf, wenn er selbst unterwegs war, aber die Leere, die das Leben seines Traums mit sich bringen würde, war schon jetzt spürbar. Es war ihr gemeinsamer Traum gewesen. Es hätte so schön sein können, zusammen mit Hanna.

»Ich kenne übrigens jemanden für Logogestaltung, Prospekte und Firmenschilder. Die werden Sie brauchen«, warf der Makler ein.

So weit hatte Michael noch gar nicht gedacht.

Was würde auf dem Firmenschild stehen? Irgendetwas Originelles, einfach nur sein Name oder ein Bezug zu Italien? Noch eine Frage mehr, mit der er sich ablenken konnte, und ausgerechnet diese Frage ließ ihn nicht mehr los.

Hanna hatte Herzklopfen, als sie aus dem Taxi stieg und vor Francos Hof stand – und das nicht nur, weil sie sich auf ihn freute und sie die Vorstellung erregte, dass er sie in den Arm nehmen, küssen oder sie zum Lachen bringen würde. Die Angst vor der Ungewissheit, was tatsächlich passieren würde, wenn sie sich gegenüberstanden, beschleunigte ihr Herz noch viel mehr. Sie erwies sich als unbegründet, denn Francos Umarmung war herzlich, unbeschwert und tat einfach nur gut. Sein Blick lag lange auf ihr, bevor er ihr durchs Haar fuhr.

»Florenz hat dir gutgetan«, bemerkte er. In seinen Augen las sie den Wunsch, sie zu küssen, aber er tat es nicht. »Ich hab dich ganz schön vermisst«, sagte er trotzdem.

»Ich dich auch«, erwiderte sie, auch wenn sie verschwieg, dass sie ihn immer weniger vermisst hatte.

»Was hast du gemacht? Jetzt erzähl schon. Oder hast du die ganze Zeit nur vor dich hin gegrübelt?«, wollte Franco wissen.

»Nicht nur, aber auch«, erwiderte sie, während sie zum Haus gingen.

»Über uns und Michael …« Francos Miene wurde dabei ernst.

Hanna nickte und folgte ihm in die Küche seines Hauses.

»Es ist ein Päckchen für dich gekommen. Von ihm«, sagte Franco und holte es von einem der Küchenschränke herunter, um es ihr zu reichen. Es war so schwer, dass Hanna es gleich auf dem Küchentisch abstellen musste.

»Jetzt sofort?«, fragte Hanna.

»Ich bin mindestens so neugierig wie du. Eine Bombe wird ja wohl nicht drin sein«, sagte er augenzwinkernd.

Hanna zog die Klebestreifen ab. In dem Päckchen lag etwas Rechteckiges, was mehrfach mit Packpapier umwickelt war, sowie ein Briefumschlag. Es waren zwei umhüllte Metallschilder. Hanna drehte sie um und las, was darauf stand: »Weinhandlung Michael Behrend« stand auf dem einen. Auf dem zweiten stand ihr Name mit darauf. Sie legte die beiden Schilder nebeneinander. Auch Franco konnte seinen Blick nicht mehr von ihnen abwenden.

»Er will, dass du dich entscheidest«, sagte Franco.

Hanna setzte sich und öffnete nun den Umschlag, in dem Fotos von einem alten Gebäude waren, das der Fassade nach zu urteilen in der Münchner Innenstadt liegen musste.

»Der Laden … Er hat tatsächlich einen Laden …«, freute sie sich und blätterte die Fotos durch. Und auch noch genau so eingerichtet, wie sie es sich immer vorgestellt hatte. Alte

Möbel, stilvolles Ambiente, das gut zu Wein passte. Erst jetzt entdeckte sie die Karte, die noch in dem Umschlag steckte.

»Such dir ein Schild aus. Du weißt, auf welches ich hoffe. Dein Michael«, las Hanna kopfschüttelnd. Sie war sich fast sicher gewesen, dass er, einmal zurück in Deutschland, ein neues Leben ohne sie in Angriff nehmen würde.

Selbst Franco schien gerührt zu sein. Er nahm das Schild, auf dem beide Namen standen, an sich. »Ich finde, das hier sieht schon rein optisch viel besser aus. Weinhandlung Hanna und Michael Behrend …«

»Einfach so? Ich bin nicht der Typ, der es sich so leichtmacht«, sagte Hanna, machte sich in dem Moment aber klar, dass nichts dagegen sprach, es sich im Leben zur Abwechslung mal etwas leichter zu machen.

Franco legte das Schild zur Seite, zog einen Stuhl heran und setzte sich neben sie. »Ich hab es mir auch nicht leichtgemacht«, sagte er traurig.

»Was meinst du damit?«

»Als du weg warst … Ich musste oft an unseren Tag an der Brenta denken … Ich hab mich gefragt, ob ich so eine Art Ersatz für Angelo war.«

»Nein«, sagte sie spontan, doch dann begann sie, über seine Worte nachzudenken. »Vielleicht …«, räumte sie nun doch ein.

»Michael und du … Euch verbindet ein Leben …«

Hanna nickte, denn das wusste sie nur zu gut.

Wieder nahm er das Schild und hielt es hoch. »Ich seh es schon vor mir«, sagte er nun mit jenem Schmunzeln, das sie an ihm liebgewonnen hatte.

Hanna starrte nur noch auf das Schild, unfähig, etwas zu sagen.

»Ich pack das schon … Außerdem bin ich dein Geschäftspartner und …« Franco hielt inne und schluckte. Er gab sich leichtfüßiger, als er es war. »Und wenn es nicht klappt … in München, wer weiß …«

Hanna wusste nur eins: Michael hatte eine zweite Chance verdient.

»Ich war mir nicht ganz sicher.« Michaels Offenheit auf Hannas Frage, was er sich dabei gedacht hatte, ihr die Schilder in die Toskana zu schicken, war der Beginn einer Endlosaussprache gewesen, die völlig neue Facetten an ihrem Ehemann hervorgebracht hatte. Hanna kam es so vor, als hätten sie seit ihrer Rückkehr nach München zwei Tage lang nur geredet. Zwischen all der Vertrautheit, die ein so langes gemeinsames Leben mit sich brachte, war es spannend, neue Aspekte an ihm zu entdecken. Er konnte also doch in Ruhe zuhören, fragte nach, versuchte, sie zu verstehen. Ob er vorerst noch im Hotel schlafen sollte oder vielleicht doch im Gästezimmer ihres Hauses, hatte er sie gefragt, um ja nichts zu überstürzen. Feinfühligkeit dieser Art war früher nicht seine Stärke gewesen.

»Ich glaube, die Zeit mit Katrin hat dir gutgetan«, hatte sie daraufhin gesagt.

Michael hatte genau verstanden, was sie meinte, sonst hätte er sie wohl kaum so verwegen angesehen. Genau das war der Moment gewesen, in dem sich ein Gefühl der Sicherheit eingestellt hatte, die richtige Entscheidung getroffen zu haben, doch nicht nur das. Seine Augen waren wieder lebendig, strahlten Wärme aus. So hatte er sie zuletzt vor Jahren angesehen, wenn er ihr nah sein wollte. Seinen gestrigen Kuss spürte Hanna noch immer auf den Lippen, wenn sie daran dachte. Er war prickelnd gewesen, fast so wie beim ersten Mal vor einer halben Ewigkeit. Sie hatte sich sogar gefragt, ob er jetzt anders küssen würde als zuvor. Dazu noch dieses Herzklopfen. Sein vorsichtiges Herantasten, bis er sie endlich in den Arm genommen und berührt hatte. Vertraut, aber auch anders. Hanna freute sich auf Michael, auf den Laden, vor dem sie auf ihn wartete und sich neben all den wohligen Gedanken an vergangene Nacht bereits ausmalte, wie sie ihn dekorieren würde. Erst als es ernst wurde und Michael mit dem Makler aus dem Wagen stieg, fragte sie sich, ob sie nicht doch übereilt handelte. Susannes Worte, die aus allen Wolken gefallen war, hatte sie noch im Ohr. Jede Menge Zeit solle sie sich nehmen. Doch wozu? Michaels Strahlen, das nicht versiegen wollte, als er zu ihr kam, erstickte diesen letzten Rest eines Zweifels. In der Mappe, die der Makler ihr reichte, damit er die Hände frei hatte, um die Tür aufzusperren, war bestimmt der Mietvertrag. Irgendwie fühlte sich das Ganze wie ein Termin beim Standesamt an, auch wenn sie leere Regale statt eines Standesbeamten erwarteten und es einen Trauzeugen gab, der in erster Linie an seiner Provision interessiert war. Dementsprechend eilig hatte er es, nach kurzer Begrüßung den Mietvertrag zur Unterschrift vorzulegen.

»Wenn Sie hier bitte unterzeichnen würden«, sagte der Makler keine fünf Minuten, nachdem er den Vertrag auf den alten Sekretär drapiert hatte. Den Satz kannte sie nur zu gut. Michael reichte ihr einen Kugelschreiber, was sie ebenfalls an die vielen Male vertraglich dingfest gemachter »gemeinsamer Zukunft« in ihrem Büro erinnerte. Warum sie leise lächelte, verstand er sicher nicht. Ihre Unterschrift war schwungvoller geworden, stellte Hanna erstaunt fest, doch sie ließ Michael genug Platz und war gespannt, wie der zweite »Behrend« aussehen würde. Eigentlich wie immer, aber Michaels »M« war eindeutig ein wenig verschnörkelter als sonst. Beide waren sie nicht über das Unterschriftenfeld hinausgeschossen. Ein gutes Zeichen.

»Jetzt fängt unser neues Leben an«, sagte Michael.

»Das alte neue Leben«, berichtigte sie ihn augenzwinkernd, bevor sie seinen Kuss zuließ und ihn aus vollen Zügen genoss, noch viel mehr aber das Gefühl, den Bund der Ehe erneuert zu haben und das nicht mit einer Heiratsurkunde, sondern, wie ihr gerade einfiel, mit einem Mietvertrag. Wie gut, dass sie keine Rücktrittsklausel hatten.

Tessa Hennig

Lisa geht zum Teufel

Roman

978-3-548-61150-1

Lisa macht seit Jahren Urlaub in Marbella. Nur dieses Mal ist alles anders: Ihr Stiefsohn macht ihr das Wohnrecht in der Villa ihres Exmannes streitig. Als sie sich weigert auszuziehen, quartiert er den obdachlosen Rafael und die ehemalige Prostituierte Delia dort ein. Stampfende Flamencoschritte mitten in der Nacht und ein Heer streunender Katzen sollen Lisa das Leben zur Hölle machen. Ein häuslicher Kleinkrieg entbrennt, bei dem deutscher Perfektionismus auf spanische Lockerheit trifft. Doch dann stellt Lisa überrascht fest, dass aus Feinden Freunde werden können. Und wer solche Freunde hat, kann es sogar mit einem Teufel von Exmann aufnehmen ...

Leseprobe

Spieglein, Spieglein an der Wand, wer ist die Schönste im ganzen Land? Wie ein Werbejingle in Endlosschleife hatte sich die Mutter aller rhetorischen Fragen in Lisas Gedächtnis eingenistet. Ein kleiner DJ im Ohr ließ ihn immer dann abspielen, wenn sie Annes Wellness- und Schönheitstempel betrat. Selbst auf dem Flyer stand der Spruch in fetten Buchstaben, wenngleich er sicherlich augenzwinkernd gemeint war. Dass ausgerechnet eine Norwegerin werbetechnisch die Gebrüder Grimm bemühte und somit tief in die Trickkiste der deutschen Romantik griff, um ihrer Münchner Kundschaft »Schönheit« zu verkaufen, war schon erstaunlich und offenbar sehr effektiv. Annes Laden brummte. Peelings, Kurpackungen und vitalisierende Massagen im Stundentakt. Von »Spieglein« konnte allerdings keine Rede sein. Monsterspiegel traf es eher. Das mittelalterlich anmutende Relikt nahm gleich die halbe Wand des Flurs ein. Ein riesiger Löwenkopf thronte über einem dunklen Massivholzrahmen, auf dem Blumen und Blätter eingeschnitzt waren. Ein echter Hingucker, der zu Annes geschmackvollem Mix aus antiken Möbeln und modernen Accessoires perfekt passte. Dummerweise ließ einem die räumliche Dominanz des Spiegels gar keine andere Wahl, als sich unentwegt darin zu begutachten, also den Ist-Zustand vor Annes Behandlung mit dem Soll-Zustand aus allerlei Frauenmagazinen, die auf einem Beistelltisch lagen, zu vergleichen. Geschickt! Verkaufstüchtig! Lisa imponierte Annes Konzept, auch wenn sie nicht an Märchen glaubte und an sich nicht der Typ war, den man mit der »Schneewittchenmasche« ködern konnte. Oder etwa doch? Ohne den hübsch aufgemachten Flyer, der ein halbes Jahr zuvor in ihrem Briefkasten gelegen hatte, säße sie nicht hier. Und es gab weitere Parallelen zu dem Mädchen »so weiß wie Schnee, so rot wie Blut und so schwarz wie Ebenholz«, stellte Lisa fest und meinte damit nicht nur ihren Teint, ihren Lippenstift oder die natürliche Farbe ihrer Haare, wenn sie nicht wie im Moment blondiert waren, was stets einen Tick jünger machte. Auch sie hatte ihren Traumprinzen erst nach langem Schlaf in einem gläsernen Sarg gefunden. Der Glaskasten, in dem sie aus lauter Frust über ihr Privatleben Tag und Nacht schuftete, war ja letztlich nichts anderes. Aufgewacht war sie vor zwei Wochen, und geweckt hatte sie Reiner, der Neuzugang im Verlag. Ein fähiger und noch dazu schnuckeliger Vertriebsmann, der es mit seinem sprühenden Charme schaffte, sogar die schlimmsten Ausrutscher ihrer Autoren im Buchhandel zu platzieren. Gut, er war fast zehn Jahre jünger, aber was machte das heutzutage schon? Rein optisch war er nicht zu jung. Seine grauen Schläfen verliehen ihm eine gewisse Reife. Apropos: War es normal, wenn ein achtundvierzigjähriger Mann einem Liebesbekundungen per SMS schrieb? Nein. Wohl eher gewöhnungsbedürftig – und wie schnell sie sich daran gewöhnt hatte, täglich welche zu bekommen. Lisa konnte gar nicht anders, als sich die restliche Wartezeit mit der Lektüre seiner Kurznachrichten zu verkürzen, oder vielmehr zu versüßen. Ihr Handy war berufsbedingt sowieso immer nur einen Handgriff entfernt – für alle Fälle und natürlich für *ihn*.

»Der gestrige Abend hat mich verzaubert. Wir sollten öfter ins Ballett gehen. Kiss, Reiner.«

Sofort fing ihr Herz wieder an zu pochen, und sie überkam jenes wohlige Kribbeln, das sie zum ersten Mal mit sechzehn in der Magengegend verspürt hatte. Dass es einen mit achtundfünfzig noch dermaßen erwischen konnte!

»Sehen wir uns morgen? xxx, Reiner.«

Wie süß! Und mit diesem Mann würde sie morgen in den Urlaub fahren. Unglaublich! Lisa musste gleich tief Luft holen, bevor sie sich glückselig auf Annes Polstersessel rekelte. Für *ihn* musste Anne sie auf Vordermann bringen. Im Klartext: Stirnfalten wegpolieren, straffen, aufhellen, auffrischen – das volle Programm eben.

»Hallo, Lisa.« Anne trat aus ihrem Behandlungsraum und strahlte sie aus fjordblauen Augen an. Die Mittfünfzigerin, die mit Anne aus dem Behandlungszimmer kam, musterte Lisa hingegen etwas abfällig. War das eben ein Blick à la »Die hat's aber nötig«? Mit blondierter Mähne, Botox-Lippen und hinter den Ohren angetackerter Haut sollte man sich so ein Lächeln besser verkneifen. Man sah es dann nämlich, das Maskenhafte in der Mimik. Umso leichter fiel es Lisa, der Möchtegern-Katzenberger ein lässiges und ziemlich cooles Lächeln zu schenken.

»Nächste Woche um fünf?«, fragte Anne ihre Kundin.

»Natürlich, meine Liebe«, presste die Blonde mit tschechischem Akzent aus der schmalen Lücke hervor, die ihr die Lippen noch ließen, bevor sie sich im Antlitz des Löwen selbstgefällig sonnte.

»Ich geh schon mal rein«, sagte Lisa. Annes Nicken und ihr verschmitztes Lächeln verrieten, dass sie nur allzu gut verstand, weshalb Lisa es keine Minute länger im Vorzimmer aushielt.

»Wenn das so weitergeht, bin ich bald arbeitslos. Aber ist doch kein Wunder. Mit all den Vorher- und Nachher-Shows im Fernsehen … Lifting-Dokus, Brustvergrößerung live im OP. Es rennen ja schon Sechzehnjährige in die Plastische. Wobei … wenn die's verkorksen, hab ich wieder alle Hände voll zu tun … Hautrettung. SOS! Erst müssen die Falten weg, und dann wären sie froh, wenn sie wieder ein paar hätten. Lisa, die Welt ist so was von abartig. Aber was red ich, ich lebe schließlich davon.« Annes Wortschwall war nicht zu bremsen, wenn ihr Opfer mit Pads auf den Augen und mit grüner Schlammmaske wehrlos vor ihr auf der Pritsche lag. Schallwellentherapie, schoss es Lisa amüsiert durch den Kopf. Das könnte erklären, warum diverse Cremes mit den gleichen Substanzen bei ihr zu Hause keine Wirkung zeigten. Das Zeug drang im Trommelfeuer von Annes Stimme wahrscheinlich tiefer in die Poren ein.

»Na ja, so ganz dezente Eingriffe. Warum eigentlich nicht?«, säuselte Lisa, darum bemüht, ihre Maske ja nicht vorzeitig abbröckeln zu lassen. Bei Anne herrschte während einer Behandlung striktes Konversationsverbot. Ein Monologverbot gab es jedoch nicht. Auf diese Weise wurde man zwangsläufig zum Bauchredner.

»Nicht bewegen«, schimpfte Anne sogleich. »Dezent ist dehnbar – im wahrsten Sinne. Mit der Nase oder ein paar Fältchen um die Augen fängt's an. Das ist wie eine Droge. Erst Gras, dann Koks, dann die harten Sachen, und am Ende setzen sie sich den goldenen Schuss. Du glaubst gar nicht, was ich schon alles gesehen habe, und die meisten geben es nicht mal zu. Glattes Gesicht und runzliger Hals, mal ganz abgesehen von den Händen. Die Altersflecken kriegt man sowieso nicht weg. Nur der Friseur weiß Bescheid. Die Nähte am Haaransatz ... Sei froh, dass du so was nicht brauchst«, sagte Anne.

Das ging runter wie Öl. Lisa seufzte und genoss die tiefenentspannende Wirkung des Wärmestrahlers, der ihr ins Gesicht schien. Anne kümmerte sich unterdessen mit der üblichen Hingabe um die Pediküre. Die Stunde musste man möglichst effizient nutzen.

»Hab ich dir schon erzählt, dass Christina jetzt modelt?«

Lisa verneinte mit sonorem Brummlaut.

»Die war in Madrid auf 'ner Fashion-Show bei Juan Duos. Modedesigner. Kennste nicht, oder?«

Brumm, brumm, was so viel wie »Nein« bedeutete. Anne verstand es jedenfalls.

»Old ist beautiful. Der hat Omis auf den Laufsteg geschickt, sagenhaft. Typgerecht angezogen. Die meisten waren nicht mal sonderlich hübsch. Der Ausdruck zählt, das innere Gleichgewicht. Jede Falte erzählt eine Geschichte. Ich find das toll. Gott, ich mach mir noch mein eigenes Geschäft kaputt. Auf alle Fälle ist Christina jetzt sehr gefragt. Sie hat sogar schon eine Agentin.«

Brumm?!

»Ja. Stell dir vor. Sie ist faktisch in jedem Modekatalog für Übergrößen.«

Dass Christina, ihre Nachbarin, die sie für Anne akquiriert hatte, sich nun für Kataloge ablichten ließ – Respekt. Und kein Wort hatte sie bisher bei ihr darüber verloren. Trotzdem. Das waren Ausnahmen. Anne wusste sicher genau, dass sie sich ihr Geschäft gar nicht kaputtreden konnte. »Jung und dynamisch bleiben« hieß die Zauberformel, und nicht nur im Berufsleben. Lisa war sich dessen absolut sicher. Hätte sie sich sonst so lange ganz oben gehalten? Gegen den Zustrom junger Kolleginnen, die wie Hyänen auf ihren Posten lauerten und ihren Chef umgarnten? Und dann diese ganzen blöden Sprüche, von wegen, dass man nur so alt war, wie man sich fühlte. Angeblich fing das Leben ja erst mit sechsundsechzig an. Udo Jürgens sang das schon weit vor dem Zeitalter deutlich steigender Lebenserwartungen. Wer weiß, wenn Jürgens den Song heute geschrieben hätte, wäre bestimmt von siebenundsiebzig die Rede. Klingt aber gesungen nicht so gut, musste Lisa sich in dem Moment eingestehen. Alles Blödsinn! Sich jung zu fühlen ist eine Sache, alt auszusehen eine andere, und für Letzteres gab es nicht den geringsten Grund. Sie konnte sich die kosmetische Behandlung leisten. Es tat gut, und man fühlte sich besser. Daran führte kein Weg vorbei. »Inneres Gleichgewicht« – schön und gut, aber wie schnell gerät es ins Wanken, wenn man sich morgens ungeschminkt im Spiegel sieht, und wie kann man ein schönes Inneres ausstrahlen, wenn sich niemand mehr für die runzlige Hülle interessiert?

»Fertig!« Anne knipste die Infrarotlampe aus.

Wie schade!

»Wie lange kennt ihr euch eigentlich schon, Reiner und du?«

»Ein paar Wochen«, sagte Lisa.

»Und dann nimmst du ihn gleich mit nach Spanien?«, fragte Anne.

»Warum nicht?« Lisa wunderte sich selbst darüber, wie selbstverständlich und überzeugend sie das eben von sich gegeben hatte.

»Ich beneide dich. Vier Wochen – Sonne, Cocktails, ein toller Mann … Vielleicht sollte ich auch im Verlagswesen arbeiten …« Anne seufzte, bevor sie ihr Pediküre-Set aufräumte.

»Du hättest das Zeug dazu, glaub mir«, sagte Lisa.

»Ich? Aber ich hab doch überhaupt keine Ahnung von Literatur.«

»Dafür umso mehr Überzeugungskraft.«

Anne stutzte, lachte dann aber herzhaft los. »Du meinst, jeder Buchhändler würde mir alles abkaufen, nur damit er mich möglichst schnell aus seinem Laden bekommt?«

»Das hast du gesagt.«

Annes Lachen war ansteckend. Das Tuch, das sie geholt hatte, um Lisa die Maske vom Gesicht zu wischen, brauchte sie jetzt nicht mehr. Lisas Lachmuskeln nahmen ihr die Arbeit größtenteils ab.

Karomuster mit aufgenähten Pailletten? Weg damit! Zurück auf den Kleiderständer – einer von so vielen in der Modeabteilung des Warenhauses, dessen Angebot einen manchmal erschlagen konnte. Geschäftliche Entscheidungen zu treffen war einfacher. In der Regel genügte es, die ersten fünf Seiten eines Manuskripts zu lesen, um einschätzen zu können, ob sich eine Stoffentwicklung lohnte, die Meinungen der Lektorinnen zu stützen oder zu kippen. Die Geschichte musste originell sein, die Figuren liebenswert, der Stil ansprechend. Das Besondere musste einem ins Auge springen. Für Lisa definitiv keine Qual der Wahl, kein Herumlamentieren, weder mit sich selbst noch mit ihren Kollegen. Ihre Stimme als dienstälteste Mitarbeiterin und Assistentin der Verlagsleitung wurde gehört. Organisation der Geschäftsabläufe? Kein Problem. Der beste Flug für ihren Chef? In Minutenschnelle. Was die Auswahl passender Kleidung für ihren Urlaub betraf, sah die Sache allerdings anders aus, vor allem wenn es um Marbella ging, ihr alljährliches Highlight. Auf gar keinen Fall durfte sie bei ihrer Clique mit der Abendrobe vom letzten Jahr aufschlagen. Mithalten zu können war aber alles andere als einfach. Modezeitschriften gaben immerhin die Farben und Schnitte des Sommers vor. Mit nichts anderem hatte sie sich wochenlang in den Mittagspausen beschäftigt. Zu dumm, dass die angesagten Trends nicht so recht zu ihrem Typ passten. Lisa zupfte bereits das nächste Kleid vom Kleiderständer. Blümchenmuster ging gar nicht. Auf ein Neues! Ein Blick auf die Armbanduhr. In einer halben Stunde würden die Läden schließen. Sie musste etwas finden. Hier und jetzt. Vielleicht doch lieber ein klassisches Designerkleid kaufen, das einem wenigstens die Möglichkeit gab, mit dem Label zu punkten? Zu teuer! Egal! Mehr als die Kaufingerstraße zweimal auf und ab zu pilgern konnte kein Mensch. Es musste so schnell wie möglich ein Kleid her! Auf der anderen Seite des Fashion-Dschungels dann das rettende Display in Sicht: »Mode für Frauen mit Style«. Sehr viel Rot und Orange. Nichts wie hin. Hatte Reiner ihr nicht gesagt, dass sie Rottöne gut tragen konnte? Das Kleid vom letzten Jahr war aber schon rot gewesen. Egal, Reiners Meinung war wichtiger. Mit einem Mann wie ihm an ihrer Seite würde sie Claudias und Vronis Sticheleien locker ertragen. Den beiden würde es sicher die Sprache verschlagen, wenn sie ihn sahen. Sie konnte also faktisch anziehen, was sie wollte. *Er* war das »Kleid«, das sie schmückte – jedenfalls in ähnlicher Funktion. Nicht träumen! Suchen! Rotgetupfte Orangetöne auf Braun? Trägt das eine Frau mit »Style«? Gewagte Kombination. Aber wer nicht wagt … Lisa zog das Kleid heraus und hielt es vor sich. Was sie im Ganzkörperspiegel sah, hatte was. Nett! Raffiniert! Frisch und munter, alles andere als banal. Der Stoff fühlte sich bestimmt gut auf der Haut an. Was kostete es überhaupt? Lisa zupfte nach dem Preisschild, das sich im Ärmel versteckte. Natürlich war der Preis so klein gedruckt, dass sie ihn ohne Brille nicht lesen konnte. Ausgerechnet jetzt interessierten sich auch noch andere für »ihr Kleid«. In Sekundenschnelle flankierten sie zwei hübsche Endzwanzigerinnen vom Typus Frau, der sogar Kartoffelsäcke tragen konnte. Jetzt die Lesebrille aus der Handtasche zu ziehen, wäre zu riskant. Sie würde Gefahr laufen, sich mitleidigen Blicken und Kommentaren auszusetzen wie: »Die Alte hat sich bestimmt in der Abteilung geirrt«, oder: »Mutig«. Ausgerechnet heute hatte Lisa ihre flotte Designerlesebrille nicht dabei, sondern nur den »Notbehelf« für unterwegs, der weniger Platz in der Handtasche einnahm. Sie hatte das auf Größe eines Kugelschreibers faltbare Teil letztes Jahr nach der Londoner Buchmesse am Flughafen gekauft. Die Brille war aus Plastik, hing am unteren Nasenflügel und machte einen schlagartig um mindestens zehn Jahre älter. Was für ein furchtbarer Gedanke!

»Meinst du, das steht mir?«, fragte eine der jungen Frauen ihre Begleiterin, die mindestens genauso attraktiv war. Sie hatte etwas von Penelope Cruz, stellte Lisa fest.

»Entschuldigung, dürfen wir das Kleid mal sehen?«, fragte Penelopes Freundin.

Lisa blieb gar nichts anderes übrig, als es ihnen zur Begutachtung zu überlassen.

»Es kann sein, dass ich es nehme«, machte Lisa sicherheitshalber klar, nicht dass ihre letzte Option dann auch noch weg war.

»Die werden ja noch ein paar auf Lager haben«, erwiderte Penelope kess, bevor sie erst das Kleid und dann Lisa musterte. »Mir ist das zu farbenfroh. Aber Ihnen steht das, glaub ich.«

Zynisch oder nett?

»Meinen Sie wirklich?« Lisa musste sich einfach rückversichern.

»Mit Ihrer schon leicht vorgebräunten Haut. Sie können sich solche Farben leisten. Außerdem bringt das Braun Ihre Augenfarbe schön zur Geltung.«

Also doch nett gemeint, aber letztlich auch überaus peinlich. Die beiden hielten sie offenbar für eine Frau, die nicht wusste, was sie tragen konnte. Vielleicht sollte sie ihr Gegenüber jetzt auch noch gleich nach dem Preis fragen, so ganz nebenbei, überlegte Lisa. Penelope hatte schließlich vorhin einen prüfenden Blick auf das Etikett geworfen. Lieber nicht. Smartphone!, schoss es ihr urplötzlich durch den Kopf. Hatte es nicht letzte Woche ein Software-Update gegeben, das es ermöglichte, digitale Fotos auf dem Display zu vergrößern? Die neue Zoomfunktion war überhaupt *die Idee*! Jetzt musste sie nur noch warten, bis die beiden Hollywood-Schönheiten weg waren. Ganz unauffällig zupfte Lisa am Ärmel des Kleids herum und tat so, als befühle sie den Stoff. Das Handy griffbereit. Ein Blick nach links. Einer nach rechts. Die Luft war rein. Preisschild knipsen, vergrößern, lesen, fertig. Das war's! Zweihundertneunundvierzig Euro. Günstiger als gedacht und absolut im Rahmen ihres Budgets.

LESEPROBE